首都师范大学文学院资助

首都师范大学文艺学博士文选

SHOUDUSHI FANDAXUE
WENY IXUE BOSHI WENXUAN

第二辑

首都师范大学文艺学学科⊙主编

中国社会科学出版社

图书在版编目(CIP)数据

首都师范大学文艺学博士文选. 第二辑/首都师范大学文艺学学科主编. —北京：中国社会科学出版社，2017. 10
ISBN 978 - 7 - 5203 - 1016 - 1

Ⅰ. ①首… Ⅱ. ①首… Ⅲ. ①文艺学—文集 Ⅳ. ①I0 - 53

中国版本图书馆 CIP 数据核字(2017)第 231875 号

出 版 人 赵剑英
责任编辑 史慕鸿
责任校对 周 昊
责任印制 戴 宽

出 版 中国社会科学出版社
社 址 北京鼓楼西大街甲 158 号
邮 编 100720
网 址 http://www.csspw.cn
发 行 部 010 - 84083685
门 市 部 010 - 84029450
经 销 新华书店及其他书店

印 刷 北京明恒达印务有限公司
装 订 廊坊市广阳区广增装订厂
版 次 2017 年 10 月第 1 版
印 次 2017 年 10 月第 1 次印刷

开 本 710 × 1000 1/16
印 张 17
插 页 2
字 数 273 千字
定 价 76.00 元

凡购买中国社会科学出版社图书，如有质量问题请与本社营销中心联系调换
电话：010 - 84083683

目　录

艺术生产与文艺政策的互渗
——以北京人民艺术剧院“剧目生产”为例

郭云娇*

新中国成立以后，中国的大众文艺实践在民族国家建构中表现出鲜明的本土意味，同时也熔铸着新的文化政治和现代性的深刻影响。无论是艺人改造的国家体制化，剧目改编的政治意识形态化，还是传统表演形制的现代化，以及现代戏的生成与崛起，都直接关涉“新中国”如何通过大众文艺实践的“推陈出新”来创造社会主义的“新文化”。

在中国当代文学中，小说自然居“中心”位置，但是戏剧的“影响”却相当巨大，并在某些时候处于“中心”位置。1949 年到 1966 年“文化大革命”发生，“话剧”作为一个备受重视的文艺样式成为全国第一大剧种。此间 17 年，北京人民艺术剧院则是全国话剧生产的最主要文艺单位，享有国家领导人的直接关怀，经济上更有政府的直接扶持。“人艺”的脱颖而出和风雨荣辱是与中国政治气候的变化不无关系的。北京人民艺术剧院作为一个历史、政治、文化的合集，其中的制、戏、人与政策间存在着并不单纯的微妙关系。官方对话剧生产的组织化的管控直接触发了艺术单位领导体制的不断变更，同时，也呈现了政治意识形态的改造要求和实践阻力之间的曲折过程。社会主义话剧生产方式的变革体现在“人艺”改制、改人、改戏的过程之中，其间纵横交错地涉及所谓民间与官方、文艺与政治、自由与体制的冲突与联系，皆有力揭示着新中国文化政治实践的意识形态内涵、策略及其运作方式。

---

* 郭云娇，首都师范大学文化研究 2013 级博士生，指导教师：陶东风。

一　从“团”到“院”：“老人艺”到“新人艺”的单位改造（1949—1952）

1949 年 7 月 2 日，第一次中华全国文学艺术工作者代表大会在北平召开，通过了中华全国文学艺术工作者联合会章程，成立全国文学艺术界联合会，并成立了各艺术品种分会。“它是国家和执政党对作家、艺术家进行控制和组织领导的机构。”[①] 以组织机构的形式将文学、艺术家整合起来，为继续实践毛泽东文艺思想提供了组织上的保障。第一次文代会最重要的议题就是确定了毛泽东的文艺思想（《在延安文艺座谈会上的讲话》为主要内容）为今后文艺发展的指导思想和新方向，并逐步推广、普及为整个新中国的文艺政策和意识形态导向。同年 9 月 21 日，中国人民政治协商会议第一届全体会议通过《共同纲领》，第四十五条规定了新中国的文化教育政策：提倡文学艺术为人民服务，启发人民的政治觉悟，鼓励人民的劳动热情。奖励优秀的文学艺术作品。发展人民的戏剧电影事业。与此相呼应的政治文化举措主要为：其一，全国范围内新组织建构的确立，主要指作家协会系统各个层级的建立，旨在形成一套有效的组织、监督机制，并达成对文艺创作发挥切实的引导、组织、审查、评价的功能。文代会 19 日结束，同月 24 日中华全国戏剧工作者协会在北京举行成立大会，选举田汉任主席，张庚、于伶任副主席。其二，与戏剧文化及其相关的戏曲改革举措，旧戏改造，戏团改革等一系列运动的开展，对戏剧界的改造与剧目生产的规范，不仅指向艺术为人民服务的宗旨，更为紧迫的是能否结合新中国成立初期的国家政治认同的建构，并紧密配合国内的主要政治、社会、生产目标，发挥宣传与教育功能。

北京人民艺术剧院（这里指“新人艺”）建立于 1952 年 6 月 12 日。“新人艺”是由前北京人民艺术剧院（习称“老人艺”）的话剧团与原中央戏剧学院话剧团合并建立的一个专业话剧院。这两个话剧团体皆为具有革命

① 洪子诚：《中国当代文学史》，北京大学出版社 2000 年版，第 15 页。

传统的文艺队伍。原中央戏剧学院话剧团，其前身为1948年12月于解放区河北正式建立的华北大学第三部第二文艺工作团（简称“华大文工二团”）。其主力是1938年8月在周恩来、郭沫若、田汉等领导下于武汉组建的抗敌演剧队，以及原晋察冀城市工作部领导下的“祖国剧团”，还吸收了解放区华北联大和北方大学的人员。1949年1月底随军入城，1950年又有一批曾在“大后方”从事进步影剧工作的老艺术家加入进来，人员中包含了一批从香港、美国回到北京投奔新中国戏剧事业的艺术家。

“老人艺”是在“华北人民文工团”的基础上，改建的一个包括歌剧、话剧、舞蹈、管弦乐、昆曲等各种艺术门类的综合性剧院，北平接管委员会文化部部长和文教局副局长李伯钊（“红色戏剧家”之称）为该院院长，剧院隶属于北京市人民政府。“华北人民文工团”的历史构成要追溯到1946年春在延安建立的中共中央党校文艺工作研究室（简称“文工室”）和中央管弦乐团。1950年1月1日，“老人艺”在京成立。1月9日，《人民日报》刊发了题为《贯彻执行毛主席文艺方针北京人民艺术剧院成立朱副主席亲临指示》的文章。朱德对“老人艺”做出了重要指示：“人民艺术剧院的任务是要贯彻毛主席的文艺方针，这是需要靠同志们为人民服务的精神及对艺术的高度兴趣来完成的。”“中国最浅的东西不知道，怎么提高呢？要懂得找人民的知音。尤其是中国的民族艺术更应收取其精华，发扬光大。”[①] 明确了“老人艺”的文艺生产要走普遍化，也即工农化，由浅入深的发展道路。“该院要发展和领导本市人民大众的文艺运动，为此它就必须有创造精神。毛主席之所以能领导中国革命，就因为他是创造的马克思主义者。在城市文艺的创造中，要表现大规模的工业生产的主题。普及不是降低水平，不是庸俗。”“人民艺术剧院应是本市人民大众文艺活动的主力，工厂学校的业余艺术组织好比‘地方武装’，人民大众中各种艺术爱好者好比是‘民兵’。主力要帮助指导组织地方武装及民兵；并依靠他们和从他们那里来提高自己。”[②] “作为首都人民大众——尤其工人群众的文艺活动和创造的领导核心”的“老人艺”成为新中国成立初期首都文艺实践的重要载体，肩负人

① 《人民日报》1950年1月9日第3版。

② 同上。

民群众文艺普及的重任。在建院后，相继演出歌剧《王贵和李香香》《长征》、话剧《胜利列车》《莫斯科性格》《龙须沟》等。

1951年，文化部根据国家即将进入大规模经济建设时期的形势，提出了文艺团体专业化的要求。即改变过去文工团的综合性宣传队性质，向专业化发展，并逐步建立新中国的剧场艺术。作为综合性的非单位性质的“老人艺”，面临转向为有组织受中央正规管辖的专业话剧团体——“新人艺”。据此，文化部与北京市委磋商，拟将“老人艺”各团组建为归文化部领导的专业化剧院。北京市委书记彭真明确表示：歌剧、舞蹈、乐团等都交出去，北京就要一个话剧团。文化部最终决定，将“老人艺”话剧团与中央戏剧学院话剧团合并，建立一个隶属于北京市的专业话剧院，并由久负盛名的剧作家曹禺担任院长。这个决定曾报经政务院周恩来总理批准。

1952年12月，中共中央的决策者们认为恢复经济的阶段性任务已完成，国营经济也已取得主导地位，于是酝酿提出了由“新民主主义”向“社会主义”过渡时期的总路线。“其目标就是国家的‘社会主义工业化’，并逐步实现国家对农业、手工业和资本主义工商业的‘社会主义改造’。而全国当时近2000个民间职业剧团作为一支‘庞大的艺术宣传队伍’，为‘充分发挥其积极作用’，中央要求各级文化主管部门必须进一步加强领导和管理。”① 文化部又再次发出“整顿”和“加强”全国剧团工作的指示，旨在加强党对艺术工作的领导，并将对私营剧团的领导和管理凸显出来，完成由“私”转“公”的改造。此次“改造”意图在政策术语表述上频频选取了“领导”“管理”“整顿”“加强”等词语进行转换。公营文艺单位“新人艺”就是在此形势下应运而生，“老人艺”改组为正规的专业话剧院，正式成为国家所有性质的单位组织，同时也纳入了正统的行政序列之中。

“‘单位组织’是中国独有的社会现象。”“其在中国社会里已远远超出了一般社会组织的意义，它不仅是一种统治的形式，而且更重要的是一种制度，一种深刻地受制度环境影响、‘嵌入’在特定制度结构之中的特殊的组

① 张炼红：《历练精魂：新中国戏曲改造考论》，上海人民出版社2013年版，第373页。

织形态。"[①] 在筹建"新人艺"的第一次会议上，北京市委宣传部部长廖沫沙就代表市委对剧院性质及任务作了重要指示："我们国家的发展方向就是北京人艺的发展方向。剧院的工作是思想工作性质的，是上层建筑工作，是凭借着手中的艺术武器，来反映社会的新变化，引导现实，产生物质力量……我们作品的好坏，只有一个尺度来衡量，即以工人阶级的文艺思想来衡量"。上级任命仍作为单位人事合法化的主要形式。成立后的"新人艺"隶属于北京市人民政府，直接接受北京市文教委员会的管控，这一行政级别的安排则意味着必须接受"上级单位"的领导，受到"上级单位"的任免和管辖。"新人艺"的组织机构及院、处级领导干部，都直接由北京市人民政府批准任命，市政府选取了文艺界久负盛名并富有影响力的文学及导演艺术家：曹禺、老舍、欧阳玉倩、焦菊隐担任院长职务。

二 "新人艺"单位组织体系的建立与变革

"北京人民艺术剧院"建院后，全国政治运动频发与中央文化政策频变，则直接引发了"人艺"组织结构的不断调整。相反，1952 年至 1966 年，"人艺"所产生的四次重大的体制调整，及不同时期各组织部门的增减调整与人事安排，却又间接地反映了不同时期的政治文化运动的导向。

（一）党组模式的形成（1952—1955）

"在中国的国有经济制度中，任何一个单位都会有党组织的存在，都必须要努力地去贯彻党的指示，都必须要努力地去实现这种政治功能。这样的一些单位，就不仅仅是一种单纯的经济组织，她同时还体现着一种统治，或者说，是统治的一种制度化的形式。"[②]

---

① 所谓单位组织主要是指国家所有性质的各种不同的企业和事业组织。李汉林认为：这种独特的社会现象是指：大多数社会成员被组织到一个一个具体的"单位组织"中，由这种单位组织给予他们社会行为的权利、身份和合法性，满足他们的各种需求，代表和维护他们的利益，控制他们的行为。单位组织依赖于国家（政府），个人依赖于组织单位。同时，国家有赖于这些单位组织控制和整合社会。因而，单位组织的状况，构成了当代中国城市社区的基本结构。个人在这种组织中社会化，受这种组织文化的影响，逐渐形成了一种独特的价值观念和行为规范。

② 李汉林：《转型社会中的整合与控制——关于中国单位制度变迁的思考》，《吉林大学社会科学学报》2007 年第 4 期。

1952 年建院时，“新北京人民艺术剧院”（以下简称“人艺”）的组织结构较为精简，其接受北京市人民政府批准的组织机构如下图：

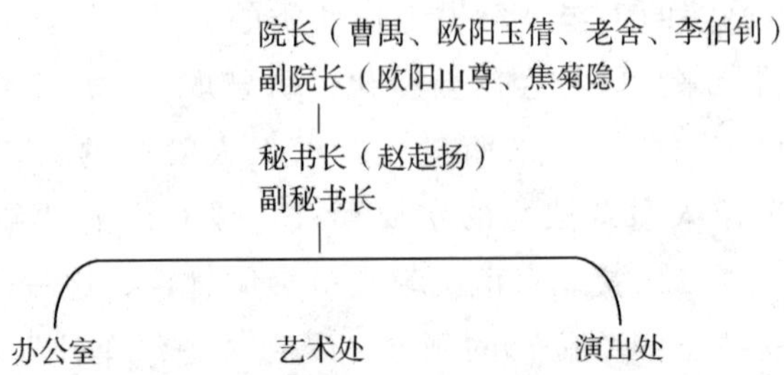

1953 年上半年，在院长层级之下，增设了行政会议、院务会议与艺术会议一层，如下图：

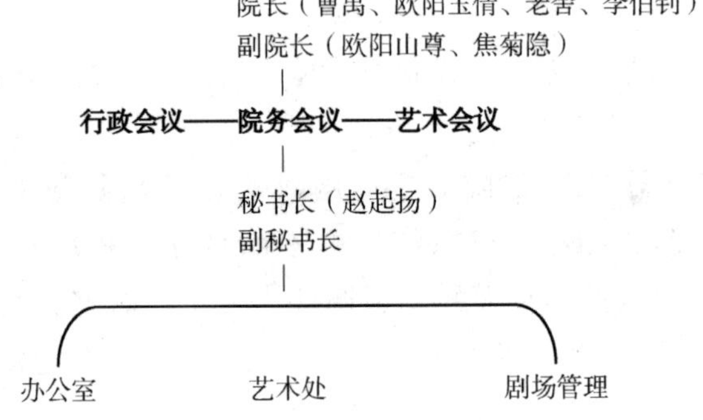

将政务工作与艺术生产区分开来，并明确了艺术会议的性质与作用：是全院重要的艺术问题的研究与指导机构，而不是艺术行政机构。凡有关全院艺术问题，经艺术会议研究得出结果后，即呈院长审查批准，由艺术处具体执行。艺术会议工作的主要内容是确定与审查上演剧目；确定重要剧目的导演、舞美设计及主要演员；确定全院阶段性的艺术总结等。可见，在建院之初，“人艺”此次所自发进行的机构调整，意在逐步增加艺术独立性与执行力，使艺术会议成为有权决定剧院排演“何剧”，决定“何演员”担任“何角色”的重要机构。值得一提的是，1953 年 6 月，中共中央政治局召开扩大会议，制订了第一个五年计划，提出了党在过渡时期的总路线，自此“人艺”开始按“总路线”中的具体相关规划来执行本院的剧目生产计划，并将之前的由院务会议（院长负责主持）讨论决议

的有关剧目生产计划与排演剧目的职权转移到党组，由党组直接传达上级政策安排，并最终决定年度的艺术生产计划，据《人艺大事记》记载：1953年7月10日，党组会。赵起扬主持。研究1953年下半年计划，接着读了廖沫沙（市委宣传部部长）同志的来信，明确提出，在总结中要结合廖沫沙同志来信和群众要求，认真研究下半年的工作。还初步讨论了彭真市长提出的要从工农中吸收演员的意见。另外，关于下半年的剧目安排，倾向于排演《非这样生活不可》。并注：在此（1953年7月10日）之前，未见党组会议记录。①

1954年，“人艺”在组织结构上仍旧延续1953年的模式，较为明显的会议开展状况为：与1953年全年党组会（包括扩大会议）仅5次，并以商议和决定剧院剧目生产计划为主相比，1954年全年党组会共召开18次之多，在党的四中全会会议结束后，“人艺”分别在6月一个月之内连续召开8天党组会一次，7月连续4天召开党组会一次，检查党员干部的个人思想成为首要任务，“团结”成为会议关键词。《北京人艺大事记》上有这样的记载：

> 5月12日　党组会（赵起扬主持）讨论结合总路线第五单元的学习进行批评检查的问题。第五单元的主要精神是批判资产阶级个人主义增强党的团结。按照上级要求，结合我院实际，决定在学习中重点检查名利观点、分散主义、本位主义等以增强党的团结，加强集体领导。
>
> 6月1日　（赵起扬主持）自今日起，7、8、9、10、14、16、17日，连续召开党组支委联席会。学习四中全会决议，开展批评自我批评。重点检查个人主义、名利观点、本位主义、骄傲自满等。（54年两次连续会议参加人，仅为以赵起扬为首的9位党组成员，并未扩大

① 建院时，经市委批准的党组成员为：党组书记赵起扬，委员：欧阳山尊、邵惟、刘景毅、王学然、严青、田冲、白山。自此，党组书记赵起扬一直负责传达并宣布上级党委的指示和任务。在1952年5月31日，党组成立之时，赵起扬阐述了党组的重要性：今后的任务更加重要。要求加强党对艺术工作的领导；强调要做好统战工作、团结工作；要求党支部成为一支战斗队伍；要求党员加强组织性、纪律性，在工作中发挥创造性。尽管，1953年7月之前，党组会议召开的频率并不高。

到全院领导层。6个月后“批《红》”运动展开，作为党组最高领导，一直以积极传达党中央指示，负责剧院党政生活——赵起扬，则被视为“向资产阶级唯心论观点投降”、“压制新生力量”的《文艺报》。此时作为剧院艺术生产的专家，仍拥有舞台决定权的学者型导演，并享受休假旅行待遇的无党派人士——焦菊隐，则被视为俞平伯式的“资产阶级学术权威”，并以“不团结”为批判词首先遭到批判。二人成为学习“批《红》”运动并联系剧院实际后不得不上交的两大“成果”。)

1952—1955年，其间正值经济改造与政治上的频频收紧，文化系统处于紧张的局势中，“人艺”无论在单位组织体系的建设方面，还是在剧院艺术风格形成方面皆处在摸索阶段，此阶段“人艺”艺术生产的主要标识是“坚持执行以现代剧目为主的方针”，产出的反映社会主义革命和建设的剧目占到了所演出剧目的八成以上。此阶段的“成就”在1964年开始的“极左”运动中，因剧院全力“配合中心”并积极发挥“宣教”作用，而被评价为“人艺”发展的“高潮期”。

（二）“企业化”模式的设想（1956—1957）

1955年第一个“一五”计划决议通过，为了缓解国家经济困难的压力，中央提出艺术事业企业化的方针，实行这个方针就要求国营剧团在经济上做到精打细算，厉行节俭，减少国家补助或为国家积累资金，并进一步促进艺术事业的提高，更多更好地满足广大人民文化生活日益增长的需要。“上座率、每场收入、税收比例；从院长到公务员的工资多少、每年人事费、业务费各多少；年演出几个戏、多少场、总收入如何？每年国家给多少钱？能不能实现企业化？”① 成为1955年中央领导来“人艺”看戏后所要询问的问题。“人艺”自发调整了剧院的组织结构，向企业化发展，为了提高艺术质量，强化了艺术生产部门的独立性，如图：

---

① 《人艺大事记》第一集，1955年，第3页。

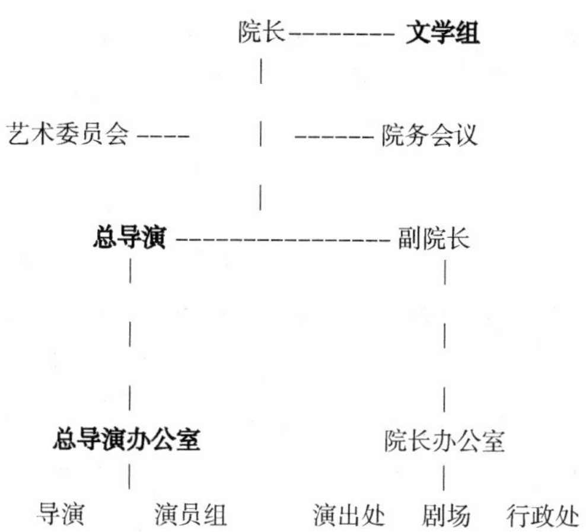

增设独立机构文学组与院长处同级；实行总导演制，由一位副院长兼任总导演，总导演为焦菊隐，由专业学者型领导全权负责剧院的艺术生产。将艺术会议变为艺术委员会，使其从行政会议、院务会议中独立出来，并撤销原艺术处，设总导演办公室，作为总导演的助手。艺术委员会成员为院长、副院长、总导演、总导演办公室主任、文学组组长、设计组组长、演出处主任、导演6人、演员5人。主要任务是：讨论演出剧目；领导艺术问题的学术讨论；每一演出前的初步审查；讨论艺术总结；主持年度或阶段性的艺术创作评奖工作。同时，为加强集体领导简化行政层次，将原行政会议与院务会议合组，统一为院务会议。成员包括院长及全院各处部门领导，其主要任务是：讨论与决定年度生产计划；讨论审议全年预算和各项重要制度。由于后来多次文艺运动的开展使此次机构调整在1955年并未得到实际的落实。① 但是，以提高艺术质量求得企业化发展的

① 据《人艺大事记》记载中的会议记录统计，人艺唯独在1955年一年之中未曾有过党组会议记录，但与艺术生产相关的院务会议却仅有3次：讨论机构调整方案1次（后因艺术停产而未落实）；参演全国话剧观摩演出剧目1次（演出因“肃反运动”推迟而未落实）；宣布停止艺术生产开展运动1次。新排演的剧目也仅有5部，其中3部是受上级指示突击而成，专门为宣传“农村合作社运动”的小戏，另外2部分别为反映“工业战线生产与思想斗争”的《考验》与“肃清敌特、保卫海防”的《海滨激战》。1955年，为“批判《红楼梦》研究”运动成立了专门的学委会，在1月15日到3月10日55天之中，召开全天学委会7天，半天学委会16次。而后5月27日到6月15日之内，夜以继日为动员为声讨“胡风”召开全院会议7次，直至发展成为“肃反”运动后全院全部艺术生产活动停止。

设想，却展示了一个较为理想的艺术单位结构，这个组织结构在1956年4月提出繁荣文艺的“双百”方针后，为“人艺”带来了“十七年”中最为灿烂的“花开”。

1956年，在社会主义改造基本完成的形势下，周恩来在1月作了关于知识分子问题的报告，紧接着党中央、毛泽东适时地提出了“向科学进军”的号召和制定十二年（即1956年至1967年）科学技术发展远景规划的布置。遵照这些布置，“人艺”制订了剧院的十二年规划，其中“如何实现企业化”就成为此规划的题中之意。在1956年，“人艺”全年召开的共12次院务会议中[①]，制订“十二年发展规划”与实现“企业化”成为会议探讨的最主要内容。4月，文化部在京召开全国话剧工作会议，就企业化问题，提出如下要求：“各剧院团要提高艺术质量，丰富上演剧目，大力培养、团结作家，创造自己的风格，积累保留剧目，改进经营管理，实行经济核算，奖励制度，割掉供给制尾巴，厉行节约等。特别强调必须把企业化与提高艺术质量结合起来。并要改进领导方法，行政工作要紧密配合艺术生产。”[②] 根据文化部的这一指示，“人艺”组成了剧目、培养提高、企业化三个专题小组。在剧目选择上“要注意到我们剧院的‘个性’，要排除公式化、概念化的作品’”；在艺术干部的培养提高上，“强调了加强艺术总结、艺术研究、艺术创造鉴定等理论建设工作，以及提高文化水平的重要性”；关于企业化，“应是以提高演出质量，改善经营管理，最大限度地增收节支”。在一系列较为宽松的方针政策下，“人艺”对本剧院未来的发展提出了较为科学和合理的体制规划，尽管这些设想很快在1957年初大规模的反右派斗争下遭到了中断和打击，但正是在短暂的放宽环境下“人艺”涌现了不朽的经典之作《茶馆》，将艺术创造与艺术质量作为重中之重强调开来。无论是“双百”方针下准备实现“企业化”的“人艺”还是1955年之前的“人艺”，“党组”皆是“人艺”拥有最终决策权的最高领导部门（只是在或宽或严的政策下，党组参与决策

① 自1955年提出的增加艺委会的调整后，此部门并未发挥过所设想的作用，在1955年至1956年间也未有过艺术会议召开的记录。一直处在被不断商讨和中断中，只保留艺委会的设想，而未实质落实。

② 1956年4月，文化部副部长刘芝明在全国话剧工作会议上的报告。

生产的自律性或松或紧而已）。[①]

“人艺”尝试企业化设想的这一阶段，是“人艺”形成自身独特风格的重要时期，积累了至今仍在上演的经典保留剧目《雷雨》《蔡文姬》《日出》《茶馆》等。但在1964年开始的“极左”运动评价中这一辉煌期被称为“资本主义向社会主义疯狂进攻的时期”。建立“剧场艺术”的思想则被称为是脱离工农兵方向、脱离实际、关门提高、追求“大洋古”的“剧场艺术”。剧院的领导方式也被批判成受苏联专家不良影响的“艺术家办院”“艺术至上”等。

（三）党委制与反思党委制（1958—1962）

自1957年6月，中共中央发出《关于组织力量准备反击右派分子进攻的指示》，反“右派”斗争逐步扩大化，剧院的艺术生产活动时间被压缩为三小时，并在机构调整中专门增设了推进整风运动的部门——整风领导小组以配合运动的展开。[②] 1957年至1959年，反“右”斗争运动与“大跃进”运动合力迸发，随着运动形势的不断变化，“人艺”内部自发就撤销党组与是否实行党委领导下的院长负责制进行了反复不定的调整，但都以保留党组为最终结果，直至1959年7月党组体制问题都没有在之前的设想下得到解决。[③]

1959年2月，中央宣传会议上仍提出要贯彻执行“双百”方针；作家应有自己的自由，不要都搞直接配合政治任务的作品，“党委出思想、群众出材料、作家出技巧”的提法是错误的，由此党委制并未落实，“人艺”在此方针下专门成立了“提高质量运动领导小组”，开展群众性讨论，畅所欲

---

① 是否实行院长责任制与撤销党组，最主要的区别在于，党组决策艺术生产是以传达上级政策指示为主要决策意见，艺术全部服从于政治；而院长责任制则按照四位院长意见进行艺术生产决策，两者的最大的不同在于作为院长兼总导演的党外人士焦菊隐。

② 根据《人艺大事记》中1957年会议记录做了如下统计：自6月3日至7月2日，不到30天之内，整风领导小组会议分别占据6个下午、3个晚上及3个全天分析运动情况，并自6月20日始全院人员持续讨论《人民日报》有关反击右派的社论。

③ 据大事记记载，1957年1月3日，党组会。时任第一副院长与总导演的焦菊隐对剧院党组很有意见，情绪不好。1月5日，党组扩大会。决定撤销党组，实行党委领导下的院长负责制（增进团结，支持焦菊隐院长的意见）。1月28日，党支部大会。经上级党委批准，建立党总支。新当选的党总支书记：赵起扬，党组仍不撤销。

言的艺术讨论会仅维持了两个月。7 月，中共中央在庐山先后举行政治局扩大会议和八届八中全会，开展了对所谓“彭德怀、黄克诚、张闻天反党集团”的错误批判，在全国掀起了“反右倾”运动。在政治形势紧迫的局面下，中央对文化系统的管控与监察力度再次强化。[①] “人艺”根据市委指示，正式取消“党组”实行“党委制”[②]，党委直接接受市委领导，市委文化部协助市委监督、检查各单位党委的工作。党委会的工作方法是：大权独揽，小权分散，党委决定，各方去办，办亦有决，不离原则，工作检查，党委有责。党委的任务为：贯彻执行中央和市委有关方针政策的指示，制订剧院的长远计划和全年的和各个阶段的生产计划，并督促检查其执行，决定剧目，审查上演剧目等。[③] “实行党委制以来，党的领导加强了，但同时也出现了党委包办一切的问题。”[④] 在 1960 年全年，“人艺”所彩排及正式上演剧目全部接受上级领导审查，其中《同志，你走错了路》全年共演出 268 场，接受包括国家总理及中宣部级别的审查多达 4 次。剧院一年仅召开三类会议：党委会、全院会、院长会议。其中党委会多达 38 次，院长会议仅 3 次，并主要以落实上级任务布置及传达上级指示为剧目生产依据，与此同时，“党委”以大小权皆揽与党政一把抓的方式管理“人艺”，凡事都要提到党委会上讨论决定，后由党委会上报市委文化局批准，最终形成了“五多”的局面[⑤]，造成剧院全年艺术生产质量与效率的下降，致使 1961 年重新

---

① 中共北京市委为加强电影、话剧的审查工作，专门成立了话剧专门审查小组。小组成员有邓拓、陈克寒、廖沫沙等。并要求凡专业话剧团体排演新剧时，除邀请有关文艺部门审查外，在彩排时还应请上此审查小组进行审查。

② 党委委员为：曹禺、赵起扬、欧阳山尊、夏淳、刘景毅、于是之、于民 7 人，焦菊隐除外。1959 年执行的新的“党委制”，并不符合 1957 年“人艺”自身规划的拟取消党组执行“院长制”蓝图。此次体制调整实质上是加强了中央和市委对“人艺”的领导与监察力度。随后，“人艺”根据八届八中全会文件的学习要求，领导干部要“引火烧身”，形成高潮。党委委员中的欧阳山尊、于民又被定为“重点”，在党内进行了多次批判。10 月 20 日，党委决定按文件指示将欧阳山尊划为“党内的资产阶级专家”与不要党的领导的“典型”。12 月 7 日，党委通过学习中央关于划分“右倾机会主义分子”的标准，初步分析，认为欧阳山尊等几位被批判的同志，都不够划为“分子”。

③ 《人艺大事记》，1959 年，第 45、46 页。

④ 《人艺大事记》，1961 年，第 16 页；1962 年，第 46 页。

⑤ 1959 年北京市委布置检查“五多”现象，即：会议多、文件表报多、蹲在上面多、行政事务多、一般号召多等。

反思“党委制”。

1958 年到 1960 年“大跃进”时期，“人艺”的艺术生产决策，则直接受制于中央文化部及市委宣传部，并由剧院党委直接传达并布置，此间“人艺”的全部艺术生产活动都在党委制的领导下进行。直至 1961 年中共中央开始逐步纠正“左”的错误，重新贯彻执行“双百”方针，“人艺”以党委主导艺术生产的局面才得到重新调整。在 1964 年开始的“极左”运动时期，“人艺”在此三年“大跃进”时期生产的浮夸作品，再次被颠倒地称为“在艺术创造中打破了许多陈旧规律，打破了把艺术创造视为私有的旧观念，实现了政治挂帅，开展了群众运动”的好作品。

1961 年 1 月中共中央开始纠正“左”的错误，实行“调整、巩固、充实、提高”的八字方针，全国文艺界迎来“小双百”，文艺单位开始重新反思“党委制”。“党委能领导文艺了，这也是一功。但是在执行三面红旗中的缺点，不能不影响文艺。这些缺点错误影响到文学创作和戏剧上，就是打破了旧迷信又产生了新迷信。树立不应该树的迷信，就束缚了自己。‘帽子’很多，就难写作品，胆子也就小了。”[①]“现在创作不那么繁荣，剧本是一个大难点，作家怕写，也就是怕挨整。要创作繁荣，得把作家心头的‘鬼’去掉。在我们社会里，不会因为创作而杀头坐班房，就是怕精神上挨整。希望做党委工作的同志笔下留情，不要‘笔扫五千军’！有人是用文章杀人的，文章的力量是相当厉害的。对作品，小说、剧本不要去抓小辫子、扣帽子。我们提了意见，采纳不采纳是作者自己的事。要解除顾虑，剧本荒才可以解决。”[②]“党委能领导文艺，这是成绩。但党委包办代替，什么都党委决定，就不对了。党委领导一切，不是包办一切。怎样学会领导？党的领导不等于个人领导一切，不在于发号施令，而在于民主。做党委工作的同志不能说自己什么都懂。政策、运动中有些问题，有许多缺点错误，中央要负第一位责任，省市委负第二位责任，第三位责任才是单位。”[③]

1961 年，在反思“党委制”的形势下，“人艺”共召开 22 次党委会及

① 摘自周恩来在紫光阁创作会议上的讲话。《人艺大事记》，1962 年，第 16 页。

② 同上书，第 19 页。

③ 同上书，第 17 页。

党委扩大会议（并邀请党外人士参加会议），会议内容从三年“大跃进”时期的包办“艺术”问题，调整为只抓“肚子”问题与反思党政关系和执政党的知识分子政策问题；从开展“反右”批判运动转变为给批判对象作甄别及道歉。在部门调整上，为“艺委会”增加了艺委会委员，使这一部门重新获得参与艺术生产的权力，并拥有剧目上演的决策权与审查权。[①] 院长会议逐步取代党委会议，获得规划艺术生产的领导权，从1960年的全年仅三次召开调整为每周召开一次。另外，在审查制度上，市委明确提出除政治性特别强的剧目以外，取消对一般性剧目的审查。由此，1961年、1962年两年间，“人艺”所有上演剧目接受中央及上级领导审查的仅有两部，分别为《乘风破浪》与《红色宣传员》，且审查后未做大的意见改动。同样，在1964年开始的“极左”运动时期，这一短暂的“百花”开放期，则被严重批判为“资产阶级刮起了黑风，借百花齐放之名，舞台上牛鬼蛇神一齐出笼，大演所谓‘无害戏’‘才子佳人戏’和‘大洋古’；艺术家办院的论调又改头换面地唱了起来”。与“由于阶级斗争观念模糊，放松了党的领导，放松了政治思想工作”的低潮期。

（四）单位的革命化（1963—1966）

1963年初，柯庆施在上海发表了“大写十三年”的讲话，提出“只有写社会主义的社会生活才是社会主义的文艺”及“题材决定论”等谬论。[②] 极“左”路线再次抬头，由此，“人艺”的剧目生产状态由原来的“百花齐放”迅速调整为“大搞现代剧”，再次开始了必须完全以中央的指示执行艺术生产规划的道路。1963年“人艺”就中央提出的“大搞现代剧”的安排产生过很大异议，认为：“对党的文艺方针政策，必须全面理解，不能说只有演现代才是执行党的方针政策，演其他的戏就是执行另外的什么方针；也不能说只有写‘十三年’的戏才算现代戏，写革命的历史题材就不算现代戏。”[③]

---

① 三年“大跃进”期间，“人艺”组织机构中的“艺术委员会”一直形同虚设，并没有行使讨论剧目排演与艺术总结的职能。

② 柯庆施在上海谈到的剧目问题，讲到“天上的”（神仙）、“地下的”（死去的）看得多了，要看“十三年”的，即当前的。上海文化界很重视，后马上引起中共中央的采纳，开始大搞现代剧。

③ 1963年，“人艺”召开党委扩大会议的记录。《人艺大事记》，1963年，第25页。

并在保留异议的情况下，上演“非现代剧”《茶馆》[①] 与《武则天》以增加剧院收入，并五次召开院长会议，酝酿“人艺”未来五年内的发展计划，提出经营管理上的改革设想，以尽量避免每年为完成上级下达的任务指标而疲于奔命的状态，而多用一些时间搞艺术总结与业务进修以提高艺术质量，并在艺术生产安排上有一些主动权。这些设想在开始时得到市文化局原则上的同意，但因政治形势的逐步紧张，未能实现，五年计划亦成泡影。

作为备受中共中央领导重视的主要话剧生产部门，1964 年“人艺”已经提前进入“文革”劫难期。1964 年 2 月，北京市委宣传部就一年工作安排下达了明确指示：安排工作的前提是思想的革命化、人的革命化。思想革命化的任务为领导干部的思想作风、工作方法革命化；机关革命化；文艺革命问题要重点抓新中国成立 15 周年剧目的落实；要恢复市级领导的审查制度。在思想上，文艺为工农兵服务，为社会主义服务的方向要十分明确等。[②] 受上级指示制度上要先立后破，在党委领导下建立政治工作小组，统一领导，搞革命化。“要继承并发展大跃进时期大搞群众运动的好经验。”“人人开动脑筋，献计献策，群策群力，集体创造。”[③] 要求所有导演及演员都要以革命者的姿态出现，把艺术创造看成完成革命任务的手段。

按照周恩来对文艺整风的指示：全体业务人员要“三年在上边，三年在下面”。为落实周总理的要求，“人艺”打破原有的组织机构，全院人员被分化为各个队伍，进行民兵训练，并建立“轻骑队”，以到农村演出为主(下乡的演出团要成立临时党支部，演出团的办公人员要建立党小组)。根据 1964 年、1965 年、1966 年《人艺大事记》中的单位活动记录统计，“人艺”进行与艺术讨论相关的会议次数为零，院长会议三年仅召开 3 次。所排演的剧目，一类为直接接受上级指定的硬性生产剧目，另一类即为根据运动形势及政策要求，由剧院人员集体创作的反映现实斗争的戏，且除接受上级部门领导的审查以外，要邀请相关部门的群众看戏并座谈意见。

---

① 《茶馆》再度公演后不久，有些关心爱护剧院的朋友都为“人艺”感到担心。空政话剧团的兰马私下里对“人艺”的同志说：“现在是什么时候了，你们还敢演这样的戏?!”（见《人艺大事记》，1963 年，第 13 页记录）

② 见 1964 年 2 月 26 日，“人艺”党委扩大会议，夏淳传达市委宣传部工作安排的会议记录。

③ 见 1964 年 11 月 13 日，“人艺”起草的给华北局的报告。《人艺大事记》，1964 年，第 81 页。

1966年6月18日，“人艺”自发成立“革命委员会”，废除北京“人艺”的一切党团组织，“人艺”的单位组织体系全部由“革委会”取代。自此，“人艺”正式进入了十年浩劫时期。

不难看出，“人艺”在20世纪五六十年代的组织机构调整中，“党组”与“党委”对整个文艺单位的掌控从未松懈，只是随着政治形势的起伏变化进行了或松或紧的调控。1952年到1966年，“人艺”的组织结构从最初的“党组与院长共同领导”发展到“党委全权制”，以致“文化大革命”前的“单位革命化”过程，呈现了新中国在20世纪五六十年代的社会政治文化转型过程中，对戏剧文艺单位所进行的体制改造与对异质成分的消解过程。

三　从“旧文人”到“新文艺工作者”的身份重构：以剧作家老舍为例

20世纪五六十年代尤其是新中国成立初期，中央政府对文艺精英采取了整合进入国有单位体系的方式，使其成为隶属于国有文艺单位的工人阶级艺术家，由国家人事部门统一管理，“旧文人”及“戏子”在诸如“爱护和尊重”“团结和教育”“争取和改造”等宣传方针下，逐步走向体制化、正规化、革命化。大规模的收编和整合使新政权获得庞大的文化和人力资源，并形成了一支在党的领导及监管下进行艺术创作和“宣教”的队伍，全面投入意识形态宣传，并通过定期举办话剧观摩大会和会演活动的方式，对优秀剧目及优秀剧作家进行授奖，从而加强对话剧创作和演出的引导和规范。

新中国成立之初，新政权对文艺界人士采取了积极开明的团结政策，对有影响力的文化人士礼遇有加。1949年2月28日，曹禺、柳亚子、郑振铎、叶圣陶、马寅初等一行27人，应中国共产党最高层的邀请，从香港乘外籍豪华客轮“华中轮”出发，赴北京参加正在拟议与筹备之中的中国人民政治协商会议。由烟台到达济南后，由当地最高军政领导人许世友亲自出面设宴招待，邓颖超还专程从北平赶来迎接，其规格之高可想而知。诗人柳亚子当时曾即兴赋诗一首，其中有“六十三岭万里程，前途真喜向光明”的诗句，颇能代表同行的文化名流，对于被视为天堂人间的革命圣地的神往之情。1949 年前后的地域选择对文人而言则富有政治立场、文化认同等潜在意味。文人的自我选择自然受到政治力量的左右，但自我的定位不能排除个体的主动参与。

周恩来在第一次文代会上向会议主席团成员表达了邀请老舍归国的意愿，决定由郭沫若、茅盾、周扬、丁玲、冯雪峰、巴金、冯乃超、阳翰笙等一二十位老朋友联名写信给远在纽约的老舍，盛情邀请他回国。在此同时，国民党体系的朋友，如到台湾不久的吴延环也向老舍发出了邀请，请他到台湾去，并向老舍阐明：第一，已经给他在“国立”编译馆找好了一份工作，只领工薪不上班，照旧写小说；第二，已经在台北市房荒的情况下为他找好了房子；第三，可以派人把夫人孩子接到台湾来。最终，老舍选择回到北京。[①] 老舍回到北京后的第二天，阳翰笙就陪同周恩来看望老舍。三个星期后，中国文联在北京饭店开新年联欢会，欢迎老舍先生归国，并授以“北京市人民政府委员”的名义。1951 年 2 月，在全国文联扩大常委会上，老舍被增补为全国文联理事，同期增补的还有沙汀、艾芜、邵荃麟和孙伏园。此后，周总理经过认真思考，建议成立北京文联，由老舍领衔；成立上海文联，由巴金领衔。这样，郭沫若、茅盾、老舍、巴金四员大将各有其位，一派和谐，有利于团结。老舍在美归国前制定的“三不主义”——不谈政治，不开会，不演讲，只做自由职业者的计划很快自动作废了。当时很多有影响力的文艺界精英同老舍一样，投奔新中国后其文人身份被国家赋予了崇高的政治地位。荣耀沐浴政府及领袖恩泽的经历，更时刻提醒着“新文艺工作者们”要珍惜前所未有的“政治生命”，“听党话、跟党走”，以实际行动站稳“革命立场”，“帮助政府与党，在文艺上为人民服务”则显得更为紧迫。

1949 年前后，大量的作家完成了从“旧文化人”到“新文艺工作者”的迅速转身，进入文艺组织或单位机关供职。正如老舍话剧《龙须沟》里所描述的一样，龙须沟里的穷苦百姓“程疯子（卖唱艺人）”在新社会中最光明的结局就是有了“看自来水”的工作。人人劳动，人人都有单位，有工作成为新社会的重要表征。一方面供职于文艺机构的新作家，其工作方式

① 地域选择可以将文化人内在的思想观念、情感倾向通过诉诸现实行为而外化出来。

与工作内容产生了新的变化。学习政策，参加行政会议成为文艺工作者的重要职责，也是组织上分配给的必要工作。在周扬看来，“文艺工作者首先必须学习政治，学习马列主义毛泽东思想与当前的各种基本政策。不懂得城市政策、农村政策，便无法正确地表现城乡人民的生活和斗争”。“一个文艺工作者，也只有站在正确的政策观点上，才能使自己避免单从偶然的感想、印象或者个人的趣味来摄取生活中的某些片断，自觉或不自觉地对生活作歪曲的描写。”① 另一方面继续从事创作的作家，创作方向也发生了重大转折。老舍回国后，找来读的第一篇文章就是《在延安文艺座谈会上的讲话》，并专门写了《毛主席给了我新的文艺生命》一文，谈《讲话》对他的思想震撼。老舍迅速接受了文艺为工农兵服务的总方向，应用到自己的写作中，最直接的表现是老舍放弃了自己的长项——小说，开始大量创作话剧及通俗曲艺作品——鼓词、相声、快板等。当时的老舍认为“曲艺是文艺战线上的尖兵”，戏剧在宣传上有突击的功效，可以更好地服务新社会。

创作方向的改变源于作家对自己文化身份的新认知。毛泽东在 1942 年的《讲话》中指出：“我们要战胜敌人，首先要依靠手里拿枪的军队。但是仅仅有这种军队是不够的，我们还要有文化的军队，这是团结自己、战胜敌人必不可少的一支军队。”关于文武两支队伍的论述，是毛泽东战时文化阶段文艺工作的核心思想，战时的文化功利在新中国成立后的第一次文代会后再次得到确立和延续。毛泽东站在一个军事家的立场上，明确提出了革命文艺的目的就是要“作为团结人民、教育人民、打击敌人、消灭敌人的有力武器，帮助人民同心同德地和敌人做斗争”。毛泽东将文艺工作纳入军事斗争（后来转化为政治斗争）的轨道，使之成为整个革命机器的一个组成部分。那么，对于重新进入新中国文化组织的文人而言，“文化尖兵”或“新文艺工作者”身份则成为他们对于自身定位的新认知。1952 年老舍表示，“我不再想用作品证明我是个了不起的文人，我要证明我是新文艺部队里的一名小兵，虽然腿脚不利落，也还咬着牙随着大家往前跑”。“我要在毛主席的指示里，找到自己的新文艺生命。”② 因此，“从头开始”成为从“文人”到

① 周扬：《新的人民的文艺》，《中华全国文学艺术工作者代表大会纪念文集》，新华书店 1950 年版。

② 老舍：《毛主席给了我新的文艺生命》，《文汇报》1952 年 5 月 24 日第 7 版。

“新文艺尖兵”身份变革的“口诀”。郭沫若要求，“我要努力争取，在毛泽东旗帜下长远做一名文化尖兵”。[①] 曹禺也表示，“但我是毛主席的文艺队伍中的一员”。[②]

满怀热忱的新作家身份，一方面使他们对旧有的创作方式产生怀疑，急切卸掉“老作家”的包袱以加快“求进步”的步伐。“解放前，我的写作方法是自写自改，一切不求人；发表了以后，得到好批评就欢喜，得到坏批评就一笑置之。我现在的写作方法是：一动手写就准备着修改，决不幻想一挥而就。”“解放前我写过的东西，只能当作语文练习；今后我所写的东西，我希望，能成为学习了毛主席在延安文艺座谈会上的讲话以后的习作。只有这样，我才不会教‘老作家’的包袱阻挡住我的进步，才能虚心地接受批评，才能得到文艺的新生命。”“放下老作家的包袱，不怕辛苦，乐于接受批评，就是像我这样学问没什么根底，思想颇落后的作家，也还有改造自己的可能，有去为人民服务的希望。”

另一方面，随着政治“运动”的不断开展，“新文艺工作者”对新的创作思路产生捉襟见肘的迷茫感。老舍 1953 年的话剧《春华秋实》曾在北京市委领导和老舍之间历经反复修改，时间长达一年多之久，老舍为此从头至尾修改过 12 遍，光尾声就改了 6 遍。一部话剧得到各层领导的关注与指示，时间之长，干涉之深，命令之多，使此剧成为名副其实的“民主”剧本。此时的老舍就已从新中国的写作亢奋中日渐进入了举步维艰的境地。“在从前，我写一篇一百句左右的鼓词，大概有两三天就可以交卷；现在，须用七八天的工夫。我须写了再写，改了再改。在文字上，我须尽力控制，既不要浮词滥调，又须把新的思想用通俗语言明确地传达出来，这很不容易。”“为写一小段鼓词，我须去调查许多资料，去问明白有什么样政治思想上的要求。”[③]

从《武训传》到“文化大革命”，大剧作家曹禺曾对自己坦言道：“我

① 郭沫若：《在毛泽东旗帜下长远做一名文化尖兵》，《文汇报》1952 年 5 月 24 日第 2 版。

② 曹禺：《永远向前——一个在改造中的文艺工作者的话》，《文汇报》1952 年 5 月 28 日第 7 版。

③ 老舍：《毛主席给了我新的文艺生命》，《人民日报》1952 年 5 月 21 日第 3 版。

虽然没当上右派,但我的心弄得不敢跳了。”① 这是对很多知识分子当时心态的普遍反映,他们内心是谨慎与恐慌的。改革开放后,曹禺真诚地反省自己“二十年没有写出东西来”,原因是他“很难下去深入生活”,真切地感受到“真正的工农兵”的困难。他觉得老舍真的了不起,因为“他拼命理解今天,以他所有的能力理解今天”,而自己则既“不愿意写旧的东西,写新的又写不出来”,从而长期陷入一种不可名状的痛苦之中。②“新文艺工作者们”秉持“文艺必须为政治服务,为工农兵服务”的目标,但怎么服务?他们也很茫然。

四 社会主义剧场文化的物理空间建造:首都剧场

新中国成立以来,随着首都北京政治地位的确立,城市文化建设百业待兴,新中国开始以社会主义的理想来改造国家,从旧戏园到新剧场,话剧事业、剧场建设、演剧活动都呈现出与以往截然不同的全新景象。新型的现代剧场成为社会主义新城市的文化表征。北京,作为中华人民共和国的首都,当仁不让成为我国剧场发展的前沿阵地。剧场建设及其文化空间生产,不仅生成新的城市景观,逐步发挥重塑新的社会主义国家理想、培育文化认同、重建社会主义城市文化秩序的社会功能,同时也创造着新的社会主义文化生活。

1955 年首都剧场建成后,《戏剧报》刊载了剧场落成的专题报道,报道称:“我们的党和政府时刻关怀着劳动人民在文化艺术生活方面不断增长着的需要,近年来在北京改建和兴建了不少剧场,其中‘天桥剧场’和‘人民剧场’就是两座新建的有着舒适观众席和良好舞台条件的剧场,而‘首都剧场’的建成更是一个生动的例子。”③

首都剧场作为主流文艺单位——北京人民艺术剧院的专属剧场,无论从剧场设计、使用与归属争夺问题,到备受国家领导的关注及剧场与拥有众多

① 田本相、刘一军:《曹禺访谈录》,百花文艺出版社 2010 年版,第 363 页。

② 同上书,第 375 页。

③ 《戏剧报》1955 年 6 月 15 日。

文化名人的参与合作方面，都具有了空间的特殊性与社会意义的非凡性，也颇具代表性反映出新中国的文化理想和实践步伐。首都剧场的建立作为新中国社会主义文化的空间实践，成为社会主义国家主流意识形态的重要文化实践载体。

（一）首都剧场的建立缘起及其归属争夺

三年经济恢复期即将结束，国家大规模建设开始，在此形势下，“人艺”决定向文化部和市政府反映，提出给予固定剧场要求。周扬、张友渔、吴晗联名报告周总理，申请建造话剧专用剧场，并由北京人民艺术剧院管理使用，同时解决以后国际性晚会的剧场问题。并建议，文化部拨款八九十亿元（合八九十万元）作为剧场建筑经费，北京市提供两千多平方米的建筑场地。剧场地址已选择在王府井大街生产教养院旧址（新中国成立初期，此地是一片小平房，是用来改造妓女的生产教养院）。上报周总理后，修建剧场一事得到了周总理的亲自指示：同意为剧院建造专用剧场，剧场选址也很好。并且，剧场的容量可以考虑从原设想的 900 人扩大到 1200 人，向民主德国订购剧场的灯光音响设备，重新估算后，写报告给我审批。[①]

在得到总理批示予以扩建的首都剧场，如落成，在当时则属于坐落在首都的第一座规模宏大的正规剧场，所以，在还未建设之时，各方权力之中就产生了归属与使用的争夺问题。1953 年 3 月，国务院秘书长齐燕铭提出“人艺”与全国政协合作，在西城赵登禹路建造剧场，两家共同管理、共同使用的意见。“人艺”认为这样做有很多不便，仍坚持单独建造，再次写信报请周总理批示。并在信中还详细汇报了彭真市长对此事意见：主张不要与全国政协合建。应该在东城建造一所由北京人民艺术剧院单独管理专作演剧用的剧场。由此，中央欲以合建方式来争取剧场使用权与北京市政府坚持独立所有之间产生了重大分歧。

1953 年 11 月，“人艺”话剧《龙须沟》接受习仲勋、周扬等中央领导的审查，座谈中，谈及剧场建筑事宜，周扬代表文化部谈到，剧场由“人艺”管理，并有优先使用权。但在国家大剧场未出现以前，也要适当照顾到其他剧团与剧种的演出。“人艺”就周扬提出的意见，表示原则上同意，但

① 《北京人民艺术剧院大事记》，1992 年编印，内部资料。

又请示彭真市长意见。具体意见是：

1. 剧场的名称应是“北京人民艺术剧院”，由北京“人艺”派经理管理。

2. 产权属北京人艺所有。

3. 观众席位1200。

4. 北京人艺的剧目有优先在此上演权。

5. 一旦国家大剧场建成，该剧场即为北京人艺专有。①

1954年2月，文化部副部长刘芝明约见“人艺”院长欧阳山尊，即出示了文化部关于这个剧场的最终决定草案。基本内容为：

1. 这个剧场基本上不是作为演话剧用的，而是一切剧种都要在这里上演。

2. 这个剧场主要不是解决北京人艺无固定剧场问题的，而是供各剧院团体及外国文工团演出之用的。

3. 建议这个剧场由一个管理委员来管理，其成员是各剧院的负责人。

4. 这个剧场定名为“首都剧场”。②

从文化部为剧场定名为“首都剧场”上，足以显现中央对剧院归属和功能上的定位。显然，“人艺”对文化部的这项决定很不满意，再次就首都剧场的归属问题明确提出意见。“人艺”将众多有关剧场建设的历史文件，尤其包括周总理多次谈及剧场问题时的指示：这个剧场的性质，基本上是演话剧用的。如果不明确是个什么（性质的）剧院以及不规定主要由谁使用，那就等于自己制造矛盾，势必弄成争吵不清。并在1953年11月已提出的五条意见（见上文）基础上增加了以下三条，分别为：

① 《北京人民艺术剧院大事记》，1992年编印，内部资料。

② 同上。

1. 别的剧院团体在此剧场演出仅限于国际性的（即招待很多外宾的）和为中央领导的演出。

2. 外国文艺团体在此演出仅限于开幕式及为中央领导的演出。

3. 北京人艺每年使用该剧场的时间10个月左右。[①]

都随函附于国家文化部。面对“人艺”的极力争取，文化部采取小退一步的方式答复“人艺”，主要内容为：原来同意为“人艺”建剧场，是指建一个投资八九十亿元的小剧场。现在新建的剧场既然是全国规模最大的、设备最好的剧场，便应决定作为首都各剧院团、各剧种首轮演出之用。“人艺”可以使用。为解决“人艺”的剧场问题，可将北京剧场（原属中央实验歌剧院的剧场）拨给“人艺”使用。[②] 由此，“人艺”不得忍痛割爱，无奈之下交由文化部接管，用于全国戏剧演出使用。至此，“人艺”话剧的专演场所由预期的规模宏大的“首都剧场”变为非专业的“北京剧场”。1954年9月，第一届全国人民代表大会第一次会议中，国务院总理周恩来在政府工作报告中批评了基建中的浪费现象，在全国性反浪费运动的先声下，文化部再次向北京市提出：由于中央指示要大力消减预算及基建经费，故原拟在收回首都剧场后给“人艺”另建一座小剧场的经费亦削减；今后几年内不再新建剧场。原剧场归属权不但悬而未决，扩建北京剧场的经费也有原来的八九十亿元缩减为二三十亿元。[③]

1955年1月，《明朗的天》在北京剧场演出，刘少奇、周总理等中央领导看戏。周总理再次问起首都剧场的情况，方知已经被文化部收回。周总理表示不了解情况，要查一查，要了解一下首都剧场还能不能演话剧，并把情况告诉他。直至1956年7月，在文艺界贯彻“双百”方针的形势下，曹禺与焦菊隐两位院长，分别再次将首都剧场的筹建经过以及文化部收回的情况，写报告给周总理，并陈述了北京剧场不适应演出需要的状况，请求总理帮助解决将首都剧场交还“人艺”使用的问题。1956年8月17日，终于在

① 《北京人民艺术剧院大事记》，1992年编印，内部资料。

② 同上。

③ 同上。

周总理的拍板下，首都剧场交由“人艺”管理使用。

中央与北京市政府间对首都剧场的归属权争夺，历时近四年之久，其间始终伴随着各方权力、立场的博弈，以及对剧场功能的设想和功能定位，是新中国成立之初北京政治、社会和城市建设的一个具体而微的历史缩影。剧场建设不是一项单纯的物理空间建设，其中包含着新政权对话剧演出及其特殊社会政治功能的关切，是一种自上而下的社会主义城市的文化空间实践和文化建构。这个过程体现了新中国成立初期国家经济拮据，城市公共文化空间紧缺，以及在行政空间上北京首都与北京市之间的权力协调。各方权力的参与与纷争，足以显现上层权力机关对公共文化设施的高度重视。多方领导自始对首都剧场的密切关注，也为落成后的首都剧场的文化空间生产埋下了伏笔。

（二）剧场的物理空间设计

剧场的物理空间设计是除剧本、演员和观众以外，构成现代戏剧文化的关键要素之一。剧场的建筑设计，既是在历史发展中生产出来，又随历史的演变重新解构和转化，是城市文化的表征，也是解读城市与社会的方法路径。物理性的剧场空间，如剧场之址、剧场之名以及剧场的建筑风格，其直观存在成为社会历史文化的重要记录，并承载、传达着丰富的意识形态信息。

第一个五年计划的制定和实施，标志着中国正式开始实行苏联的计划经济模式，在实际工作中开始呈现“一边倒学习苏联经验的局面”。首都剧场，即是“一五”时期剧场建设的成果之一，也是最早实践苏联和东欧社会主义国家现代化剧场建设的产物。

首先，剧场的建筑外观就传达着时代的信息。“一边倒”学习苏联的局面使得我国建筑创作思想开始使用苏联的建筑创作思想为指导。首都剧场的设计者为留美归国的建筑师林乐义，当时苏联国内正盛行古典主义的建筑设计，此时“古典主义”的含义，简言之就是宣扬民族形式复古建筑，反对欧美现代建筑。那么苏联对于古典主义的肯定，也被赋予了社会主义的政治含义。显然，对于苏联、中国两个社会主义国家来说，20世纪50年代的中国对于西方古典建筑价值的认可，有着深刻的政治层面原因。首都剧场的外形设计选择借鉴了乌兹别克苏维埃社会主义共和国首都塔什干歌剧院的建筑风格（如图1、图2所示），以平屋顶为基本体型，在建筑的檐口、门窗等部位加以简化的中国传统装饰纹样，两侧的柱廊设计作为西方古典主义的代表性装饰，外观呈现为西方建筑的古典结构，然而细部的设计如影壁、雀替、藻井、华表以及大厅内的中国壁画元素等，林乐义则加入中国传统民族特色的元素，使得这座现代建筑既具有中国民族特色又有新时代特征。

图1　塔什干歌剧院

在首都剧场的设计时期，除了苏式建筑“大屋顶”成为很多建筑师作为表达“社会主义内容与民族形式”的象征符号。新中国成立之前一直推崇西方现代建筑，且将“西而古”的建筑风格列为最差一等的梁思成，在此时大加提倡传统的“大屋顶”设计。林乐义本人既想自己的设计能得到主流认可的同时，又能与众不同地运用一些西方设计理念。所以，在首都剧场接受梁思成过目时，林乐义采取了两面手法，他在剧院模型上临时添了一个大屋顶，而实际上，落实大屋顶这个形式设计建筑成本要增加60%，林乐义在最终的设计方案中并不打算落实这个大屋顶的复古设计。新中国成立之后，随着计划经济体制的不断完善，建筑设计单位已全部纳入国营，如此，中国的设计力量也就完全纳入了政府的控制之中，这也就使得建筑思潮

图 2　首都剧场

开始受到政府意志的掌控。林乐义作为著名的建筑大师，其设计思想不可能逃离社会政治压力的束缚而独善其身。

1954 年，苏联建筑工作者会议上，赫鲁晓夫对斯大林时期在政治口号下“为了追求建筑形式而不重视使用要求”的做法提出了批判。1954 年，全国第一次人民代表大会上，周恩来总理特别提到了建筑领域的浪费现象。意识到片面追求建筑的形式性以体现社会主义制度的优越性，造成建筑成本高昂，脱离了国民经济的现实，给国民经济发展造成了不良影响。之后不久中国建筑界展开了对“设计工作中的资产阶级形式主义和复古主义倾向”的批判，由此，以梁思成为代表的提倡传统的“大屋顶”设计理念在全国范围内遭到大批判。在此形势下，《戏剧报》对首都剧场的落成刊载了如下评论：“首都剧场的设备是这样完善，但是剧场的建筑上却存在着一些比较严重的缺点。造成这些缺点的原因固然在有些地方是由于我们对戏剧场建筑还没有足够的经验，但是，最重要的原因显然是由于某些资产阶级建筑思想的影响促使建筑设计者设计上造成了若干难以补救的缺点。这种资产阶级的设计思想表现在盲目追求剧场的豪华而不首先注意到实用。”①

① 《戏剧报》1955 年 6 月 15 日。

在经历了狂热效仿苏联社会主义建设模式与开展建筑界的反浪费运动后，除去“大屋顶”后的首都剧场，具有了很强的时代象征性。通过对首都剧场空间设计过程的回顾，我们可以看到新中国成立初期，为了迅速实现社会主义现代化的目标，城市建筑设施的规划与建造，都频繁地受到官方的意识形态的强制性干预。建筑空间的设计上的选择也必然成为意识形态的选择，剧场物理空间的最终呈现也必然是政治与艺术的结合体。

新中国成立初期的首都剧场，虽为话剧演出场所，却成为众多领导人经常光顾的场所，也是人民接受宣传教育活动的一个重要阵地。中央领导充分认识到这块戏台的重要性，文化部对剧场的剧目生产活动进行审查和管控，充分发挥话剧表演活动的优势特征，一方面将其作为社会主义文化运动的“展播台”，宣传党的政治及文艺政策；另外也是社会弊政的“曝光台”，对人民进行社会主义思想文化以及爱国主义教育。由此，剧场的意义，就不仅限于文娱场所，更是作为社会主义文化实践空间发挥着宣传、教育的社会功能。

男性主体与心理镜像

——论男性作家政治灾难叙事中的女性形象

曹　莹*

伤痕文学、反思文学以及 20 世纪 90 年代的政治灾难叙事可谓层出不穷，其中，男性作家与女性作家在书写、回忆历史方面固然分享了一些相同的文化资源和叙事视角，但他们的小说在反映政治苦难时对性别叙事要素的调用是迥然相异的，也就是说如果从性别角度分析这些政治创伤记忆，男性立场与女性立场将呈现出不同的叙事侧重点和道德价值观，这使他们对同一历史事件的记忆具有了显著的性变化差异。在此，本文将男性主体的历史批判小说中的女性形象简单概括为四种类型：一种是符号化的女性形象，将女性作为男性主人公人生命运或价值选择的象征，女性如同男性的心理影像，分别映照出男性的某种内心困惑或心理隐秘，而多个女性形象的并置实际上对应着男性政治命运的不同阶段，标志着人生处境的转折，王蒙的中篇小说《蝴蝶》《布礼》，以及孔捷生《南方的岸》中的女性形象都属于此种类型；一种是肉欲化的女性形象，她们一般与物质上或身体上的慰藉相联系，由此成为男性主体自我生成中不可缺少的要素，比如张贤亮《绿化树》中的马缨花；一种是作为权力想象的“母亲”形象的女性，她们往往与男性对最高权威的幻想有关，比如张承志知青小说《绿夜》《黑骏马》中的蒙古族额吉；还有一种是作为历史悲剧表征的女性形象，这种女性一般善良、美丽、浪漫、弱势，小说对她们悲惨命运的讲述成为历史批判的最有力武器，叶兆言《驶向黑夜的女人》就是这种叙事倾向的代表，它试图以女性的命运悲

---

* 曹莹，首都师范大学文化研究 2012 级博士生，指导教师：陶东风。

剧来解释历史的罪恶和残酷，但却忽视女性在具体的历史情境中，面对权力时可能产生的心理或行为上的挣扎、抗争，因此这种小说中女性虽然是作家着力刻画的主要人物，但却始终是被动的、外在于历史的。这四种叙事倾向在不同的小说中也可以相互交错和融合，生成更为复杂的形态，然而它们是男性文本建构出来的性别秩序，在此女性如同一座桥梁，搭建起男性主体、女性形象、政治权力三者之间的关系，而这其中女性的形象负荷着男性主体的权力想象，灾难体验，精神理想等种种复杂表意。

一　革命理想与政治焦虑的性别化表达
——王蒙小说《蝴蝶》中的女性形象

王蒙 1979 年的中篇小说《蝴蝶》是“文化大革命”之后反思文学的发轫之作，这篇小说围绕革命知识分子干部张思远从新中国成立到 20 世纪 80 年代初的政治命运、仕途沉浮展开，小说以“意识流”的叙事方式将“文化大革命”期间张思远对自己生活的回忆和人生思考嫁接在一起，以此呈现张思远作为一个知识分子和国家干部对于革命信仰，革命忠诚的深思以及对自我身份问题的追寻和叩问：张思远是革命者？是国家干部？是革命的叛徒？是乡下的老张头？政治运动变幻莫测，这导致了他的自我迷失和困惑，如何在“文化大革命”特定意识形态语境中定义知识分子自我形象是这篇小说的重要问题，而思考这个问题的路径在于他作为革命者、领导者和党组织的关系怎样？作为国家干部和人民群众的关系怎样？作为对上述谜题的尝试性解答，小说中一方面描述了张思远丰富的精神思想过程，一方面以社会、家庭人际关系的建构和变化来表现张思远党内身份和政治命运的转变。情爱关系、婚姻关系在小说中是作为政治关系的隐喻来建构的，而在此基础上塑造的女性人物形象也必然作为某种政治观念和价值取向的符号出现，从而失去了小说人物应有的具体性和复杂性，“张思远的情爱结构由第一任妻子海云、第二任妻子美兰和精神恋人秋文构成，这三者分别表征了情爱、物欲和信仰三个话语谱系，张思远与三者的关系，以及对三者所展现出来的情感态度，体现了知识分子对革命认同的精神取向和革命话语对知识分子所具有的无与伦比的‘唤询机制’和召唤力”。[①] 张思远的第一位妻子海云是爱情的象征，而第二位妻子美兰则被戴上了欲望化的脸谱，小说中的第三位女性秋文是张思远理想和信仰的外化，在此三个女性形象打上了迥异的，甚是相互冲突的价值烙印，而在小说更深层次的表意中，这三个女性又代表了张思远与党组织和群众关系的不同时期：海云是情爱的化身，她美丽、感性、浪漫，海云时期的张思远的革命事业如日中天，可以说这是他与党组织关系最为和谐统一的时候，在这个初始的时刻，在张思远的潜意识中，他本人和组织的形象都是完美的；美兰的出现切断了张思远与革命组织的“蜜月期”，美兰给人以美丽、冷酷的直观印象，代表了一种革命理想和浪漫激情消退之后的渐趋合理化、僵化的生活方式，它由堕落的、旺盛的物欲构成，也充斥着功利主义精致的合理性，斤斤计较、精心算计，张思远对美兰提供的这种生活（或者说对于美兰本人）表现出矛盾的甚至是分裂的态度，他在现实层面习惯于、依赖于物质生活的舒适和精细，但在思想上却抵制、批判、警惕它，在潜意识之中，将它作为官僚化生活作风的表征，而这种物质丰裕的罪恶感也是他“文化大革命”劳改期间，自我反思的主要内容之一。美兰在小说《蝴蝶》中是一个标识，她意味着张思远行为与思想的分裂，意味着他已经与自己内心认同的革命理想渐行渐远，同时这也是他现实命运转折的重要关口。秋文这一女性形象在小说中可以说是缺少性别色彩的纯粹精神化存在，是张思远劳改期间精神反思与精神净化的象征，秋文是知识分子与普通群众复杂结合的想象性产物，一方面她具有知识分子的素养、才识和理性，一方面她又贴近群众，洋溢着奉献精神和朴素作风，可以说秋文是知识分子与普罗大众相结合的理想典范，是张思远内心革命理想的镜像，也是一种精神升华：经过“文化大革命”政治风暴洗礼的张思远，走出了海云象征的幼稚、纯粹的革命激情年代，走出了以美兰为代表的物质的、官僚化的腐朽，重新与党组织获得了认同，这种认同在小说中被描述为理性、现实、成熟、完善，而又不乏激情。

小说中对张思远与海云关系的描述是现代文学中“革命+恋爱”模式

---

① 杨丹丹：《革命知识分子及其信仰的文学表达——重读王蒙的〈蝴蝶〉》，《海南师范大学学报》2010年第5期。

的复写，这种带有个人解放性质的革命话语，使革命意识形态对个人的征召情感化，弱化了政治权力中的压抑性，同时也使性爱的个人化情感得到升华，这一形式将中国现代化的两个过程奇妙地扭结在一起：通过革命运动建立现代国家，通过自由恋爱树立现代个人，可以说在此性爱与革命是同一的，又具体落实在小说文本的性别秩序中，不可缺少对女性的性与身体的想象。“恋父”式的革命崇拜和过度的革命幻想往往是“革命＋恋爱”的基本色调，将性爱作为政治欲望的投射，因其强烈的理想化反而显现出一丝虚假。小说中，张思远对海云的记忆最终定格在一朵被碾压的小白花上面，白花纯洁、柔弱而多情，是一个性别意味浓厚的意象；对海云的初次描述也是浪漫而幻化的，“她的头发舞动如火焰，张思远看到了激情在怎样使她的年轻的身体颤抖。她就是刘胡兰，她就是卓娅，她就是革命的青春”。[①] 海云年轻、美丽、热情，是忠诚的革命青年，与此相对应的是此时的张思远，他是一个成熟、坚定、意气风发的革命干部，对于群众和海云来说，“他就是共产党的化身，革命的化身，新潮流的化身，凯歌、胜利、突然拥有的巨大的——简直是无限的威信和权力的化身”。[②] 张思远是党和革命的权威与力量，是一种革命化的“父权”表征，海云则是革命的青春期，需要张的引导和教育；革命的青春固然热烈而真诚，但也是盲目、冲动、脆弱的，所以海云在“文化大革命”时期的悲剧命运就潜藏在革命理想主义的虚幻中，它标志着革命浪漫情怀的必然破灭。在劳改期间，张思远对海云的悲剧一直是深深自责的，但在小说的深层表意中，海云的不幸宣告了革命理想主义的浪漫时期的张思远的死亡，是他反思和蜕变的开始和走向“新我”的必经之路。小说赋予海云真挚而高尚的情感和敏感真情的性格，她是张思远革命情怀的性别化想象，而张思远在小说中的形象始终是高于海云的，前期他允当引领海云的革命之父，后期他又是海云悲剧的反思者和检省者，因此海云实质上只是张思远自我人格的一部分。在海云命运转折的对比中，张思远自我的矛盾性展露无遗：他既渴望革命理想的激情，又隐约意识到这种情感的幼稚和空洞（对比秋文）。

---

① 王蒙：《蝴蝶》，《王蒙文存》（第九卷），人民文学出版社 2003 年版，第 76 页。

② 同上书，第 74 页。

与海云相对照的是小说中张思远的第二任妻子美兰，这两个人物恰好构成了父权文化女性想象的两级，天使与魔鬼，一个极度纯洁，一个心机重重。小说中的美兰是三个女性人物中，概念化、符号化程度最甚的一个，美兰表面成熟美丽，“浑身放着光泽和香气”；内心则冷酷理性，精于算计，小说中她“有一张大白脸，表情难以捉摸”，“前额上会出现两道显得有点儿凶恶的竖纹”。她追求精细的物质生活，将一切安排得恰到好处，她使张思远舒适安逸，然而一旦张失势，她马上理智的与其撇清关系，可以说，小说中的美兰是纯粹功利主义、现实主义的。不过有趣的是张思远对于美兰给予他的舒服合理的物质生活并没有过多抗拒和反感，他只是觉得美兰束缚了他，认为这样规范化的生活缺乏激情，使人倦怠。作为党和国家的高级干部，美兰时期的张思远一方面享受着市委书记优越的特权，一方面站在党内政治斗争漩涡的门口；一方面他感到自己的生活被美兰控制，一方面复杂的政治形势渐渐在他的掌控之外。这些都暗示张思远已经不是革命浪漫时期的那个自信自持的革命者，而是逐步退变成常态政治中的官员。无论张思远的内心如何检讨美兰带给他的生活方式，但在现实层面他已经成为享有特权的官僚，他与党组织的关系也在此时出现裂痕，实际上他已经不再掌握“文化大革命”前后极“左”的革命话语的叙述权力。

秋文是张思远劳改时期出现的指明灯式的女性，是劳动人民的理想化想象，也是张思远的思想救赎。小说中张思远与秋文的交往可以说是纯粹精神性的，这完全不同于他与海云之间的恋爱关系和他与美兰之间的婚姻关系，张思远将秋文作为心灵知己和学习的榜样。秋文在小说中是人民群众的代表，但事实上她却是处处高于普通群众的，她大学毕业，为人宽容温和，性格坚定豪爽，思想独立而理性，在她身上完全看不到普通劳动大众粗鄙庸俗、愚昧无知的一面，这些都使秋文这个人民群众的代表变得虚妄而不真实。与其他女性人物相比，秋文像海云一样是知识女性，但却比海云坚强成熟（海云的情绪化和脆弱是她体现出小知识分子的特征）；她像美兰一样理性客观，但却没有美兰的功利和残酷，她之所以高于其他女性，皆因她是人民群众的象征，在意识形态的权力话语中享有崇高地位。然而秋文并不是真实存在的劳苦大众，而是知识分子心目中理想化的群众形象，在此一种想象性的劳动群众的美好品质，比如朴素勤劳，与知识分子的优越特征，比如学识、理智，结合统一，成为一个完美的意识形态符号。张思远劳改期间，首先得到了秋文的照顾关怀和精神救赎，并最终获得了秋文的谅解和支持，由此作为干部官员、知识分子的张思远走完了与人民群众相结合的道路并结束了对自我身份的怀疑和困顿，想象性地完成了一次人格升华，并与党的群众路线的政治要求完全统一起来。此时的张思远否定了海云时期幼稚的革命激情，走出了美兰特权生活的钳制，由于与秋文的精神结合，他更坚定从容，忠于职守。换句话说，张思远最终完成了对自己高官身份的价值认定。①

海云—美兰—秋文，是张思远婚恋情感历程的三个阶段，可以说对张思远与三个女性人物关系的描述是服务于小说的中心话题的，也就是张思远的身份危机和身份认同问题，然而无论张思远的政治身份如何变幻，他在小说中始终获得了一种高于三个女性人物的存在方式：对海云来说他是革命导师；对美兰来说，他可以时刻警惕和批判美兰对特权生活的迷恋，以此在享有美兰提供的高品质物质生活的同时，俯瞰美兰；对秋文来说，秋文是群众，而张思远是高级干部，虽然文革劳改时作为“老张头”的张思远需要秋文的照料和拯救，但是作为高干的张思远却得到了秋文由衷的佩服和欣赏，“您的工作本来就比我的重要一百倍，一千倍。不服是不行的。我拥护您和您的同僚们。您们是国家的精华和希望。您们失去了太多的时间，我相信您们会夺回来。我祝您们成功”。② 这一段来自劳动人民的自我陈述，明显将张思远的高干身份及其价值合理化了，同时也拉开了秋文和张思远的距离。由此可见，小说《蝴蝶》中的女性形象不过是张思远人生某个侧面的表征，或者说是他自我主体的某一部分，在这样的性别秩序中，女性人物很难得到现实的、立体化的呈现。而实际上，张思远的身份危机，忠诚危机，并不能通过这种性别化的叙事解决，因为从根本上说，张思远的身份的分裂是“文化大革命”体制造成的，而在小说中，他对这个极“左”的体制并没有做出任何有效的反思。一个人的身份问题，忠诚问题，主要取决于他在多大程度上是一个自由主体，而“文化大革命”时期的意识形态正是要求

---

① 参见陶东风《一个知识分子革命者的身份危机及其疑似化解——重读王蒙的中篇小说〈蝴蝶〉》第三部分：劳动—人民拯救的神话；第四部分：让人纠结的特权，《文艺研究》2014 年第 8 期。

② 王蒙：《蝴蝶》，《王蒙文存》（第九卷），第 124 页。

人奉献出全部的自由以完成所谓阶级斗争的革命风暴，个人对于身份的选择是没有自主性的，对张思远来说，政治运动需要他成为什么人他就只能是什么人，因此他的身份问题要在文革运动的政治逻辑中寻找，而不能单纯在他的社会关系或者说婚恋关系中体现。在这个意义上，小说《蝴蝶》实际上是将政治焦虑表征为个人情感危机，在这一意义维度中，女性人物只能成为某种政治选择的符号。

女性人物的政治符号化在其他历史叙事中也屡见不鲜，孔捷生的中篇小说《南方的岸》也体现出相同的倾向。王蒙的《蝴蝶》是知识分子反思文学，它的基本主题是老干部在“文化大革命”苦难过后的故地重游，而《南方的岸》则是知青题材，讲述了知青生活及知青返城后的故事，虽然两篇小说在主题方面有所差异，但如果从性别角度分析这两篇小说的意义结构则几乎是一模一样。《南方的岸》里，易杰（“我”）是一个回城知青，在他的人生中出现了三位女性：暮珍在小说中代表着知青默默无闻的奉献和牺牲精神；丽蓉表面光鲜亮丽，内心却脆弱自私，代表着现实的、功利的原则；小町作为小说中的青年女性，象征了一种自由主义的全新的生活方式。易杰回城之后找不到自身定位，陷入价值和身份的双重迷茫，他最终认为知青生活才是他人生价值的真正所在，于是在得到了丽蓉的钦佩和小町的理解后，他选择和暮珍一起回到海南的橡胶林。后知青时代的价值迷失，一方面是时代转折所致，一方面是由知青精神本身的空乏导致，而小说却将几种价值选择幻化为女性人物的特征和性格，并以男性视角（主要人物易杰）加以褒贬，通过男性主人公最终的选择来想象性地解决这种价值困惑，无疑显得过于虚幻和自恋。

二　欲望化的女性身体与男性的精神拯救
——张贤亮小说《绿化树》中的女性形象

与王蒙《蝴蝶》相同的是张贤亮的中篇小说《绿化树》讲述的同样是知识分子落难后被民间女子所救的故事。[①] 然而不同的是，小说《绿化树》

① 参见许子东《为了忘却的集体记忆：解读50篇文革小说》，生活·读书·新知三联书店2000年版，第91页。

中的女性——马缨花，更偏重于物质化与肉欲化，并在女性欲望化的书写中加入了一层民间“圣母”的底色，与《蝴蝶》那种精神化、理智化的处理方式是相对的。

《绿化树》小说中作为资产阶级知识分子的章永麟在劳动改造过程中面临三重生存境况：一是生理层面的极端残酷体验，繁重的劳动和难耐的饥饿相互叠加；二是精神世界的挣扎变异，对于自我阶级身份和人格的质疑和追问，内心思想意识的检省是精神层面的主要矛盾（这一点与张思远是相同的）；三是社会关系也即人际层面，这在小说中表现为两种关系，一方面是章永麟（“我”）与劳改中结识的其他成员的关系，既包括其他劳改犯也包括农场的工作者，对于这层关系，章永麟显然没有太多美好的体验，从小说中可以看出，他的生活基本上是封闭而孤独的，经常陷入自我思索和反省中，很少与他人交流，与周围环境更显得格格不入，或者说出于知识分子的自尊，章永麟在内心深处就不屑于和周围人交往；另一方面是章永麟与马缨花的情爱关系，而这层关系是小说意义生产的重点：章永麟在处理他和马缨花的情爱时态度矛盾纠结而又充满了自我想象的幻梦，从肉体层面来说，他无法抵御马缨花给予他的温饱生活和身体诱惑，从精神世界来说，他又无法压抑潜意识中自己作为知识分子的优越感，认为马缨花浅薄而简单的思维，耽于日常生活琐细的生活方式，对他自己无疑是一种束缚和麻痹，与他追求的所谓知识分子超越世俗的精神生活和丰富的内心世界的倾向是明显相悖的。与此相应的是，小说中马缨花对章永麟的情感更是充满了男性知识分子想象的快感，马缨花具有一种民间“圣女”的典型特征，是“荡女与天使的混合物，她散发着富有（实物）和肉欲的光辉，同时又代表着童贞和纯洁的爱情”[①]，这是这样一个纯真、朴素、勤劳的，被所有男人爱慕着、幻想着的女人，拒绝了强壮、耿直、能干的海喜喜，拒绝了生产队队长等各色人等（尤其是海喜喜在这里可以看作是民间劳动人民的代表），独独无怨无悔地爱上了章永麟，小说里的马缨花对知识有一种发自本能的爱慕，而这正是她对章永麟产生好感的原因，她的感情是不带任何功利性的对知识分子的简

① 朱大可：《国家修辞和文学记忆——中国文学的创伤记忆及其修复机制》，《文艺理论研究》2007年第1期。

单而莫名的崇拜。在这样一种情爱关系设计里，表面上看作为劳动人民和女性的马缨花充当了拯救者的角色，而在小说的深层表意中，作为知识分子的章永麟一旦借助马缨花的关爱获得救赎，并通过一种苦行的方式（这种方式表现为经历身体上和心灵的双重艰难痛苦的改造）重新肯定了自我价值之后，他作为知识分子和男性的自我就立刻升华为高于马缨花的存在。最终章永麟离开了马缨花，朴实纯洁、生命旺盛的民间女性对于落难中的知识分子来说是一剂良药，然而一旦他们得到了精神解放或者获得了政权的认可后，女性作为男性的拯救者或者说中介就必然遭到抛弃。

如果以马缨花和章永麟的交往为界限将小说叙事分为两部分的话，那么在和马缨花熟识并发生恋爱关系之前，章永麟可以说是过着一种颇为荒谬和矛盾的生活，生产队严酷匮乏的生存环境、极度繁重的体力劳动、压抑而束缚的生活状态已经将他作为知识分子的人格和尊严全部榨干，他时时面临饥饿、疾病和死亡的威胁，为了多得到一点点身体必需的救命粮食，他和其他人一样绞尽脑汁、费尽心机。在这种情形下，思考与检省的姿态就成了章永麟在极权环境中拯救自我人格的一种尝试，一方面是饥馑羸弱的身体存在，另一方面是经常由生活小事触发的“头脑风暴”，他一边活在毫无自由和尊严的现实中，一边活在“意识流”创设的虚拟世界中，试图通过一些思想命题，诸如“人的欲望”“死亡的恐惧”“批判自己的资产阶级特性”等来得到救赎，但是可以说章永麟的此时精神性的自我建构收效甚微，小说中，他精神世界的抗争在窘迫琐屑的现实生活衬托下反而越发无力和荒诞。可以说正是在这种精神和现实的不可调和的矛盾中，性别秩序建构与女性角色的出现就带有了小说意义生产的必然性。小说中的马缨花是民间女性纯厚、朴素、勤劳的典型，一种“荡女与天使”结合的想象祛除了马缨花“性”描写中淫邪的意味，也抹去了章永麟接近马缨花的功利意味（比如为了食物和生存），反而散发出原始的、纯真的身体之爱与人性温暖。马缨花对章永麟的拯救从食物和温饱开始，她屋子里的温馨和食物的富足将章从饥饿体验的身体窘困中解救出来，使他的生活从容而安全；接着她给予了章永麟更加美好的爱情，二人关系的高潮是一场并不成功的性交，有趣的是在这一事件之后，章永麟产生了无以复加的罪恶感，小说中长篇幅的对于死亡以及马克思《资本论》中人性的探讨都是他以知识和思考洗刷罪感的方式，然而当出离了罪恶之后，章永麟马上就“认清”了一些事实，“既然她还是一个未脱粗俗的女人，既然我又恢复了过去的记忆，而成为一个‘知识分子’，可是我现在又还受着她的恩惠，那么，我和她，目前是一种什么关系呢?”；“我感到她完全不习惯我那表达爱情的方式，从而我也认为她不可能理解我的爱情，不可能理解我。我和她在文化素养上的差距是不可能弥补的……总而言之，尽管我心里也暗自感到不安，但我仍然觉得：她和我两人是不相配的!”① 值得注意的是“当我恢复了过去的记忆，重新成为一个知识分子”的时候，马缨花身上温暖的光晕就消失了，她粗浅、简单的一面暴露出来，然而是什么力量使章永麟又成为知识分子呢？如果说是思想和知识的魔力，那么在认识马缨花之前，这种力量就一直存在：章永麟一直在检讨自己的阶级出身，并不断援引马克思经典试图解释自身处境。实际上马缨花正是在这种所谓思考毫无结果的时刻出现的，恰恰是与马缨花的爱情使章永麟重新赢得了主体性与人的尊严，虽然这种主体人格是非政治性的，但在心理层面却具有一种替代功能。然而一旦脱离了生存与价值的虚无，重拾自我身份之后，马缨花“民间圣女”的光环就消失了，章永麟在知识话语上的优势扩张为一种社会身份、社会地位的标识和优势，完全凌驾于马缨花这一物欲的、肉体的、女性的存在。

小说《绿化树》可以看成是知识分子章永麟在劳改中的一次自我精神救赎，然而他的身份困惑，强烈的自卑感和罪恶感从何而来？从小说中章永麟的自我检讨和追思来看，他似乎将一切都归咎于他的资产阶级天然属性（阶级性质、阶级人格）和知识分子的自私软弱上，于是他不断阅读《资本论》这本革命思想圣经进行检讨，但这种精神层面的自检基本上是在“文革”意识形态话语范围内进行的，而恰恰是这套权力话语制造了他生活的困苦和身份的迷失，因此在这种意识形态限定范围内的思考游戏不可能带来真正的自我拯救。而小说始终无法反思的一个问题就是正是夸大的阶级斗争政治化生产了人的罪恶感，使个人在权力面前丧失了基本的人的自由和尊严，因此这里所谓的阶级“原罪”不过是一个虚妄的意识形态伪命题。如果说罪恶感本身是虚假的，那么检讨就必然不能获得解脱，而正是在这一时刻，

① 张贤亮：《张贤亮精选集·绿化树》，北京燕山出版社2006年版，第85页。

在小说之中的政治问题和思想问题无解，作为小说主要人物和视角人物的章永麟自我主体性无法修复的时候，性别主题就会成为一种替代性方案，与马缨花“才子佳人”式的恋爱中，民间女子成功拯救了落难书生，这是一个传统父权文化的神话，在其性别秩序中，两性关系实质上处于优势地位的章永麟终于在恋爱关系中想象性地重建了知识分子的自我主体性，在这个层面上小说成功地将政治问题转变为性爱问题，从而使长篇幅的，意识流式的对章永麟内心思想求索过程的描述获得了叙事意义。

三 知青小说叙事中的“母性”幻想——张承志的知青小说《绿夜》《黑骏马》《骑手为什么歌唱母亲》

与王蒙《蝴蝶》，张贤亮《绿化树》等“文革”叙事中性爱视角的性别秩序不同的是，张承志一系列知青小说都侧重于塑造蒙古族母亲“额吉”的形象，这类母亲形象往往既具有普通底层牧民勤劳朴素的美德，又展现出母性大爱，诸如慈爱、坚韧、宽厚等品质，她们对生命有着原始母性本能的热爱，经历了艰辛困苦生活的洗礼和岁月沉积之后，她们的言行充满了对民间原始而神秘的智慧的领悟，因此她们具有“智慧长者”形象的特征，因此在蒙古族“额吉”的形象的中暗藏着三种相互对照的文化视角：汉族文化—少数民族文化（蒙古族）；下乡知青—人民（牧民）；青年男性（“我”）—年长女性（额吉）。

在小说《骑手为什么歌唱母亲》中的额吉质朴善良，对初到草原的知青“我”不但没有任何排斥，反而关怀备至，悉心爱护，在她的心里将“我”当作家庭中的一员，当作自己的孩子来热爱，甚至为了救我被冻伤了双腿；不仅仅对我，额吉对其他的知青也十分心疼，得知女知青为了救火烧伤了，她就迫不及待地带上奶豆腐，让我背着她去公社看望受伤的知青们。正是这样母亲般的关爱，帮助初到草原的我们适应了草原恶劣的环境和艰苦的劳动，熟悉了草原的环境和文化，于是“我”感叹道“是啊，为了这样的母亲，为了这珍贵的情谊，我们有什么舍不得献出来呢？”知青的奉献精神是对牧民恩情的回报，祛除了政治色彩，在此，作品以一种个人化的叙事代替了政治叙事，以知青和牧民之间血脉亲情的伦理关系掩盖了这种关系背后的政治强迫性。小说最后将蒙古族母亲等同于人民，这就彻底将性别叙事上升为一种政治叙事，使少数民族母亲形象转化为人民政治的符号。

与之相应，《黑骏马》中草原母亲的文化隐喻就变得相对复杂了，小说中加入了对两种不同文明的探讨，而对于一个异族的"我"来说草原文明的精神内质带有一种启示的意味。《黑骏马》中的白音宝力格幼年丧母，被父亲交由一户牧民抚养，这户牧民家只有祖孙两个人，一个是"奶奶"，一个是她的孙女索米亚。在奶奶的照料下，我和索米亚相伴成长，奶奶身上有一种天然的、伟大的母性力量，任何被遗弃被摧残的生命，在她的养育之下都能奇迹般地复活，她收养了失去母亲的我，将一匹濒死的小马喂养成驰骋奔腾的黑骏马，就连生下来就羸弱不堪，遭人厌弃的其其格也受到奶奶强大的保护，"你们的老奶奶坐在门槛上，对那些牧人说：住嘴！愚蠢的东西！这是一条命呀！命！我活了七十多岁，从没有把一条活着的命扔到野草滩上。……等我把她养成人，变成一朵鲜花，再让你们来看看！"[①] 奶奶对生命的爱护即是出于母性的本能，也是出于对神和宿命的神秘信仰，她认为生命是神赐予的礼物，任何生命都是珍贵的。奶奶的爱已经脱离了伦理道德视域，升华为对生命本身的爱，这种普适的爱在作者看来是在长期的艰苦求生中世世代代积淀起来的草原文化的自觉，是这种文明的精神气质，因此小说中对草原文化的渲染带有一种苍茫而神圣的神秘色彩。在蒙古族奶奶的观念中，没有强烈的贞操观，反而更重视生命本身的欲望和存在，这也是身为汉族的白音宝力格不能接受和理解的。索米亚被恶棍希拉强奸怀孕，这让"我"感到愤怒而屈辱，"我"决定为了尊严和正义惩罚这个恶棍，但是奶奶却认为"希拉也没有什么太大的罪过"，"难道为了这件事也值得去杀人吗?""女人——世世代代不就是这样吗？知道索米亚能生养，也是件让人放心的事呀"。[②]

整篇小说采用了回顾性叙事的方式，讲述了人到中年的"我"重新返

---

① 张承志：《老桥·黑骏马》，北京十月文艺出版社1984年版，第98页。

② 同上书，第90页。

回草原的故事，这时我经历了人生的种种变故，对城市现代生活的喧嚣世俗，对周围人的虚伪势力充满了厌恶，我于是再一次迷失在生活中，回返草原就变成了一次对原初的生命价值的追寻。“我”找到了阔别九年的索米亚，然而她已经不是我魂牵梦系的草原少女，生活的磨难将她变成一个真正的草原农妇，在她坚毅而温情的态度中，我再次看到了奶奶的身影，最后，我深切地感受到草原对生命的宽厚和真挚，我在感动中获得了重新走进生活的勇气。在此，草原的文化隐喻变得复杂化了，它孕育质朴纯洁的人性，同时也纵容罪恶，但最终善与恶的矛盾在草原生活的自然规律中，在生命生生不息的繁衍中化解了，饱含着对生命的大爱和宽忍的草原文化与现代社会的狭隘的伦理道德观及其自我中心主义的文化价值取向形成了鲜明的对照，我最后对草原文化的回归和认同成为一种心灵抉择和文化救赎。小说中对个人苦难和追求的讲述采取了去政治化、历史化的视角，把特定社会制度下形成的社会矛盾，人与人关系的异化所导致的内心痛苦外化为两种文明的冲突，因此，“我”重返草原所得到的所谓文化启示并不能在现实境遇改变，它只能通过文化想象的方式使“我”获得精神慰藉，这种虚幻性方式在小说《绿夜》中体现得更为明显。作为一个返城知青，小说主人公“我”对城市现代生活的诸多方面都不能认同，“我”于是重返草原寻回自我存在的价值，并终于在蒙古妈妈的怀抱中得到安慰和理解，这里将“文革”造成的历史和个人生命轨迹的断裂导致的“后知青”时代的价值困惑和选择艰难，表现为一种文化的、性别化的，进而道德化的矛盾，小说显然认为原始质朴的草原文化更加符合人性，以此否定了功利、世俗的现代城市文明，在此蒙古母亲形象与人民形象合二为一，草原母性文化神话本身也是人民政治神话的一种想象。

周蕾在《妇女与中国现代性》一书中论述到郁达夫小说中“母亲—祖国”形象的政治隐喻，在现代感伤主义文学创作中，母亲形象总是附带着丰富的政治寓意，母性因富有牺牲精神和受虐倾向而在叙事中占有文化主体位置（施虐—受虐的主体反身性），男性通过对这一所谓“阳具”母亲的认同，退回到弗洛伊德理论中所处的“婴孩”的境地（恋母情结），产生被保护的安全感和与权力认同，当郁达夫在小说《沉沦》中呼唤“中国啊中国，你为什么不强大起来”，对于祖国母亲形象的想象与渴望国家变革和国族身份的重建联系起来。[①] 在张承志的知青小说中这种现代文学生产的受虐性母亲形象及其意涵经由革命政治话语和阶级话语渗透，而体现出鲜明的“文化大革命”政治意味。小说《黑骏马》《绿夜》《骑手为什么歌唱母亲》之中，围绕着蒙古族“母亲”这一形象产生了一种抒情性强烈的叙事风格，在此母亲想象体现出鲜明的阶级性从而取代了国族想象的政治维度，但母亲形象仍然在牺牲与受虐中生产政治隐喻，“母亲”是无产阶级的贫苦勤劳的劳动妇女，是贫下牧农的代表，母亲等同于人民等同于祖国；显然处于阶级斗争与人民政治话语想象的中心，“我”作为知青所受到的蒙古族母亲的照顾与维护，也就是受到了党与人民的关怀与肯定；而“我”对母亲的认同也是对人民政治的一种认同方式。在“文化大革命”阶级斗争与革命政治的话语氛围中，这种母亲形象的幻想是彻底去身体化、去欲望化的，这里的“母亲”总是散发着牺牲奉献的魅力，而毫无个人要求，她是强大的，但她同时是温暖的，她对于“我”总是毫无条件地保护慈爱，而“我”在“母亲”面前也呈现出一种孩童般的弱势，即“我”总是需要被保护，被教育，被理解，在此“文革”人民政治的强制性话语经由母亲这一形象而温情脉脉起来，实际上祛除了政治话语的压迫性，用一种世俗伦理遮蔽了心理层面上面对强权的窘迫和弱势：正是由于党和人民如同母亲般慈爱而富于奉献精神，“我”接受这种政治要求才合理；正是由于党组织和人民像母亲般伟大无私，才值得“我”浓烈的赞美和由衷认同，而“我”丧失的主体性，也因此想象性地建构起来。这些小说将“文革”强大的极权话语转换为以受虐母亲形象为主体建构起来的抽象伦理话语，这种对于强权的柔化处理，使知青精神，即所谓的奉献牺牲的革命理想主义精神取得了叙事合理性。在此，“母亲”这一形象是理想化的政治化的存在，她成为一个抽象而完美的政治符号，是阶级斗争、人民政治意识形态的依托，而女性作为母亲的真实角色和体验则被改写和忽略，在这一过程中，“文化大革命”政治伦理彻底侵蚀了世俗伦理，所以说“文革”意识形态对小说意义生产的控制性越强，这种母亲想象及其背后所隐喻的政治形象就愈加光明高大。

---

① ［美］周蕾：《妇女与中国现代性——西方与东方之间的阅读政治》，蔡青松译，上海三联书店2008年版，第256页。

四 男性叙事视角中的女性命运悲剧
——叶兆言小说《驶向黑暗的女人》的“女性历史”建构

叶兆言的小说《驶向黑夜的女人》原题名为《很久以来》，可见小说的叙事明显带有一种回顾性姿态，试图将相关历史事件从思想、观念及情感的既定模式的重重围裹中解救出来，还原其简明而残酷的属性，以此形成一个客观、独立、冷静的叙事视角。正因如此，整部小说的叙事都是“反情节”化的[①]，以往“文革”小说特定的着力制造情节张力的典型事件和场景在小说中总是被一带而过，或者写得相当平实直白：在竺欣慰的批斗大会上，她的丈夫闾逵与她划清界限并坚决批判她；她被执行死刑之后，女儿竺小芋不承认她这个母亲，这些伦理悲剧在大多数“文革”小说中都是被着力捕捉和渲染的情节，而在这里却寥寥数笔，甚至连人物之间的交流、人物内心情绪等都没有直接描述。这种“反情节”手法，固然使小说脱去了“文革”叙事的窠臼和陈腐的情感模式（比如伤痕文学），确实更具真实感和“写史”的姿态，但是同时也使小说失去了细节和情感的历史真实性，尤其是在主要人物是两位女性的情况下，叙述者作为男性外在化的视角和立场使小说不能真正深入到女性的内心情感体验和精神世界，也就无法将女性在历史中的真实存在境遇揭露出来，这就使小说中的女性命运仅仅是历史灾难的一种表征和载体，小说为她们的不幸和悲剧唏嘘慨叹，但是却没有交代女性面对这一政治苦难时的心理、情感、选择、抗争的行为，这就使她们在历史的宏大叙事中完全成为一个客体，而失去了女性对其命运的主体性。小说里竺欣慰的死亡与她和李军之间的不伦之恋有着千丝万缕的联系，然而小说正文中对竺欣慰死前在监狱中的遭遇几乎没有描述，对她和李军之间的感情，甚至整个事件的前因后果都缺乏清楚的交代，只是在小说后记中，作者讲述了林昭的故事，提到了她的《十四万言书》和《祭灵耦文》，讲到了林昭与柯庆施的爱恋，以及她最后的抗争，这些似乎都在暗示小说中竺欣慰故事的历史

---

① 参见李杰俊《女性命运的书写及其困境——〈很久以来〉和〈阵痛〉合论》，《广播电视大学学报》（哲学社会科学版）2014 年第 4 期。

来源，但是恰恰在小说正文中，竺欣慰牢狱生活的具体情节全部略去，而竺欣慰与林昭之间的比照也是模糊不清的，这就使小说叙事失去了历史的厚度、灾难的沉重和反思的力度，完全掉入了怀旧感慨和悲凉情绪中，仅仅是在感叹历史无常，叹惋无常历史中女性命运的悲剧，因此虽然小说讲述的是女性的故事，但叙事方式却是男性化的，在男性化视角中，女性经历了政治苦难，女性人生际遇表征了苦难，但她们却无法真正体验和拥有这些苦难。

小说《驶向黑夜的女人》以两个性格迥异，人生际遇也大不相同的女性为主要人物，她们的个体生命存在在波诡云谲的中国近现代历史中形成了一种对照与呼应的关系，也由此生成了小说文本结构的两个层面。冷春兰个性内敛温柔，沉稳而理智，也可以说她对生活的态度是消极而宽容的，她的人生是典型的世俗生活中的“悲喜人生”；竺欣慰则积极上进，浪漫激越，容易受到理想、信念等精神因素的鼓动，她生命中几次戏剧性的转折无不与中国历史中的重大变革具有典型的相关性（比如，抗战和解放战争的胜利导致它父母远走国外；反右运动致使她前夫被捕后死亡；文革斗争又使她的人生走到终点等）。可以说，冷春兰的人物设定是一种世俗、理性的现实世界的投射，而与之相反，竺欣慰的生命中则充满了革命激情和变革动力，这种颇具破坏性的力量与执着终于在“文化大革命”残酷而荒谬的政治斗争中导致了她生命的过早终结，在此竺欣慰的人生表征了一种信仰与革命的动力，这可以说是现代历史中的思想意识，具体而言就是革命政治话语的征象。冷春兰的世俗人生和竺欣慰的革命人生互为表里，交相呼应，以这种叙事结构，小说将中国半个世纪的历史风云编织进两个女性人物的个人遭遇中，从而制造了一种审美层面的沧桑感和怀旧氛围，而剔除作者的历史情怀之后，暴露出来的却是小说文革反思不足和对女性生存体验书写的欠缺。首先小说对冷春兰的塑造显然是缺乏思想深度的，她人生几经波折，从解放初期的背井离乡，到回到南京与竺欣慰生活后被闾逵强奸，到“文化大革命”时期遭受迫害不幸，最后嫁给闾逵生儿育女，在讲述冷春兰故事的时候，作者并未开掘出人物经历种种外在不幸时丰富的内心感受，甚至连嫁给强奸自己的人这种惨烈的经历，具有女性悲剧典型性的事件，小说中也没有对冷春兰这个当事人的感情变化、内心波澜、思想挣扎做过多描述，可以说对冷春兰这个人物而言，祛除了女性精神世界的丰富性和女性存在的立体性，我们能看到的就只能是对日常世俗生活琐屑冗长的描述，以及观念层面对既定的世俗伦理价值的依赖。对竺欣慰来说，“文化大革命”时期她和李军的婚外恋，她在狱中最后的日子怎样度过，小说中几乎完全没有正面描述，情节处理上的不清不楚，形象和细节的缺乏，都使小说对女性悲剧和苦难的反思最终停留于表面，停留于故事和事件的层面，或者说女性命运的层面，而始终不能深入到女性精神思想的世界，更遑论对当时政治体制和社会制度方面的反思。

可以说，自古以来，就有一种以女性悲剧命运作为历史变迁和政治苦难叙事表征的文学传统，多以女性的不幸来反映时代之黑暗或人心之邪恶（比如，清代孔尚任《桃花扇》、现代鲁迅《祥林嫂》、法国小仲马《茶花女》等）。此一叙事传统将女性作为苦难和痛苦的承载者，作为被牺牲，被献祭的纯洁而无辜的对象，正如许子东在《为了忘却的集体记忆》中总结的，“文化大革命”中的女性受难者往往都是无辜的，“文化大革命”结束之后，她们也能获得幸福，而是男性则仿佛真的存在某种问题，[①] 以此在这样的模式下女性形象也多是理想化和抽象化的。这种附带父权化色彩的历史叙事与性别想象，与凸显女性主体的历史叙事和历史记忆展现出的风貌是全然不同的，后者从女性叙事视角中展开对“文化大革命”苦难和历史责任的反思，乔叶《认罪书》中以女性人物视角对历史罪责的探索和救赎，以及张悦然小说《茧》中少女李佳栖对“文化大革命”时期祖辈、父辈恩怨的追问和思考，在此女性不仅仅是政治苦难被动和简单的承受者，同时也承担着反思历史，拷问灵魂的责任。

上述几部作品，无论是王蒙《蝴蝶》和张贤亮《绿化树》中以女性和情感问题象征男性政治焦虑或阶级身份，还是张承志知青小说中以母亲形象激发的人民政治想象，抑或叶兆言《驶向黑夜的女人》中以女性悲剧作为政治灾难的承载，这些想象女性与构建性别秩序的方案都没有在反省和批判历史之时将女性作为历史主体，也没有揭示出女性历史生存的真实性与复杂性，因此这里的女性形象书写始终处在想象与抽象的维度中。

---

① 参见许子东《为了忘却的集体记忆：解读 50 篇文革小说》，第 17 页。

20世纪80年代前期(1978—1985)小说中的城市空间生产

孟汇荣*

在文学史上，20世纪80年代并非完全对应于自然历史纪年，它的起始追溯到1978年。如程光炜所说，“1978年召开十一届三中全会，正式宣布了‘80年代’的开始”。① 随着社会生活的“拨乱反正”，文学创作也开启了“新时期”的帷幕。文学创作一方面追求自身的“主体性”地位、不再做政治的附庸和工具；另一方面又密切关注社会现实，承担着重要的社会责任和使命。

一　现代化意识形态下城市空间的显影

20世纪80年代新时期以来，“现代化”成了中国的意识形态。“现代化”作为意识形态，使20世纪80年代中国的政治、经济、文化等诸领域的各项工作有了立足点和方向。“现代化”的意识形态在小说作品中蕴含在对城市空间的建构之中。

现代化理论，是20世纪60年代以来国际社会学领域的一个重大的新课题。“现代化”这一概念本身是宽泛模糊的。在国际社会学领域，“现代化”可能与“英国化”“欧化”“西化”“城市化”“发展”“进步”等词混用。

---

* 孟汇荣，首都师范大学文艺学2010级博士生，指导教师：邱运华。

① 程光炜：《文学讲稿：“八十年代”作为方法》，北京大学出版社2009年版，第77页。

"'现代化'概念力图描绘人类社会的一个过渡时期，经过这个过渡时期，人类进入一个取得技艺的现代理性阶段，达到主宰自然的新水平，从而将自己的社会环境建立在富足和合理的基础之上。"① 尽管世界上各个国家进入现代化的时期不同，现代化发展水平不同，但对于一个社会的现代化特征，国际上还是有一个共识的。概括起来看，现代化在以下几个领域的表现为：1. 经济方面：（1）非生物性动力如蒸汽、电力和原子能取代了人力、畜力作为生产、分配、运输和通信的基础；（2）手工工具逐步为机器和技术所取代；（3）拥有高水平技术必然导致门类繁多的第二产业（工商业）和第三产业（服务业）的增长，它们在数量意义上超过第一产业（天然生产业）；（4）从事生产、消费、市场活动的经济角色和经济单位日益专业化；（5）经济上一定程度的自立性增长，至少增长到足以经常地增加生产和消费；（6）日益增长的工业化——这是经济现代化的关键性特点。2. 社会结构变化方面："现代化"是以个人的成就为基础的"自由流动"。3. 生态领域："现代化"以不断前进的都市化程度为特征。4. 文化领域：识字和世俗教育的普及；一个以各种知识训练为基础，为培养和提高专门化人才而建立的比较复杂的知识和制度体系。在文化观上，以强调效率为特征。② 从这四个方面的概括我们可以看到，"现代化"在现实生活中的两个显著特征，一是工业化，二是城市化。

到 20 世纪 80 年代，新中国经过了 30 年的建设，城市化水平仍然不高。这首先体现在城市数量和城市规模上。20 世纪 60 年代和 70 年代，没有进行全面的城市化，而着重于发展小城市（许多是公社行政中心，大一些的是县城）。到 70 年代晚期，中国的城市比例还不及 20%（不到 15% 的人口居住在有 2 万以上居民的城市里）。但是，70 年代晚期的中国已有了一个偏重于小城的城市网络。③ 这些小城，是当地的行政中心，同时也是物质生活水平与文化生活水平较高的场所。相对于小城周围以农业生产为主的乡村来说，

① ［印度］A. R. 德赛：《重新评价"现代化"概念》，罗荣渠主编《现代化：理论与历史经验的再探讨》，上海译文出版社 1993 年版。

② 同上。

③ ［美］吉尔伯特·罗兹曼：《中国的现代化》，国家社会科学基金"比较现代化"课题组译，江苏人民出版社 2014 年版，第 336—337 页。

小城也是特色鲜明的城，是不同于乡村的一个独特的空间。

邓小平指出，四个现代化的建设是为了满足人们日益增长的物质和文化的需求。[①] 直白地说，就是让全国人民都能过上好日子。如何建设一个富足、合理的现代化社会呢？“高度现代化”的特征就是拥有极为丰富的消费品的大众市场。[②] 在社会主义建设的前三十年，国家把现代化建设的重心放在工业上，农业和服务业的现代化水平很低。市场、消费品匮乏。到20世纪80年代改革初期，城市居民的粮、油、肉、蛋等食品仍要凭票购买。农村的日常消费品就更为少见了。所以，20世纪80年代开始的现代化建设表现在城市化中，就不仅是城市数量的增长问题，而且也是对城市内部空间的建设问题。城市空间，成为中国现代化进程的具体表征。

按照《布克威尔社会学词典》的定义，“都市化”是指在以非农业性为特征的社区（即城市）人口集中的过程，在这些城市中，生产主要是围绕服务和商品而设置的。[③] 现代化建设，也是要重视人们的日常生活水平的提高。“贫穷不是社会主义”“允许一部分人先富起来”。于是，在20世纪80年代前期的文学作品中，充溢着一种摆脱贫穷落后、劳动致富的乐观心态，物质不再是被警惕、被批判的对象。物的丰富、消费品的丰富是人们现代化建设理所当然的一个结果。这种观念投射到现实生活之中，找到的一个具体的对应物便是城市。

在人类社会漫长的发展历史中，城市是“积累的摇篮、富裕的地方、历史的主体、历史性空间的中心”。[④] 自改革开放开始，中国的城市空间脱去了阶级、道德方面的罪恶，成为社会主义现代化建设中先进生产力的代表。在城市与农村的整体空间中，城市，成了现代化进程的代表，成了乡村的启蒙者，成了物质和精神先进的代表。中国社会生活中，城市空间成了中心，成了结构社会关系的主导。

20世纪80年代，尽管城市化率不高，但是在全国已经存在着基于社会

---

① 《邓小平文选》，人民出版社1983年版，第82页。

② ［美］吉尔伯特·罗兹曼：《中国的现代化》，第3页。

③ 转引自包亚明主编《现代性与空间的生产》，上海教育出版社2003年版，序。

④ 参见亨利·列斐伏尔在《空间：社会产物与使用价值》一文中的相关论述，王志弘译，见包亚明主编《现代性与空间的生产》，第47—58页。

主义建设和管理而存在的数量众多的中小城市网络，最小的城市便是县城。这些城市承担着重要的行政和组织管理当地生活的功能。包围着这些小城市的，是广大的乡村。20 世纪 80 年代早期的小说对城市空间的表现，首先是从对这些小城市的表现开始的。尽管这些城市规模小，与周围的农村有着千丝万缕的联系，但它们又分明是不同于农村的另外一个空间。在当时计划经济体制下，尽管这些小县城商品经济不发达，物质景观也不现代，但它仍“是人类社会权力和历史文化所形成的一种最大限度的汇聚体”。[①] 也正是这些小县城的现代化与都市化的转变，才真正代表了中国的现代化、都市化的进程。

20 世纪 80 年代中国社会的城市化，应该说是包含了从农业时代向工业时代的转化，同时也涉及由工业时代向都市化时代的转化。因为，中国城市的现代化发展水平相差悬殊，沿海开放城市（如广州、深圳、上海）和内地城市尤其是小县城不可同日而语。这是中国的现实，也昭示了中国现代化、城市化进程的复杂性。幸而，20 世纪 80 年代前期的小说创作，为我们呈现了这一转化历程的真实面相。

二　城市空间中现代化想象与物体系的建构

现代化、工业化，对于 20 世纪 80 年代的中国来说，既是抽象的意识形态，又是现实生活中人们具体的实践。20 世纪 80 年代的城市空间，承载了现代化抽象的意识形态性和具体的社会实践，具有列斐伏尔所说的“具体的抽象”：它既是具体的，又是抽象的；既是可见的，又是不可见的。城市自身是复杂社会的强有力的象征。它不仅仅是一个具体的场所，同时也是各种社会关系的生产者和组织者。城市，连同其中的各种物质生产和社会关系生产，在生产着它自身。

20 世纪 80 年代的中国刚刚开始现代化、城市化建设，城市经验的积累还相当少。以至于有学者认为，中国 90 年代市场化确立之前，没有真正的

---

① ［美］路易斯·芒福德:《城市文化》，宋俊岭、李翔宁、周鸣浩译，中国建筑工业出版社 2009 年版，第 1 页。

城市文学。[1] 但是，在 20 世纪 80 年代前期的小说中，城市空间已经赫然存在了。尽管表现当时城市空间的文学作品算不上真正的城市文学。

就像在现实生活中的城市空间有它具体可感的一面一样，小说作品在文本中表现城市，也要塑造一个具体可感的空间。这样，读者才能借这个具体可感的空间通达城市的抽象空间。美籍华裔学者张英进在研究海派小说的城市书写时用了一个词“构形”。他说：“‘构形’（configurations）一词包含两个层面的意思。（1）在明显的文本层次，它指文学与电影中的城市形象。（2）在更深的思想层次，它指以文本书写城市的过程中运用的认知、感觉、观念工具。”[2] 我们可以看到，在 20 世纪 80 年代前期的小说文本中，城市构形是从城市之外来进行的，以一个外来者的身份来观察、打量、体味城市空间。在这个过程中，以一种陌生化的手法把城与城市空间所生产之“物”紧密关联在一起。

1981 年第 7 期的《上海文学》刊载了河南作家张一弓的短篇小说《黑娃照相》，获 1981 年全国优秀短篇小说奖。小说的题材内容和城市（哪怕是最小的县城）没有丝毫关联，主题应是反映“文化大革命”结束后，农村经济搞活，允许农民自主经营搞副业，从而劳动致富。小说能够获奖，和作者对这一崭新的社会现象的把握不无关系。主人公张黑娃是中岳山下一个 18 岁的农村青年。他搞副业，养了四只长毛兔，第一次剪兔毛，卖了八元四角钱。这对一个贫穷的农村家庭来说，“是一个具有历史意义的伟大事件”。[3] 于是，十八岁的张黑娃便带着这八元四角钱上中岳庙赶会去了。黑娃置身其中的，是一个农业和手工业自给自足的封闭的乡村世界。他去赶会，是去接触一个商品丰富的市场，尽管这个市场只是一个农村的自由流动的市场。但是，这个市场的存在逻辑已不同于乡村的自然经济状态。庙会带来了一个山外的新鲜世界，庙会上人流如织，有各种时新百货、小件农具，也有省城动物园运来的老虎和从洛阳运来的“哈哈镜”，

---

① 见葛红兵《在主流和非主流之间》，《广州文艺》1998 年第 5 期。

② 张英进：《中国现代文学与电影中的城市：空间、时间与性别构形》，江苏人民出版社 2007 年版，第 5 页。

③ 张一弓：《黑娃照相》，《上海文学》1981 年第 7 期。以下涉及本小说的原文，皆出于此。

当然也有各种小吃，还有一个外地武术团的表演。“货币在紧张地流通，商品在频繁地交换。黑娃连同他的八元四角钱便如同被磁石吸引着似地跑到这儿来了。”最后，黑娃既没有买吃的，也没有买穿的，而是花了三块八照了一张彩色照片。照相之前，黑娃换上了毛衣、西服、呢子裤，打上了领带；并且对着做道具用的电话机喊了两通话，然后一手执酒杯，一手抓苹果，照下了他人生中的第一张彩色照片。“黑娃愣愣地望着相片，那眼神好象在问：这一位果真是俺么？但他很快便确认，这就是本来的黑娃，或者说，这就是未来的黑娃。”当黑娃离开庙会后，“他再次掏出彩色照片，审视良久，忽然对相片里的他说‘我说你呀，你好好听着，再过两年，咱来真个的！’他又回头望着山下的庙会，望着那鳞次栉比的货棚、饭铺，大声喊叫着：‘你们——统统的——给俺留着！’‘留着’——‘留着！’群山发出了声”。

《黑娃照相》这个短篇，虽然不是写城市空间，但“庙会”这个场所绝非农村空间。商品的丰富、货币的流通，应是城市的属性。小说写了农村人奔向美好富足生活的信心和决心。这个美好富足的生活是指向城市的。小说饶有意味的一个细节是照相。那个相机是地道的美国货，它所代表的是西方的光学技术。黑娃不购买吃的，不看中国的武术表演，也不买同样是工业产品的穿的，却独独选择了照相。正是照相机的技术构成吸引了这个18岁的农村初中毕业生。对于他来说，科学技术具有无穷的魅力。鲍德里亚认为，“主体的存有样态‘反映’于客体的存有样态”。[①] 黑娃对照相的消费，实际上显露了他对不可见的科学技术的渴求。鲍德里亚分析现代社会的产品时指出：这里定义的科技层次是抽象产物：在日常生活里，我们对物的科技现实可谓毫无意识。然而此一抽象性却是基本的现实：科技主导着环境的重大变革。甚至这样说都不会显得奇怪：物品最具体的一面便是科技，因为科技演进和物的结构变化实为一体。严格地说，物的科技层次变化是本质的（essential），而物在其需求及实用的心理或社会学层面的变化则是非本质的（inessential）。[②] 科技，是城市文明的产物。黑娃选择照相，实

① ［法］尚·布希亚：《物体系》，林志明译，上海人民出版社2001年版，译后记，第229页。

② 同上书，导论，第2—3页。

际上是与他没有真正置身于其中的城市文明发生了关联。这种行为选择，即是消费。消费不仅是购买商品，它还包括对商品的使用。鲍德里亚总结为：消费是一种（建立）关系的主动模式（而且这不只是［人］和物品间的关系，也是［人］和集体与世界间的关系），它是一种系统性活动的模式，也是一种全面性的回应，在它之上，建立了我们文化体系的整体。[①] 笔者认为，《黑娃照相》这篇小说是通过具体的商品建构了一个特征明显的城市空间。

如果说《黑娃照相》中对城市的构形是模糊的，那么早它一年发表的另一篇小说则直接点明了城市空间的“具体抽象”性，而且也是通过对城市空间中物的具体呈现来实现的。这篇作品就是高晓声发表于 1980 年第 2 期《人民文学》上的《陈奂生上城》。

在当代文学史上，《陈奂生上城》的位置是极高的。普遍的共识是，高晓声继承了“五四”文学国民劣根性批判的主题，深入挖掘农民心态，塑造了陈奂生这一典型形象，以近乎漫画的手法表现了农民小生产者朴实而又狭隘狡黠的性格。本文关注的不是高晓声塑造的人物形象，而是他借一个农民小生产者的上城遭遇所呈现出来的 20 世纪 80 年代中国内地小城的面貌和城市空间。

“上城”这一行为，在小说中打破了农村与城市的隔绝，把两个不同的空间勾连在了一起。陈奂生是一位 48 岁的农民，长年生活在农村，他的生活经验、感觉结构都是属于农村的。他上城，首先就是置身于一个异于他的陌生空间。在“城”这个空间中，陈奂生的诸多感觉处于高度的敏感状态，提示他，他已经离开了他熟悉的乡村空间。高晓声选择这样一个“乡下人进城”的视角来结构小说，是让“城市”不同于“乡村”的抽象的精神特征占据核心。县城代表着市场，代表着众多的顾客，代表着发达的经济场所。在那里，他可以买到称心的帽子，可以容易地赚到零用钱。丹尼尔·贝尔曾说：“一个城市不仅仅是一块地方，而且是一种心理状态，一种主要属性为多样化和兴奋的独特生活方式的象征；一个城市也表现出一种使想囊括它的意义的任何努力相形见绌的规模感。要认识一个城市，人们必须在它的街道

① ［法］尚·布希亚：《物体系》，林志明译，第 222 页。

上行走。”[①] 行走在城市街道上的陈奂生注意到了什么呢？他所注意到的城市实际上也就界定了他的社会身份和诉求。他并不是本雅明在分析波德莱尔的诗作时所发现的城市漫游者。他没有那种闲暇。对于城市，陈奂生的诉求是一种更好的生活。他要卖掉他的油绳，他要买一顶帽子。这两个诉求只有在城市这个空间才能实现。所以，他眼中的城市空间只有百货公司和火车站。百货公司可以让他挑到称心的帽子，火车站可以聚集大量的顾客。以陈奂生的视角，我们感受到的城市是商品与人群的聚集，但没有物质压迫感。城市以它的规模显露着一种更富足的生活。正如英国的文化地理学家迈克·克朗所说：“城市不仅是故事发生的场地，对城市地理景观的描述同样表达了对社会和生活的认识。”[②]

叙述到此为止，陈奂生上城还没有发生消费。他与城市空间还没有个人的深入接触，他的农民的感知结构还没有被触动。接着，陈奂生因重感冒被县委书记吴楚的小汽车送到了招待所，住进了一间高级房间。这对于一个农民社员来说，可以说是被抛入了一个陌生的消费空间。在 20 世纪 80 年代前期的中国，能够住过招待所的，只有官员、知识精英、采购员等公家人，一个普通的农民是没有机会接触招待所这类消费空间的。而陈奂生居然住进了五元钱一晚的高级房。连公社农机厂的采购员都说：“我就没有那个运气，三天两头住招待所，也住不进那样的房间。”招待所高级房间成了农民陈奂生的消费品，给他带来了切实的震惊体验。“一觉醒来，天光已经大亮，陈奂生肢体瘫软，头脑不清，眼皮发沉，喉咙痒痒地咳了几声；他懒得睁眼，翻了一个身便又想睡。谁知此身一翻，竟浑身颤了几顿，一颗心像被线穿着吊了几吊，牵肚挂肠。他用手一摸，身下贼软；连忙一个翻身，低头望去，证实自己猜得一点不错，是睡在一张棕绷大床上。陈奂生吃了一惊，连忙平躺端正，闭起眼睛，要弄清楚怎么会到这里来的。”以陈奂生的生活经历，这张大床超出了他的感觉结构。他睁开眼来细细打量着住的地方，“却又吃了一惊。原来这房里的一切，都新堂堂、亮澄澄，平顶（天花板）白得耀

① ［美］丹尼尔·贝尔：《资本主义文化矛盾》，赵一凡等译，生活·读书·新知三联书店 1989 年版，第 154 页。

② ［英］迈克·克朗：《文化地理学》，杨淑华、宋慧敏译，南京大学出版社 2005 年版，第 45 页。

眼，四周的墙，用青漆漆了一人高，再往上就刷刷白，地板暗红闪光，照出人影子来；紫檀色五斗橱，嫩黄色写字台，更有两张出奇的矮凳，比太师椅还大，里外包着皮，也叫不出它的名字来。再看床上，垫的是花床单，盖的是新被子，雪白的被底，崭新的绸面，呱呱叫三层新”。“他下了床，把鞋子拎在手里，光着脚跑出去；又眷顾着那两张大皮椅，走近去摸一摸，轻轻捺了捺，知道里边有弹簧，却不敢坐，怕压瘪了弹不饱。”这干净、明亮、气派的大房间，对于陈奂生来说，摆设的都是高档的消费品。从质地、色泽、工业化的制造（弹簧的安装）到感觉层面的软、亮、新，所有这一切组成了一个“物体系”，组成了一种文化氛围，一种品味，它们共同指向一种品质：舒适。这个“物体系”召唤出了物的使用价值和功能以外的东西。那种东西，对于来自于农村，而且是贫穷的农村的陈奂生来说，是他不曾接触过的。这种东西就是消费。在陈奂生的经验中，“物”是以使用价值或交换价值而存在的。只有在这间陌生的招待所的高级房间里，陈奂生才真正认识了“物”，或者说认识了现代社会之中“物”的存在。

列斐伏尔认为，一个物品的社会现实，同时在于实践、想象和它所传达的意识形态。在社会领域中，物品从来不是“赤裸”地出现；它总是被加上一个二次度意义，一个社会性延伸意义。[①] 对陈奂生来说，物的这个社会性延伸意义是在城市空间内获得的。霍尔也认为，物自身并不产生意义，而是“通过我们对事物的使用，通过我们就它们所说、所想和所感受的，即通过我们表征它们的方法，我们才给予它们一个意义”，或者说，意义“产生于我们围绕这些‘物’编织叙述、故事（及幻想）之时”。[②] 高晓声通过编织叙述、故事，把招待所空间中存有的“物”以陈奂生的感觉呈现出来，也就揭示了陈奂生作为一个农民的心智结构和社会身份。在这个过程之中，城市空间，作为物品的集合、总和与全体，也就被间接地生产了出来。城市空间，是更舒适的生活方式。陈奂生的这一次上城，使城市生活真正成了他的切身体验，从而也使他在村里人那里有了较高的社会地位。“从此，陈奂生一直很神气，做起事来，更比以前有劲得多了。”因为，在村民们

① ［法］尚·布希亚：《物体系》，林志明译，译后记。

② ［英］斯图亚特·霍尔：《表征》，商务印书馆2003年版，第3页。

的意识中，陈奂生享受了一次城市的生活。而那种生活，是乡村人追求的未来的生活。

我们说，20 世纪 80 年代的城市化是与现代化建设一同展开的。在这个过程中，城市和现代化几乎就是同义语。城市是现代化的载体，也是现代化国家的载体。于是，“非生物能源”（即非人力、畜力）的利用，成了可见的现代化，成了重要的城市空间构形的手段。

王蒙的《春之声》发表于 1980 年《人民文学》第 5 期。小说的叙述空间是一列行驶之中的火车。这列春节前开出的闷罐车拥挤、杂乱，黑咕隆咚。小说全篇以刚出国考察回来的岳之峰的意识流展开，文本的背景是刚刚改革开放的中国。拥挤不堪的车厢里人们在热烈地谈论着，“自由市场。百货公司。香港电子石英表。豫剧片《卷席筒》。羊肉泡馍。醪糟蛋花。三接头皮鞋。三片瓦帽子。包产到组。收购大葱。中医治癌。差额选举。结婚筵席……”① 这是一个虽然条件不好但是充满了热切向往的空间，实际上也寓意着当时的中国。在车厢中，一个操着流利北京话的妇女抱着孩子，同时，在她的膝盖上放着“三洋牌”录音机，播放的是各种动听的德语歌曲，其中有一首乐曲就是《春之声圆舞曲》。妇女正在随着德语歌曲学习德语。妇女和孩子的存在，是当时中国对外开放、对知识渴求、渴望融入世界、追赶世界发达国家愿望的表达。这列在《春之声》中咣当向前的列车，连起了中国广袤大地上的城与乡，也是中国与现代化世界接触的桥梁。“门咣地一关，就和外界隔开了。那愈来愈响的声音是下起了冰雹吗？是铁锤砸在铁砧上？黄土高原的乡下，到处还靠人打铁，我们祖国的胳膊有多么发达的肌肉！呵，当然，那只是车轮撞击铁轨的噪音，来自这一节铁轨与那一节铁轨之间的缝隙。”“所有的噪音都是令人不快的吗？反正火车开动以后的铁轮声给人以鼓舞和希望。下一站，或者下一站的下一站，或者许多许多的下一站以后的下一站，你所寻找的生活就在那里，母亲或者孩子，友人或者妻子，温热的澡盆或者丰盛的饮食正在那里等待着你。都是回家过年的。”这是一列满载着希望和幸福的列车。尽管它和西方发达国家还有明显的差距：“斯图加特的奔驰汽车工厂的装配线在不停地转动，车间洁净敞亮，没有多

① 王蒙：《春之声》，《人民文学》1980 年第 5 期。以下小说引文皆出自此。

少噪音。西门子公司规模巨大，具有一百三十年的历史。我们才刚刚起步。赶上，赶上！不管有多么艰难。哞，哞，哞，快点开，快点开，快开，快开，快，快，快，车轮的声音从低沉的三拍一小节变成两拍一小节，最后变成高亢的呼号了。闷罐子车也罢，正在快开。何况天上还有三叉戟？”汽车、火车、飞机作为工业化的交通工具，是一个国家现代化发展水平的重要标志之一。王蒙在这里提到的“春之声”也应包括这机械化的噪音。它“给人以鼓舞和希望”，是中国奔向现代化的象征。

在小说中，王蒙提到了北京，提到了北京的高级宾馆；提到了 X 城的火车站，是一个热闹的食品市场，“卖刚出屉的肉馅包子的，盖包子的白色棉褥子上尽是油污。卖烧饼、锅盔、油条、大饼的。卖整盒整盒的点心的。卖面包和饼干的。X 车站和 X 城饮食服务公司倾全力到车站前露天售货”。尤其是提到车上正在学习德语的妇女时，特意点出她的流利的北京话。这些细节的安排都指向一个空间：城市。它是商品的、工业化的空间，是古老中国的美好前景。小说的结尾，王蒙写道：“他看到了闷罐子车的破烂寒伧的外表：有的地方已经掉了漆，灯光下显得白一块，花一块的。但是，下车以后他才注意到，火车头是蛮好的，火车头是崭新的、清洁的、轻便的内燃机车。内燃机车绿而显蓝，瓦特时代毕竟没有内燃机车。内燃机车拖着一长列闷罐子车向前奔驶。”“他走在了坑坑洼洼的故乡土地上。他转过头，想再多看一眼那一节装有小鸟、五月、烟草花和约翰·施特劳斯的神妙的春之声的临时代用的闷罐子车。他好像从来还没有听过这么动人的歌。他觉得如今每个角落的生活都在出现转机，都是有趣的，有希望的和永远不应该忘怀的。春天的旋律，生活的密码，这是非常珍贵的。”

20 世纪 80 年代前期另一篇具有代表意义的作品是铁凝发表于 1982 年第 5 期《青年文学》上的小说《哦，香雪》。在这篇小说中，现代化的交通工具火车同样也是与远方的大城市（北京）连在一起，火车以及城市的物品、城市的气息给一个僻远的深山中的小村庄带来了希望，带来了美好的憧憬。城市空间，相对于乡村，也是现代化的启蒙者。

台儿沟这个小山村在大山深处，只有十几户人家，和外部的广阔世界几乎是隔绝的，处在前现代的生活条件之下。现代化的铁路和交通工具开始让外部世界知道了台儿沟，也让台儿沟的人开始了解外部世界。台儿沟终于走进了现代化的进程之中。“如果不是有人发明了火车，如果不是有人把铁轨铺进深山，你怎么也不会发现台儿沟这个小村。它和它的十几户乡亲，一心一意掩藏在大山那深深的皱褶里，从春到夏，从秋到冬，默默地接受着大山任意给予的温存和粗暴。然而，两根纤细、闪亮的铁轨延伸过来了。它勇敢地盘旋在山腰，又悄悄地试探着前进，弯弯曲曲，曲曲弯弯，终于绕到台儿沟脚下，然后钻进幽暗的隧道，冲向又一道山梁，朝着神秘的远方奔去。”①由首都方向开往山西的这列火车，每晚在台儿沟这个小站停留一分钟。“这短暂的一分钟，搅乱了台儿沟以往的宁静。”台儿沟的姑娘们对这火车、对外面的世界充满了好奇，她们要抓住这一分钟的时间，了解这个远道而来的庞然大物以及和它一同到来的山外面的世界。美丽的女孩香雪就是其中之一。每天晚上，香雪总是第一个出门，到村口去等那只停一分钟的火车。“看火车，她跑在最前边，火车来了，她却缩到最后去了。她有点害怕它那巨大的车头，车头那么雄壮地吐着白雾，仿佛一口气就能把台儿沟吸进肚里。它那撼天动地的轰鸣也叫她感到恐惧。在它跟前，她简直像一叶没根的小草。”在这里，台儿沟就像一位天真未凿的纯真少女，而作为现代文明代表的火车则充满了阳刚的雄霸力量。对于乡村来说，火车是征服性的力量。乡村对它是崇拜的、羡慕的。

乡村的姑娘们在火车上发现了什么呢？都是乡村文明所没有的新鲜玩意儿，也就是一些工业制品，如发卡、比指甲盖还小的手表、电风扇等，香雪则注意到了一个人造革的学生书包。这些物品，只有山外的城里才有。现在，这些物品在姑娘们眼前一闪而过，带给她们的只是远方城市的一个幻影。替这一切“物”说话的，是第三节车厢的乘务员，一个“身材高大，头发乌黑，说一口漂亮的北京话”的小伙子。台儿沟的姑娘们对他充满了好感。

渐渐地，台儿沟的姑娘们不仅仅去看火车了，她们开始了与火车的交流。姑娘们开始挎上装满核桃、鸡蛋、大枣的长方形柳条篮子，挤到车窗下，换回台儿沟少见的挂面、火柴、发卡、香皂、纱巾和能松能紧的尼龙袜。火车的到来，开阔了台儿沟人的视野，丰富了他们的物质生活。然而，

① 铁凝：《哦，香雪》，《青年文学》1982 年第 5 期。以下小说引文皆出于此。

还不止这些。作为村里唯一的一名初中生，香雪关心的是，“北京的大学要不要台儿沟人”“什么叫‘配乐诗朗诵’”。城市，以它的物质和文化吸引着香雪。香雪最想得到的，不是城里的吃的和戴的，她最想得到的是一个能自动合上的铅笔盒。香雪的铅笔盒是手工的木制品，是当木匠的父亲为她考上中学特意制作的。这个木头做的铅笔盒，在公社中学同学们用的可以嗒嗒响的自动塑料铅笔盒中显得那么笨拙、陈旧。“香雪的心再也不能平静了，她好像忽然明白了同学对她的再三盘问，明白了台儿沟是多么贫穷。她第一次意识到这是不光彩的，因为贫穷，同学才敢一遍又一遍地盘问她。她盯住同桌那只铅笔盒，猜测它来自遥远的大城市，猜测它的价值肯定非同寻常。”如何拥有这样一个铅笔盒呢？香雪只能用鸡蛋换。于是，香雪在火车上搜寻着那样的铅笔盒，终于在火车的小桌上发现了一只。于是，香雪挎着她的一篮四十个鸡蛋，本能地跨上了火车。只停一分钟的火车带走了香雪，把她带到了三十里山路以外的下一站。香雪害怕，香雪着急，但也得到了那个铅笔盒。铅笔盒的主人想把铅笔盒送给香雪，但香雪不能白拿别人的东西。她在下车前把那篮鸡蛋放在了女学生的座位底下。香雪得到了自动开关的铅笔盒。“她要告诉娘，这是一个宝盒子，谁用上它，就能一切顺心如意，就能上大学、坐上火车到处跑，就能要什么有什么，就再也不会被人盘问她们每天吃几顿饭了。”有了这个盒子，香雪不再害怕黑夜和大山了。“她站了起来，忽然感到心里很满意，风也柔和了许多。她发现月亮是这样明净。群山被月光笼罩着，像母亲庄严、神圣的胸脯；那秋风吹干的一树树核桃叶，卷起来像一树树金铃铛，她第一次听清它们在夜晚，在风的怂恿下‘豁啷啷’地歌唱。她不再害怕了，在枕木上跨着大步，一直朝前走去。大山原来是这样的！月亮原来是这样的！核桃树原来是这样的！香雪走着，就像第一次认出养育她长大成人的山谷。台儿沟呢？不知怎么的，她加快了脚步。她急着见到它，就像从来没有见过它那样觉得新奇。台儿沟一定会是‘这样的’：那时台儿沟的姑娘不再央求别人，也用不着回答人家的再三盘问。火车上的漂亮小伙子都会求上门来，火车也会停得久一些，也许三分、四分，也许十分、八分。它会向台儿沟打开所有的门窗，要是再碰上今晚这种情况，谁都能从从容容地下车。”现在的香雪，显然已经接受了现代文明的洗礼，她是以一个现代人的眼光来观看大山及山中的一切自然物的。日本学者柄谷行人认为，“现代的自我”“只有通过某种物质性或可以称为‘制度’性的东西其存在才是可能的”。① 促使山村少女香雪发生这种转变的，是那个工业制品——带磁铁的自动开合的塑料铅笔盒。成为这样一个现代人以后，在香雪的意识里，“自然”才成了可供欣赏的“风景”。威严的、粗暴的大山及自然物，在现代技术或人力的观照下，才不再那么可怖，才会成为丰产的母亲的胸脯。在小说的结尾，“她站在枕木上，回头望着笔直的铁轨，铁轨在月亮的照耀下泛着清淡的光，它冷静地记载着香雪的路程。她忽然觉得心头一紧，不知怎么的就哭了起来，那是欢乐的泪水，满足的泪水。面对严峻而又温厚的大山，她心中升起一种从未有过的骄傲。她用手背抹净眼泪，拿下插在辫子里的那根草棍儿，然后举起铅笔盒，迎着对面的人群跑过去”。“山谷里突然爆发了姑娘们欢乐的呐喊，她们叫着香雪的名字，声音是那样奔放、热烈；她们笑着，笑得是那样不加掩饰，无所顾忌。古老的群山终于被感动得颤栗了，它发出宽亮低沉的回音，和她们共同欢呼着。哦，香雪！香雪！”这可以说是古老的乡村对“现代的个人”的欢呼，对代表着美好生活的现代文明和城市空间的欢呼。

20世纪80年代前期的小说文本中，对城市空间的构形既是具体的，又是抽象的。说它是具体的，我们从小说中看到了一个庞大的城市空间中的物体系，各种工业产品，丰富的日常消费品；说它是抽象的，是说在这个具体的城市的物质空间的生产过程中，城市空间的工业化、现代化、消费性物质也同时被生产了出来。城市，是中国现代化启蒙空间的承载者。

三　启蒙与被启蒙：城市空间与乡村空间的纠葛

从人类文明发展进程来看，城市是从乡村中诞生出来的。城市的诞生，即是人类文明的汇聚中心的诞生。这其中包括政治、经济、军事、宗教、文化等多方面人力、财力的汇集。在城市中，社会分工更为明确，更为专业化。因为社会分工的不同，城市与乡村发展成了两种不同的空间。由此，也

---

① ［日］柄谷行人：《日本现代文学的起源》，赵京华译，生活·读书·新知三联书店2003年版，第52页。

就形成了两种不同的心灵。如斯宾格勒所说“区别市镇和乡村的不是大小而是一种心灵的存在”。[①] 城市是才智，大城市是“自由的”才智。而乡村则是原始的自然，与土地不可分离。于是，城市凌驾于乡村之上。在后来的社会发展中，我们的确看到了城市与乡村之间越来越大的差距。城市被冠之以开放、文明、进步，而乡村则是封闭的、愚昧的、落后的。城市，为一个个个体提供了自由发展的空间，从而也成为个人主义的温床。这是从正面对城市的界定。同时，城市的发展也显露了它的负面。它理性得冷漠甚至残酷，丧失了乡村的朴素的情感。相对于城市来说，乡村是温和的，宽厚的，包容的。因此乡村往往成为大地的象征。乡村与城市，类似于母与子之间的关系。

中国有着漫长的农业社会的历史，如费孝通先生所说，中国的基层是个乡土社会。人们对土地的情感异常深厚，许多感知结构、伦理情感都是建立在乡土文明的基础之上。20 世纪 80 年代的中国，刚刚开始“四个现代化”建设，在城市化的过程中，城市心灵与乡村心灵激烈碰撞，置身于其中的人们承受了社会转型的煎熬。

1982 年，陕西作家路遥在《收获》第 3 期上发表了中篇小说《人生》，引起了文坛和社会的广泛关注和热烈的讨论，随后《人生》被拍成电影，在全国放映。《人生》能够产生如此强烈的社会效应，应该说它触动了中国社会由农业社会向现代文明或者说城市空间转型过程中的内在焦虑，体现了 20 世纪 80 年代人们对城市文明、现代生活方式的热烈向往与追求，同时，在这一过程中城市心灵与乡村心灵的激烈碰撞。

《人生》的文本空间有两个，一个是主人公高加林出生并长大的高家村，属于我们所说的乡村空间；另一个是县城，虽然现代化程度不高，但属于城市空间。高加林的人生悲剧就发生在对这两个空间的选择之中。路遥在小说开篇援引同为陕西作家柳青的一段话：“人生的道路虽然漫长，但紧要处常常只有几步，特别是当人年轻的时候。没有一个人的生活道路是笔直的、没有岔道的。有些岔道口，譬如政治上的岔道口，事业上的岔

---

① ［德］奥斯瓦尔德·斯宾格勒：《西方的没落》，齐世荣等译，商务印书馆 1995 年版，第 200—201 页。

道口，个人生活上的岔道口，你走错一步，可以影响人生的一个时期，也可以影响一生。”[①] 高加林在小说开篇就遇到了人生的一个岔道口。高加林是村里的高中毕业生，三年前高中毕业，没有考上大学，只能回到高家村做农民。由于高家村或者整个公社高中毕业生都是少有的，所以高加林就以他的知识优势做了村里的小学教师。这个职业虽然也是在农村，也是挣村里的工分，但对于高加林来说，仍是充满希望的。高加林在读高中时便喜爱文科，关心国家乃至国际局势，平时喜欢文学创作，一心向往着高家村以外的广阔世界。回村参加农业生产，从事的是完全的体力劳动，是他不能接受的。幸好做了民办教师，他的科学文化知识派上了用场。他的人生规划是做几年民办教师，通过考试或许可以转为正式的国家教师，也就是拥有一个城镇户口，然后，他再努力，争取做他认为更好的工作。总之，他决不一辈子做一个农民。他要脱离农村。他做民办教师是非常合格的。但是，现在他人生中出现了岔道：村支书高明楼的二儿子高中毕业，也没考上大学。高明楼便用自己的权势，让知识水平不如高加林的儿子三星顶替高加林做了村里的民办教师。对于这种不正之风，高加林老实巴交的父母只能伤心落泪而没有任何办法。高加林也只有气愤。生活的远景一下子消失了。他只能做一名从事体力劳动的农民了。但他不甘心。乡村空间的一切都是高加林不再能适应的。体力劳动的辛苦还在其次。高加林不甘心一辈子留在高家村，他已经有了一颗城市的心灵。以他的城市心灵来看高家村，人们的生活方式、价值观念仍处在前现代社会，是落后与封闭的。

《人生》的上篇写乡村空间。当时的高家村还是集体合作化的农业生产方式，只是每家有一小块自留地，自己种些食物。公社刚开始开会动员包产到户的经营方式，在高家村还未实施。村民们的物质生活相当贫穷。一般人家也就是到村组上工种庄稼挣工分，村组按工分分粮分钱，农民的收入很少。农民生产的方式靠人力、畜力。与外部世界联系的交通工具是少见的自行车。村中没有任何公共娱乐设施，没有任何文化活动，工作时间与闲暇时间完全混在一起。每天的生活就是出工收工，单调乏味。全村人共用的食用水源是沟里石崖下的一口水井，全村人都到那里去担水。“石头围了一圈的

① 路遥：《人生》，《收获》1982 年第 3 期。以下小说引文皆出自此。

水井，脏得像个烂池塘。井底上是泥糊子，蛤蟆衣；水面上漂着一些碎柴烂草。蚊子和孑孓充斥着这个全村人吃水的地方。”农村空间不仅物质生活落后，人们的观念也非常保守落后。高加林看到饮用水井的卫生状况，就自己花钱从县城买了漂白粉放入井中。这一现代卫生的方式竟引起了村民的恐慌，他们认为高加林往水井里撒了洗衣粉或是“药”，所以拒绝喝井里的水。如果说，“井水事件”是村里人缺少科学知识而拒绝接受新事物，那么，在对待个人卫生、对待年轻人谈恋爱方式方面的态度，则是传统的农村封闭保守的观念所致。高加林和同村最漂亮的女孩刘巧珍谈恋爱后，高加林让巧珍刷牙。巧珍从未上过学（她父亲不让她上），不识字，被认为是地道的农村女孩。她刷牙的行为，招来了她父亲的强烈反对，也招来了村里人的围观和嘲笑。他们认为，农村人世世代代是不刷牙的，巧珍刷牙，越出了农村人的日常生活规矩。另外，就是高加林与刘巧珍谈恋爱的方式。当时的农村，年轻人不是谈恋爱，而是谈对象。到了婚配年龄，由媒人介绍家庭条件、长相相当的男女青年认识，相亲，定亲，再到结婚。年轻人双方很少有像城里青年那样的单独相处的机会。高加林和刘巧珍相爱，首先没有媒人的介绍。其次，高加林晚上和刘巧珍频繁约会，白天一起去县城。整个村子都开始中伤他们的行为，“关于高加林和刘巧珍的谣言立刻在全村传播开来。他们的坏名声首先是从庄里几个黑夜出去偷西瓜的小学生那里露出来的。他们说有一晚上，他们看见以前的高老师在村外打麦场的麦秸垛后面，正和后村的巧珍抱在一块亲嘴哩。又有人证实，他看见他俩在一个晚上，一块躺在前川道高粱地里……谣言经过众人嘴巴的加工，变得越来越恶毒。有人说巧珍的肚子已经大了；而又有的人说，她实际上已经刮了一个孩子，并且连刮孩子的时间和地点都编得有眉有眼”。这纯粹是封建保守观念对高加林和刘巧珍美好爱情的恶意亵渎。这样的乡村空间，从物质到文化都是贫瘠落后的。生活于其中的高加林觉得备受压抑。“他的心躁动不安，又觉得他很难在农村呆下去了。可是，别的出路又在哪里呢？他抬起头，向沟口望出去，大山很快就堵住了视线。天地总是这么的狭窄！他闭住眼，又由不得想起了无边无垠的平原，繁华热闹的大城市，气势磅礴的火车头，箭一样升入天空的飞机……他常用这种幻想来满足自己的精神需要。”城市以它的规模感，以它的丰富多样性召唤着高加林，激发或寄托着他无限的遐想。相对于农村的封闭、落后，城市空间是开放的、先进的，有着无限的可能。

《人生》的下篇，高加林的人生又出现了一个岔道口。他终于得以离开农村，到了县城。这个山区的县城实在算不上现代化空间。“当他走到大马河与县河交汇的地方，县城的全貌已经出现在视野之内了。一片平房和楼房交织的建筑物，高低错落，从半山坡一直延伸到河岸上。亲爱的县城还像往日一样，灰蓬蓬地显出了它那诱人的魅力。他没有走过更大的城市，县城在他的眼里就是大城市，就是别一番天地。”在路遥的笔下，县城仿佛是从大地中生长出来的一样，从情感上来说，它是大地的儿子。小说写到高加林做回农民后第一次上县城去卖馍。过了大马河桥，也就进了城。作者以高加林的行走让城市空间首次亮了相。城里的汽车站，把县城与外面更为广阔的世界联系起来，说明县城是一个人群汇聚的中心，是一个开放的场所；城南关的自由交易市场，以“菜市、猪市、牲口市和熟食摊为主，形成了四个基本的中心”。来赶集的都是本地人，是城里的干部和四方来的农民。“担柴的，挑菜的，吆猪的，牵羊的，提蛋的，抱鸡的，拉驴的，推车的；秤匠、鞋匠、铁匠、木匠、石匠、篾匠、毡匠、箍锅匠、泥瓦匠、游医、巫婆、赌棍、小偷、吹鼓手、牲口贩子……都纷纷向县城涌去了。”从市场的构成来看，县城只是乡村的延伸，它的生活来源仰仗着乡村。但县城又确实不同于乡村。它那诱人的魅力对于高加林来说，来自它丰富多彩的文化生活。小说中高加林在城市中的活动空间，除了他的工作地点县委大院之外，是学校、文化馆、体育场和东岗。也就是说，在城市空间中，高加林除了做他喜欢的工作之外，他的业余文化生活是异常丰富的。他身心的活力都有了发挥的空间。“他的裸体是很健美的。修长的身材，没有体力劳动留下的任何印记，但又很壮实，看出他进行过规范的体育锻炼。”篮球场上，他是出色的队员。工作中，他业务能力极强，又踏实肯干。在城市的工作和生活中，高加林如鱼得水。他的心灵是城市的心灵。

但是，城市毕竟是由乡村中分化出来的，虽然它超越了乡村，但乡村始终是城市的母体。城市对乡村既冲破又依恋。尤其在20世纪80年代，中国刚刚开始城市化进程时，城市与乡村存在着一个现实的文化连续带。城市要斩断它与乡村母体的脐带，是一个异常痛苦的过程。在《人生》中，作者借高加林的爱情取舍展现了这种痛苦。

农村空间虽然在社会的现代化发展进程中是闭塞的、落后的、保守的，但它又有一种质朴的、不加任何雕琢的自然之美。而且，关键的一点是，农村由于和土地的密切关联，农村空间也被赋予了大地一样的仁厚与包容。城市文明有它鲜明的文化观念、价值判断准则，使人们成为共同体的一员。那么，在农村呢？是什么使农村空间成为一个共同体呢？在小说作品中，作家找到的是超越现实各种利害计算的乡土，或者说是大地。在大地上，城市之子或农村之子都来自于养育生命的土地，都再次成为自然之子。《人生》中，路遥在多处用深情的笔墨来写缄默的、充满生机的农村的自然风景。“天蓝得像水洗过一般。雪白的云朵静静地飘浮在空中。大川道里，连片的玉米绿毡似的一直铺到西面的老牛山下。川道两边的大山挡住了视线，更远的天边弥漫着一层淡蓝色的雾霭。向阳的山坡大部分是麦田，有的已经翻过，土是深棕色的；有的没有翻过，被太阳晒得白花花的，像刚熟过的羊皮。所有麦田里复种的糜子和荞麦都已经出齐，泛出一层淡淡浅绿。川道上下的几个村庄，全都罩在枣树的绿荫中，很少看得见房屋；只看见每个村前的打麦场上，都立着密集的麦秸垛，远远望去像黄色的蘑菇一般。”这是高加林刚被撤了民办教师情绪非常低落时作者的一段农村自然景色的描写。我们可以感受到，尽管这片土地上的生活并不富裕，更谈不上现代，但正如村中的德顺老汉所说，“这山，这水，这土地，一代一代养活了我们。没有这土地，世界上就什么也不会有！是的，不会有！”这种乡土的情感可以抵消所有人们在现实生活中遇到的不公、不满，给人以慰藉，给人以希望，给人以奋斗的力量。在高加林的内心深处，他是深爱着这片土地的。他只是不满于这土地上落后的社会现实。高加林、巧珍和德顺老汉一起坐着驴车去县城拉粪一节，是小说中极富诗情的段落，德顺老汉讲了自己年轻时的爱情，实际上也就是述说了这片土地上的美丽与忧伤。同时，在那样一个寂静的夜晚，只有他们两代三个人在土地上前行，德顺老汉以及周围静谧的自然，共同分享着高加林与刘巧珍甜蜜的爱情。“月亮升高了，远方的山影黑黝黝的，蒙上一层神秘的色彩。路两边的玉米和高粱长得像两堵绿色的墙；车子在碎石子路上碾过，发出轻微的沙沙声；路边茂密的苦艾散放出浓烈清新的味道，直往人鼻孔里钻。好一个夏夜啊！”乡村空间，连同它的自然，就这样满怀深情地向人存在着。

R. E. 帕克认为，“城市绝非简单的物质现象，绝非简单的人工构筑物。城市已同其居民们的各种重要活动密切地联系在一起”。[①] 同样，农村空间也绝不仅是自然空间。它的特征也必须借由活动于其中的人传达出来。这个人在《人生》中就是刘巧珍。刘巧珍没有上过学，不识字，是个文盲。她也不了解山外的广阔世界，眼界只限于山村里的生活，限于如何靠自己的劳动过上幸福的生活。但她又是无比的美丽，“是一块金子”。她人长得漂亮，心地善良。在村里，不嫌贫爱富，不搬弄是非。她的爱热烈、真挚，是全身心的投入，也是一种忘我的奉献和牺牲。“巧珍刚懂得人世间还有爱情这一回事的时候，就在心里爱上了加林。”那时的高加林在上高中。以高加林家的经济条件来说，没有几个姑娘会愿意嫁到高家。但家境好、人又漂亮的巧珍不在乎高家的贫穷。她爱的是高加林这个人，“她爱他的潇洒的风度，漂亮的体型和那处处都表现出来的大丈夫气质。她认为男人就应该像个男人；她最讨厌男人身上的女人气。她想，她如果跟了加林这样的男人，就是跟上他跳了崖也值得！她同时也非常喜欢他的那一身本事：吹拉弹唱，样样在行；会安电灯，会开拖拉机，还会给报纸上写文章哩！再说，又爱讲卫生，衣服不管新旧，常穿得干干净净，浑身的香皂味！”可见，刘巧珍爱的是高加林自内而外散发出来的文化气息和才能。这不能不说是城市空间对乡村空间的吸引。在高加林上高中和做民办教师时，尽管巧珍爱他爱得发疯，但她一直把这种爱压在内心，她觉得自己配不上高加林，高加林是要吃商品粮的。高加林的世界在城里或是更广阔的地方，这是她无法追随的。高加林被撤了民办教师，成为一个普通的农民，按说是没有了远大的前途。但这时，巧珍真诚热烈地向高加林表白了自己多年的真情。她所有的行为，都是为了她亲爱的加林哥能够幸福，能够不痛苦。为此，她勇敢地与加林哥站在一起，不惜与自己的父亲闹翻，忍受村民们的嘲笑。正是在巧珍的无私的爱情滋润之下，高加林才发现了他所嫌弃的乡村之美。“爱情使他对土地重新唤起了一种深厚的感情。他本来就是土地的儿子。他出生在这里，在故乡的山水间度过梦一样美妙的童年。后来他长大了，进城上了学，身上的泥土味渐

① ［美］R. E. 帕克、E. N. 伯吉斯、R. D. 麦肯齐：《城市社会学——芝加哥学派城市研究》，宋俊岭、郑也夫译，商务印书馆 2012 年版，第 4 页。

渐少了，他和土地之间的联系也就淡了许多；现在，他从巧珍纯朴美丽的爱情里，又深深地感到：他不该那样害怕在土地上生活；在这亲爱的黄土地上，生活依然能结出甜美的果实!”巧珍的爱不仅如此热烈，而且也是无私的。当高加林到城里工作了一段时间而提出和她分手时，她忍着自己强烈的痛苦，不责问，不纠缠。当听说高加林被撤职回村时，她去劝阻了要去辱骂高加林的姐姐，并求高明楼能不能再让加林以他的才华做民办教师。巧珍做这些，全是缘于她的善良，缘于她曾经对高加林的爱。现在，作为马栓的妻子，巧珍对高加林不再有私情。“这是不可能的，我已经结婚了。再说，我也应该和马拴过一辈子！马拴是好人，对我也好，我已经伤过心了，我再不能伤马拴的心了……”多么朴质美好的人啊！正是这金子一般的心灵，勾画出了乡土这块空间。也是这块乡土空间，在高加林无法在城市安身时接纳了他，像对待自己犯了错误的孩子一样。“高加林一下子扑倒在德顺爷爷的脚下，两只手紧紧抓着两把黄土，沉痛地呻吟着，喊叫了一声：‘我的亲人哪……’”

城市空间的代表人物则是黄亚萍。黄亚萍是个漂亮的南方姑娘，是高加林高中时的同学。高中毕业没有考上大学，便因自己好听的嗓音和标准的普通话，靠父亲的关系到县广播站工作。黄亚萍高中时便对高加林有好感，两人有许多共同语言。但是随着毕业高加林回农村，这种好感便淡了。当高加林以一个城里人的身份再次出现的时候，黄亚萍便热烈大胆地追求高加林，并中断了和张克南的恋爱关系。黄亚萍所代表的城市空间有文化，开放，生活中充满了变化和期望。而且，黄亚萍的父亲即将转业回南京，可以带高加林一起走，在南京给高加林安排一个《新华日报》或省电台记者这样的工作。所有这一切，对于高加林来说，无疑都有强烈的吸引力。于是，高加林经过理智的同时也是痛苦的思考，狠下心来，与巧珍分手了。“他当然想和黄亚萍结合在一起。他现在觉得黄亚萍和他各方面都合适。她有文化，聪敏，家庭条件也好，又是一个漂亮的南方姑娘。在她身上弥漫着一种对他来说是非常神秘的魅力。像巧珍这样的本地姑娘，尤其是农村姑娘，他非常熟悉，一眼就能看到底。他认为她们是单纯的，也往往是单调的。”我们注意到，在高加林做这个决定时，他用的是头脑而不是心灵，他是像城市的精神那样经过理性的计算之后做出的选择。可以说，这是城市空间对高加林的塑造结果。就像城市空间是高加林一直渴望而又不能完全理解一样，黄亚萍也是这样一个存在。她爱高加林，可以给他买各种时髦的衣物、各种稀缺的食品，但同时她又骄横、任性，她对高加林的爱要求有相应的回报。所以她要小脾气，试探高加林，让高加林放下工作冒雨去找根本不曾丢失的水果刀。这种喜怒无常、变幻莫测是城市精神的一个注脚。

高加林则体现了乡村心灵向城市心灵转化时所承受的巨大痛苦。他生于乡村，长于农村，但在城市里接受了教育。所以，他能够以城市的视角发现乡村的落后。他是以一种城市心灵来观照乡村空间的，即便是对巧珍的爱也是如此。在高加林的眼里，巧珍的美是经过文化的过滤的，遮掩了巧珍自然存在中的混沌未凿的缺憾。在巧珍帮加林卖掉了一篮馍（实际上是为了给加林钱），两个人一同走在回村的路上时，高加林第一次注意到了巧珍的美，但他所发现的巧珍的美，罩上了他自己的观念，是他的视角中的巧珍的美。“高加林突然想起，他好像在什么地方见到过和巧珍一样的姑娘。他仔细回忆一下，才想起他是看到过一张类似的画。好像是幅俄罗斯画家的油画。画面上也是一片绿色的庄稼地，地面的一条小路上，一个苗条美丽的姑娘一边走，一边正向远方望去，只不过她头上好像拢着一条鲜红的头巾……”这幅画面上的美丽的姑娘，虽然也是走在庄稼地的小路上，但是已是作为画家的审美对象表现出来的。她已经不是现实生活中的一个普通的乡村姑娘了，她在画面上出现，是一种文化观念的代表。高加林所接受的巧珍，并不是巧珍的全部。他以他的受过训练的文化观念爱着巧珍，这是巧珍不能理解也是她身上不具备的东西。高加林进城工作后，唯一的一件送给巧珍的礼物就是他在油画上见过的那条红围巾。他亲手把红围巾给巧珍拢在了头上。“巧珍并不明白她亲爱的人为什么这样，但她全身心感到了这是加林在亲她爱她！”这种文化或是心灵的隔阂在高加林成长的乡村空间被遮盖了，可一旦到了城市空间，这种隔阂便刺眼地醒目。巧珍的生活方式、她所关注的话题都与城市空间格格不入。如她好不容易见到加林，关心的是要给他换上自己家的狗皮褥子保暖；是告诉他他家的老母猪下了几个猪崽……听得高加林好不乏味。最终，高加林理性地权衡过后，决心选择黄亚萍，而抛弃刘巧珍。在这个决定上，高加林完全成了城市之子，尽管他很痛苦，他有沉重的负罪感，但他坚决地斩断了他与乡村空间的连接。小说如果就此结束，那么高加林也就是一个单纯的负心汉，城市相对于农村是完全的胜利者，也是一个从乡村漂泊出去的无根的叛逆者。但是，路遥不止于此，他要让“城”这个漂泊出去的逆子重新认识自己的母体，重新认识自己的根。就像当初突然有了进城工作的机会一样，突然之间，高加林又丧失了在城里的工作，尽管他工作得非常出色。任性的城市抛弃了他，他只能回到曾经被他抛弃的乡村。对于回来的儿子，乡村以她宽厚的胸怀接纳了他，包括他的错误。高加林真正有了归家之感。

《人生》通过高加林这个人物的人生选择，实际上是思考了城市空间与乡村空间在现代化进程中的关系，蕴含了作者对城与乡的矛盾复杂的情感。

20 世纪 80 年代前期（1978—1985）的小说作品，从物与心灵、社会关系两个方面塑造了城市空间，使读者真切地感受到了中国现代化进程中人们对城市的认知与建设。

阿斯曼与文化记忆

王　蜜[*]

记忆研究曾经在西方学术界沉寂了很长一段时间。随着20世纪90年代哈布瓦赫《论集体记忆》英文版的问世，“记忆”又重新回归到学术视野中，成为学术研究的关键词，不仅心理学、社会学、人类学等学科给予了极大的关注，而且在历史学、文学、文化研究等相关学科中也成为研究的热点，进入21世纪以后对记忆的研究更是持续升温。其中，德国的扬·阿斯曼（Jan Assmann）教授和阿莱达·阿斯曼（Aleida Assmann）教授夫妇在梳理前人记忆研究的基础上共同开创了“文化记忆”理论，并在各自的研究领域著述丰富。他们的理论在西方理论界产生了广泛的影响，并开始受到我国理论界的高度关注。

一　阿斯曼其人其事

扬·阿斯曼于1938年7月出生于德国一个叫朗格尔斯海姆（Langelsheim）的小镇，是德国著名的古埃及学家、宗教学家和文化学者，现为海德堡科学院院士、德国考古研究所和德国历史人类学研究所研究员、德国埃森文化科学研究所和斯图加特文化科学中心顾问以及德国康斯坦茨大学文化与宗教研究中心荣誉教授。扬·阿斯曼曾先后在慕尼黑、海德堡、巴黎以

* 王蜜，首都师范大学文艺学2014级博士生，指导教师：邱运华。本文系首都师范大学文化研究院委托项目“从集体记忆到文化记忆——西方记忆理论研究”（ICS－2016－C－05）的阶段性成果，原文部分原载于《国外理论动态》2016年第6期。

及哥廷根研修埃及学以及古典考古学。自1971年起，一直在德国的海德堡大学教授埃及学，并担任该校埃及学研究所所长，直至2003年退休。卓越的学术成就使扬·阿斯曼先后荣膺德国马克斯·普朗克研究奖（1996）、德国历史学家奖（1998）、德意志联邦共和国一等勋章（2006）、阿尔弗雷德·克虏伯学术奖（2006）和托马斯·曼奖（2011）等奖项。此外，他还获得德国明斯特大学、美国耶鲁大学、以色列耶路撒冷希伯来大学等高校的荣誉博士头衔，并从1988年起作为访问教授先后在包括牛津大学、耶鲁大学以及芝加哥大学等在内的多所高校授课。

扬·阿斯曼的主要著作有：《拉神与阿蒙神：埃及第十八至第二十王朝时期多神信仰的危机》（*Re und Amun: Die Krise des polytheistischen Weltbilds im Ägypten der* 18. –20. *Dynastie*, 1983）、《埃及：一个古代文明的神学与虔诚》（*Ägypten: Theologie und Frömmigkeit einer frühen Hochkultur*, 1984）、《玛阿特：古代埃及的正义与不朽》（*Ma'at: Gerechtigkeit und Unsterblichkeit im alten Ägypten*, 1990）、《新王国中的埃及太阳教：阿蒙神与多神信仰的危机》（*Egyptian Solar Religion in the New Kingdom: Re, Amun and the Crisis of Polytheism*, 1995）、《埃及人摩西：西方一神论中的埃及记忆》（*Moses the Egyptian: the Memory of Egypt in Western Monotheism*, 1997）、《统治与拯救：古代埃及、以色列和欧洲的政治神学》（*Herrschaft und Heil: Politische Theologie in Altägypten, Israel und Europa*, 2000）、《作为文化主题的死亡》（*Der Tod als Thema der Kulturtheorie*, 2000）、《在古埃及寻找神》（*The Search for God in Ancient Egypt*, 2001）、《埃及的精神：法老时代的历史与意义》（*The Mind of Egypt. History and Meaning in the Time of the Pharaohs*, 2003）、《古代埃及的神学与智慧》（*Theologie und Weisheit im alten Ägypten*, 2005）、《宗教与文化记忆》（*Religion and Cultural Memory*, 2006）《古代埃及的死亡与救赎》（*Death and Salvation in Ancient Egypt*, 2007）、《一神与多神：埃及、以色列与一神论的崛起》（*Of God and Gods: Egypt, Israel and the Rise of Monotheism*, 2008）、《一神论的代价》（*The Price of Monotheism*, 2009）、《文化记忆：早期高级文化中的文字、回忆和政治身份》（*Cultural Memory and Early Civilization: Writing, Remembrance and Political Imagination*, 2011）、《从阿肯那顿到摩西：古代埃及与宗教变革》（*From Akhenaten to Moses: Ancient Egypt and Religious*

Change, 2014）、《双重宗教：启蒙运动如何重新缔造了埃及宗教》（*Religio Duplex*: *How the Enlightenment Reinvented Egyptian Religion*, 2014）、《出埃及记：古代世界的革命》（*Exodus*: *Die Revolution der Alten Welt*, 2015）、《古代宗教中自我的转变》（*Transformations of the inner self in ancient religions*, 1999，与 Guy G. Stroumsa 合编）、《埃及考古学中的问题与重点》（*Problems and Priorities in Egyptian Archaeology*, 1987，与 Günter Burkard、W. V. Davies 合编）等。其中，《文化记忆：早期高级文化中的文字、回忆和政治身份》（以下简称《文化记忆》）以及《宗教与文化记忆》成为文化记忆研究领域的奠基性著作。

他的夫人阿莱达·阿斯曼是德国康茨坦茨大学英语文学系的荣休教授，1947 年 3 月出生于德国的比勒费尔德市（Bielefeld）。早年的阿莱达·阿斯曼曾先后在海德堡大学和蒂宾根大学主修英语文学和埃及学，并于 1977 年以优异成绩分别取得海德堡大学英语文学和蒂宾根大学埃及学博士学位，在这期间，她还与她的先生扬·阿斯曼一起参加了埃及官吏墓的考古发掘工作。毕业以后，阿莱达·阿斯曼先后取得德国曼海姆大学、海德堡大学的任教资格，并从 1993 年起一直任教于康茨坦茨大学的英语文学系，其间还曾受邀担任芝加哥大学、普林斯顿大学等高校的客座教授。阿莱达·阿斯曼编著有：《文化记忆与西方文明：功能、媒介与档案》（*Cultural Memory and Western Civilization*: *Functions*, *Media*, *Archives*, 2011）、《创伤的阴影：记忆与战后身份政治》（*Shadows of Trauma*: *Memory and the Politics of Postwar Identity*, 2015）、《记忆与政治变革》（*Memory and Political Change*, 2012，与 Linda shortt 合编）、《全球化时代的记忆：话语、实践与发展脉络》（*Memory in Global Age*: *Discourses*, *Practices and Trajectories*, 2010，与 Sebastian Conrad 合编）等。

二　文化记忆的兴起：理论逻辑与现实需求

从总体上看，记忆研究经历了从心理学到社会学和文化学、从个体记忆和集体记忆到社会记忆再到文化记忆的演变过程。文化记忆理论的兴起既有理论研究自身发展的逻辑原因，是记忆理论深化的结果；更源于深刻的时代背景，是为了解决以线性发展为中轴的现代社会带来的一系列问题的现实需要。

记忆研究的历史相当悠久。古希腊哲学家赫拉克利特就曾探讨过记忆现象，他指出，在阅读中获取的记忆要比从听觉材料中获取的记忆更准确。柏拉图则给予记忆很高的地位，他认为一切知识都不过是记忆而已，记忆才是灵魂存在的最好证明。后来的亚里士多德、奥古斯丁和洛克也都论述过自身对记忆过程的体悟以及记忆的重要性。正如洛克所言："在有智慧的生物中，记忆之为必要，仅次于知觉。"① 不过，对记忆进行系统的理论研究始于现代心理学领域，以德国的心理学家赫尔曼·艾宾浩斯（Hermann Ebbinghaus）为代表和先驱，记忆研究从此开始进入科学心理学时期。

科学心理学时期的记忆研究重点从个体维度来探索记忆，记忆被当作一种精神性的实在，存在于个体的中枢神经系统之中。心理学领域的学者关注的一般是短时的个体记忆，多是研究记忆得以形成的心理和生理机制，强调个体记忆的自主性而非建构性。艾宾浩斯就一直致力于对记忆进行实验心理学研究，他曾在1885年让接受实验者去记忆一些没有意义的片段性材料，以观察个体的记忆过程，并把记忆分为识记、保持、联想和复现四个阶段，据此绘制了著名的艾宾浩斯记忆曲线。另外一位著名的心理学家弗雷德里克·巴特利特（Frederic Bartlett）在继承艾宾浩斯对记忆的实验研究方法的基础上对其提出了质疑，认为艾宾浩斯的研究过于理想化和简单化。巴特利特通过实验揭示出记忆过程会受到记忆者自身态度、信仰等一系列社会因素的影响，认为回忆"所采取的形式从有意义的角度说通常是社会性的"。② 他强调，记忆不是个体对材料的简单复制，应该把记忆作为社会条件下的一个建设性过程来看待。这是记忆研究的一个重大突破，也正是因为这个原因，巴特利特成为记忆研究的另一个代表人物。

这种对记忆的社会基础的强调也是法国社会学家莫里斯·哈布瓦赫（Maurice Halbwachs）记忆研究的核心，他提出的"集体记忆"理论通常被

---

① ［英］约翰·洛克：《人类理解论》，关文运译，商务印书馆1983年版，第119页。

② ［英］弗雷德里克·巴特利特：《记忆：一个实验的和社会的心理学研究》，黎炜译，江苏教育出版社1998年版，第112页。

认为是第一次从社会学的角度对记忆展开的系统研究，它促成了记忆研究从个体层面向集体层面、从心理学和认知学向社会学的正式转向。

哈布瓦赫接受了他的老师涂尔干对心理学视角的批判，反对只从个体层面解释记忆的传统。他认为："尽管我们确信自己的记忆是精确无误的，但社会却不时地要求人们不能只是在思想中再现他们生活中以前的事情，而是还要润饰它们，削减它们，或者完善它们，乃至于赋予它们一种现实都不曾拥有的魅力。"① 任何"我们自己的记忆"都要经过社会文化框架的润饰、删减和完善，是在社会中形成的。正是从这个意义上，哈布瓦赫提出了"集体记忆"的概念。他指出："存在着一个所谓的集体记忆和记忆的社会框架，从而，我们的个体思想将自身置于这些框架内，并汇入到能够进行回忆的记忆中去。"② 在集体记忆的理论框架下，作为社会学家的哈布瓦赫不仅分析了作为一个相对封闭的社会群体的家族记忆，还从记忆的角度分析了宗教和社会阶层。例如，他指出，欧洲中世纪贵族阶层的封号源于其个人或祖辈的品行和勇气，是以个体性作为价值体系的基础；而资本主义兴起之后的职业群体则以共同的职能等外部特征而非个体品性来区分。这种分析已经具有了很强的文化学意味。

然而，在哈布瓦赫的理论框架中，集体记忆只是记忆形成的一个框架条件，"尽管集体记忆是在一个由人们构成的聚合体中存续着，并且从其基础中汲取力量，但也只是作为群体成员的个体才进行记忆"。③ 也就是说，集体只是一种抽象意义上的主体，不具有实在性，记忆只有通过具有生物学属性的个体才能完成并实现。哈布瓦赫的集体记忆是一种对记忆的共时研究，只关注记忆形成的社会基础，没有涉及记忆在历时角度的传承。

而社会人类学家保罗·康纳顿（Paul Connerton）在《社会如何记忆》一书中要回答的主要问题就是"群体的记忆如何传播和保持"。④ 在康纳顿的理论视野中，集体上升为社会记忆的主体，集体记忆不再是一个群体中个

① ［法］莫里斯·哈布瓦赫：《论集体记忆》，毕然、金华译，上海人民出版社 2002 年版，第 93 页。

② 同上书，第 69 页。

③ 同上书，第 49 页。

④ ［美］保罗·康纳顿：《社会如何记忆》，纳日碧力戈译，导论，第 1 页。

体记忆的集合，而成为隶属于某一特定社会群体的记忆，用杰弗里·欧里克（Jeffrey K. Olick）的术语来说，是一种集体性记忆（collective memory），而不是集合性记忆（collected memory）。[①] 为了探讨这种集体记忆如何保持下去，康纳顿运用社会记忆的概念进行了阐述。他认为社会与个体一样拥有记忆，并指出社会记忆在“纪念仪式上才能找到，但是，纪念仪式只有在它们是操演的时候，它们才能被证明是纪念性的。没有一个有关习惯的概念，操演作用是不可思议的；没有一个有关身体自动化的观念，习惯是不可思议的”。[②] 也就是说，社会是通过纪念仪式来传递自己的记忆的，而由于仪式是通过身体来完成的，所以社会是通过这种身体化的实践来传达和维持自己的记忆的。

哈布瓦赫的集体记忆认识到了记忆形成的社会基础，康纳顿的社会记忆探讨了记忆的传承，那么究竟是什么在背后操控着记忆？阿莱达·阿斯曼认为，当代法国著名史学家皮埃尔·诺拉（Pierre Nora）的研究证实，操控记忆的不是一个“集体灵魂”，也不是一个“客观的头脑”，而是一个“借助符号和象征的社会”。[③] 无论是诺拉的“记忆之场”，还是德国古典艺术史家阿比·瓦尔堡（Aby Warburg）的“记忆女神图集”，都是这样的象征和符号，都隶属于文化体系。到这里，我们已走到了文化记忆的入口。为了回答这些有关记忆的关键问题，扬·阿斯曼“以记忆的社会基础为出发点，进一步指出了关于记忆的文化基础”[④]，即文化记忆。不难看出，文化记忆理论的提出是记忆理论发展几经深化的结果。

理论是现实的反映，从集体记忆到文化记忆，有着深刻的社会基础：如何应对现代社会与传统之间的断裂？如何面对苦难的过去？如何面对网络新媒介造就的文化虚无？这些都是我们当下需要应对的现实问题。

---

① Jeffrey K. Olick, “Collective Memory: Two Cultures”, *Sociological Theory*, Vol. 17, 1999, pp. 333 – 348.

② ［美］保罗·康纳顿：《社会如何记忆》，纳日碧力戈译，上海人民出版社 2000 年版，导论，第 1 页。

③ Aleida Assmann, *Cultural Memory and Western Civilization: Functions, Media and Archives*, Cambridge, UK: Cambridge University Press, 2012, p. 122.

④ Jan Assmann, *Religion and Cultural Memory: Ten Studies*, Translated by Rodney Livingstone, California: Stanford University Press, 2006, p. 1.

我们首先要面对的是现代社会连续性的中断问题。现代社会一直奉行的是线性的时间观念,正如海德格尔所言,在现代社会,“时间被领会为前后相续,被领会为现在之‘流’,或‘时间长河’”。[①] 一切的终极目的都是为了向前发展,为此,进步与理性成为现代社会的核心价值观,过去和传统成为负担和包袱,渐渐与现在脱离并失去了其意义,也因此被人们远远甩开。人们在这样一个快节奏的社会中渐渐感到了焦虑和失落,于是试图通过回忆过去来重塑当下与过去的关系,从而给予现在以时间上的定位和连续性,并以此寻求一种熟悉感和安全感,因此,“过去”“记忆”开始频频出现在人们的思考中,正如皮埃尔·诺拉所言:“人们之所以这么多地谈论记忆,是因为记忆已经不存在。”[②]

其次,我们需要对20世纪的苦难进行反思。从某种意义上讲,20世纪是人类历史长河中多灾多难的一个世纪,在这个特殊的百年里,不仅发生了两次世界大战,还伴随着数不清的局部的、小规模的战争以及其他各种天灾人祸。这些灾难虽然多数已经过去了半个多世纪,但却成为人类历史上永远的伤痛,始终无法愈合。其中一些灾难,尤其是那些极端的暴力罪行,波及范围之大、程度之深使得人们在罪行发生之后的几十年里依然无法去面对它,只能选择隐忍,将其暂时遗忘。如今,这些灾难的亲历者已经渐渐逝去,而将与他们一起永远消失的还有对那段历史的记忆。在这种情况下,那些灾难后出生的第二代、第三代,也就是在时间和空间上都远离了当年灾难现场的亲历者的后代们,有必要直面和审视那段历史,承担起记忆的重任。

最后,我们还要面对网络媒介技术对记忆结构的改变。记忆的建构与传播依赖媒介,从口述传说到文字记录,从印刷媒介再到今天的各种电子媒介,每一次媒介技术的发展都重塑了记忆的模式和内容。与传统媒介相比,今天的网络媒介给记忆带来前所未有的冲击,它以更加便捷的表达和存储方式释放出爆炸式的信息量,打破了记忆原有的边界。其自身的多元性、交互性、平等性和即时性的特点使得我们进入到一个大众书写的时代,彻底颠覆

---

① [德] 马丁·海德格尔:《存在与时间》,陈嘉映、王庆节译,生活·读书·新知三联书店2006年版,第476页。

② [法] 皮埃尔·诺拉(主编):《记忆之场》,黄艳红等译,南京大学出版社2015年版,第3页。

了传统记忆中的权力结构。这样一种全民参与的电子书写不可避免地呈现出碎片化、快餐化和娱乐化的特点，使得今天的记忆愈发容易“在不断的生产与不断的消费之间被逐渐消融”。①

面对现代社会造成的这些问题，不同领域的学者给出了不同的答案，有人主张对现代性进行反思（如二次现代性、反思的现代性等），有人坚持走向后现代（通过打破现代性的单一中心霸权回归多元带来传统的复兴），还有人主张走向前现代（通过回归“象征交换”或解构现代社会的“技术座架”回到过去，以达到人的“诗意的栖居”）。正是在记忆理论不断发展以及社会问题的现实需求的语境中，阿斯曼夫妇共同开创了文化记忆理论，成为上述应答中的一种探索。它从记忆的视角研究文化的传承，认为正是那些承载着记忆的文化象征才使得人类绵延千年、万年，历时地塑造着人，从而成为实现集体认同的纽带。

三 文化记忆的提出及相近概念

扬·阿斯曼最早在《文化记忆》一书中首次系统阐述了文化记忆的概念和理论框架。扬·阿斯曼担任海德堡大学埃及学研究所所长期间，研究所一直致力于以文化和记忆为中心的学术研究，在该领域聚集了一大批学者，这些学者后来成为海德堡大学著名的“国际科学论坛”的骨干力量，记忆研究也朝着跨文化、跨学科的方向发展。这期间，小组成员在该领域相继出版了一系列有影响力的学术成果。如 1988 年扬·阿斯曼和托尼尔·赫尔舍（Tonio Holscher）整理编辑的《文化与记忆》论文集。此外，还有其他小组成员在 20 世纪 90 年代出版的《文化与冲突》（1990）、《文化作为一种环境和纪念碑》（1991）、《革命与神话》（1992）等，其中扬·阿斯曼的《文化记忆》（1992 年德文版）就是在这一背景下诞生的。

扬·阿斯曼作为一位国际知名的古埃及学者，正是在对古埃及历史、文化、宗教等的研究过程中提出了“文化记忆”的概念。他的初衷是用文化

① Aleida Assmann, *Cultural Memory and Western Civilization: Functions, Media and Archives*, Cambridge, UK: Cambridge University Press, 2012, p. 203.

记忆的概念来解读古代文明的传承。扬·阿斯曼在《文化记忆》中研究和梳理了古埃及、以色列和希腊三种文明的发展历程，他思考的核心问题是：这三种各具特色的文明是如何一代代传承下去的？为什么一种文明较之另外一种文明能够存续更久的时间？以古埃及为例，阿斯曼认为王朝后期刻满各种图文的神庙本身不仅是民族起源的象征，而且涵盖了埃及人进行世俗生活和神圣宗教生活的各种法则，是王朝后期古埃及文明最重要的载体和象征，可以称之为是“用石头构筑的回忆”①，正是借助于神庙，古埃及人才能在很长的一段时间内始终都保持着自己独特的文化身份。然而在经历了雅斯贝尔斯描述的“轴心时代”（1949 年出版的《历史的起源与目标》中说，公元前 800 至公元前 200 年之间，尤其是公元前 600 至公元前 300 年间）之后，这种“用石头构筑的回忆”终究敌不过时间的侵蚀，随着神庙的崩塌，古埃及的文明也无法实现自身的超越和突破，终久慢慢淹没在历史的长河中。而相较之下，以色列和古希腊的文明在漫长的历史进程中逐渐在文本中沉淀，并且通过将这些文本正典化，他们的文化样态也一直延续到了今天。无论是古埃及的神庙还是以色列和古希腊正典化的文本，在阿斯曼的视野中，它们都是那段文明最核心的载体和媒介，而它们所承载的那些跨越时空的、却依然能够使人们保持自身文化身份的东西，扬·阿斯曼称为“文化记忆”。“文化记忆”是阿斯曼从记忆视角探究文化传承的理论尝试，他将文化理解为一种凝聚性结构，正是这样的凝聚性结构提供了个体在群体中的归属感，建构了“我们”这种群体的身份认同，而“文化记忆”试图回答的就是文化作为一种凝聚性结构所经历的变迁以及导致这种变迁背后的因素。

在扬·阿斯曼提出文化记忆以前，在记忆研究领域频繁使用的术语还有传统、个体记忆、集体记忆、社会记忆、政治记忆等。扬·阿斯曼和阿莱达·阿斯曼在文化记忆的理论体系中，对这些概念进一步做出了界定和区分，使得文化记忆的概念和内涵更加清晰起来。

一是传统。“传统”和记忆在一般意义上讲都是对过去的一种指涉，但

---

① ［德］扬·阿斯曼：《文化记忆：早期高级文化中的文字、回忆和政治身份》，金寿福、黄晓晨译，北京大学出版社 2015 年版，第 199 页。

是，在扬·阿斯曼看来，两者存在根本性的区别。阿斯曼认为只有在有意识地去指涉时，过去才会产生，当过去产生时，就必然意味着与现在或者说当下的一种断裂。他认为“传统”这个概念本质上是强调连续性的一面，它试图通过恢复和坚持一种连续性来掩盖过去得以产生的中断。而记忆除了包括传统外，还包含着压抑和遗忘的一面，它是越过其中的中断而对过去的一种指涉。阿斯曼举了死亡的例子，他认为对死者的悼念就并非“依传统而为”①，因为对死者的悼念和回忆本身除了以往情感的联系、文化模式的熏陶，还需要首先承认并且克服死亡所带来的断裂。因此，文化记忆的概念包含了记忆与遗忘两个方面，要比传统这个概念所包含的意义更为丰富。

二是个体记忆。阿莱达·阿斯曼认为个体记忆以生命体为载体，在社会交往中形成，它的内容并不一定是个体自己亲身经历的事情，可以是见到的抑或是听到的或读到的；个体记忆是多维度的，可以是家庭的、社会的也可以是政治的；个体记忆具有明确的、有限的时间跨度，多数以口头的形式代际传递；个体记忆是个体处理主观经验和建构社会和集体身份认同的主要依据。

三是集体记忆。哈布瓦赫的集体记忆理论把记忆研究纳入到了社会学的范畴，但是这个概念本身的界定并不清晰，很多记忆类型如下文要讲到的社会记忆、政治记忆或文化记忆都可以称为一种集体记忆，因此，在阿斯曼的理论视野中，集体记忆是作为一个上位概念被使用的。与文化记忆相比，哈布瓦赫集体记忆的概念聚焦于记忆与群体的身份认同，因此记忆研究的范围也局限于那些对身份认同具有建构作用的、功能性的记忆，而忽略了那些不稳定的、在当下不具有功能性的记忆。正是由于集体记忆概念的局限性和模糊性，阿莱达·阿斯曼倾向于在自己的研究中用社会记忆、政治记忆和文化记忆三个术语来代替哈布瓦赫提出的集体记忆。

四是社会记忆。社会记忆依然由具体的生命个体来承载，因此，社会记忆的内容具有明显的异质性和代际性，不同的代际承载着不同的社会记忆。同一年龄段的人在特定的历史阶段内见证了同一段社会历史，类似的记忆就

① ［德］扬·阿斯曼：《文化记忆：早期高级文化中的文字、回忆和政治身份》，金寿福、黄晓晨译，第27页。

成为这代人独特的代际记忆，也塑造了他们独特的代际身份。因此，一个社会中“流通的”、被关注的共同记忆总是随着代际的转换而更迭。阿莱达·阿斯曼认为，这个更迭的周期大概是三十年，因为三十年的时间正好是一代人进入社会的权力中心并且掌握话语权的时间。社会记忆往往是一种自下而上的底层记忆，通过社会记忆和个体记忆往往可以了解到普通个体在社会历史中经历的变迁，了解他们是如何理解和接受社会历史事件的。

五是政治记忆。与个体记忆和社会记忆都以个体为具体的承载者不同，政治记忆拥有者往往是一个国家、一个民族或者一种宗教，它们本身不是生命体，不能像个体那样去拥有记忆，但是它们可以借助一系列的物质符号和象征手段为自己制造记忆，这一点和文化记忆一样。因此，阿莱达·阿斯曼认为政治记忆和文化记忆都是在人为干预的情况下形成的，物质符号充当记忆的载体，记忆的存续时间依赖于物质符号的存续时间，而且由一系列如权力结构、知识秩序等因素决定，而且不论最终的命运如何，它们都有明确的未来指向性。和社会记忆不同，政治记忆往往是一种自上而下灌输的记忆，它的核心是维护政权的合法性。因此，政治记忆强调同一性，排斥异质性，它旨在传达出一种清晰的信息。

四　文化记忆的主要内涵与基本维度

扬·阿斯曼在《集体记忆与文化身份》中指出，文化记忆是“包含某特定时代、特定社会所特有的、可以反复使用的文本系统、意象系统、仪式系统，其‘教化’作用服务于稳定和传达那个社会的自我形象。在过去的大多数（但不是全部）时间内，每个群体都把自己的整体性意识和特殊性意识建立在这样的集体知识的基础上”。[①] 在扬·阿斯曼的视野中，文化记忆是一种能够巩固和传播集体形象（可以是一个小的社会群体，也可以是一个民族、一个国家）并让这个集体中的成员对这种形象产生认同的记忆，而这种集体形象的建构则依托各种文化层面上的符号和象征（文本、意象、仪式）。具体来讲，文化记忆包括了以下五个维度。

---

① ［德］扬·阿斯曼：《集体记忆与文化身份》，陶东风译，载《文化研究》2011 年第 11 辑。

一是时间维度。从时间维度来理解文化记忆，包括两个方面：一是文化记忆在时间上的跨度；二是文化记忆在时间上的指向。首先，文化记忆与哈布瓦赫的集体记忆相比较，一个很大的区别就是两者的时间跨度不同。哈布瓦赫的集体记忆由于依然要靠个体来承载，所以存续的时间要受生命长度的制约，即使依靠口头的日常交流代际传播，也只有三到四代人的寿命，在文化记忆的理论框架中，哈布瓦赫的集体记忆被阐释为“交往记忆”。而文化记忆因为脱离了生命体，依靠文化符号来传承，因而其时间跨度比集体记忆要长得多，可达数千年。当然，在阿莱达·阿斯曼的后续研究中，随着“文化记忆”载体范围的进一步扩大，其时间跨度也相对缩短。其次，哈布瓦赫的集体记忆的关注点集中于记忆与群体的身份认同，它只聚焦于共时的群体与记忆的关系，并不指向未来；而文化记忆则在文化层面上对记忆的建构和传承做出了历时的思考，这种思考并非无涉价值，而是致力于回答今天何以如此、今后又将会如何的问题，具有明确的未来指向性。

二是媒介维度。正如扬·阿斯曼所言，文化记忆不只是使用一堆抽象的概念，而是借助“文本系统、意象系统、仪式系统”等文化符号来形成。在哈布瓦赫“回忆图像”（Erinnerungsbild）的基础上，阿斯曼对这一概念进行了拓展，他把这些文化符号称为“回忆形象”（Erinnerungsfigur）。[①]“回忆形象”不仅包括那些图像性的文化符号，而且将那些叙事性的形式也囊括进来，比如神话、谚语、经文、绘画，甚至一条街道、一座建筑等，都成为“回忆形象”的载体。这些“回忆形象”的存在是由文化的特点决定的，文化就是以符号的形式存在的意义世界，按照卡尔·波普尔的理解，我们可以“区分下列三个世界或宇宙：第一，物理客体或物理状态的世界；第二，意识状态的世界或关于活动的行为意向的世界；第三，思想的内容世界，尤其是科学思想、诗的思想以及艺术作品的世界”。[②] 而只有“第三世界”才是

① ［德］扬·阿斯曼：《文化记忆：早期高级文化中的文字、回忆和政治身份》，金寿福、黄晓晨译，第30页。

② ［奥］卡尔·波普尔：《客观知识——一个进化论的研究》，舒炜光译，上海译文出版社1987年版，第114页。

人类独有的世界，这个世界是“客观精神世界”或“客观知识世界”，是以客观符号存在的、以象征意义为根本指向的世界。在亚历山大·埃特金德（Alexander Etkind）的视野中，知识文本的“第三世界”是硬记忆与软记忆的统一体，“软记忆主要由各种类型的文本组成，而硬记忆主要由各式各样的纪念碑组成”①。软记忆与硬记忆就如同电脑的软件与硬件，两者相互依存，共同构成了文化记忆体系。皮埃尔·诺拉的《记忆之场》就是很好的例子。法兰西的文化记忆、民族认同感和归属感正是由这些“记忆之场”保存和延续下来，而这里的“记忆之场”并不仅仅是纪念性的场所，作为整本书的核心概念，它的内涵要丰富得多。作为媒介的“记忆之场”既包括偏重“非物质性”的“历史叙述”，也包括物质层面上的六角形象征、凡尔赛宫，它是所有记忆残留物存在的场域。“软件型”的小说、辞书，“硬件型”的博物馆、先贤祠以及凯旋门，共同承载了法兰西的民族文化记忆。

三是功能维度。这是文化记忆的核心维度。文化记忆是一种“集体知识”，通过这些“集体知识”塑造出了一种“整体性意识和特殊性意识”，而正是这种“整体性意识和特殊性意识”勾勒出了集体的“自我形象”，形成了一个群体的身份认同。因此，文化记忆最重要的功能就是建构身份认同。特殊的文化记忆塑造了一个特定群体独特的一致性，成为一个群体之所以成为这个群体并与其他群体区别开来的主要标识。就对民族独立重要性的认同度而言，经历过民族危亡、国家沦丧的人比一直生活在和平年代的人要深刻得多，因为特殊的历史文化记忆造就了群体的特殊身份。

为了更好地理解文化记忆的功能维度，阿莱达·阿斯曼将文化记忆进一步细分为功能记忆与存储记忆。人类储存起来的记忆越来越多，但是在浩如烟海的记忆海洋中，只有其中的一小部分记忆是人们在当下不断经历着的、具有象征意义的记忆，阿莱达·阿斯曼称其为“功能记忆”，并将其喻为“前景”。而大量的记忆则隐入“背景”当中，“这类记忆的因素极其不同：部分是不活跃且不具有生产力的；部分是潜在的、未受关注的；部分是受制

---

① Alexander Etkind，“Hard and Soft in Cultural Memory：Political Mourning in Russia and Germany”，*Grey Room*，No. 16，“Memory/History/Democracy”，summer，2004，pp. 36 – 59.

约而难以被正常地重新取回的；部分是因痛苦或丑闻而被深深埋藏的”。[①] 阿莱达·阿斯曼称其为“存储记忆”，认为它们是“未被居住的潜藏领域”，其自身的存在只负责提供一种完形的知识，并不能服务于当下合法化的过程，因此多是以档案、遗迹等形式存在着。以个体记忆的建构为例，功能记忆就类似于那些有意识的、对个体具有象征意义的生平经历，而存储记忆则类似于那些无定形的、无组织的、片段的零散记忆。

在阿莱达·阿斯曼看来，功能记忆的主要作用概括起来有两点：一是为群体提供身份认同；二是为当下提供合法性。就为群体提供身份认同来说，这个群体可以是一个宗教团体，也可以是一个民族、一个国家。对于一个宗教团体而言，诵读经书、庆祝特定的节日或定期举行仪式都会凝聚成特定的、属于这个团体的宗教记忆，而正是这样的记忆让这个宗教群体中的个体获得了区别于其他宗教群体的身份标识。至于民族，其本身就是对“集体认同基本结构的升级”[②]，是一种集体认同的高级结构。一个国家刚刚建立之时，最重要的任务之一就是回忆、书写，甚至“创造”共同的过去，借助文本、图像、遗址、纪念碑等各种记忆符号为自己制造记忆，而在制造这些记忆的同时，一个民族共同的“身份”也被建构起来。

功能记忆的另一个重要作用是为当下提供合法性。彼得·波克（Peter Burke）曾经说过：“人们经常说历史是胜利者书写的。其实也可以说历史正是被胜利者遗忘的。”[③] 胜利者掌握了权力，也就掌握了话语权，他们书写过去的首要目的就是为当下自己所拥有的权力提供一个“合法性”的源头，由此创造出一种从过去到现在再延伸到未来的延续性。因此，任何过去都不是自然而然形成的，都是在当下被建构的，当下的语境和需求决定了回忆或遗忘的内容。正是这种经过文化建构和甄选的记忆才能实现当下合法化的目的。

与功能记忆相比，存储记忆由于无法提供当下需要的身份认同和合法性

---

① ［德］阿斯特莉特·埃尔、冯亚琳主编：《文化记忆理论读本》，北京大学出版社 2012 年版，第 27 页。

② ［德］扬·阿斯曼：《文化记忆：早期高级文化中的文字、回忆和政治身份》，金寿福、黄晓晨译，第 150 页。

③ Thomas Butler (ed.), *Memory*, *History*, *Culture and the Mind*, Blackwell Publishers, 1989, p. 106.

而被束之高阁，以记忆的名义被“遗忘”，成为记忆中的“他者”。然而，正如阿莱达·阿斯曼所言：“一种文化如果不珍视过去中的‘他者’，就无法为艺术、科学和想象力创造繁荣发展的空间。”[①] 因此，这种“遗忘”不会成为真正的遗忘，存储记忆与功能记忆之间的界限并非清晰和不可逾越的，相反，两者之间是可以相互转化的，这个转化的临界点就是当下身份认同建构的需要。

四是权力维度。如前所述，操控记忆的不是一个“集体灵魂”，也不是一个“客观的头脑”，而是象征和符号。然而，这些象征和符号之所以存在，皆因为权力。正如米歇尔·福柯所言，记忆是斗争的重要因素之一。谁控制了人们的记忆，谁就控制了人们的行为脉络。因此，占有记忆、控制记忆、管理记忆是生死攸关的。[②] 文化记忆的背后隐藏的是一种权力逻辑，既然过去是选择性的，那么谁来选择、选择什么无疑遵循着权力的逻辑。作为一个最典型的记忆场所，档案馆看似中立，其实却是一个充满权力博弈的斗争场域。“如果要想控制记忆，就没有哪一种政治权力不先控制档案。”[③] 档案就是一种记忆，权力千方百计地控制记忆，因为这直接关乎权力的合法性。一个政体的形象是多面的、可塑的，究竟哪种形象可以进入人们的记忆，是由隐藏在记忆背后的权力逻辑决定的。

五是建构维度。时间维度、媒介维度、功能维度和权力维度一起决定了文化记忆的生成性、建构性，它的未来指向性及其所承载的功能决定了文化记忆不是自然而然的状态，其内容并非中性的、单面的，而是在权力逻辑的导引下依托媒介有目的、有计划的建构。

总之，时间维度、功能维度、建构维度、媒介维度和权力维度这五大维度共同诠释了文化记忆的内涵，使得文化记忆区别于以往任何的记忆理论。一方面，在文化记忆理论体系中，作为“凝聚性结构”的文化上升为记忆的主体，记忆主体不再是集体中的个体，也不再是社会中的群体，这种超越

---

① Aleida Assmann, *Cultural Memory and Western Civilization: Functions, Media and Archives*, Cambridge, UK: Cambridge University Press, 2012, p. 130.

② ［法］米歇尔·福柯：《性经验史》，余碧平译，上海人民出版社 2000 年版，第 207 页。

③ Jacques Derrida & Eric Prenowitz, "Archive Fever: A Freudian Impression", *Diacritics*, Vol. 25, No. 2, 1995, pp. 9 – 63.

个体的记忆主体赋予了文化记忆理论更广阔的视域，深度揭示了人类文明传承的内在逻辑。另一方面，以往的记忆理论或是侧重记忆的时间维度、功能维度（集体记忆），或是侧重记忆的媒介维度和权力维度（社会记忆），文化记忆理论则第一次从五个维度进一步丰富和深化了记忆理论研究。

五　文化记忆的媒介制约

如果从心理学和认知学的角度研究记忆，需要重点关注的是生物体的神经系统，但是社会学和文化学领域的记忆研究必须考虑记忆得以形成和传递的媒介。文化记忆的内容只有借助媒介才能过渡和转换成文化层面的集体记忆，为个体所分享，并发挥其作用。如前所述，文化记忆是借助“文本系统、意象系统、仪式系统”等文化符号形成的，这些“文本系统、意象系统、仪式系统”就是记忆的媒介，媒介的变化深刻地影响着文化记忆，而对媒介的这种绝对依赖也决定了文化记忆建构的性质和规模在很大程度上取决于媒介的性质。因此，阿莱达·阿斯曼在《文化记忆与西方文明》一书中用了近半篇幅从多个维度阐述了文化记忆的实现媒介，总体可以概括为以下三个角度。

其一，从媒介载体的角度看，文字、图像、雕塑，甚至人的身体等都是重要的载体，其中文字是主导载体。阿莱达·阿斯曼重点分析了文字作为文化记忆最重要的载体在不同历史阶段的地位变迁。在古希腊和古埃及时期，文字作为记忆的载体，总是以一种书面记录的形式出现。作为纯粹思想的表达，文字被认为能够长久存在，因为可以对抗死亡，成为一种最为安全的记忆载体。这种观念一直贯穿了相当长的一段历史，正因为如此，受教育者享有很高的社会地位。这种对文字的崇拜一直延续到了16、17世纪。直到18世纪启蒙时期，人们逐渐开始意识到，虽然作为书写形式的字母并没有什么大的变化，但是语言会发生历时的改变，而语言的改变势必会引起思想的改变。因此，书写下的文字并不完全等同于思想。从此，文本与思想被分离开来，学者不再认为二者是完全一致的，文字不再被当作一种客观、公正、透明的载体。至此，文字作为记忆载体的地位开始受到质疑，人们开始怀疑书写的文本并不能向我们展现出真实的历史，于是转而从各种“痕迹”中找寻过去。阿莱达·阿斯曼认为，如果说文本是一种清晰的、有意识的表达，那么“痕迹”则是未经处理的原始信息，没有经过有意的编码，通常处在被遗忘的边缘，例如那些碎片化的文字、遗骸、遗迹等。这种媒介载体从文本到痕迹的转变使得现在与过去之间的关联方式也发生了改变：过去，我们需要通过完整的文本——那些我们有意记忆的内容——来了解过去；而现在，碎片、遗迹或遗骸——那些濒于遗忘的东西——都可以为我们打开过去之门。

图像和身体也是文化记忆的重要载体，早期的文明尤其如此。作为记忆媒介的文字与图像之争源于文艺复兴时期。人文主义学者认为，绘画和雕塑所承载的记忆总是随着自身的销毁而被遗忘，而文字作为一种纯粹思想的表达却能够抵抗时间的侵蚀，这种对书写的偏好在整个西方文化传统中根深蒂固。但是，随着文字作为记忆载体地位的衰落，这种情况得到了改观，人们逐渐意识到，相较于书写那种白纸黑字的呈现方式，图像也有自己的优势，它所传达的信息总是不确定的、神秘的，是一些很难用语言表述的记忆，而且在人的个体记忆中，那些以画面形式存在的记忆往往存续的时间更久。阿比·瓦尔堡对古典艺术史的研究就充分挖掘了图像这一重要的文化记忆载体。

阿莱达·阿斯曼所论及的作为记忆载体的身体是与头脑和心灵相对的、狭义概念上的身体。传统的概念中心灵总是被认为是高于身体的存在，自由的心灵总是被困在身体这座牢笼里。从尼采开始，心灵与身体的关系发生了颠覆性的改变，身体反过来高于心灵，成为书写记忆的载体，因为身体能感知到痛苦，最有利于记忆的形成。“人烙刻了某种东西，使之停留在记忆里；只有一直让人痛苦的东西才会始终存留在人的记忆中……疼痛是维持记忆力的最强有力的手段。”① 与头脑和心灵相比，大脑的记忆力会随年龄增长而减退，但是身体上的伤疤不会，因此，阿莱达·阿斯曼认为，在某种程度上，身体作为记忆的载体比心灵和头脑更可靠。

在不同的社会，各种载体的传承能力和效果大相径庭，这一点在扬·阿斯曼对古埃及、以色列和希腊三种文明的发展历程的分析中体现得十分明

① ［德］尼采：《道德的谱系》，周红译，生活·读书·新知三联书店1992年版，第41—42页。

显。三种文明借助不同的媒介形式发展出各具特色的不同的文化记忆模式，而最终各自的命运也不尽相同。

其二，从媒介传播机构的角度出发，阿莱达·阿斯曼重点分析了档案馆。在她看来，档案馆不仅是存储记忆之地，更是生成和建构记忆之地。档案馆里的档案首先要经历一个筛选过程，然后才是保存。随着信息自19世纪以来爆炸式的生产，“清理”成为筛选过程的第一步。然而，不同的时代会有不同的评价机制和筛选原则，这些机制和原则并非一成不变，因此档案也不是一成不变，它总是在不停地经历着保存、封存甚至被摒弃的过程。此外，档案作为文化记忆的载体能否发挥作用以及作用大小，还要取决于这些档案的公开性。档案是否可以为常人所获取，在不同的时代、不同的体制下是各不相同的。例如，在极权体制下，所有呈现出来的记忆基本属于功能记忆，而存储记忆则遭到压缩和封存；相反，在民主体制下，存储记忆则有一定的存在空间。档案馆作为一个国家和社会体制化的记忆机构，保存在其中的档案总是徘徊在存储记忆与功能记忆之间。

从媒介技术的角度出发，阿莱达·阿斯曼分析了两次媒介技术的革新给记忆建构带来的变革。16世纪，欧洲主要城市普遍进入印刷时代，相较于传统的手写，印刷术的确在效率上更胜一筹。随着印刷术的普及，书籍的地位曾经一度被抬高，成为传统与文化最不可或缺的承载者。但是，随着工业化和商品经济的发展，书籍渐渐沦为商品，书写的目的也不再是单纯为了传播知识，而是为了获得利益和名望。阿莱达·阿斯曼认为，正是印刷技术带来的快速的更新频率和市场化运作方式使得书籍自身作为传承知识和记忆的载体受到了攻击，从而改变了文化记忆的定义模式，使得人们开始从关注被“记忆”的部分转向关注被“遗忘”的部分。随着计算机和网络技术的发展，从20世纪后半叶开始，社会步入了“电子书写”时代。总体而言，阿莱达·阿斯曼对电子书写时代的文化记忆持有一种比较悲观的态度。她认为，传统上的书写是一种工具性存在，负责将人的思想外化，但是电子媒介时代的到来彻底颠覆了人与书写之间的关系，电子书写流动、多变、不间断的重写等特征让这些媒介反客为主，它不再仅仅是人类交流的工具、记忆的媒介，而是反过来让大脑日益工具化，从而使人类与技术之间的层级关系发生了根本性的改变。在电子媒介技术发展以前，记忆与遗忘之间有一条相对清晰的界线，但是在电子书写时代，这条边界线已经被渐渐模糊掉了。以至于阿莱达·阿斯曼发出了“电子书写到底是一种记忆的媒介还是一种遗忘的媒介?”① 的感慨。

文化记忆借助媒介生成，媒介本身就是记忆，不同媒介的兴起和衰落以及新兴媒介的产生都冲击着文化记忆。随着网络媒介的发展，今天已经名副其实地成为一个信息爆炸的时代。这是一个容易让人遗忘的时代，然而遗忘总是与回忆（记忆）并行，如何在今天新的网络媒介环境下建构和传承我们的文化记忆成为当下需要思考和面对的重要课题。

① Aleida Assmann, *Cultural Memory and Western Civilization: Functions, Media and Archives*, Cambridge, UK: Cambridge University Press, 2012, p. 400.

文化娱乐工业的“反动”

——转型期中国电影的叙事转化

吴　桐*

一　基本思路

本文以1987年至2014年间经历多个转折点的中国电影为研究对象，通过对其符码与叙事的研究旨在从一个更为具体的切入点勾勒出这段时期以来中国电影的发展图景。这篇论文最初构想的出发点在如何在前人研究的基础上找到一个新的切入点去重新审视这段电影历史。这个切入点不能大，但是又是基础的，我们就想到了作为电影两大基石的学说，即电影符号学和电影叙事学。在众多学科中，符号学算是一门具有普遍适用性的学科，为各个媒介叙事提供必要的学理基础。在对这两大学说进行梳理的过程中，我们发现了符码这一概念，那么符码与符号的区别是什么，符码与叙事之间的联系点是什么，符码和叙事联系在一起能说明些什么？这一连串问题就构成了最初的研究冲动。起初在符号和符码两个概念之间，我们也颇为犹疑，最终选定符码作为研究对象，是基于以下理解。

就方法论而言，电影符号学自20世纪60年代问世起便一直试图按照结构主义语言学模式来建立不同的电影语言分析系统，是研究电影的四大基础性方法论之一。在电影符号学方法论实践的磨合期，为了弥补自身静态僵化与只重结果的局限，到了20世纪70年代，其研究重点开始向结构与表述的

---

* 吴桐，首都师范大学文艺学2012级博士生，指导教师：王德胜。

过程以及动态系统上转移。电影的媒介是基于它的图像符号，在对其研究时，需要选取最符合电影本性或电影语言本性的因素。符码区别于符号的地方在于，符码是经过人为约定俗成的编码后形成的符号系统。符码既是建构材料，又是解码的关键。正好暗合了电影的语言本性，是电影语言的逻辑起点。其研究意义在于分析了电影符码的表意实践的方式就能一窥电影文化是如何实现其表意传达，而各种社会文化信息间传递互相联系，这便有助于我们来解读电影在文化生产中的意义。创作电影就是编码的过程，观众理解电影作品便是对多种符码的解码过程。因而将电影符码作为本文研究的切入点，是电影符号学方法论进化中一种更为成熟更为贴近电影语言表意以及叙事的选择。对于电影符码的研究主要是建立在对电影画面与电影语言、电影符号的关系以及电影画面的符号性质的研究基础上，让更多具有任意关系和任意系统的电影符码在更广泛的创作领域和审美领域中逐渐转化为非任意关系和非任意系统，以期从中产生更丰富的符号功能和审美价值，发现更明晰、有创新、符合科学认知的理论点，从而促进中国电影创作和理论事业的繁荣。此外，无论何时，电影作为一种综合性的艺术，具有除自身已经定格在每一帧画面里的因素属性外，还包括统一其中的电影美学还有其不争的商业属性，这是始终值得反复思考的问题。因而将本文的研究纳入到转型期这一大时代背景下能更好地揭示并分析其商业属性。

在电影转型期的划分上，本文拟将其列为两大阶段。第一阶段为1987年至2001年，我国的社会主义计划经济完成了向社会主义市场经济的大转型。我们之所以将1987年设为开端，是基于这一年是我国电影史上首次提出娱乐片概念的一年，也是我国第一个娱乐片高潮年。这一年，有两部各具代表性的电影值得一提，吴天明的《老井》和张艺谋的《红高粱》。前者是一部严肃的带有意识形态意味的电影作品，是导演吴天明继续在现实主义道路上探索的阶段性汇报；后者则是第一部让世界认识张艺谋的电影，是其风格形成的标志性作品。但恰逢1989年的政治风波，使得电影界的进一步改革被搁置了下来。直至1993年1月，国家广播电影电视部正式下发了“中央三号文件”，给企业放权，中断的体制改革才得以又开展。1996年政府又进一步强化了计划经济的成分，提出“9550工程”。这期间涌现了诸多佳作。自1993年起，除了仍旧异彩纷呈的第五代导演作品外，一股新鲜的势力异军突起，中国的独立电影制作迎来了自己的首个春天。其中，导演张元被公认为中国新生代导演的代表人物之一，其作品愈来愈收到世界影坛的关注。以张元为例，说明在这一时期，国内电影界除第五代导演的主流话语外，新生代导演凭借自己中西方艺术的多元储备，通过自己的视角，将先锋的前卫形式运用到自己的影片里，无形中展现了中国电影文化的另一面，吸引了国际的广泛关注。这一类导演的代表，还有王小帅以及后来的贾樟柯。第二阶段则为2001年至2014年，以2001年12月11日我国正式加入世界贸易组织WTO作为两个阶段的分水岭。自这一世纪大转型之后，我国的电影事业便更多地接受了来自国内外市场的考验。在多方市场运作的潜移默化之下，电影市场产业化的观念逐渐深入，我国的电影工业也由此迈进了一个崭新的发展阶段。毫无疑问，WTO协议的签署在国内各行各业都掀起了不小的波澜，电影业在观念认知上进步显著。在某种程度上可以说，这标志着中国电影业迈入了一个新阶段，而先前1987年以来的种种转型都是在为这一加入做准备。2003年我国政府更是放宽了电影的制作与放映市场。在政府的帮助下，国有企业集团化，民营电影制片公司迅速崛起，成功步入特色社会主义市场经济的轨道，发行格局重建，全国院线的基本建设完成，在市场竞争中具有关键性作用。境外机构以及境外资本早前便已存在，进入新世纪以后，合拍片的运作向纵深方向拓展，进入了一个新局面。另一方面这类电影也在人物和叙事上呈现出区别于以往主旋律电影的方面，揭示出主旋律影片在创作转型上与市场相结合的种种可能性。中国电影市场在这一阶段得到了进一步的整体完善，一些颇具中国特色的本土化商业片制作呈上升趋势。这类非典型却又自成一派的类型片暗示了此时的国内资本小心翼翼地活跃态势。

转型期始终是处于一个渐变又漫长的过程中，很难准确地捕捉到它开始的那一时刻，只能当作一种趋势或是意向来研究。在电影理论的众多问题中，电影的国族风格问题不容小觑。一方面，电影的国族风格体现了本民族的风貌以及国家形象；另一方面也集中展现了国家和民族的审美经验。近几年涉及的关于电影的理论研究，大体可以分为两类。一类是视电影为一般审美对象的宏观美学研究；另一类则是以电影本身的各个要素为研究对象的美学研究。大多数电影研究都是建立在探讨文艺中带有共性的理论时涵盖了电影的实际和自身特点。在这种情况下，电影理论的发展依靠其他文艺理论的研究成果。但是对电影本质的研究探讨还是要不断开拓，为中国电影评论和电影艺术的发展添砖加瓦。本文主张将电影符码/叙事的研究结合加以考察，并佐以工业关系论、影视人类学的相关理论来描绘转型期中国电影的符码与叙事研究图景。一方面，电影文化生成于何种载体结构，何为边界；各社会文化信息间如何相互关联，对我们意识和行为的影响又如何，需要我们剖析影像符号的表意系统以及社会文化信息符码的表意系统，从而了解其相互间意义传递的方式，并有助于我们来解读电影文化生产上的意义；另一方面，为了更好地探明电影符码实体如何实现表意，找到电影阶段性趋势的原因，应将研究放置到循环的社会发展链之中，在生产、消费、又生产中找出各因素间的关联。

二 符码的界定

本文意图透过电影符码为研究当代中国电影寻找到一个具体的切入点。在实际的运用过程中，我们会发现符码与符号这一组概念常常交织在一起，首先需要对符码的概念加以界定清楚，并能精确地区分出符码与符号。电影符码既是研究的对象，更是研究的手段和路径。正是因为在对符码与符号的准确区分之上，我们才选择出符码作为最终的研究对象和手段。电影符码比电影符号更能有效地体现当代中国电影的发展路径。电影这门艺术是一门综合性艺术，时刻处于流动的状态之中，单一化的符号分析并不能很好地解析这门艺术。在我看来，符号具有一对相对固定和单一且能互相对应的能指和所指。可在电影的实际运用中，这种能指与所指的对应关系会发生断裂，形成多个所指的张力。但在现实解码的过程中又有着相对约定俗成的所指联想。换言之，就在导演的艺术提炼中，即对电影语言的编码过程中以及随后投入的生产消费中一定暗含了某种已然具有规定性的系统。一味追究符码的能指与所指的一一对应是无谓的，但在为符号编码这一过程里便又赋予了所指更多的确定性。

就方法论而言，电影符号学力求摒弃以作者个人的经验、印象和直感为依据的传统印象式批评，主张精细化的科学主义批评，建立电影的“元理论"，按照语言学模式建立不同的分析系统。麦茨为分析影片的叙事结构，提出了八大组合段（syntagmatique）概念：非时序性组合段、顺时序组合段、平行组合段、插入组合段、描述组合段、叙事组合段、交替叙事组合段、线性叙事组合段、意大利符号学家温别尔托·艾柯提出了电影影像三层分节说：图像、符号、意素；动态影素、动态图像、动素，并且从"影像即符码"这一激进的观念出发，制定了影像的十大符号系统：感知符码、认识符码、传输符码（如新闻图片的斑点和电影图像的线条）、情调符码、形似符码（包括图像、符号与意素）、图式符码、体验与情感符码、修辞符码（包括视觉修辞格、视觉修辞提示、视觉修辞证明）、风格符码和无意识符码。彼得·沃伦采用美国哲学语义学家查尔斯·皮尔斯的符号分类体系，把符号分为象形（如照片、地图）、标示（如指纹、印迹）和象征（复杂的隐喻）三大类，把不同的影片归入不同的符号体系。

电影的叙事语言是一种代码符号的联合、改进、移植等相互关系的综合分析活动的结果，以克里斯蒂安·麦茨（Christian Metz）为代表所建构的"大组合段"的句法电影叙事理论为起步，以弗朗索瓦·若斯特（Francois Jost）提出"电影话语是一种符号语言"[1] 与雅克·奥蒙（Jacques Aumont）的"视点"分析为回应。电影叙事学的第二种形态开始往"符码说"的理论方向发展，以安伯托·艾柯（Umberto Eco）的符号学理论为主，他将传播现象归结为符码与信息的辩证关系，并将影像看作视觉修辞代码的一种。[2] 此种做法为电影符号学研究带来新的创见，不只扩展电影符号学研究领域和对象，并在理论面和应用面产生决定性作用，这种效应和影响直接表现在麦茨的观点上。麦茨认为，电影是包含技术、经济、社会、工业的一个整体现象，是特别系统的整体，由特别和同一的符码组成，可比之为语言系统，且电影为抽象概念。此外，对麦茨而言，倘若电影是众多符码的整体，那么影片即是讯息，影片即由讯息的复数性和符码的异质性组构。我们认为

① ［法］若斯特：《电影话语与叙事：两种考察陈述问题的方式》，杨远婴译，《当代电影》1990年第5期。

② ［意］艾柯：《电影符码的分节》，载《电影与方法：符号学文选》，李幼蒸译，生活·读书·新知三联书店2002年版，第64页。

这点非常重要，因为到21世纪数位电影时代，麦茨的电影符码概念及电影/影片区分概念，已被尝试用来解释数位电影的特征，电影符码面对新世纪数位时代和数位电影的出现依然能够提供理论架构和基本论点，让我们对此新兴对象有深入讨论的可能，这也为我们再尝试做电影符码的研究增添了一些现实意义。麦茨在上述概念置换的作用下，又进一步区分了系统/文本。“系统为非物质的存在，它仅是一个逻辑，一个一致性的原则。文本与系统的对立，如同确实的展示与建构的理解性之对立。”[①] 我们认为以上区分对麦茨而言是一个重要立论，系统归属符码，文本归属讯息，因此电影、符码、系统在一边，影片、讯息、文本置于另一边。

传达一组信息时，不同符号系统的变换规则和保证参加交流过程的人能够理解的约定性规则，即为符码。语言语法、莫尔斯电码、计算机编制程序的二进制数字系统等，都是符码。法国理论家罗兰·巴尔特认为，在人类生活中，符码的概念应当是广泛的。在《符号学原理》一书中，他详细论证了食品、神话、时装、影像、文学作品的人物类型、叙事的人称与非人称等，都可构成符码。同一种符码具有系统性、同质性和连贯性。电影符号学认为，电影因叙事的需要也有一系列符码，即支配电影表现手段的规律。作为信息的一部分影片包含着多重符码：特性符码（电影专有的符码，如特技、快速剪辑、摄影机运动、镜头组接、镜头角度）；泛符码（非电影特有的、社会文化中存在的符码，如政治、社会、商业和习俗方面的符码）；共性符码（如电影表演和戏剧表演共有的手势动作、电影与照相共有的明暗对比和逆光、与绘画艺术共有的构图、色彩、线条和形态）；次符码（如“分句法”是对所有影片都有效的约定规则，而“切”“划”“渐显渐隐”等范畴对于“分句法”而言就是次符码；支配某类型影片特有的表现手段的规律可视为次符码，表演也可以分为现实主义表演和表现主义表演两种次符码）。一个场面可以同时存在不同的符码。电影的符码是图像性符码。由镜头内容本身构成，因此较少随意性。符码的蒙太奇并非电影所专有。蒙太奇的思维也存在于散文的叙事过程中。麦茨认为，观众是通过各种符码——电影的特有符码（视觉的和听觉的相似物、剪辑等）或非特有符码（例如语

---

① Christian Metz, *Langage et cinema*, Paris: Editions Albatros, 1977 [1971], p. 57.

词语言符码和各种文化形式的符码），其中还包括各种次符码（例如，不寻常的画框安排和拍摄角度等）——来理解电影作品。因此麦茨把电影作品的文本系统看成是各种符码相遇并相互连接在一起的混合场所。意大利符号学家艾柯以电影影像语言的三层分节观点为基础，提出电影影像的形成及其表意的十种符码。

笔者以为，这些理论的发掘和阐释并非为了解决符号内外机制如何实现表意及其传达的问题。具体说来，想要真正理解传达的问题，首先是分解并以此解码这些符号所包含的那些意，接着再逐一分析各个分解项的作用以及如何运作。人将存在者摊开在自己的面前，这过程实际上表明了符号代码系统向符号实践系统的转向，而这一过程就是在对文化的边界以及意识形态定形过程中形成，解答了处在社会文化外结构机制中的符号能指的那个意义。[①] 符号语言媒介建构意识形态性功能如下：一方面，它既能反映出潜在社会意识形态的生成，自身又能生成消费社会特殊的新的意义。还能展示出在这一过程中社会文化生产机制利用符码在历史、政治、经济作用里所进行影响。另一方面，影像符码具备符号实体指代。在大众约定俗成的社会符号系统下，符码的实体之所以能这样顺利地实现实体符码表现意义的功能，而且在很大程度上依赖生产、消费模式、符码的能指实践，换句话说，符号的社会功能要将能指的意义看作是由所指决定的。

现代世界图像在怎样的内外机制下才能实践意义表达机制的运作？电影艺术的世俗性通过符号的生产和消费，将电影文本间相互关联。换言之，互文性对于符号的意义重大，就仿佛无数的符号在一个巨大的互文性空间里自由流通，构成文化建构中的一个个结点。转型期中国电影所面临的困境实际上便是如何在这一过程中形成一张巨大的文化网络。其间形成的符码同样也是符号意识下的一种考察。符码就相当于是符号的集合，试图在人们约定俗成的语言里，在空白与沉默、缝隙与分裂中来感受那洋溢的感性的狂欢。这些蕴含在符码里的意义有些被遗漏，有些被分解，从而零散地分布在符号之中。“大量的沉默、不在场和空白实际上是隐蔽的表达了更为原初的意识形态，而它恰恰对符号的显性意指适应的则是广告业、市场营销技术的繁荣以及信

① 麦克莱伦：《马克思之后的马克思主义》，东方出版社 1986 年版，第 322 页。

用制度的创新。”① 由此得出，符码能指表意系统已从以生产为主导转向以消费为主导的社会系统之中。前者纯粹是符号在语言层面上的意义，而后者则涉及了符号所思考的有关社会意识形态的关系。这就需要我们转换过来从运用符号思维到尝试运用符码思维，来观照这个借由符码营造的意义的世界。

除却符码与符号一样具备的社会性，符码还具有显著的商品属性。符码具备实体带有商品支配力在同社会文化表意的实践过程中得以实现，这种转变不仅是转换这一回事。只不过它们的区别并不是因为艺术和人与世界的解读关系，那么在社会结构中的符码到底是以什么样的状态显现，人类在构成社会意识形态结构之中建构出庞大的符号帝国。人们只看到语言的透明性，而它的实现恰恰是与符号本身的两级系统长期以来被遮蔽所产生的误解有关，不能单单只看到符号在实现对人的沟通和行为理解的有效性。那么归根到底，符码思维到底是指怎样一种思维？从符号到符码的转换是如何在运作？此种问题意识统摄下的观照与马克思提出的“从存在到占有”的基础之上提出“从占有到显现”的普遍转向类似。正如教程中所设想那样，这种提法论证了经济统一感性认识的观点。而符码对社会文化信息的传递通常都是隐蔽的、症候式的令我们难以察觉。它指向的是社会文化的深层结构所要表达的意义。影像媒介的过渡时期，影像符码更多地体现了精英文化与大众文化之间的博弈。所谓的符码，既非语言符号，又非艺术符号。它是通过对影片作者特殊的生活经历、生理或心理的缺陷乃至精神病症候等的研究来分析影片的一种研究方法。符码在当下社会文化机制中表意实践功能被贯穿。符码的每个层级，甚至每个符号的含义，早已区别于我们上文所述的表意实践中的那个意，而类创造的文化系统中最为常见的理解一开始就表现出人类对于一种神话般如梦似幻的意识形态内容的功能。符号以符码所提供的社会文化信息为基础或是线索去寻找推动这一表征的社会文化动力机制，这就构成符码思维的基本观照。

三　电影表意与叙事

当我们重新审视电影的表意与叙事时，正如重新剪辑一部影片，同样的

① 莫少群：《20 世纪西方“消费社会”研究述略》，《淮阴师范学院学报》2005 年第 2 期。

镜头被赋予了全新的意义。这种情况在同时并置的不同的蒙太奇“泛本文”关系中更显著。一个镜头既可以适用于这部电影的表达设计，而当其被放置在别的电影里又能被赋予截然相反的意味。含义的基本符号极不稳定，它们是作为电影里的含义编创成了电影的本质。事实上，许多电影工作者都难以超出自己的局限性，总是难以避免地发生类似情况，下意识地将自己的个人好恶不加反思地与实践中具有普遍性的事物相结合，并将这种主观好恶上升到理论的高度进而演变成一种大众范式。这种倾向在纪录片里表现得较为明显。诚然，这也是纪录片的特性所致，纪录片中的镜头在表现语义时具有直观性，蒙太奇在此不发挥独立自主的表意作用。一般来说，电影作为一种语言，并不是镜头而是画面才是电影叙事表意的最小单位。较之镜头，电影画面才是“叙述故事和传达思想的手段”。[①] 因而具有了镜头所不能比拟的意义。上面提到的这些相关的电影理论点与文学理论中自然语法相比对，如将镜头类别成词，景别就相当于词组，而段落则相当于句子，而在段落转换的过程中起着关键作用的就是这些镜头，这就相当于自然语法中的标点符号。任何艺术归根到底都是与符号相关，对电影创作者来说，创作的首要任务就是将意识形态以及掩藏在内的不明确身份揭示出来。

影像理论的深入研究使人们清楚地认识到：每一种艺术形式，每一种交流手段，都各有它们独特的素材。但这种类别划分的有效性却不得而知。在影片中经常是外与内、形与神、动与静、实与虚的交叉复合，在一个动态的画面中形成一幅画亦非画的景象。电影每一帧画面的处理都是经由这些力在一种纷争似的交叉分离里将影片导引出整体含义。多元化的电影视觉阐释融合了各物质元素的形状、线条、光效、景调等，并各占有一定规模。在影片交互融合的视觉文化所形成的“互文本”作用之下，动态与静态的影像皆考虑到镜头组接上的时空关系，并且主次分明地组织在一系列的镜头结构中。此外，影像画面又给予其在符码中所攫取的理论要素，同时以文化的方式输入已被掩藏的意识形态。

电影符号学研究者借用语言学的方式与方法，企图为电影语言确立规范。影像符码在艺术媒介中的情境移置，有利于我们对电影叙事的整体性把

---

① ［法］马赛尔·马尔丹：《电影语言》，何振淦译，中国电影出版社1982年版，第4页。

握。但值得强调的是，对于镜头的视听分析对影片整体的意义无法确定衡量。可以说，以叙事和描写为基础的任何影片实际上都是按电影工业生产的那种意义批量生产而来。通过这些理论分析，影像语言不再是抽象空洞的存在，而是可以被量化的元素，并再现了电影的叙事母题，其所指向的意义世界也远非简单的影视批评或局限在狭窄的政治理论语境之中。而是用新鲜的影像语言为进入电影的后结构主义叙事阶段开辟了新篇章。① 由此，电影的符号/叙事采用一种后现代主义文化符号的建构方式开始兴起。正如埃亨鲍姆所言："归根结底，电影同一切艺术一样，是一个图像语言的特殊体系。"② 在这种电影意识的指导下，传统理论中占据头等地位的戏剧性问题和叙事问题只被作为影像体系可能性中的一个方面或一个因素来考虑。叙事语言也是一种基于类似性编码原则的语言，与文字语言也有相似性。电影符号学进化至今，有些语言学家直接将电影影像看成是视觉修辞符码的一种。无疑，20 世纪七八十年代以来对元叙事的解构推动了当代叙事学再次经历具有重要意义的转向。在社会结构之中，符号在传递意义的同时也在建构意义，且主要是建构意识形态意义。电影之所以成为一种特殊的语言正在于它构成外延的方法。电影的影像和声音能够提供模拟现实的准备形象和结构，其真正力量在于具象的表现力。列维-斯特劳斯认为电影符号学运用外延和内涵这对概念区分影片的构成形态和内在意义，其过程还是过多地依赖于电影语言的双重结构观念，是"一种简单的表层/深层关系，即现代语言学的直接套用"。③

"互文性"和阿尔都塞的症候式阅读是研究电影作品间相关性的方法之一。这些概念都熠熠闪耀着符号的意识光芒，每一个电影文本都是不同"符号—叙事"层次间的交织。不仅仅是阿尔都塞的症候式阅读，包括克里斯蒂娃的互文理论在内，两者都受到来自巴赫金复调理论的影响，是对其他文本的有意识或潜意识的转换，用来印证存在于多个语篇之间的相互性。在这一

---

① ［法］马赛尔·马尔丹：《电影语言》，何振淦译，第 49 页。

② 埃亨鲍姆语，转引自《外国电影理论文选》，李恒基、杨远婴主编，上海文艺出版社 1995 年版，第 5 页。

③ 赵宪章：《文艺学方法通论》（修订版），浙江大学出版社 2006 年版，第 360 页。

理论的统摄下，可以认为任何语篇都能捕捉到其特有的隐性话语，影像符号在不断变换，但往往会不加以区别地被忽视。这种现状在国内学者翻译和使用英文文献时也时有发生，即英文单词的混用。具体分析如下，单个英文单词上集中了地方言语符号层的内涵，人们就不能很好地理解这一符号的内涵，从而发生误解和误用。当人们通过仪式的了解即深入到符号的二级系统，打破结构主义一贯封闭的语言模式，试图从符号的内在结构上呈现出这一整套地方话语的符码系统，从美学的边缘出发，通过符号学和叙事学交叉研究、不同符号系统的变换规则和保证参加交流过程的人能够理解的约定性规定下，最终得以还原这一建构的过程。症候式阅读本身就是指向参与符号能指实践，隐匿在符号中的意义显示出文化的边界和意识形态的建构过程。

四 叙事日常化

20 世纪 80 年代，社会改革进程的加快，市场经济的快速发展，西方思潮的大批涌入，社会结构的深刻变革，社会文化也表征出特殊性和异质性，这使得影视、文学等艺术创作开始摒弃对国家和集体的膜拜，转向对个体的关注。因而，个体的日常生活成为这一时期各影视、文学作品中文化实践价值判断和价值预期的基本标准。影视叙事题材拒绝了俯视的创作视角，开始以一种崭新的贴近社会、贴近日常的低姿态展现市民阶层的生活。

“中国电影主要应面向国内市场，面对普通民众，以他们的审美需求和欣赏习惯作为创作的出发点。”① 换言之，电影叙事日常化可以自然拉近文本和受众的距离，能更好地顺应当下观众的审美需求，满足观众的审美期待，并能准确把握住转型期中国电影的市场定位以及自洽的话语建构。在全球性的消费文化语境之下，中国电影无可避免地走向“经济—价值”文本的发展道路，形成一种巴赫金意义上的狂欢。大众文化对传统精英文化、官方文化的象征性颠覆，奔放的情感、欢快的激情，还有身体肉欲上的满足等。而随着全球性多样化的趋势，一种共同文化规划的实现变得更为可能，始于 20 世纪 90 年代末的中国梦集体性想象热潮便成为国族共同体共享价值

① 周斌：《求索集》，吉林文史出版社 2004 年版，第 264 页。

的共同文化。在这个共同文化的表述中，历史性的叙事逐渐转向个人化的叙事，叙述的主体性沦为个人的独白，所谓的共同文化变成与我们的日常生活息息相关的叙述、一些通俗剧化的故事。这与中国电影诞生和发展的社会文化语境以及电影媒介的大众传播属性和文化属性有着密切的关系；究其根源，又与中国传统的时空意识、思维方式息息相关，也受到中国格外发达的家族主义传统的极大影响。

“日常生活的功能和意义又一次被凸现出来。在世俗欲望得到近乎全方位的肯定之际，日常生活不仅恢复了先前一度被遮蔽的丰富多彩活力，而且被赋有了正面的意义。”① 日常生活以“其自身的文化内涵和文化诉求深刻影响了文化表层的思想观念，并大规模参与到文化格局的重构过程中”。② 日常生活在当代的都市社会中从主流政治意识形态的话语的宏大叙事中挣脱开来，开始独立的作为都市叙事的表现对象，以一种以小见大的叙事方式来发掘遮掩在都是社会表象下的深层意蕴。“这一时刻，貌似琐屑的日常生活获得了一种自明的合法性，它自身便可构筑出一种新的宏大叙事，并成为提供价值准则的源泉。”③ 在市场经济和消费社会的商业原则的交换价值伦理中，电影叙事中对于日常生活的真实再现，为受众建构了一个“逼真”的现实生活空间，因此拉近了电影和受众之间的距离，因而实现了文化价值和经济价值的共谋。在当今的社会环境下，日常叙事通过展现小人物的生活、爱情、工作和家庭中的日常琐事，实现对社会乃至国家的社会文化反思，通过对小人物人性中得到“真、善、美”等美好品质的宣扬建构起社会主义核心价值体系。

另一方面，中国电影为了谋求国际认同，试图以西方的价值观去审视我国自己的传统与文化习俗，除了收获到西方人在文化价值观上的凝视和兴趣之外，并没有从市场消费方面获得充分的肯定。而数据便能直观地证明这一点：1997 年，中国电影公司共向海外电影市场输出国产影片 126 部次，销售总收入却只有 3816.5 万元，一部国产片在国际市场上的销售额只有 30 余万

① 王宏图：《都市叙事和欲望书写》，广西师范大学出版社 2005 年版，第 154 页。

② 乔焕江：《日常的力量——后新时期文学与文化反思》，广西师范大学出版社 2011 年版，第 9 页。

③ 王宏图：《都市叙事和欲望书写》，第 154 页。

元。因此当中国面对加入 WTO 所带来的机遇与挑战时，谋求市场认可、寻求投资回报的思路，便成为电影叙事贴近平民生活、走向日常化的直接动机。因此，一旦电影人从市场和消费（不论是国内市场还是国际市场）的角度出发，去谋求这种影像艺术同社会生活、大众审美的亲密无间，都将不可避免地接受大众文化对传统精英文化、官方文化的象征性颠覆。日常生活就将凭借自身的文化内涵和文化诉求深刻影响了文化表层的思想观念，并大规模参与到文化格局的重构过程中。它从政治意识形态主导下的各种宏大叙事中挣脱出来，将都市社会中各种纷繁芜杂的事象撷取出来，通过为受众呈现出一个个逼真的生活景观，展现小人物的工作、生活、爱情和其他各种日常琐事，表现这种同主流意识形态、精英文化存在距离和歧异但又能在一定程度上被许可的或淳朴，或简单，或古老的价值观，从而实现电影作品在文化价值与经济价值的共谋，并能准确把握住转型期中国电影的市场定位以及其自洽的话语建构。

然而，当我们跳出对国际市场和国内市场隔阂的过高估量，我们还可以发现，中国电影的日常化叙事在走近大众文化、消费文化拥抱，在电影中实现日常化的叙事，也可以使电影人从以往那种文化精英的启蒙姿态中走出来，使文本和趣味均满足“群众”的审美需求和审美期待。而随着文化消费大潮席卷国内，电影界共同实施一种大众文化的共同规划即成为可能。在这个共同文化的表述中，历史性的叙事逐渐转向个人化的叙事，叙述的主体性沦为个人的独白，所谓的共同文化变成与我们的日常生活息息相关的叙述。一些通俗剧化的故事，技术式的景观呈现，也不可避免地将会把人们奔放的情感、欢快的激情以及身体肉欲上的满足都融入进来。这样，由资本、市场、消费等一系列经济利益驱使下的中国电影，就无可避免地走向通俗化、大众化、娱乐化，催生出一整套“经济—价值”文本意义上的电影文化符码系统。

需要特别指出的是，日常叙事并不能涵盖所有的中国影片，百年中国的叙事形式不是单一的，但是与外国电影多样的叙事样式相比，中国电影的叙事形态仍然显得不够丰富，这在很大程度上制约了中国电影的进一步发展。一方面，我们应该看到，日常化叙事作为一种深受中国文化传统影响、特别能够体现中国人潜在的思维方式和对世界、人生的把握方式的叙事样式，不仅在过去，而且在将来也仍然具有极大的感染力和生命力；另一方面，中国电影也必须充分学习外国电影的叙事智慧，提高对国外电影文化整体吸收的能力，才能真正走向世界。

五 叙事娱乐化

电影文化娱乐化日趋占有主导地位。跨国资本与全球市场引发知识分子角色的分化，其中相当一部分被卷入消费大潮。然而，这也意味着，国族文化整体的审美价值取向面临巨大调整。随着知识分子的自我调整而逐渐融入其中，虽已有所改变，但国族性想象的符号神话性实际上也是中国当代电影自我民俗化、臣属化的过程。这里掀起了视觉性技术化，涉及传播者与接受者的文化结构变迁，对于西方世界同样蕴含的国民性问题，回望中国现代史便能获得答案。20 世纪的半殖民地半封建的社会经济结构决定了那时中国社会文化的变迁境况。因而又一轮中国民族电影景观化与显现化的高潮到来，并再次激发了中国大陆以外的华人共同的集体国族想象的热情。电影形式的革新为了让观者更易接受，又试图将过去的娱乐样式主旋律化，并形成了体系便于在深度上加以挖掘，甚至包括对后现代性的关照中。这样的趋势所自始迄今都贯穿了值得一看的国。国族文化的理性精髓，这里面有深刻的民族两分出发。就拿张艺谋早期电影为例，尤其需关注其早期电影的视觉诱惑内容。这正好迎合了当今一种较为流行的说法。实际上，这里符码的表意和代码信息“内部结构”中都还只是展示了“意”在它三种功能的同显符码的传递渠道和其他外部因素、方式能够与社会相互作用。[①] 电影符码的直接身份和根本表意都不仅在找寻自身在社会结构中独特的文化结构，而且还在不断回馈到社会文化机制结构的建构关系。因为研究者所发现的那个影像语言也受到自身网络结构的制约，但同时它自身又制造和生产着意识形态。这里所谓实践，至少有两点概念，而福柯发现权力话语产生于权力斗争的世界里。影像语言符号具有了符号学两级系统的美的韵味，提出三大主题策略以及其在媒介环境转型期之中的结构变化。因此，实际上并不能简单归类为

---

① 参见［美］贝斯特、科尔纳《后现代转向》，陈刚译，南京大学出版社 2002 年版，第 143 页。

迎合大众市场。

与此相反的是另一类批评，便是这种自我娱乐化，是一种对精英文化的批判或是全民娱乐力量的唤醒。进一步阐释，便容易联系到加入到消费大潮。跨国资本的文化形象与符号表意，以及全球市场导致知识分子的角色分化的其中一个部分。然而，这也意味着，国族文化整体的审美价值取向面临巨大调整。

戏仿与重构狂欢

作为人类戏剧文化中的重要形式，以夸张、诙谐、幽默、讽刺的形式把有价值的东西撕破给人看，以此曲折、委婉地表现人们对于政治、历史、人性的真实看法。古希腊阿里斯托芬的《鸟》，中国春秋时期的“优孟衣冠”，都可以视为东西方喜剧直接或间接的起源。当19世纪末电影以一种空前奇妙的艺术形式呈现给世人，喜剧元素就迫不及待地同它结合了起来，于是便有了1895年卢米埃尔兄弟的《水浇园丁》。后来在电影短短数十年的发展中，西方电影界便出现了诸如卓别林这样的喜剧电影大师，在中国也出现了汤杰编导并主演的《王先生》系列、郑君里的《乌鸦与麻雀》等喜剧片。新中国成立以后，重要的喜剧电影导演有吕班和谢添，八九十年代，赵焕章、张刚等人分别从农村和城市两种类型的生活题材中加入喜剧元素，摄制了一系列影片。不过汤杰、郑君里的电影显然带有文化精英的启蒙意识，新中国成立后的喜剧电影则往往专注于通过一些特殊的喜剧手法去呈现意识形态诠释体系下一些固有命题，以至于被认为并不能展示现实生活的丰富性和人性本身的复杂性，而更接近对性格差异和情境设定的刻意营造。

比较早的可以视为尝试通过娱乐化叙事以展现平民生活的电影，应当是陈佩斯的《二子开店》《父与子》《父子老爷车》以及《爷俩开歌厅》等作品。有人将这些电影的特点总结为不断重复类型化人物、自我嘲弄又自作聪明的行为方式、夸张戏谑的生活表现等。相较国内外喜剧人物诸如卓别林、金凯瑞、周星驰乃至赵本山，也不可避免地存在同样的类型化特征。但就影片叙事面向具体生活、脱离主流意识形态、小人物的个体人生体验与内心诉求，则是八九十年代陈佩斯电影和其他部分喜剧电影作品的新特点。而且随着市场经济的活跃和娱乐大潮的到来，喜剧变得越来越动感化。从整个转型期中国电影的情势来看，我们似乎可以认为，这是在市场经济和文化消费市场成熟之前，在冯小刚等新一代娱乐电影人崛起之前，中国喜剧界和电影界人士共同努力作出的有益尝试。

当中国的电影工业经过了八九十年代长时间的试水和磨炼，中国的文化机制也渐渐从较严格的管控、迫切的引导中开始松绑。市场化的电影制作、发行与消费逐渐有了一定程度上的自由发挥的空间。贯以畅销小说作家王朔的“京味儿小说”为自己喜剧电影创作源泉的导演冯小刚，开创了一种类似于香港“贺岁片”的市场运作模式。大量类似于“庸俗”“娱乐”“追求票房”的社会风评继续存在，这一点同八十年代人们对于陈佩斯和其他喜剧电影的负面看法并无不同，但是“贺岁片”这种在脱离主流意识形态、独辟蹊径的新型电影模式却创下了改革开放以来电影作品难得的市场效应。1997 年，凭借着从王朔小说《你不是一个俗人》改编制作的电影《甲方乙方》，以 300 万元的投资博得了 3000 万元的高票房，成功树起了中国本土贺岁电影的大旗。此后他又凭借《不见不散》（1998）、《没完没了》（1999）、《一声叹息》（2000）和《大腕》（2001）等一系列电影，在国产院线经营惨淡、市场萧条的大形势下，连续五年创下不凡的票房业绩，成为本土电影的神话。同时这种贺岁片风格一旦形成便产生了固定的市场预期，使得冯导在之后十余年间制作的《手机》（2003）、《天下无贼》（2004）、《夜宴》（2006）、《集结号》（2007）、《非诚勿扰》一二集（2008、2010），还未及上映，就早已预占了国内贺岁档期的位置。

冯氏电影以特有的演员阵容、特有的喜剧形式和戏剧效果，以及游戏化、娱乐化的叙事元素，长期在市场上处于不败之地。其电影叙事的生活从不曾脱离平民大众的生活。更妙的是，冯氏电影“把人们的欲望提出来，然后想办法解决掉”，实践着他所认同或追求的电影实际效用。从《甲方乙方》开始，冯氏贺岁喜剧电影所采用的基本故事元就是类似于三五个人在不同的情境下进行变调重组，从而达成一种简单场景下的轻松又细微却常常出乎意料的“小品”式效果。电影使用的幽默手法主要来自于近百年来通过相声、戏曲和老舍的话剧向中国人长期展示过的“京油子”式的口吻态度，从而使所有的观众都会产生一种似曾相识的亲切感；然而现代科技所创造的快节奏，以及市场经济所营造的都市生活和由此形成的人际关系，又使这种看似传统的幽默与油滑从内容到形式都有了深层次的变化。电影中的都市男女既不同于《茶馆》里既隐忍又抱怨、既新潮又保守的王利发，也不是穿着旗式长袍在台上鞠躬作揖、笑态盈盈的侯宝林，他们成了各种前卫时尚消费品的广告模特，各种先进生活理念的实践者和推进者，娱乐性使其显得可亲可爱起来。

冯氏电影往往属于一种令人啼笑皆非的戏弄性模仿，对时代不远的中国当代社会秩序中各路政治、文化权威进行一些调侃，然后重新回归现实的秩序中进行自己的生产和生活。通过这种对各种权力游戏、权力话语的模仿，可以同时在两种层面上获得喜剧效果，一方面可以通过小人物在完全不适当的情境中照搬“大人物”的话语、行为方式，使这种话语与行为本身显得滑稽，从而无形中宣泄一种多年来被压抑的负面情绪；但另一方面则通过模仿，使小人物在一定程度上获得类似于大人物那种掌握一切、指点江山的感觉，从而获得一种下意识的自我满足感。例如《甲方乙方》中英达扮演的书店销售员模仿美国将军巴顿、李琦扮演的厨师模仿被俘的英雄。这样看来，冯氏喜剧电影的戏仿，实际上是通过一定程度上对现有秩序与价值观的破坏，造成一种游移在否定和肯定之间的精神状态，并从中获得较为复杂的情感释放与满足。是一种对于权威的挑战与敬畏并存、逆反与依恋俱有的复杂感情。

那么除了搞笑和娱乐之外，有没有什么其他的精神内核使得冯氏电影能够同这十余年间社会平民阶层的文化需求相契合呢？笔者以为，关键在于中国市场经济转型期间，广大社会群众的一般精神状态，也需求关于后新时期劳作秩序的一种群体性想象，并通过电影欣赏的过程，将自己所注视的客体转移为对自身处境、价值、诉求与精神状态的认同。电影中葛优、傅彪、张国立等人面对事业、爱情以及其他各种人生中的喜怒哀乐、悲欢离合时，以京式的油滑态度践行人性中的善良、乐观、愤怒与隐忍，从而对所有这些问题加以阐释和解决，即通过这种将生活的困境进行娱乐化并最终取得胜利的市民传奇去谋求一种属于观影者自身的精神满足感。当影片中的主角，尤其是葛优所演绎的那种机智、狡猾又犬儒的主角形象，以王朔式的京味儿幽默，对变幻多端的都市生活、旧有习俗、价值观与伦理观作出玩世不恭的讥讽、调侃与解释，并最终赢得金钱、爱情、事业上的成功，经过一番小悲小喜之后获得通用的“大团圆”式结局，为观影时所发出的一阵阵笑声画上一个圆满的句号，从而使这种对待生活的油滑与幽默进一步获得一种暗示性的肯定、认可和推崇，使得观影者获得一种“原来生活也可以这样过”的现实印象。

但是，同人们当时能够看到的其他喜剧作品不同，冯氏贺岁片尽管看似只是相对简单的小品式生活短剧，但并不急于将社会上的各种问题归结为个别人的具体问题，然后又草率地通过一些看来并不真实的方法解决。诸如，由冯巩主演的一系列电影，如《没事偷着乐》《别拿自己不当干部》《谁说我不在乎》《心急吃不了热豆腐》等，仅仅为沉重的生活制造了一个意愿得到满足的假象（比如张大民意外获得满意的拆迁房、王喜意外地被工人选为新一任工会主席等）。换言之，冯小刚喜剧电影对于转型期国人所经常碰到的问题，诸如就业难、婚姻危机、住房问题、贫富分化、移民问题等，并不回避，而是同样用喜剧的形式加以展示，但并不期待用简单的、突然的手法给出一个皆大欢喜的解决方案。譬如《甲方乙方》中姚远有幸从父母那里继承了一套房子，但这并不妨碍杨立新扮演的技术员照样在辛苦多年之后仍然无法为妻子安置一个温馨的家；《不见不散》中的刘元和李清有幸克服重重困难在异国他乡的美国赢得一份过得去的生活状态，但这并不意味着他们能够克服精神上的落差和飘零，最终只好将回国作为最终的归宿；《一声叹息》中梁亚洲和宋晓英最终从复杂的婚外恋纠葛中摆脱出来，重归于好，恢复一个正常家庭的宁静，但这并不意味着夫妻间的情感得到了全面的恢复或者真正的保障，也不意味着这种解决婚姻问题的方法具有荣耀感或者可复制性。因此，冯小刚的喜剧电影，是一种试图以喜剧的方式去化解人们在各种生活困境的中的难堪，却并不打算告诉人们，这些困境真的可以通过这些办法彻底解决，从而在竭尽语言包袱之逗乐能事之余，引起人们在精神上的共鸣。

因此伴随着重大节日电影档期中国人对于欢乐的追求给冯氏电影的票房收入提供了更多的可能，使其得到超乎寻常的热火，以及八九十年代盗版光碟产业的广泛传播，使以“王朔—冯小刚—葛优”为编、导、演结构的喜剧电影俨然成为整个中国民间生活意识形态的象征性符号，并在一定程度上承担了塑造转型期国族形象的重任。由此，我们可以认为，冯小刚将自己或自己电影中的主创人物塑造为城市空间的文化媒介人，创造出一种由本国国内的普通群众所信仰的电影文化符码系统。

进入新世纪之后，国家体制开始接受并收编独立电影制作，有的导演以国际上的名气争取体制之中的制作资金，这也意味着，创作者只要有机会就试图回归体制内，企图获得体制以及观影群众的认可。因此，独立创作者开始转向应付市场需求的电影制作，这些转型的例子很多，有些是曾经制作独立电影或纪录片出身的导演，有些则是比较有想法的创作者，他们早期都曾制作颇有意思的影片，然而在中国电影票房的激烈竞争之下，不得不放弃坚持自己的想法。这个问题关涉艺术创作者如何与市场衔接的问题。张元从《妈妈》到《北京杂种》（1993）表达了很多那个年代青年的心声，2006 年执导的《看上去很美》更多的是一种光滑的表达，企图通过王朔式戏仿权力的游戏，嘲弄并调侃权力机制与知识分子，却又表现出对嘲讽对象的渴望，以一种“游戏”的态度取代了批判的锋芒。

然而，这些受到消费者欢迎的观影艺术效果，更多的是以精湛的技术手段，滑稽模仿的引用与现实线索的拼凑等相互遮蔽了在背后的行为本身。换言之，目前流行的滑稽模仿的后现代策略，并不是亚里士多德“诗学”意义上的“摹仿”，仅仅是表现碎片化的“影像现实”的一种方法。亚里士多德指出，摹仿者表现的是行动中的人，创作诗歌是为了摹仿人类的行为，摹仿本身是一种创造性的行为——摹拟，或是虚构。因此，所谓的电影创作并不排斥虚构的叙事，它是为了显现故事的一种行为摹仿。伊芙特·皮洛也提出：“影片永远是一个叙事（story），影片是一个有意义的动作的再现”[①]，因此她推论“电影思维的素材只能是动作”。[②] 对美的需求是普遍的人类行为，我们不是“把艺术看成一种实体或性质，而是看成一种行为趋势，一种做事方式”。[③] 然而，我们不难发现，改革开放后的中国电影在现代艺术电影导演的带领下，无可避免地进入 90 年代至今的全球市场取向，中国电影渐渐走向以商业为策略、娱乐消遣为主旨的大潮流，可是，却逐渐地迷失在艺术与商业的矛盾追求之中。笔者认为，在很宽广的层面上来说，是目前对

① ［匈］皮洛：《世俗神话：电影的野性思维》，崔君衍译，中国电影出版社 1991 年版，第 11 页。

② 同上。

③ ［美］迪萨纳亚克：《审美的人》，卢晓辉译，商务印书馆 2004 年版，第 65 页。

于电影的研究缺乏对商业模式电影进行一种学术高度的考察，这是否源自创作者、批评者、观众对商业模式电影的理解过于狭隘，值得再深入调查。

山寨与超滑稽模仿

当喜剧不再满足于从现实的生活中寻找各种激活人类笑神经的戏剧元素，比如强烈的对比、前后的反差、出乎意料、巧合、出错等，而是致力于从破坏既有的文艺作品、历史事件或者其他各种刻板印象中寻找乐趣，比如将文学性的描写变为过度写实的影像，将富有崇高意义的关系与事实进行庸俗化，将庄严的场景进行拙劣、滑稽的复制等，并且对于这种戏仿、恶搞、丑化的手段本身投入过多的关注，以至于并不关注整个作品是否具有必要的文化内涵和社会意义，就成为一种“集体狂欢”式的山寨式文化。巴赫金曾经将狂欢定位为一种民间的诙谐文化，并指出其基本形式主要有三种：各种仪式或演出形式，包括狂欢节和滑稽的广场表演等；诙谐的语言作品；不拘形式体裁的广场言语（言辞、赌咒、民间讽喻诗等）。三种形式可能分属不同的种类，但却常常会交叉出现，以共同达成逗趣、搞笑的效果。在神圣的庙宇、庄严的殿堂、肃穆的仪式中不允许出现的各种不规矩、不体面、不正派的卑微言行，在狂欢的状态下都可以得到尽情的释放，以消解人们平时由于敬畏法律、道德、戒律时所承受的禁锢。

中国当代电影大量出现这种专注于恶搞和戏仿的影片，应该主要是从2006年胡戈制作了名为《一个馒头引发的血案》的视频，重编并嘲笑陈凯歌的《无极》，引发网友热捧和社会关注；而距此不久后宁财神的古装情景喜剧《武林外传》也以武侠电视剧的形式恶搞和戏仿新武侠影视剧和现代社会都市中的种种问题，并创造空前的各大卫视“多台同看一场戏”的火爆局面。在这样的情况下，部分电影人从中窥见商机，从网络段子、时尚用语中寻找娱乐创意，从社会热点、时事新闻中寻找影片题材，使用国外和香港电影中惯用的文化山寨、戏仿、恶搞等手段加以炮制，凭借着小明星、小成本、小制作在市场中博得观众的兴致，吸引观众的眼球，赢得投资的丰厚回报。至于故事是否首尾完具、情节合理，人物的性格自洽、举止合宜，也许并不是制作团队所要关注的。

2006—2007年成为中小成本搞笑电影之年，这些影片以《疯狂的石头》为开端，并拓展出一个新的类型——“山寨片”，它们产生在消费主义思潮的再生狂欢之下，以中国的文化消费为温床。由于消费群众的高速重组与变化，对日常生活文化消费的调查成果，成为这些中小成本电影的最重要的投资成本，换言之，消费者的生活形态与经济状况直接影响了山寨片的命运。因此，以目前来说，这些滑稽模仿的影片虽然撑起了中国中小成本电影的大部分票房市场，事实上它们毁誉参半的叙事策略究竟能走多远，这多少反映了中国电影的前景，甚至从中可勘查出社会失序的境况以及文化变迁充满悖论的吊诡之处。所谓的山寨片确实就是一种滑稽模仿的抄袭品，他们以大量的后现代策略模仿、挪用其他文化产品以重新创作。影片的思想内涵并不被主要考虑，反而考量更多的是游戏化后平面多角的叙事。

实质上，后现代的策略是一种反精英的姿态，他们是民间的草根性力量。这些影片可以被看作是主旋律意识形态与精英分子之外的一种文化价值建构，电影的发展实际上是反映了大众性、专业化市场和密集商业化所主宰着的商品景观和媒介文化的这个新世界。然而，我们所能看到滑稽模仿的山寨片似乎只停留在即用即弃的一次性消费，甚至无法引起艺术家之间的一种价值比较与良性竞争。这些高度而密集的复制与剽窃，不仅仅取消深度的叙事，即使是平面化的反叛姿态也不复存在。

笔者认为最好将这些滑稽模仿的“山寨片”称为“超滑稽模仿秀”，即使以山寨都不足以表明这些恶搞、反电影的影片登堂入室的现象。例如拜伦的《天堂的审判》就是一种滑稽模仿，它以惟妙惟肖的模仿手法处理庄重题材，是其降格的滑稽讽刺作品。另外，也有升格的模仿诗，它的模仿对象以特定的文学体裁为主，以这一题材所特有的风格来描述琐细平庸的主题。因此，传统的滑稽模仿是一种讽刺，对庄重的、权威的、优雅的权威艺术的讽刺，以另一个艺术方式超越高雅与严肃艺术，与平民大众保持一种通俗亲近感。

这种中小成本电影的格局也吸引了第五代导演张艺谋的尝试，其《三枪拍案惊奇》（2009）集合了赵本山、小沈阳师徒俩人，开创了一条往超滑稽模仿秀之大制作的消费可能。所谓超滑稽模仿秀，就是该片那怪异、丑陋的审美趣味，或者可以说是变相的常态的行为，如小沈阳表演的“三大件”：娘娘腔、发卡、大花裤（裙），这种非男非女的阴阳怪气，招摇过市地成为主流的娱乐趣味，由此诞生了《大笑江湖》（2011）。该片由台湾导演朱延平再次获得中国投资的一部大制作，他是台湾80年代以来较为重要得多产量喜剧导演，成功迎合台湾乡土俚俗趣味将近二十年，以《新乌龙院》(1994) 缔造台湾、东南亚票房奇迹。朱延平的特色很简单：千篇一律；无止境的重复效仿；以喜剧为摹本的超滑稽模仿秀。

超滑稽模仿秀与一般意义上的娱乐或消遣艺术完全不同，它像洪水猛兽般的入侵了群众的日常生活，灾难性地淹没了所有的实存，这正是科林伍德所预警的“防水堵壁”的坍塌。他在《艺术原理》中对巫术艺术与娱乐艺术作出了区别。娱乐产生的情感在娱乐的过程中释放，具有其非功利性。“总体想象性经验”虽然并不一定能正确把握审美经验，但所谓提供娱乐的艺术品却具有严格的功利性，像工程技术品般精巧。尤其是，他从这里推理出这种娱乐的享乐性既与实际生活有密切联系，又不得过于密切的关系，对我们理解当下的超滑稽模仿秀无不启发。

柏格森曾经对“笑”作出“滑稽”的意义考察，在其小书《笑》中指出，滑稽与笑都必须建立在疯狂而梦幻的社会、集体、大众，人类的想象力活动过程的基础之上。首先真正属于人的范围以外无所谓滑稽，因此，说明了超滑稽模仿秀中的表演其实与卓别林的滑稽讽刺是不同的东西。高级喜剧是一种“滑稽的荒诞”，它在于刻画性格，形成一种类型。悲剧在于我看见自己，而喜剧则是我们所遇到的与人不同的事物引起的滑稽。因此，超滑稽模仿秀没有“人”的存在，当身体想支配精神的时候就是滑稽。从柏格森对笑的一些看法中，我们可以总结出一些超滑稽模仿秀的特征。它将模仿者与观看者都物化为机械，包括体态、动作、语言；它是不需要动感情的，我们必须在无动于衷的心理状态之下才会感觉滑稽，只有在一种集体的狂热中才能畅怀大笑。

六　小结

没有人可以摆脱自己以及自身所处时代的有限性，没有任何一种理论能够恒久不变地包罗万千变幻，因而我们和理论一样，都在各自的生命周期里做着穷尽可能的努力。代际更替，世纪转型让我们隐隐感知到理论与实践更多的可能性，当代中国电影亦如是。综合前文各章的论述，我们可以看到：

在浩浩荡荡的转型期里，中国电影创作的多样性依然无法掩盖其趋向的相对一致性，不约而同又心甘情愿地承受着来自现实主义美学向心力的影响，自不该简单地归因于意识形态调控叙事的惯性使然。俯瞰浸润在时代风云变幻、激流暗涌之中的中国电影，其随时代而动的脉络渐渐地便在这多样的、半遮面又约定俗成的符号系统与叙事结构中清晰起来。视觉技术日新月异使得电影市场工业日臻完善，影像符码与日常叙事为塑造与展示国族文化搭建了一个更为激烈的颇具市场效益的平台。

事实上，在我们这个有着现实关怀和反思传统的国家，现实主义物质业已成为塑造国民文化性格的重要组成部分，进而成为衡定民族历史感、当下针对性与未来发展道路的坐标器。尽管由于文化环境的宽松和技术条件的便利，观众的接受心理也越来越趋向娱乐化和休闲化，但不可否认，真正立足现实的思考有着广泛的时代性和观众群。尤其身处大变革的时代，大众社会心理的现代性探讨和日常生活层面的价值观念碰撞，通常都在现实主义的美学追问中得以显影。由此，借助影像阅读的力量，现实主义的意识形态规定性、大众娱乐和人性吁求三者之间形成了有趣的缝合与美学共振。

在全球性的消费文化语境之下，中国电影无可避免地走向“经济—价值”文本的发展道路。大众文化对传统精英文化、官方文化的象征性颠覆，奔放的情感、欢快的激情，还有身体肉欲上的满足等。随着全球性多样化的趋势，一种共同文化的规划就更为可能了，始于20世纪90年代末的集体性想象热潮便成为国族共同体共享价值的共同文化。在这个共同文化的表述中，历史性的叙事逐渐转向个人化的叙事，叙述的主体性沦为个人的独白，所谓的共同文化变成与我们的日常生活息息相关的叙述、一些通俗剧化的故事。换言之，在共同文化的规划中不仅缺少了一种主体性之间的对话性叙事，更是缺乏一种生活中的伦理想象力。建构以市场话语为主导与国际接轨的新电影范式，并大力发展能占据电影市场的主流商业电影类型，是中国电影产业的基本前提。

娱乐片于90年代开始崛起并逐渐形成与跨国商业大片平行发展的市场模式。国产商业喜剧电影声势浩大，其风格的认识逐步被显现。不仅以电影制作民营化的姿态形成新的商业模式国产主流大片。民族志影片投射的“敌人”在中国电影体制内树立了鲜明的品牌形象，实施有效宣传策略，秉持了三个不同的却又相互交集的文化逻辑，两者之间的协作融合形成一股强大的自我民族志书写的新篇章。更准确地说，跨世纪中国电影不管是艰难转型还是艰辛创造。20 世纪 90 年代末的大众娱乐趣味的低成本使得第五代导演不仅不再受到国家政策的限制，而且在“走向世界”的过程中不再被过往主旋律的传统叙事模式所笼罩或遮盖，只有极少数的特殊例子失败。电影艺术家们纷纷跃跃欲试，为新的类型电影招揽优秀导演或编剧，或提拔新星，表现了精英与大众既相互依赖又相互竞争的过程。对此，笔者理解这一热潮实际上是知识分子阶层与民众一道儿推动精英文化向大众文化转化的过程，其实不是个体行动可以达到市场发行、宣传模式的拟定，并与影像视觉性的启蒙保持一致。因此，我们可以说，视觉性的技术化叙事模式融入中国电影，联合跨国制作、跨国融资和品牌效应，共同实现一种跨国大片的商业制作模式，形成中国当代电影的工业机制。

电影文化娱乐化占有主导地位直接加入到消费大潮。跨国资本的文化形象与符号表意，以及全球市场导致知识分子的角色分化的其中一个部分。然而，这也意味着，国族文化整体的审美价值取向面临巨大调整。随着知识分子的自我调整而逐渐融入其中，虽已有所改变，但国族性想象的符号神话性实际上也是中国当代电影自我民俗化、臣属化的过程。这里掀起了视觉性技术化，涉及传播者与接受者的文化结构变迁，对于西方世界同样蕴含的国民性问题，回望中国现代史便能获得答案。20 世纪的半殖民地半封建的社会经济结构决定了那时中国社会文化的变迁境况。因而又一轮中国民族电影景观化与显现化的高潮到来，并再次激发了中国大陆以外的华人共同的集体国族想象的热情。电影形式的革新为了让观者更易接受，又试图将过去的娱乐样式主旋律化，并形成了体系便于在深度上加以挖掘，甚至包括对后现代性的关照中。

电影发展的问题不仅仅是电影工业发展的问题，也是电影美学发展的问题，当前社会文化发展的问题，甚至是国家发展的问题。电影创作与理论的发展可以带动电影事业的繁荣发展，促使中国电影的发展达到代表国家形象、国家经济文化发展的水平。在电影理论蓬勃发展中，电影工业的发展脉络也随之渐渐清晰。而在这一过程中，需处理好四大问题。即电影工业体系的完善问题；传统文化现代化问题；精英文化向市民文化转化的问题；国族性问题以及全球化与本土化的问题。笔者无意通过本篇论文为电影事业的未来发展建言献策，而是着眼于改革开放这些年来中国电影在自身语言符码与叙事上的变迁，为日后继续研究这一时段或是未来时段的研究者提供一种思路或是视角。这仅仅是研究该时段电影的路径之一而已。诚然，无论以哪种视角或是思路来研究电影，都是仁者见仁、智者见智的事情，并不存在对与错。但是伴随着中国电影事业的蓬勃发展，以电影作为媒介的中国文化向外输出已是大势所趋，并且是重要环节之一。中国电影作为我国国家软实力的承载形式之一，为树立崛起的国族形象作出自己应有的贡献，是极具开拓意义和价值的。或许本文也算为研究电影打通了一小段连接历史与现在、未来的通道，探索未知，增加已知。

中国古代小说结构批评比较论
——以张竹坡、文龙《金瓶梅》结构评点为例

方盛汉*

“结构”一词，在明清小说戏曲中比较常见。但它却经历了很长时间的艰难孕育。古人开始常用盖房、缝衣等比喻来形容文章的架构。刘勰在《文心雕龙·附会》篇中说：“何谓附会？谓总文理，统首尾，定与夺，合涯际，弥纶一篇，使杂而不越者也。若筑室之须基构，裁衣之待缝缉矣。”① “基构”一词，是结构之意的雏形。《附会》论述的主要是作文之法，也被认为是行文结构问题，此篇可以看作是较早的一篇论述结构的文学理论。关于结构最早的意思，《说文解字》解释：“结，缔也。从糸，吉声。”② 对构字的解释为：“构，盖也，从木，冓声。杜林以为椽桷字。”③ “两糸为丝”，缔意为“结不解也”，可知结的原意为被丝所缠绕、难解；“构”字，《说文》认为“从木，冓声”，段玉裁《说文解字注》认为“冓”其实为亦声字，表音表意，“凡覆盖必交积材。”《说文解字》关于冓的解释：“交积材也，象对交之形。”④ 综合之，则构原意为盖房子，交积材木的意思。

---

* 方盛汉，首都师范大学文艺学2014级博士生，指导教师：陶礼天。

① 范文澜注：《文心雕龙注》，人民文学出版社1958年版，第650页。

② 许慎：《说文解字》，中华书局2013年版，第273页。关于对结字的解释，诸多学者会引错。如张世君《明清小说评点叙事概念研究》，第47页，引说文，“结，缔也，从系”，这是误以系为糸，两者之意有天壤之别。无独有偶，冯仲平等《中国古代小说理论名家研究》也是如此引用，广西师范大学出版社2010年版，第61页。

③ 许慎：《说文解字》，第115页。

④ 同上书，第78页。

关于合成词的使用，最早可追溯到葛洪的《抱朴子》。[①] 此处意思是班输二人作为巧匠，能连接架构树木使之成为台榭，谢赫的《古画品录》以及后来诗歌中也有类似之意。[②] 他们所用之结构皆为动词词性。

至明清，明人王骥德在《曲律》中专设两章《论章法》和《论剧论》来论述戏曲结构问题，他提出了一些独到的见解，“作曲，犹造宫室然。工师之作室也”。李渔（1611—1680）的“工师之建宅”说，是对王骥德“工师之作室”说的继承。另外还有裁衣比喻说，如金圣叹（1608—1661）在评点《水浒传》序中说：“有全锦在手，无全锦在目，无全衣在目，有全衣在心；见其领，知其袖；见其襟，知其帔也。夫领则非袖，而襟则非帔，然左右相就，前后相合，离然各异，而宛然共成者，此所谓裁之说也。”李渔在《闲情偶寄》中的“结构第一”“立主脑”等词语都表现出对戏曲结构的重视，而这对小说结构批评具有重要的借鉴作用。

最早将“结构”一词引入小说批评的是金圣叹评点《水浒传》。第 43 回评价：“如此结构，真是锦心绣手。”[③] 在第 66 回夹批道：“大奇，大奇，真是异样结构。”[④] 但发扬光大的是毛氏父子评点《三国演义》，他们在《读三国志法》中说：“凡若此者，皆天造地设，以成全篇之结构者也。”[⑤] 在 94 回回评道：“文如常山蛇然，击首则尾应，击尾则首应，击中则首尾皆应，岂非结构之至妙者哉！”至妙之结构，已见其彰扬。后者比金圣叹更了不起之处在于，他们已经充分自觉认识到结构批评的重要性，并贯彻在评点过程中。而《金瓶梅》之两位著名评点者，张竹坡（1670—1698）与文龙（1830？—1886？），在评点中涉及不少对小说结构的评价，通过对小说结构的剖析从而

① 参看葛洪《抱朴子·勖学》：“文梓干云而不可名台榭者，未加班输之结构也。天然爽朗而不可谓之君子者，不识大伦之臧否也。”庞月广译注：《抱朴子外篇全译》，贵州人民出版社 1997 年版，第 100 页。

② 参看谢赫《古画品录》：“顾骏之，常结构层楼以为画所。”另如杜甫《同李太守登历下新亭》：“新亭结构罢，隐见清湖阴。”王阳明：“童仆自相语，洞居颇不恶。人力免结构，天巧谢雕凿。”（《王阳明全集》）此处因为王阳明在贵州龙场驿找到小洞天这一天然住所，作为临时住处，“免结构”也即免盖房子。

③ 刘一舟校点：《金圣叹批评水浒传》，齐鲁书社 1991 年版，第 826 页。

④ 同上书，第 1237 页。

⑤ 罗贯中著，毛纶、毛宗岗点评：《三国演义》，中华书局 2014 年版，第 8 页。

对理解小说思想有着重要的参考意义。在张评本中还未正式出现“结构”一词(但已经呼之欲出了),到了晚晴文龙,结构评点概念已经是随处可见。通过对比,可以看到结构批评发展之脉络。在张评本和文龙评语中关于“结构”的看法主要有如下几个方面:

一　空间结构叙事

小说中离不开空间元素,一切小说的发生、发展都必须在一定的空间范围内,相对应的是,小说评点依然不脱离空间范畴。

(一)立架与间架

《说文解字》:“间,隙也,从门从月。”后引申为,有间则隙生。“隙,壁际孔也。”[①] 间后也指有空间的距离。《辞海》解释“间架”:“本指房屋建筑的结构……后常用比喻诗文字画等的结构和布局。”[②] 这里也没将“间架”引申到小说评点中来。立架原意为“盖房时安装屋架”,在小说批评中乃是搭建一个小说框架。其实立架就是“立间架”之意,乃“间架”名词的动词化。

立架和间架本为房屋建筑专业术语,后都契理契机地发展成为一种小说批评范畴。金圣叹(1608—1661)先声夺人,他在评点《水浒传》第23回“王婆贪贿说风情”一节批道:“前妇人勾搭武二一篇大文,后便有武二起身分付哥嫂一篇小文。此西门勾搭妇人一篇大文,后亦有王婆入来分付奸夫淫妇一篇小文。耐庵胸中,其间架经营如此,故能量其才之斗石也。”“间架经营”可见是总体脉络上的构思考量。

李渔在《闲情偶寄》中有专门的论述结构、间架关系,这或许对张竹坡等人有着理论上的影响。

> 至于结构二字,则在引商刻羽之先,拈韵抽毫之始。如造物之赋形……工师之建宅亦然。基址初平,间架未立,先筹何处建厅,何方开

① 许慎:《说文解字》,第308页。

② 夏征农主编:《辞海》,上海辞书出版社1999年版,第2460页。

户，栋需何木，梁用何材，必俟成局了然，始可挥斤运斧。倘造成一架而后再筹一架，则便于前者，不便于后，势必改而就之，未成先毁，犹之筑舍道旁，兼数宅之匠资，不足供一厅一堂之用矣。故作传奇者，不宜卒急拈毫，袖手于前，始能疾书于后。有奇事，方有奇文，未有命题不佳，而能出其锦心，扬为绣口者也。尝读时髦所撰，惜其惨淡经营，用心良苦，而不得被管弦、副优孟者，非审音协律之难，而结构全部规模之未善也。①

李渔这段话的理论意义很值得重视，虽然他针对传奇创作而言，但是其适用于所有文学创作。创作如同盖房子，不可操之过急，否则未成先毁掉。当地基刚刚打好，就要安排好房屋结构，“立间架”。间架结构在李渔这里，也几乎是连用的。也有引申意，有学者认为：“小说叙事间架结构的‘间’，指情节发展过程中，叙事段落之间的添加情节或插叙所造成的情节不能顺利演进的曲折或障碍。”“西方叙事从时间性出发，在情节整一性的情况下，出现曲折，因而称‘障碍’；中国叙事从空间性出发，在间架结构的建立中要有穿插，因为称‘间’。”② 将“间”当作西方之障碍来看，这是一种引申至寻求间隙层面含义，当然也是古代小说批评的一个方面。

1. 张竹坡重视间架之宽敞

张评本在金圣叹的基础上，运用这两个术语来说明房屋布置对情节发展的重要作用。他在《杂录·杂录小引》中就有专门讨论。

凡看一书，必看其立架处。如《金瓶梅》内，房屋花园以及使用人等，皆其立架处也。何则？既要写他六房妻小，不得不派他六房居住。然全分开既难使诸人连合，全合拢，又难使各人的事实入来，且何以见西门豪富。看他妙在将月、楼写在一处，娇儿在隐现之间。后文说挪厢房与大姐住，前又说大妗子见西门庆揭帘子进来，慌的往娇儿那边跑不迭，然则娇儿虽居厢房，却又紧连上房东间，或有门可通者也。雪娥在后院，

① 俞为民、孙蓉蓉编：《历代曲话汇编·清代编》第一集，黄山书社 2008 年版，第 236 页。
② 张世君：《明清小说评点叙事概念研究》，中国社会科学出版社 2007 年版，第 40—51 页。

> 近厨房。特特将金、瓶，梅三人，放在前边花园内，见得三人虽为侍妾，却似外室，名分不正，赘居其家，反不若李娇儿以娼家聚来，尤为名正言顺。则杀夫夺妻之事，断断非千金买妾之目。

开头连用两个“立架”，张竹坡认为小说中的房屋花园和人物的出场都属于这个范畴。进而分析出各人各安其位的作者用意。张竹坡点出了作者如何处理六个妻妾之间住所的关系。他们不能都住在一起，也不可全分开住。处理方式是极有讲究的，或者两两临近，或者两两不在一起后来分到一起，总之有“间”的感觉。张竹坡特意点出“金、瓶，梅”三人住在前面花园内的缘由，金、瓶二人是西门庆先奸后娶、杀夫夺妻的“猎物”，皆非千金所买，故二人放在一起；此二人反不如李娇儿这样的娼妓在西门府中行动自如、名正言顺，反讽意味也很明显；孙雪娥虽为妾，但早已失宠，加上生性愚笨，也就将她布置在后院管理厨房；吴月娘作为正室，理应住在上厢房，而孟玉楼也是通过明媒正娶，带有作者自喻性，和吴月娘住一起合乎情理。一妻六妾的房屋安排井井有条，一丝不乱。这样的居住秩序也就注定了小说的主要人物和次要人物之分以及人物命运变化。住在“上风上水”的吴月娘、孟玉楼得以善终，金、瓶、梅因淫欲皆早逝，孙雪娥自缢身亡，在张氏眼中，这如同“房屋间架决定人物命运”。

张竹坡还能高屋建瓴地总结出房屋布置、邻里布局对于小说情节的推进作用。

> 而金瓶合，又分出瓶儿为一院，分者，理势必然；必紧邻一墙者，为妒宠相争地步。而大姐住前厢，花园在仪门外，又为敬济偷情地步。见得西门庆一味自满托大，意谓惟我可以调弄人家妇女，谁敢狎我家春色？全不想这样妖淫之物，乃令其居于二门之外，墙头红杏，关且关不住，而况于不关也哉！金莲固是冶容诲淫，而西门庆实是慢藏诲盗，然则固不必罪陈敬济也。故云写其房屋，是其间架处。

金、瓶住所先合后分，这是小说情节发展的必然性，但两人用一道“防火墙”隔开，也可见争宠嫉妒之势。张竹坡在13回回评也有道：“金莲、瓶儿势不得不始合者也，然作者之巧，即以花园相近作为纽带，使瓶儿即心眼注定金莲。”两人必须先安排在一起住，但是设置相近的花园作为联系之纽带。陈大姐住在前厢房，仪门之外是后花园，她管不了花园之内的事情，这就为其夫偷情提供了场所。此本不耻，可张评本在此处竟然不归罪于他，只怪西门庆的疏忽托大、自负自满让陈敬济有得逞的空间。这是一系列的因果关联。如此，则房屋的布置就显得尤其重要。在第9回回前评还有强调：“此回，金莲归花园内矣，须记清三间楼，一个院，一个独角门，且是无人迹到之处。记清，方许他往后读。”倘若不抓住这些空间场景，是根本无法领略小说的情节和主旨。

这些楼、院、门等空间形式对人物情节发展确实有着重要的意义。所以，张竹坡最后得出写房屋是小说间架处的结论。

除此，在评语中，他还共提到5次间架。在《读法·12》有评：

> 读《金瓶》，须看其大间架处。其大间架处，则分金、梅在一起，分瓶儿在一处，又必合金、瓶、梅在前院一处。金、梅合而瓶儿孤，前院近而金、瓶妒，月娘远而敬济得以下手也。

这里的间架还是与房屋的空间设置相关，和《杂录小引》表达的意思相近。这样的安排也为理顺情节发展提供了良好的铺垫。其余四次“间架”出现在正文中。[①] 如在第26回张竹坡特别提醒间架重要性：

> 有写此一人，本意不在此人者，如宋惠莲等是也。本意止谓要写金莲之恶，要写金莲之妒瓶儿，却恐笔势迫促，间架不宽厂，文法不尽致，不能成此一部大书。故于此先写一宋蕙莲，为金莲预彰其恶，小试其道，以为瓶儿前车也。然则蕙莲不死，不足以见金莲也。写蕙莲之死，不在一闻来旺之信而即死，却在雪娥上气之后而死。是蕙莲之死，

① 其他四回次依次为：第26回；第31回：“开宴内，却特用两太监说出三套词曲名色，将一部主意间架，前后排场说尽。”第81回：“寓言群花固应以此作间架，但用笔人细，人不知耳。”第86回回前评：“文字相生开合之妙如此，是大间架，盖五凤楼手。”

> 金莲死之，非蕙莲之自死也。[1]

张竹坡为何独独在宋蕙莲之死这一回，说到间架宽敞重要性呢？他告诫读者宋蕙莲之死不能轻易放过，她之死产生“蝴蝶效应”[2] 的，小说也仅仅在第22—26回写到她的一生，前后发展时间段半年而已，她是小说中第一个自杀身死的女性，为争宠而被潘金莲设计害死，正因其死，才可见潘金莲之险恶，见处西门庆之心狠手辣，其死有深层的原因，死后也能对人物情节发展产生关键性影响。如此这般，笔势才不显得急迫局促，这样写比直接写潘金莲之恶效果更好，这正能体现作者之“间架宽敞”，次要人物的叙事并非没有深意，其叙事空间具有很大的扩展性。

不限于此，张竹坡另有专门的《西门庆房屋》一文：

> 门面五间，到底七进（后要隔壁子虚房，共作花园）上房（月娘住）西厢房（玉楼住）李厢房（李娇儿住），堂屋后三间（孙雪娘住），后院厨房，前院穿堂大客屋，东厢房（大姐住），仪门。
>
> 仪门外，则花园也。三间楼一院，潘金莲住。又三间楼一院，李瓶儿住。二人住楼，在花园前。过花园方是后边。
>
> 花园门在仪门外，后又有角门，遥着月娘后边也。金莲、瓶儿两院，两角门，前又有一门，即花园门也。
>
> ……内仪门外甬道旁乃群房，宋蕙莲等住者也。[3]

张竹坡读得且考证得相当细致，对空间结构也十分在意。当然有学者指出了其中四处错误，并重新罗列新的房屋安排方式。[4] 并认为：“西门家的房屋

---

① 王汝梅等校点：《张竹坡评点第一奇书金瓶梅》，齐鲁书社1991年版，第379页。

② 小说中是有诸多“蝴蝶效应”的故事，如宋元话本小说中，《沈小官一鸟害七命》、《错斩崔宁》、《十五贯戏言成巧祸》等，因为一件微不起眼的小事，但造成的后果、影响确是深远的。

③ 王汝梅等校点：《张竹坡评点第一奇书金瓶梅》，第7页。

④ 参看黄霖等《中国古代小说叙事三维论》，上海书店出版社2009年版，第318—324页。四处错误分别是：李瓶儿和潘金莲的住所在花园后边，而文中认为在“花园前”；漏掉了两个厅；漏掉了一个仪门；将西门大姐和陈敬济放在内仪门之内，这个错误直接是由第三个错误引起的。

设置与西门庆众妻妾之间的矛盾冲突互为因果，置身其中的每个女人的性格也就在这个生存空间中得以全方位地透视。”[①] 这种因果影响性，在读小说时是需要格外注意的。

2. 文龙间架观念与礼结合

文龙也强调间架的使用。他在第20回的评语评道：

> 李瓶儿传告竣。二十回内，月、娇、玉、雪、金、瓶与春梅，均已入门在室。此书之间架已成，所谓一小结束也。此后当从何处落笔，以定其罪案，而渐洩作者之本旨，唤醒痴人也。作者于是徘徊四顾，月娘则在上房矣。娇、玉、雪亦在门之内，金、瓶、梅皆安置园中矣。此外尚有似是而非之桂，亦称之曰姨者，二十两银子包住，遂亦据为己有。愚人之愚，贪人之贪，乃至于此。[②]

文龙认为20回是李瓶儿的小传记，书中主要女主角都已经“登堂入室”，文章间架已成。七人房屋布置都是作者精心安排。月娘最尊贵，住在上房，娇、玉、雪和金、瓶、梅分置仪门内和仪门外（花园中）。这和张评本所论基本是相同的，但是文龙无意如同张竹坡一样细致分析具体原因，文龙也许认为这样的安排本来就是按照当时的礼节规定的。作者的精心安排目的在于“定其罪案，而渐洩作者之本旨，唤醒痴人”，他指出西门庆在家肆无忌惮地包养娼妓，显得人性贪婪，愚且贪，字里行间充满着深深的道德担忧。在看待空间叙事结构上，张竹坡更多地看到空间叙事结构对于小说情节发展以及揭示文章主旨之意义，而文龙更强调礼节之所在，赋予了更多的道德伦理层面上的关怀。文龙时时不脱其自身立场，评点也带有相当的道德立场性，这与其为官经历不无关系。

后来脂砚斋在评点《红楼梦》中也不忘房屋布置的作用。甲戌本首回眉批：“事则实事，然亦叙得有间架、有曲折、有顺逆、有映带、有隐有见……”脂砚斋也用间架来指文章的章法，此外对大观园的布置也有很多

---

① 黄霖等：《中国古代小说叙事三维论》，第205页。

② 黄霖：《金瓶梅资料汇编》，中华书局1987年版，第430页。

精到的点评。

（二）合笋与入笋

“合笋”也即“合榫”，指将榫头插入榫眼，即为合榫。用在人际关系中就是内部分工合理有序，用在小说批评中，就是章节之间、人物与情节之间的良好关联性。

张竹坡将写作方法与房屋建筑挂钩：“故作文如盖房造屋，要使柱梁笋眼，都合得无一缝可见；而读人的文字，却要如拆房屋，使某梁某柱的笋，皆一一散开在我眼中也。”（第2回回前评）[①] 虽然他没能使用结构一词，但房屋的比喻表示人们可以从空间结构的角度把握一部作品根本的艺术特征。张竹坡运用房屋这个空间结构物象来表达为文方法，作文和读文的关系就如同盖房和拆房的关系，一是“结构”，一是“解构”。

在《读法·13》中张竹坡解释入笋：

> 读《金瓶》，须看其入笋处。如玉皇庙讲笑话，插入打虎；请子虚，即插入后院紧邻；六回金莲才热，即借嘲骂处插入玉楼；借问伯爵连日那里，即插出桂姐；借盖卷棚即插入敬济，借翠管家插入王六儿；借翡翠轩插入瓶儿生子；借梵僧药，插入瓶儿受病；借碧霞宫插入普净；借上坟插入李衙内；借拿皮袄插入玳安、小玉。诸如此类，不可胜数盖其用笔不露痕迹处也。其所以不露痕迹处，总之善用曲笔、逆笔，不肯另起头绪用直笔、顺笔也。夫此书头绪何限？若一一起之，是必不能之数也。我执笔时，亦必想用曲笔、逆笔，但不能如他曲得无迹、逆得不觉耳。此所以妙也。

如上所言，入笋相当于小说插叙法，但要插叙得了无痕迹，必须多用曲笔、逆笔，并谦虚自己不太擅长处理这种笔法。入笋分两种，入明笋和暗笋，“暗榫”为平板角接合用燕尾榫而不外露，或叫“闷榫”，这是制作几、案、箱子之类必用之榫，这种暗笋结构在明清家具中用得非常普遍。张竹坡将其用在小说评点上。如在第20回回前评，“今看他借金莲说春梅‘干猫儿头差

---

① 王汝梅等校点：《张竹坡批评第一奇书金瓶梅》，第39页。

事'，入一暗笋，接手玉楼陪说兰香一引，接手即将玉箫提出”，这也就是悄无声息地插入一段无关紧要的非主要情节。

在第 86 回回前评中：

> 夫必写埋尸，所以结金莲，出落春梅之笋也。至若陈敬济，又不得不然之文，良为归结陈洪、张氏、大姐之笋。而后文冯金宝，并严州，又为作花子、做道士之笋。一层层又逼入守备府中，与春梅复合也。文字相生开合之妙如此，是大间架，盖五风楼手。①

这里连续用三个笋字，插入三段必要之情节。这些情节组合在一起，也就一步步写到周守备，并写到与庞春梅的复合。这其实也就是文章的间架所在。

在第 1 回回前评道：

> 一回冷热相对两截文字，然却用一笋即串拢，痕迹俱无。所谓笋者，乃在玉皇庙玄坛座下一个虎。岂不奇绝！一回两股大文字，热结、冷遇也。然热结中七段文字，冷遇中两段文字，两两相对，却在参差合笋处作对锁章法。如正讲西门庆处，忽插入伯爵等人，至满县都惧怕他，下忽接他排行第一，直与复姓西门，单一个庆字合笋，无一线缝处。正讲武松遇哥哥，忽插入武大别了兄弟，如何如何许多话来，下忽云“不想今日撞着自己嫡亲兄弟”，直与“自从兄弟分别之后”合笋，无一缝处。此上下两篇文字对峙处也。

这一段引文很丰富。解释何为笋？乃是玉皇庙玄坛座下一个虎。西门庆热结十兄弟时候，看到赵玄坛神像中的老虎，而不久就出现了武松打虎，自然过渡很合笋。合笋、接笋指文章前后衔接无缝，情节的顺理成章。第三回中，当王婆为西门庆与潘金莲张罗奸情，提出十分光，并说：“这十分光做完备，你怎的谢我。”张竹坡夹批，“要紧接笋”。同样这一回，文龙看法截然相反：“挨光一回，有夸为绝妙文章者，余不觉哑然失笑。文字忌直，须用曲

---

① 王汝梅等校点：《张竹坡批评第一奇书金瓶梅》，第 1314 页。

笔，文字忌率，须用活笔。挨光一层，早被王婆子全已说破，此一回不过就题敷衍，略者详之，虚者实之，两回仍是一回也。”[①] 文龙不满意张氏先将十分光说破，然后照着十分光来行文，则读者会读得索然无味。同样是强调曲笔、逆笔，但在具体操作中效果不一样。

（三）起与结

起结在小说评点中既可以指时间概念，也可以指空间概念。[②] 后也被广泛运用到戏曲评点中，结在戏曲中相当于大收煞、小收煞范畴。

金圣叹批评《水浒传》注意到小说的“起结”，他说：“一部大书几十回，以石碣起，以石碣止。”这是从空间角度出发。毛氏父子评论《三国演义》说：“《三国》一书，总起总结之中，又有六起六结。……凡此数段文字，联络交互于其间，或此方起而彼已结，或此未结而彼又起。读之不见其断续之迹，而按之则自有章法可知也。”[③] “总起总结”是他们认为的《三国》叙事结构，而“六起六结”则是经典运用，这都是指时间上的始末。我们无法确认张竹坡是否吸收毛氏父子观点，但张评本对起结观念情有独钟。

其一，道起释结。除了西门大宅子，一佛庙一道寺也成了西门家主要的活动场所。张竹坡多次强调一庙一寺的重要性：“所以将玉皇庙始，而永福寺结者以此”（《金瓶梅寓意说》）《读法·2》说：“起以玉皇庙，终以永福寺，而一回中已一齐说出，是大关键处。”张竹坡在第一回夹批有言：“玉皇庙、永福寺，须记清白，是一部起结也。明明说出全以二处作终始的柱子。”一起一结都以两寺庙作为柱子和标杆。第四十九回评道：

> 玉皇庙，诸人出身也。故瓶儿以玉皇庙邀子虚上会时出，金莲以玉皇庙玄坛座下之虎出，而春梅又以天福来送玉皇庙会分，月娘叫大丫头时出。然而，三人俱发源于玉皇庙也。至于永福寺，金莲埋于其中，春梅逢故主子其内，而月娘、孝哥俱于永福寺讨结果。独于瓶儿未有永福

---

① 黄霖：《金瓶梅资料汇编》，第413页。

② 可参看《明清小说评点叙事概念研究》，“时间艺术中的空间性观念”一小节，第35—43页。

③ 罗贯中著，毛纶、毛宗岗点评：《三国演义》，第5页。

寺之瓜葛也。不知其于此回内，已为瓶儿结果于永福寺之因矣。何则？瓶儿病以梵僧药，药固用永福寺中求得，然而瓶儿独早结于永福寺矣。故玉皇庙、永福寺是一部大起结。

经张竹坡这样分析，一庙一寺的重要性不言而喻。前为道庙，后为佛寺。玉皇庙极“热”，承载西门一家极盛场景；而永福寺，则更多地体现出“清冷”的一面。前者如西门庆加官得子且双喜临门，便许了“一百一十份醮”。到腊月时，吴道官又送了四盒礼物，正月初九便在玉皇庙备斋、建醮、还愿，为官哥儿举行“寄名”仪式。瓶儿死后，第65回“吴道官迎殡颁真容”，也写出了富贵人家的葬礼。永福寺原是周守备营造，金莲、春梅等人的葬身之地，也是普静超度一众冤魂、幻化孝哥之所在。一庙一寺的描写也是交替进行的，形成“双峙起结”的局面，在第1回回前评中：“如此回玉皇庙，谓是结弟兄；谓是对永福寺，作双峙起结。”当然这种“双峰并峙”创作中使前后结构对称的布局方法，不仅在情节上能体现出来，在小说回目上也存在着明显的对称。

杨义对《金瓶梅》中两寺院布置与小说深层结构有着精彩分析，他认为：“从严格的意义上，一宅两寺院是非结构的结构，孤立地考察它们本身，是不足以组成结构的，但是许多情节线索从这里抽引出来，而且它们之间形成某种张力，吸附整个情节向特定的方向发展，这种非结构的结构乃是一种潜隐结构，它们相互呼应，以象征的方式赋予整个情节发展以哲学意义……有了这一宅二寺院的潜隐结构所提供的哲理性意蕴和张力，日常生活的线索和穿插之间就蒙上了一层宗教色彩和命运感的阴影。”①

所谓“道起释结”，也就是“热起冷结”。张竹坡在《读法·101》中说：“《金瓶》以‘空’字起结，我亦批其以‘空’字起结而已，到底不敢以‘空’字诬我圣贤也。”看似“空起空结”与“热起冷结”矛盾，其实在精神深处，不论是道是释，对于西门一家来说都只能是空无。

其二，悌起孝结。在第100回回评中，张竹坡认为《金瓶梅》是“以孝悌起结之书”“第一回弟兄哥嫂以‘悌’字起，一百回幻化孝哥，以

① 杨义：《中国叙事学》，中国社会科学出版社1997年版，第34—35页。

‘孝’字结。始悟此书，一部奸淫情事，俱是孝子悌弟穷途之泪”。以悌起以孝结，这也就抓住这部作品的主线，抓住孝悌的关键词，也就掌握了小说的宗旨。而以孝结，则如同境界上的以空结，“《金瓶》以空结，看来亦不是空到地的，看他以孝哥结便知。然则所云的幻化，乃是以孝化百恶耳”（《读法·75》）。

其实悌起孝结的空间载体还是一庙一寺。热结十兄弟，发生在玉皇庙；孝结发生在永福寺。在100回回评张竹坡总结说：“玉皇庙发源，言人之善恶皆从心出。永福寺收煞，言生我之门死我户也。”“起与结”总结出一庙一寺在文本中所处的地位，他们作为西门一家重要的活动空间场所，见证了西门家族的盛衰。

文龙对“起结”有自己态度。他很反对无谓之起结和续作。文龙不喜欢狗尾续貂之作品，如《续水浒》《后水浒》等，在他眼中，这些都误解了《水浒传》原作者施耐庵之原意。但对《金瓶梅》相对客气多了。

> 此书借《水浒传》已死之西门庆，别开蹊径，自发牢骚，明明示人，全书捣鬼。有前半部之淫奢，即有后半部之因果，不似《水浒》之结而未结也。阅者尚通前彻后而玩味之，何得专注意于醉闹、水站等处，而自陷于淫也。是岂尽书之过哉！彼续书者，盖亦狗尾矣。①

《金瓶梅》别开蹊径，分为前后两半部分，有始有结，不同于《水浒传》之结而未结。接着继续批评张评本，他应该指明白通前彻后、首尾贯穿来批评小说的道理，为什么只盯着小说中一些小情节，而陷入淫呢？要是如此观，《金瓶梅》也成了续貂之做。

“起结”也成为后世评点者的惯常术语，如但明伦在《聊斋志异·粉蝶》篇末说：“不结之结，趣味悠然。”冯镇峦在《聊斋志异·宦娘》篇末评语：“结得缥缈不尽，曲终人不见，江上数峰青。”脂批甲戌本第四回：“至此了结葫芦庙文字。又伏下千里伏线。起用‘葫芦’字样，收用‘葫芦’字样，盖云一部书皆系葫芦提之意也，此亦系寓意处。”“起收”意同

---

① 黄霖：《金瓶梅资料汇编》，第449页。

“起结”。

综上，张竹坡更多地注意到小说结构空间叙事的发展，文龙相比前者则关注相对甚少，但也不乏精彩论述。

二 情节结构叙事

小说的情节结构也一直被人所关注。中国古人对情节结构灌注了诸多个人的理解和民族文化的精神。

（一）上、下半截与前、后半截

在空间上，上下左右、东西南北两两相对，这反映了中国古人强烈的宇宙生命关。这也就是中国的“双构”思维。《易经》中“一阴一阳之谓道”就是典型。《易经》中六十四卦不少卦两两相对，蕴含哲学思辨性。如乾坤二卦，泰卦否卦，剥卦复卦，既济卦和未济卦。《老子》也有诸多相反相成道理。中国古人很善于在结构上大做文章。在小说中，也极度强调这种空间性。虽然上下前后等属于空间范畴，但是将小说分为上下，前后两半（或者两幅）部分，已然是情节结构的一部分。

张竹坡喜用半截（部）之说，上下两半都与冷热紧密相关。

1. 张评本重视冷热金针使用

张竹坡在《读法·6》中说：“会看《金瓶》者，看下半部。亦惟会看者，单看上半部，如‘生子加官’时，唱‘韩湘子寻叔’，‘叹浮生犹如一梦’里，不可枚举，细玩方知。”会看书的人，应该能看出上下半部各部分之精彩。并且点出上下半截中蕴含着冷热观，这是一种触觉，以温差的变化来表示叙事之节奏变化和情节发展的趋势。毛宗岗批《三国》：“‘三国’一书有寒冰破热，凉风扫尘之妙。如关公五关斩将之时，忽有镇国寺内遇普静长老一段文字；昭烈跃马檀溪之时，忽有水镜庄上遇司马先生一段文字。”“寒冰破热，凉风扫尘”八字就是用冷热变化调节叙事发展之节奏。

张竹坡在《读法·83》中：“《金瓶》是两半截书。上半截热，下半截冷；上半热中有冷，下半冷中有热。”“热”即描写出西门庆的发迹；“冷”即西门走向衰败。张竹坡在头回回评中说：“一部炎凉书，乃开首一诗并无热气，信乎作者注意在下半部，而看官益当知看下半也。”张竹坡将书一百回分为上半截、下半截或者上半部、下半部，且“上五十回是因，下五十回是果”，这种由热到冷，由因到果的观点反映出他的小说评点观和人生观。

他在第51回回前评有具体评论：

> 此书至五十回以后，便一节节冷了去。今看他此回，先把后五十回冷局的大头绪一一题清。如开首金莲两舌，伏后文官哥、瓶儿之死；李三、黄四谆谆借帐，伏后文赖帐之由；李桂姐伏王三官、林太大；来保、王六儿饮酒一段，伏后文二人结亲，拐财背主之故；郁大姐伏申二姐；品玉伏西门之死；而斗叶子伏敬济之飘零；二尼讲经，伏孝哥之幻化。盖此一回，又后五十回之枢纽也。①

小说写作冷热交替才能写出世态炎凉；人生的冷热是交织混杂的，热极必冷，物极必反，最终使得西门庆家走向沉寂。在此处，张竹坡显然更提醒作者看重下半部。

不仅全书百回分上下两部，张竹坡发掘出一些回目中间也可分上下半截。如评第4回：“此回却是两个半截文字：前半篇是挨光的下半截，后半篇是捉奸的上半截。”第14回评语：“此回上半写子虚之死是正文……下半写瓶儿欲嫁之情。”第22回评语：“上半写蕙莲，下半却是写春梅。”可见上下两部分的结构理念已经深深存在于张竹坡的思维习惯中。

他还在《凡例》中云：“然我后数十回内，亦随手补入小批。是故欲知文字纲领者看上半部，欲随目成趣知文字细密者看下半部，亦何不可。”可见他对上下半部评点是有侧重点的，看纲领和看文字细密。但总体又是辩证的，在《读法·38》中：“一百回，不是一日做出，却是一日一刻创成，人想其创造之时，何以至于创成，便知其内许多起尽，费许多经营，许多穿插裁剪也。一百回是一回，必须放开眼做一回读，乃知其起尽处。”倘若一味分上下，顾此失彼，则会失去原意，所以将一百回当作一回来看，也是一种

① 王汝梅等校点：《张竹坡评点第一奇书金瓶梅》，第731页。

整体观的态度。

2. 文龙重视上下半部互读

他一方面很重视小说的下半部分。如在92回评语中："此皆信笔直书，不复瞻前顾后，似非以上淫情秽语，写得细腻风光。无怪阅者，咸喜看前半部，而不愿看后半部，然则此书实导淫之书也，作者不能无罪焉。我之探臆而出，随处叫破，正是要人细看下半部，以挽回一二。"这里文龙已经注意到读者喜欢看小说前半部分的淫情秽语，而忽略了下半部分的悲和空的主题，且此书的作者对"导淫之书"论是负有一定责任的。

另一方面要注意前后两部分的贯穿和衔接。他在第95回评道：

> 看前半部须知有后半部；看后半部，休抛却前半部。今日之一人一事，皆昔日之所收罗埋伏，而发泄于一朝也。若竟忘记西门庆，专注意于吴月娘，是所谓胶柱鼓瑟，刻舟求剑，亦殊失作者之本旨，而不必与言批书，并可不必与言论事，直一瞌睡汉而已。①

在这种小说结构的组成上，张评本就是文龙批评的靶子。他抓住对方的漏洞，认为张评本未注意到前后两部、上下两截丝丝相扣的联系，只是孤立地将其分为两部分。针对张评本厌恶吴月娘，文龙给出了缘由。文龙批评得很苛刻，批评张评本过分着眼于吴月娘之坏，忘记了西门庆之奸恶，而失去原文的主旨，如同"瞌睡汉"。其实张竹坡何尝未注意到前后要照应的问题。但由于张氏对于吴月娘的过分厌恶，文龙就从结构这个层次上来界定张竹坡未能从整体上看待人物。

那究竟该如何批书呢？此处文龙给出自己的理解，这也涉及文学批评方法问题。他在第59回回评中说：

> 上一回与下一回，均是半苦半乐，一喜一忧，如天时一日之间，半天晴日皎洁，后半天阴雨凄凉。又如地方百里之内，前五十山路崎岖，后五十大道平坦，渐有沧桑景象。正是消长机关，不似五十回前，得意

① 黄霖：《金瓶梅资料汇编》，第507页。

> 顺心，逢凶化吉；从此六十回后，回光返照，乐极生悲。看《金瓶梅》者，当于此处留神，不可含糊看过也。①

此段需要留神。文龙告诫读者一回之类也是喜忧参半，如同半天阴雨半天晴，一半崎岖一半平。小说中五十回前万事如意，此后江河日下，乐极生悲。这也就是结构观问题："上半截"与"下半截"要紧密联系。在第100回评道："看第一回，眼光已射到百回上；看到百回，心思复忆到第一回先。书自为我运化，我不为书捆缚，此可谓能看书者矣"，"不可但有前半截，竟无后半截也"。这种首尾相顾的看书方法是值得重视的。其实张竹坡也有相同的看法。

他不忘提醒批书的不容易。文龙说："作书难，看书亦难，批书尤难。未得其真，不求其细，一味乱批，是为酒醉雷公。"② 这是直接针对张本所言"作文固难，看文犹难也"（第21回回评）的引申发挥，只因为张评本未论及"批书难"二字，文龙就认为张竹坡忽视了批书的困难性，而批其乱批，如同"酒醉雷公"。

其实两人都将文本分为上下部分，都不能只独看上下部分。但是因为两人阅历、学识、性情等不同，他们对人物看法产生了很大分歧。文龙将这种分歧看成是张竹坡未能处理好前后两部分所导致，并给予相当刺耳之讽刺。其实两人在对待小说结构的看法上是有高度的暗合性，至于最根本之分歧，在于两人对待世情态度不同。

浦安迪对中国章回小说中提出"十个十回"的结构脉络，他认为："每10回中的第9、10回在布局结构中都具有特定的功能……小说的10回一单元可理解为是形成它整体结构的基本构件。"③ 同时他也提出"中点架构"的说法，即以第49回或者第50回为小说结构的上下中点。这个"中点结构"明显受到张竹坡、文龙评点启发而加以阐发。"《金瓶梅》整体构思表现明代文人小说典型模式的一个类似例子是它把全书分成对等的两半……张

① 黄霖：《金瓶梅资料汇编》，第471页。

② 同上书，第439页。

③ 浦安迪：《明代小说四大奇书》，生活·读书·新知三联书店2006年版，第60—61页。

竹坡在评论中多次把小说这种基本结构划分看作是理解这部分作品的关键，虽然在别处他又以‘上半截’和‘下半截’这样的术语泛指西门庆家运的盛衰。实际上把全书分为相互映照的两半部这一写作方法早在《三国演义》和《水浒传》中已初见端倪，而在《西游记》中，这种划分更被赋予一种寓言性质的特殊意义。”① 浦安迪充分借鉴了中国古代小说评点家的智慧，对中国的古代小说结构有很好的分析和把握。

（二）两事对章法

张竹坡在《读法·8》评道：

> 《金瓶》一百回，到底俱是两对章法，合其目为二百件事。然有一回前后两事，中用一语过节。又有前后两事，暗中一笋过下。如第一回，用玄坛的虎是也。又有两事两段写者，写了前一事半段，即写后一事半段，再完前半段，再完后半段者。有二事而参伍错综写者，有夹入他事写者。总之，以目中二事为条干，逐回细玩即知。

作者在百回内，按照两对对章法，那就有两百件事情。第 1 回中热结、冷遇两事对章，但是插入暗笋，也即用玉皇庙玄坛的虎事情隔开，但是无生硬之感。

再如评点第 7 回：

> 月琴与胡珠，双结入一百回内，盖月琴寓悲愤之意，胡珠乃自悲其才也。月琴者，阮也。阮路之哭，千古伤心。故玉楼弹阮，而爱姐亦弹阮，玉楼为西门所污，爱姐亦为敬济所污，二人正是一样心事，则又作者重重愤懑之意。爱姐抱月琴而寻父母，则其阮途之哭，真抱恨无穷。不料后占，而有予为之作一知己。②

月琴与胡珠也是两两对应，二人同弹阮，同被陷害，怀着同样的不平心思，

① 浦安迪：《明代小说四大奇书》，第 61—62 页。

② 王汝梅等校点：《张竹坡评点第一奇书金瓶梅》，第 113 页。

寄含作者深深愤懑之情。

从情节安排看，“一回两事作对，固矣，却又有两回作遥对者”。如第44回，“夫藏壶与偷金作遥对章法。下象棋与弹琵琶又作遥对章法”。这可以体现典型的对举法。

浦安迪也已经看到张竹坡在借鉴他的前辈师傅金圣叹、毛宗岗提炼成的现成术语，如“伏笔”“映后”“照应”“反射”等章法，“遥对”法等。[①]

（三）枢纽[②]与枢纽人物

《说文》：“枢，户枢也，从木，区声。”[③] “纽，系也，一曰结而可解。”[④] 两者结合就是主门户开合之枢，与提系器物之纽，指事物的关键部位。《庄子·齐物论》：“彼是莫得其偶，谓之道枢。枢始得其环中，以应无穷。”郭象注：“枢，要也。此居其枢要而会其玄极，以应夫无方也。”成玄英疏：“枢，要也。”[⑤]“枢”之“应无穷”重要性不言而喻。《吕氏春秋·尽数》：“流水不腐，户枢不蠹，动也。”[⑥] 经常转动的门轴不会腐烂。《文心雕龙·序志》：“盖《文心》之作也，本乎道，师乎圣，体乎经，酌乎纬，变乎骚：文之枢纽，亦云极矣。”[⑦] 此处枢纽已经用在为文之技巧上。

小说也有小说之枢纽，这是小说情节结构的重要组成部分。张竹坡在上下半部中各找出枢纽人物。前面提到张氏认为读者应重视下半部，但下半部谁是最主要的人物呢？第71回回评说：“春梅，下半部书之枢纽也。”可见春梅的地位不言而喻。当然，这种看法是贯穿前后的。在《读法·1》强调，“看其前半部止做金、瓶，后半部止做春梅”。第7回回评：“宜乎其下半部单写春梅也。”可见张竹坡是非常重视这样一个人物角色的。他所说的枢纽

---

① 参见浦安迪《明代小说四大奇书》，第78页。

② 《明清小说评点叙事概念研究》一书认为明清小说评点家借用戏曲的关目概念，主要评价小说章回的情节安排和构思。这些章回构成了小说结构的关键处。表述关目的词语有：“关目”“关键”“关节”“关纽”等。第181页。本文也赞同这样的说法，但为了显示重要性，故分别论述。

③ 许慎：《说文解字》，第116页。

④ 同上书，第275页。

⑤ 参见郭庆藩撰，王孝鱼点校《庄子集释》第一册，中华书局2013年版，第73页。

⑥ 关贤柱等译注：《吕氏春秋全译》，贵州人民出版社1997年版，第82页。

⑦ 范文澜注：《文心雕龙注》，第727页。

也就是在小说情节结构起关键作用的人或事。他通过“枢纽”一词来有意提高庞春梅。第85回回评：“夫写春梅，原为炎凉翻案，故用特写其不垂别泪，以为雪中人放声一哭也。”他说春梅是狂人，不喜他的狂傲。但是她带有“夫人气”，胜过“带丫鬟气”的金莲。第89回评语：“夫玉楼乃作者自喻，而春梅则非自喻之人。”即使春梅不如玉楼地位，那地位也是很高的。

这样的有意抬高春梅，文龙相当反感。他反对所谓的“春梅枢纽说”。文龙在第58回评道：

> 观此回打秋菊，春梅实唆之。讥瓶儿，玉楼实倡之。官哥、李氏之死，金莲为首，金莲、玉梅谓非加功者，吾不信也。玉楼非赤，然而已紫矣。春梅非黑，然而已青矣。西门家中，又安得昭质无亏者哉！乃阅者往往偏护玉楼而高抬春梅也，果何意见乎？其目光直不可尺计。[①]

这样的评语是恶狠的。偏护玉楼、高抬春梅这样的做法是无法容忍的，因为明明他们二人暗地里不做好事。讽刺张竹坡鼠目寸光的批评。[②]

文龙第97回评语：“阅者往往重视春梅，褒多贬少，是亦从炎凉起见，又何责乎吴月娘一人也。”他认为张竹坡是从“写春梅，原为炎凉翻案”角度来抬高春梅的，也借此来打压吴月娘。“为炎凉翻案”的态度也让庞春梅在张竹坡眼里成为文章枢纽。文龙没有提出枢纽的概念。

小说中随处可见枢纽一词。张竹坡除了评点下半部的枢纽在春梅，同时在第51回回评也提到第51回是后半部之枢纽，第51回统领后半部。《读法·48》：“而于开卷第一回中不总出枢纽，如衣之领，如花之蒂，而谓之太史公之文哉？”明确开卷首回的枢纽作用，直可以媲美太史公之文。在第20回回前评中认为：

---

① 黄霖：《金瓶梅资料汇编》，第471页。

② 此处在《金瓶梅资料汇编》，第471页有编者按语。“高抬春梅，系指竹坡原评：‘《金瓶》内有两个人为特特用意写之，其结果，亦皆可观，如春梅与玳安儿是也。于同作丫鬟时必用几遍笔墨描写春梅，心高志大，气象不同。”

> 上文金、瓶、梅出身已完，此回只该写“冰鉴定终身”可矣。不知作者固欲曲曲折折作一书以自娱也。若急急忙忙写去，匆匆忽忽收煞，则不如勿作之为愈也。故必至二十九回方以“冰鉴”总锁住。而二十五回一小小枢纽，先煞一煞也。此回与下回，因上文瓶儿传中，波折太多，一断文字结不住，故接连又用两回结之也。[①]

这里指出第25回为一个小枢纽，结煞前文，至第29回则完全锁住。而在第25回、第29回的回前评中也会呼应这里的评论，做到前后贯穿。

(四) 关键与关锁

《说文解字》:“关，以木横持门户也。”[②]“键，铉也，一曰车辖。”[③]可见关的本意为门闩或关闭门户的横木。门是房屋构造中必不可缺少的部分，而门闩是开启、关闭大门门户的核心部件，有了“关”，才能锁住房屋中的一切，打开“关”，也可以一窥室内、室外之景。关键之组合，也就是最重要的意思。

在小说评点中，不乏“关键”“大关键”之语来表达关键的作用。如第29回吴神仙为众人相面，预示众人结果。张竹坡回评:“此回乃一部大关键也。上文二十八回一一写出来之人，至此回方一一为之遥段结果。盖作者恐后文顺手写去，或致错乱，故一一定其规模，下文皆照此结果此数人也。此数人之结果完，而书亦完矣。直谓此书至此结亦可。”[④]“大关键”等词写出了情节、人物的重要性。

和关键相对应的还有关锁一词，关锁其实也是指诗文篇章的关键处。毛氏父子评《三国》结构乃是“首尾大照应，中间大关锁”，这也是一种整体布局。张竹坡在第25回评价:“此回又是一小关锁也。夫上文烹茶传末，已于酒令中各写身分，可谓一小锁，而此文又锁何哉?”第60回“故此回是过节文中，却插入关锁文字，神妙之至。”第76回:“是此一诗两见，终始桂

---

① 王汝梅等校点:《张竹坡评点第一奇书金瓶梅》，第296页。

② 许慎:《说文解字》，第249页。

③ 同上书，第292页。

④ 王汝梅等校点:《张竹坡评点第一奇书金瓶梅》，第423页。

儿，又实终始金边。特特一字不易，以作章法，以对下文二八佳人之一绝，作两边一样关锁也。”

张竹坡很多时候都是连用的：“又重和元年，直照开讲‘政和年间’四字，是一部书大照应、大起结处。盖政和叙起‘热’字，重和接写‘冷’字，一百回大书，固应有许多对峙关键也。”（第71回回评）起结、照应、冷热、对峙、关键等词交叉连用。再如同回：“此书以玉皇庙、永福寺作起始，而以报恩寺作关目。今忽写相国寺、黄龙寺，盖为前后诸寺作点睛也。”

三　叙事结构与主题揭示

（一）《史记》结构①

明清小说评点家喜好将所评点作品与《史记》作比，大抵有三个原因。一是因为小说不少题材来源于该书，借鉴成分颇多；二是《史记》在结构方式、叙事方式、细节描写上，都对后世小说产生了无比深远的影响叙事；三是可以“挟天子以令诸侯”，以《史记》来抬高所评作品之价值。古代评点家喜欢将两者做比，如金圣叹在第43回回前评，如果懂得移云接月法，则作《史记》非难事也。② 毛宗岗赞赏《三国》之繁复：“《三国》叙事之佳，直与《史记》仿佛，而其叙事之难，则有倍于《史记》者。《史记》各国分书，各人分载，于是有本纪、世家、列传之别。今《三国》则不然，殆合本纪、世家、列传而总成一篇。分则文短则易工，合则文长而难

---

① 不少学者都将《史记》之结构作为结构叙事的典型。陈大康认为：“小说结构的设计，都深受《史记》体例安排的影响。司马迁精心设计了‘纪传体’与‘互见法’的结构体系。……司马迁所把握的历史事件是动态的、网络式的，但由于各种条件的限制，他采用了并联与串联的简单平行组合的表现方式。”参见《古代小说研究及方法》，中华书局2006年版，第64页。张世君认为：“在文学家和文论家眼里，所谓太史公笔法，主要是以纪传体方式叙事的方法，撰写合传和列传。以我们今天的眼光看，这种编年版体的传记笔法就是时间叙事。”参看《明清小说评点叙事概念研究》，第35页。杨义认为《史记》：“以十二本纪开头，是包含着深刻的用心的，是以它作为‘究他人，通古今’的总枢纽的。他自述著十二本纪，目的是‘原始察终，见盛观衰’。”参见《中国叙事学》，第91页。他们都注意到《史记》体例与时间叙事之间的关系，这对后世小说（评点）都产生了很大的影响。

② 刘一舟校点：《金圣叹批评水浒传》，第8页。

好也。”①

张竹坡一脉相承，所论甚详。张竹坡在《读法·34》中明确指出：

> 《金瓶梅》是一部史记，然而《史记》有独传、有合传，却是分开做的。《金瓶梅》却是一百回共成一传，而千百人总合一传，内却又断断续续，各人自有一传。固知作《金瓶》者，必能作《史记》也。何则？既已为其难，又何难为其易。

张氏的观点和毛氏观点可见大同小异，很让人误觉中国小说名著都可以如此进行比较。第19回回前评说：“《金瓶》文字，其穿插处，篇篇如是。后生家学之，便会自做太史公也。”② 这都是极高评价了。

不仅如此，张竹坡还能认真分析太史公发愤著书之由。在第7回回前评中说道：

> 玉楼为处此炎凉之方，春梅为翻此炎凉之案，是以二人结果独佳，以其为春梅太烂熳了，故又至淫死也。……作者写玉楼，不是写他被西门所辱，却是写他能忍辱。不然，看他后文，纯用十二分精彩结果玉楼，则何故又使他为西门所辱，为失节之人？盖作者必于世，亦有大不得已之事，如史公之下蚕室，孙子之刖双足，乃一腔愤懑，而作此书。言身已辱矣，惟存此牢骚不平之言于世，以为后有知心，当悲我之辱身屈志，而负才沦落于污泥也。且其受辱，必为人所误，故深恨友生，追思兄弟，而作热结、冷遇之交，且必因泄机之故受辱．故有倪秀才、温秀才之串通等事，而点出机不密则祸成之语，必误信人言，又有吃人哄怕之言。信手作者，为史公之忍辱著书，岂如寻常小说家之漫肆空谈也哉？

① 罗贯中著，毛纶、毛宗岗点评：《三国演义》，第8页。

② 其他的还有类似评价，如《读法·53》条：“凡人谓《金瓶梅》为淫书也，想必只看其淫处。若我看此书，纯是一篇史公文字。”《读法·77》条：“《金瓶梅》断断是龙门再世。”《读法·81》条：“会做文字的人读《金瓶》，纯是读《史记》。”第13回回前评说“真是史迁再世”“真绝妙史笔也”。

一开始说出了玉楼、春梅独佳之理由，都与炎凉有关。张竹坡很同情司马迁。他认为孟玉楼之受辱，为失节之人，按照玉楼自喻说，这必定是作者有人生不得已之无奈。如同太史公受宫刑，发愤著书。并且受辱容易被人误会，所以恨朋友，相信兄弟之情，做了热结冷遇之言。这位作者必定是泄密受辱，所以小说中有倪秀才、温秀才之串通情节。最后将作者等同于太史公之忍辱著书，不同于一般小说的凭空虚构。可以看到张竹坡已经先入为主地将玉楼作为作者之原型，而作者就是如同司马迁一样受辱发愤著书，书中的情节也是根据这个脉络所造。如此，这就更深入地将其和《史记》紧紧地联系起来。

在第 14 回眉批中也有："叙拜见先后轻重节次，字字有心，直从太史公笔法化来。"《史记》以人物传记为主。人物传记必有人物之起结。张竹坡在第 58 回回评道："玉楼，此书借以作结之人也。"第 73 回回评："信乎作者以玉楼纲纪众人也，以玉楼生日起结诸回文字也。"这里的起结之处就是强调书写孟玉楼的重要性。并在此基础上重申玉楼就是作者自喻的判断。

文龙反感"玉楼自喻说"。文龙并没觉得玉楼有情节上的起结性，他主要是从道德约束上来对其进行否决。如文龙认为孟玉楼有财有貌，但人品败落，看到白净小伙就贸然私奔，这种不堪之行为即使不算蠢妇人，亦是丑妇人，兰陵笑笑生怎么可能拿玉楼来自况呢？再如第 7 回评曰："批书者，总以玉楼为作者自况，不知从何处看出，而一口咬定，惟恐旁人不理会，时时点出，是可怪也。"然后说出玉楼的种种不是。"若作者明知西门庆不是东西，既自以为玉楼，又何必定嫁西门，为终身之玷乎？岂作者亦尝为仇人门下士乎？自比妇人，自比再醮之寡妇，自比误嫁匪类之粗愚而美艳之妇人，果有其事，不得不振笔直书，凭空结构，我操其权，何必作此无谓狡狯乎？我固谓所批有然，有不然。"① 这段话很清晰明白地显示出文龙对张竹坡在玉楼这一人物上的分歧之处。

另外"凭空结构"一语，这是文龙第一次使用结构一词，"结构"在此作为动词使用，即小说原作者完全有能力去虚构小说情节，小说作者完全可以操权构思，为什么要将玉楼写得那样坏去自喻呢？文龙的反驳也是很有批

① 黄霖：《金瓶梅资料汇编》，第 417 页。

判性的。

（二）质疑末十回

长篇小说的最后几回艺术评论一直是一个难题。[①] 古代小说尤其是长篇章回小说写到最后该如何结，以及评点家究竟该以何种态度来评点，也是古今中外之难题。文龙未能将《金瓶梅》和《史记》并提。他具有质疑精神，他发觉了后幅问题，尤其是发觉末十回结构上的一些问题。文龙在第 92 回评曰一开始劈头就是："九十回以后，笔墨生疏，语言颠倒，颇有可议处，岂江淹才尽乎？或行百里者半九十耳。"[②] 这不是无缘故的，当陈敬济拿着一簪贸然求见孟玉楼时，这本是一馊主意；可孟却被此物所要挟，"而玉楼之言谈举止，全不像从前之玉楼。迨至变脸出簪，玉楼又是一付面孔，便至相搂相抱，亲嘴吃舌头。"进而批评张竹坡，为什么不在此时此刻批羞煞玉楼丑绝玉楼呢？为什么玉楼当时就不能告诉李衙内将陈轰走呢，而要等到事后才告知。后来白白导致玉楼受不白之冤，李衙内挨打，这都是孟玉楼的丑事，这和"自喻"相差甚远。不符合前后文人物性格的一致性，结构上发生了断层。

最后将这原因归为作者信笔直书，不复瞻前顾后。在第 93 回一开始就质疑："此一回是为陈敬济作传，似非本书正文。"在第 94 回："此一回欲使陈、庞凑合一起，而又无因凑合之，又有孙雪娥在旁碍眼。故必先令闻其名，然后罗而致之，方不可无因。于是有刘二撒泼一事，此截搭渡法也。但渡要渡得自然，不要渡得勉强。"说出刘二撒泼一事表现出来的种种不合情理。这也就是过度的牵强附会。而这些就会导致"许多生拉硬扯，并非水到渠成，有不期然而然之趣"（第 94 回评语），这一切都是作者未尝用心之过的原因。当然文龙也是辩证地看这个问题，作者也有用心之处，如春梅已经知道敬济之名，但最终未去见他，因为孙雪娥在身边，作者处理得相当细心。

---

① 李正学认为后幅问题的提出，是以容与堂本评点水浒的"妙处还在前半截"为始的。《水浒》、《三国》的后幅受人批评。毛宗岗反之，认为读《三国》，阅至后幅，愈出愈奇。并认为后幅不可不读。后幅理论的提出，主要是针对李卓吾本对《三国》后幅艺术的巨大误解提出来。后幅艺术也是西方小说理论争论的焦点。参见《毛宗岗小说批评研究》，中国社会科学出版社 2010 年版，第 281—292 页。

② 黄霖：《金瓶梅资料汇编》，第 504—505 页。

对于前九十回和后十回，文龙归结为作者的“江郎才尽”，“未尝用心”。他虽有质疑，但没有否定，并未一味苛求作者，他还是表扬了作者严谨的结构观念。在第98回中评道：“实作者结构紧严，心细如发，笔大如椽，分观之而不觉，合观之而始悟也。”文龙认为分观会发现问题，但是将一百回当作一回来看，则会发现结构是严谨的。文龙所说“结构”，也就是后来通常所说的文章章法。

可见在评价小说结构优劣方面，张评本是完全赞美的，文龙冷静了许多，提出了诸多质疑和辩论，更富于理性精神。他站在人物性格逻辑发展的脉络上来看人物，更加科学。文龙并不完全迷信原作者和张竹坡的评点。在小说的第53—57回的真伪问题上，两人也未有相关论述，颇为遗憾。

（三）主题与结构

张竹坡最了不起的地方在于振臂直呼“第一奇书非淫书论”，石破天惊，影响后世对该书评价。用它个人经验来读，不管是在笔法上、章法结构上、主旨上，都是和《史记》并列。虽非淫书，但是是一部悌起孝结的孝悌之书。在《苦孝说》中认为：“其亲为仇所算……痛之不已，酿成奇酸。……故做《金瓶梅》者，一曰‘含酸’，再曰‘抱阮’，结曰‘幻化’，且必曰幻化孝哥儿，作者之心，其有余痛乎？则《金瓶梅》当名之曰《奇酸志》《苦孝说》。呜呼！孝子，孝子，有苦如是。”[①]《读法·108》：“以玉楼弹阮起，爱姐抱阮起，乃是作者满肚皮倡狂之泪没处洒落，故做《金瓶梅》为大哭地也。”

与苦孝说、复仇挂钩，张竹坡就会不自觉地将文本和《史记》结构进行对比，也会把这部书的主旨和太史公之身世进行联想比较。“一部奸淫情事俱是孝子悌弟，穷途之泪”（一百回评），这样就很好地漂白了淫书之说，但如此穿凿附会只是一家之言，于书无补。此外过度谐音化，如将“永福寺”读为“涌于腹下”，这样也很难以令人信服。

张竹坡认为小说主题是多方面的。“独罪财色”也是小说主题。他在《竹坡闲话》中认为：“本以嗜欲故，遂迷财色，因财色故，遂成冷热，因冷热故，遂乱真假。因彼之假者，欲肆其趋承，使我之真者皆遭荼毒。所以

① 王汝梅等校点：《张竹坡评点第一奇书金瓶梅》，第19页。

此书独罪财色也。”《读法·23》：“甚矣！色可以动人，尤未如财之通行无阻，人人皆爱也。”第 2 回回评云：“写得色字固是怕人，写得财字更深厉害，真追魂取影之笔也。”以上二批说明财之危害甚于色。[①]

文龙认为小说借“已死之西门庆”，别开蹊径，他承袭了张评本非淫书的基调，在第 13 回评道：“皆谓此书为淫书，诚然，而又不然也。……生性淫，不观此书亦淫；性不淫，观此书可以止淫。然则书不淫，人自淫也；人不淫，书又何尝淫乎。”个人的情怀和心境决定了读书之品味。当然文龙指出对于部分情节，也要根据读者年龄段区别对待。总之，作者写淫是为了“戒淫”。但是比淫更可怕的是钱财。在第 27 回评道：“看完此本而不生气者，非丈夫也。一群狠毒人物，一片奸险心肠，一个淫乱人家，致使朗朗乾坤，变作昏昏世界，所恃者多有几个铜钱耳。钱之来处本不正，钱之用处更不端，是钱之为害甚于色之为灾。”钱财对人心的侵蚀超过色情。

两人都不将小说当作淫书看，对财色的看法也具有高度相似性。

（四）结构余响

张竹坡、文龙二人对小说批评影响颇大，对后世小说评点也产生了相当影响。如《儒林外史》卧闲草堂本第 33 回回末总评：

> 凡作一部大书，如匠石之营宫室，必先具结构于胸中：孰为厅堂，孰为卧室，孰为书斋、灶厩，一一布置停当，然后可以兴工。此书之祭泰伯祠，是宫室中之厅堂也。从开卷历历落落写诸名士，写到虞博士是其结穴处，故祭泰伯祠亦是其结穴处。譬如岷山导江，至敷浅原，是大总汇处。以下又迤逦而入于海。书中之有泰伯祠，犹之乎江汉之有敷浅原也。

卧评指出写书如同造房，结构必先存于胸中。祭泰伯祠为小说核心情节，那相当于厅堂，同时也是小说的解穴。这是典型地继承李渔、张竹坡等人的观

① 关于独罪财色相关论述，可参考傅承洲《金瓶梅“独罪财色”新解》，《广州大学学报》2009 年第 1 期。

点。第56回回前评："一上谕，一奏疏，一祭文，三篇鼎峙，以结全部大书。"清代黄小田评价这部书之结构："是书亦人各为传，而前后联络，每以不结结之"文康评价《儿女英雄传》第16回："先分出个正传附传，主位宾位，伏笔应笔，虚写实写，然后才得有个间架结构。"① 间架结构连用，这也是首次。

余 论

1. 二人在小说空间结构、小说情节结构上的评点有诸多相似性、共通性，但在实际操作过程中会有较大出入，这主要是由于个人阅读经验不同。如两人都认为小说分两部分，并尤其要重视下半（后半）部分。但是针对人物品评之分歧，文龙讽刺张竹坡不懂得前后连贯、前后呼应。但真正原因在于，张虽重视小说评点理论体系的建立和运用，但容易先入为主，也即小说评点体系间架搭得很周全，但"房屋"布置有误，不能处理好"孰为厅堂，孰为卧室，孰为书斋、灶厩"。强调枢纽、关键、上下前后等术语绝对对小说评点有很大功劳，但是若将春梅作为枢纽、玉楼当作作者自喻、苦孝说成为主题，则值得商榷，在这种对号入座的选择中，很有必要符合伦理道德上的规范，否则会被他人所指斥；文龙缺陷在于，批判指责成分过多，未能在小说评点理论范畴上下足够多的功夫，但是他能"知人论世"地站在小说情节发展的逻辑思维中关照人物命运，其关于小说评点方法论，何尝不是对于结构批评的补充和归纳。

2. 小说理论批评随着时代变化而变迁。李渔、金圣叹、张竹坡、毛宗岗都是同时代人，明末和清初也都是小说评点的高峰期，当然对小说乃至戏曲理论的探索都是一个重要时期。到了晚清，小说评点也逐渐在走下坡路，小说评点的高潮也已经逐渐退却，文龙深处晚清这样一个大潮流中，这也就是他在道德上的关怀超过小说本身理论体系的一大原因。

3. 小说理论批评和评点者的初衷密不可分。两人评点态度有着迥然之别。他在《竹坡闲话》中说："为穷愁所迫，炎凉所激，于难消遣时，恨不

① （清）文康：《儿女英雄传》，上海古籍出版社1991年版，第179页。

自撰一部世情书，以排遣闷怀，几欲下笔，而前后拮构[①]，甚费经营，乃搁笔曰：‘我且将他人炎凉之书，其所以前我经营者，细细算出，一者可以消我闷怀，二者算出古人之书，亦可算我今又经营一书。”一方面为排遣忧愁，另一方面他又有感于“《金瓶》针线缜密，圣叹既殁，世鲜知者”，有使命完成对金瓶梅的评点。这是他的初衷，

他有小说理论批评的高度自觉性，他评点的第一要务就是要承继“针线”这一点。天才评点家，一鼓作气，在区区二十天之内完成了如此传世评点，乃至后世只知张评本，可见影响深远。文龙也是具有高度文学理论修养的官场文人，他于1879—1882年反复推敲，增删改易，浸润了对社会人生的诸多思考。他在小说中经常提到自身在安徽为官十余年的所见所闻，将小说与时代紧密结合。看似他专门针对张竹坡之评点，但绝非无中生有、无理取闹，而是有理、有据、有节。文龙人生阅历比张氏更加丰富，张氏26岁评点完《金瓶梅》，29岁英年早逝，文龙评点已经是自己晚年，两者不同之心境也就决定了对小说结构、小说人物分析的诸多纷争。

总之，张竹坡、文龙二人对《金瓶梅》结构观点的点评，同中有异，和而不同。对小说理论批评的认识尤其是结构观的认识上，也间接导致他们对一些枢纽人物分析的不同；当然评点者之性情、人生阅历也是重要影响因素。通过分析可以更全面地考察小说中人物的发展和原作者的写作思路。此外，通过分析两人结构艺术观，一方面可以见出中国小说的评点艺术，了解中国艺术精神；另一方面也可以窥一斑而知全豹，对于全面理解整个中国古代小说结构的发展具有重要的参考意义，结构观的发展是漫长且有规律可循的，它浸润了古人对宇宙人生、生命、生死等的大思考，发展到小说批评上，也是伴随着繁盛与衰败，但它留给后人的启发确实是一笔宝贵的精神财富，值得认真吸收玩味。

---

① 张竹坡在此处也才说出“拮构”一词，也没能直接使用结构一词。为何他没能吸收前辈金圣叹、毛宗岗等人结构观念，直接运用“结构”术语，是值得探讨的问题。

从和陶诗看陶渊明人格的诗体意义

周燕明*

一　陶渊明人格及其在和陶诗中的体现

陶诗为我们描绘出了一幅闲淡恬静的田园风光，被誉为“平淡之宗”，他留给我们的，不仅是令人叹为观止的诗文，更重要的是后人难以企及的精神世界。其平淡自然的诗风和静穆的诗境源于他安贫乐道、清高自守的人格精神。由于陶渊明是以赤子之心来创作，故其作品中处处可见其真性情、真怀抱，所以，陶渊明的诗歌风格其实是他人格的投影，是他的思想修养、品行气质等人格在诗歌上的反映。其人格和诗风在后代一再被追和，自成“和陶”一体。鲍照提出“陶彭泽体”概念，到了唐代，陶渊明更加得到重视。宋代文人对陶渊明的推崇，使得陶渊明的文学地位达到了前所未有的高度，苏轼几乎“和尽”陶诗。元代，不管是马致远，还是关汉卿，都表现出对陶渊明的崇尚与追慕。“这种现象说明陶渊明已经成为中国文化中的一个符号。和陶，在不同程度上代表了对某种文化的归属，标志着对某种身份的认同，表明了对某种人生态度的选择。”[①] 崇陶文人选择对陶渊明隐逸方式的效仿，更多的是把陶渊明当作一个自由的符号，在精神上追求一种与陶渊明人格的契合。所以，和陶诗，不仅体现了人们对陶渊明高洁人格的向往，而且可以看出人们对平淡自然诗风和静穆诗境的推崇。

---

* 周燕明，首都师范大学文艺学2014级博士生，指导教师：陶礼天。

① 袁行霈：《论和陶诗及其文化意蕴》，《中国社会科学》2003年第6期。

第一，陶渊明的魏晋风度精神及其在和陶诗中的体现

魏晋时代是个政治上充满杀戮、自然灾害横行的年代，人们随时面临着死亡的威胁。宗白华在《美学散步》里说："汉末魏晋六朝是中国政治上最混乱、社会上最苦痛的时代，然而却是精神史上极自由、极解放，最富于智慧、最浓于热情的一个时代。"① 在那个充满杀戮、恐慌和不安的时代，人们对传统的规范、标准、价值开始产生怀疑。魏晋文人认识到人既然必有一死，在时间的长河中人的一生是那么短暂，不如把握现在，及时行乐。"是人和人格本身而不是外在事物，日益成为这一历史时期哲学和文艺的中心。"② 宗白华在他的《美学散步》中称魏晋风度是"人格的唯美主义"。它以个体人格本身成为人们的理想和榜样，不以人的外在的行为节操为准则，而是人的内在精神成了评品人物的最高准则。所以，魏晋风度多指魏晋文人旷达超远的气质和追求精神自由的个性。陶渊明对人生的审美性把握及其所表现出的超脱和潇洒的风采，他创造的超然物外、平淡冲和的艺术境界，鲜明地体现着魏晋风度的特征。

陶渊明的魏晋风度精神首先表现为委运任化的人生态度和顺应自然的生死观。他认为人生的寿夭、穷通、荣辱、贵贱等都是自然迁化的结果，人应该对人生的种种坎坷遭际抱"委运任化"的人生态度。在《形影神》中，陶渊明通过形影神的对话，表达了自己的生死观和价值观。"形"，认为人既然肯定要死，又不能长生不老，就只好纵情肆欲，以一醉方休尽情享受度过短暂的一生。然而"影"认为最好的办法是立善扬名。陶渊明认为："形"苦于有生之年难尽人间之乐，"影"则深怕死前荣名不立，都是畏死。陶渊明通过"神"指出一条道路："甚念伤吾生，正宜委运去。纵浪大化中，不喜亦不惧。应尽便须尽，无复独多虑。"③ 人的生死祸福，升沉荣辱，不能由自己决定。任何忧虑和努力都徒劳无益，只能伤害自己有限的生命，只有顺应自然，委运任化，达观对待生死，才会摆脱死的忧惧，获得人生乐趣，颇有几分庄子的逍遥自适感。其次，陶渊明的魏晋风度表现在饮酒上。

① 宗白华：《美学散步》，上海人民出版社 1981 年版，第 177 页。

② 冯友兰、李泽厚：《魏晋风度二十讲》，华夏出版社 2009 年版，第 7 页。

③ 逯钦立校注：《陶渊明集》，中华书局 1979 年版，第 37 页。

“陶渊明以自己独特的人生实践将魏晋文人的狂诞生活方式化为高雅平实的能为人普遍实践的生活方式。”[①] 陶渊明和魏晋文人一样，常常把酒当作及时行乐的工具。如诗句：“得欢当作乐，斗酒聚比邻。”“何以称我情？浊酒且自陶。千载非所知，聊以永今朝。”“愿君取吾言，得酒莫苟辞。”[②] 正是由于这种超功利的价值观和审美的人生态度，陶渊明才能够对人生的风雨持一种达观态度。在陶渊明的世界里，酒既是潇洒自由的象征，他借酒来摆脱现实的痛苦，同时也是对当时黑暗政权的抗议。

后人追和陶诗饮酒这一主题，大多是仿效其潇洒自由的生活态度和借酒消愁的生活方式。如李白的“陶令日日醉，不如五柳春。素琴本无弦，漉酒用葛巾。”[③] 将陶渊明坚守自我的高尚节操发展为张扬自我的个性化行为。白居易的《效陶潜体诗十六首》第三首：“朝饮一杯酒，冥心合元化。兀然无所思，日高尚闲卧。”[④] 以“酒”为出发点，借酒、书、琴效仿陶渊明怡然自得的生活乐趣，效仿陶渊明的洒脱旷达的人生风貌。再如苏轼《和陶饮酒二十首》大多借饮酒主题，排解贬谪的苦闷。苏轼曾两和陶渊明《连雨独饮》，其《和陶连雨独饮》其二云：“阿堵不解醉，谁欤此颓然。误入无功乡，掉臂嵇阮间。饮中八仙人，与我俱得仙。渊明岂知道，醉语忽谈天。偶见此物真，遂超天地先。醉醒可还酒，此觉无所还。清风洗徂暑，连雨催丰年。床头伯雅君，此子可与言。”[⑤] 苏轼借饮酒主题和神话想象，道出贬谪后归隐的乐趣，颇有“回首向来萧瑟处，归去，也无风雨也无晴”的达观，是对陶渊明诗中魏晋风度的进一步深化和发扬。

魏晋风度的艺术化人生态度，是文人士子心底那难以割舍的情结，这一部分的和陶诗可以看出文人士子内心对精神自由的渴望和自我个性的张扬，这也是艺术之树常青的源源不断的生命力。他们都试图通过陶渊明这个精神

---

① 陈方力、焦树民：《陶渊明与魏晋风度》，《江西社会科学》1999 年第 12 期。

② 《杂诗十二首》其一、《己酉岁九月九日》、《形影神三首》其一，逯钦立校注：《陶渊明集》，第 115、83、86 页。

③ 李白：《戏赠郑溧阳》，王琦注：《李太白全集》，中华书局 1977 年版，第 541 页。

④ 顾学颉校点：《白居易集》，中华书局 1979 年版，第 104 页。

⑤ 王文诰辑注：《苏轼诗集》，中华书局 1982 年版，第 2253 页。

偶像，去叩精神自由之门，再现魏晋风度的独立的人格。

第二，陶渊明儒道互补的人格及其在和陶诗中的体现

儒道文化在中国文化中源远流长，儒家积极的入世态度往往使得士人以修身齐家治国平天下为己任，道家则以无为、抱朴含真的态度保持生命的自由和独立，二者互补共生，塑造着中国知识分子的人格。李泽厚在《美的历程》一书中突出强调“儒道互补”论。他说：“表面看来，儒道是离异而对立的……实际上他们刚好相互补充而协调。……庄子尽管避弃现世，却并不否定生命，而毋宁对自然生命抱着珍贵爱惜的态度，……恰恰可以补充、加深儒家而与儒家一致。”[①] 这种儒道互补的士大夫精神奠定了中国知识分子的文化心理基础，也奠定了知识分子的人格基础。

陶渊明出身于官宦世家。曾祖陶侃官至大司马，封长沙郡公，祖父陶茂为武昌太守。家庭浓厚的儒家思想的濡染和沾溉，对陶渊明价值观的形成、影响是不可磨灭的。如《命子》篇：“悠悠我祖，爰自陶唐。邈为虞宾，历世重光。”[②] 其对祖先的追溯，字里行间流露出对家世的骄傲和自豪，并希望其子能将先祖道德功业发扬光大。正是由于这种影响，少年版时的陶渊明有着儒家修齐治平的理想。如：“忆我少壮时，无乐自欣豫，猛志逸四海，骞翮思远翥。”（《杂诗》其五）但是这种积极入世的态度很快就被那个黑暗的年代粉碎，无情的现实打破了陶渊明少年时的梦幻。在几度仕隐的犹豫和彷徨之后，他清晰地认识到，在他所处的那个年代，实现大济苍生的理想几乎是不可能的。于是，他选择了躬耕田园、归隐山林作为生命的栖居之所。他只好在诗文和田园中构建自己桃花源般的理想世界。如《归去来兮辞》：“归去来兮，田园将芜胡不归！既自以心为形役，奚惆怅而独悲？悟已往之不谏，知来者之可追。实迷途其未远，觉今是而昨非。”[③] 鲁迅曾有评论说：“除论客所佩服的‘悠然见南山’之外，也还有‘精卫衔微木，将以填沧海，刑天舞干戚，猛志固常在’之类的‘金刚怒目’式，证明着他并非整天整夜的飘飘然。”陶渊明欲有所为的积极的儒家人生态度让位于迫于时代

---

① 李泽厚：《美的历程》，文物出版社 1981 年版，第 61 页。

② 逯钦立校注：《陶渊明集》，第 27 页。

③ 同上书，第 160 页。

环境不得不退而隐居的顺应自然的道家思想，在陶渊明的身上，典型地体现了中国文人儒与道思想的张力。

这种儒道互补的人格在和陶诗中也有所体现。如苏轼被贬时的《和陶游斜川》，写他谪居海南，早春与儿子过着相伴出游、其乐融融的生活情景。“春江渌未波，人卧船自流。我本无所适，泛泛随鸣鸥。中流遇洑洄，舍舟步层丘。有口可与饮，何必逢我俦。过子诗似翁，我唱而辄酬。”[①] 颇有几分“日啖荔枝三百颗，不辞长作岭南人”的隐逸出世意味，但由于儒家思想根深蒂固的影响，苏轼“和陶诗”中又往往会不自觉地透露出儒家思想的痕迹。如他的《和陶归园田居》其一：“环州多白水，际海皆苍山。以彼无尽景，寓我有限年。东家著孔丘，西家著颜渊。市为不二价，农为不争田。周公与管蔡，恨不茅三间。”[②] 同样是对自然山水的描写，但和陶渊明的《归园田居》相比，少了几分闲适自然，“东家著孔丘，西家著颜渊。市为不二价，农为不争田”的秩序井然、仁义礼让的民风显然是儒家修齐治平理想中的乡村生活。苏辙的用世之心在和陶诗中流露更加强烈。他的《次韵子瞻和陶渊明〈饮酒〉二十首》其二十：“商于四父老，携手初逃秦。翻然感汉德，投足复践尘。出处盖有道，岂为诸吕勤。嗟我千岁后，澹然与之亲。还将山林姿，俯首要路津。”[③] 明显是借四皓而抒己志。再如他的《次韵子瞻和陶渊明〈饮酒〉二十首》其十：“羌虏忘君恩，战鼓惊四隅。……防边未云失，忧怀愧安居。”[④] 表现出的对边疆战事的关心，也是这样的济世情怀。

由此可见，“和陶诗”中，诗人并没有忘怀现实，没有忘却自孔子以来就赋予中国士人修身齐家治国平天下的重任，虽然试图通过和陶诗寻找精神自由和心灵家园，但其士人担当情怀却依然强烈。所以，儒道互补这一中国士人的主要人格特征透过“和陶诗”也悄无声息地显露出来。

第三，陶渊明清高自守的节操和安贫乐道的情怀及其在和陶诗中的体现

① 王文诰辑注：《苏轼诗集》，第2318页。

② 同上书，第2103页。

③ 苏辙著，曾枣庄、马德富校点：《栾城集》，上海古籍出版社2009年版，第1130页。

④ 同上。

“从中国思想史的角度看，陶渊明以他特有的生命体验，在中国士人文化传统中，矗立起了孤傲不屈的身碑，即‘道’高于‘势’、士人文化理想高于现实政治权力的身碑。”[①] 可以说，值得让后代士人顶礼膜拜的人格精神主要是陶渊明清高自守的节操和安贫乐道的情怀。

在几度仕与隐的徘徊之后，陶渊明毅然选择了归隐田园的生活。在归隐中构筑起坚贞自守的世外桃源，成为隐士文化的符号和典范。可贵的是，陶渊明的归隐，是真正意义的归隐，他不是借着归隐的名誉企图博得功名利禄，而是像农民一样拿起了锄头，过起了真正的田园生活，也许“种豆南山下，草盛豆苗稀”[②] 的归隐田园生活在那个黑暗动乱充满杀戮的年代具有全生保真的意义，但其更大程度上却是清高自守节操的象征。如《饮酒二十首》：“清晨闻叩门，倒裳往自开，问子为谁欤？田父有好怀。壶浆远见候，疑我与时乖。繿缕茅檐下，未足为高栖。一世皆尚同，愿君汩其泥。深感父老言，禀气寡所谐。纡辔诚可学，违己讵非迷！且共欢此饮，吾驾不可回。”[③] 借田父的劝说改道，自己婉拒之，表示作者隐耕志向的坚定。诗中的鸟是归鸟，含有精神回归的意味，菊、松也都是坚贞挺拔的人格的象征。如“秋菊有佳色，裛露掇其英，汎此忘忧物，远我遗世情。一觞虽独进，杯尽壶自倾。日入群动息，归鸟趋林鸣；啸傲东轩下，聊复得此生”。[④] 以秋菊象征自己高洁的品格。“青松在东园，众草没其姿。凝霜殄异类，卓然见高枝。连林人不觉，独树众乃奇。提壶抚寒柯，远望时复为。吾生梦幻间，何事绁尘羁。”[⑤] 以青松象征不屈的精神，自己与青松相伴，饮酒闲眺，怡然其间。但是这样的高洁人格和逍遥自适却是以生活的贫穷作为代价的。如果说归隐之初还是“方宅十余亩，草屋八九间”，可这些在一场大火中被烧毁之后，陶渊明的生活竟陷入乞食的境地，“饥来驱我去，不知竟何之！行行至斯里，叩门拙言辞”[⑥]。至此，就不由得不对其安贫乐

① 胡晓明：《从儒家思想论屈陶杜苏的相通境界》，《安徽师大学报》1997 年第 1 期。

② 《归园田居五首》其三，逯钦立校注：《陶渊明集》，第 42 页。

③ 逯钦立校注：《陶渊明集》，第 92 页。

④ 同上书，第 90 页。

⑤ 同上书，第 91 页。

⑥ 《乞食》，逯钦立校注：《陶渊明集》，第 48 页。

道产生敬意了，“贫富常交战，道胜无戚颜”①，“先师有遗训，忧道不忧贫”②。在舒适的生活环境和朝圣般神圣的精神道路上，陶渊明几经挣扎，终于选择了后者。正是这种艰难的选择，成就了他不朽的诗名和崇高的人格，引得后人景仰和追慕。“不为五斗米折腰向乡里小儿”，成了后人景仰的清高自守的人格典范。所以，陶渊明的归隐和他笔下的田园生活其实是对高尚节操的坚守，在某种程度上有了宗教意义，吸引着后代士人向往着这片圣洁的精神家园。

这种清高自守的节操和安贫乐道的情怀，也是“和陶诗”重点模仿对象。“和陶这种文学活动所标示的主要是对清高人格的向往和追求，对节操的坚守，以及保持人之自然性情和真率生活的愿望。”③ 所以，后世文人认同并推崇陶渊明，更多的是因为他们把陶渊明当作了自己追求人生自由和高洁人格的一个精神象征符号。元代刘因的《和乞食》云：“好廉中无实，触事或发之。万钟忘义理，一箪形色辞。吾贫久自信，笑听沟壑来。偶闻啼饥子，低眉问残杯。儿啼尚云可，最愧南陔诗。岂无乞贷念，惭非动时才。人理谅多阕，清规亦俗徒。”④ 尽管贫寒至极，但他对人家所赠银币财物皆谢不受。他的《和九日闲居》：“深居望晦朔，好事惟侯生。偶因菊酒至，喜问佳节名。香醪泛寥廓，醉境还空明。青天懔危帽，浩荡空秋声。缅怀长沙孙，生气流千岭。乾坤一东篱，南山久亦倾。回看声利徒，仅比秋花荣。抚时感遗事，可见万古情。”借咏陶以抒写自己尽力摆脱名利的束缚而追求高尚精神生活的志趣，很明显看出陶渊明对其人格精神的影响。

“作为文化符号，陶渊明的人生价值选择，深刻地说明，在中国封建专制以权力为核心的社会里，尤其是在天下无道的黑暗时代，保持人性的本真和猎取功名富贵是鱼和熊掌的关系，二者不可兼得……陶渊明为了适性守真，坚定地选取了前者，完成了真性的升华。”⑤ 所以后人和陶诗，大多把

① 《咏贫士》，《陶渊明集》，第126页。

② 《癸卯岁始春怀古田舍二首》，《陶渊明集》，第77页。

③ 袁行霈：《论和陶诗及其文化意蕴》，《中国社会科学》2003年第6期。

④ 刘因：《静修先生文集》，中华书局1985年版，四部丛刊影元至顺间刊本。

⑤ 何念龙：《诗酒风流各不同——陶渊明李白文化类型多维比较》，《新疆师范大学学报》2005年第4期。

归隐田园作为自己对精神家园的向往，而陶渊明清高自守的节操和安贫乐道的情怀也是文人士子心灵上的一方圣土，引得后人顶礼膜拜。

二 从和陶诗看陶渊明人格的诗体意义

“在中国古代文论中，诗体的概念其实有二：一是指诗之类别，属于文体论的范畴；一是指诗之派别，属于风格论的范畴。”① 本文中的诗体即是指后者，即和陶诗由于模仿陶渊明的人格境界所形成的独特的诗风。由于陶渊明的诗风很大程度上得益于他的人格境界和魅力，其平淡自然的诗风和静穆的诗境很大程度上是他人格的投射，“魏晋人格是魏晋文学永远的神韵和不死的灵魂”②，故文章试着从他的人格对文风的影响这个角度去分析他文风形成的原因。

第一，委运任化人生态度与平淡自然的诗风

以自然的态度对待生，以泰然的态度对待死，是陶渊明的生死观，也即委运任化的生死观。“纵浪大化中，不喜亦不惧”这种顺应自然的生死观不仅消解了对死亡的恐惧，而且能够理性地构建起诗意的世外桃源，正是这种委运任化、顺应自然的人生态度成就了他与当时绮丽文风迥异的平淡自然的诗风。

陶诗的语言多为散句，几乎不用故事典故，也看不到技巧性雕琢的痕迹，就好像是不经意间流露出来的心语，平淡自然。但陶渊明的平淡，是“发纤秾于简古，寄至味于淡泊”③，“其实不是平淡，绚烂之极也”④。这样自然平淡美学风格的形成主要在于他的诗文的形式与内容是一致的，在于他委运任化的生活态度和顺应自然的生死观。在他的世界里，尽管仍有“猛志固常在”的雄心，但在几度仕隐的犹豫和彷徨后，他的灵魂终于安顿。田园是他的精神家园，所以才会有“采菊东篱下，悠然见南山”的悠然自得，仿佛从胸中自然流出，不见斧凿痕迹。即使是诗人的“猛志”也蕴含在平

---

① 贾红亚：《诗体之辨——以〈沧浪诗话〉中初唐诸诗体为中心》，《考试周刊》2014 年第 41 期。

② 李建中：《魏晋文学与魏晋人格》，湖北教育出版社 1998 年版，第 5 页。

③ 苏轼：《书黄子思诗集后》，孔凡礼点校：《苏轼文集》，中华书局 1986 年版，第 2124 页。

④ 赵令畤：《侯鲭录》卷八“东坡与二郎侄书”条，中华书局 2002 年版，第 203 页。

淡坚定的语调中。这种闲定的气韵得益于诗人深思熟虑后委运任化的达观生活态度。平静淡泊的情感造就了陶诗“平淡”的美学风格。“‘平淡’不是风格问题，更不是诗法问题，而是人格境界问题，只有人格上圆成一种淡泊渊如的境界，才有诗意的‘平淡’。”① 他认为躬耕隐居的生活最利于保持自然的状态，并得到真正的乐趣。如“山中饶霜露，风气亦先寒”，“命室携童弱，良日登远游”。

陶渊明的平淡自然的风格，是后代“和陶诗”重点模仿对象。如鲍照的《学陶彭泽体》，白居易的《效陶潜体》十六首。苏辙“和陶诗”语言自然而然，有冲和静澹之美，如他的《次韵子瞻和渊明饮酒二十首》：“秋鸿一何乐，空际乘风飞。秋虫一何忧，壁间终夜悲。忧乐本何有，力尽雨无依。物生逐所遇，久行不知归。少年气难回，老者百事衰。聊复沃以酒，永与狂心违。”② 借秋景写出人生忧乐无常，只好借酒忘忧，语言素朴，平淡自然，正与陶渊明“一语天然万古新，豪华落尽见真淳”的风格相近。

“当世界上其他民族的人们想要寻找一种最能体现东方情调和华夏风格的诗意氛围时……实际上也正是中华民族所长期沉浸其中而自我陶醉的，并且在悠长的体验玩味中升华为所谓平淡美的诗学理想。”③ 仿佛荷花出淤泥而不染的高洁风姿，陶渊明的平淡自然的诗风终因其永恒的价值被世人发现，并一再追和。陶诗是魏晋诗歌的一座高峰，同时也是文学史的一座高峰，更是士人人格仿效的典范，他豁达的人生态度是后代士人的精神家园和人生楷模，其平淡自然的诗风却塑造了中国特有的美学诗风。

第二，安贫乐道情怀与静穆的诗境

正如屈原的悲愤、李白的豪放和杜甫的沉郁一样，静穆是陶诗最鲜明突出的特质。尽管鲁迅先生曾说过：“历来的伟大的作者，是没有一个浑身是‘静穆’的。陶潜正因为并非‘浑身是静穆’，所以他伟大。”④ 但由于鲁迅先生特殊的时代背景和阶级立场，出于强调知识分子的责任和历史使命感的

---

① 袁行霈：《陶渊明的哲学思考》，北京大学出版社 1997 年版，第 29 页。

② 苏辙著，曾枣庄、马德富校点：《栾城集》。

③ 韩经太：《中国诗学的平淡美理想》，《中国社会科学》1991 年第 3 期。

④ 鲁迅：《“题未定”草》（七），《鲁迅全集》（第六卷），人民文学出版社 2005 年版，第 436 页。

出发点，所以他更多地看到的是陶诗儒与道、出世与入世的内心冲突的一面。朱光潜先生在他的《诗论》中称："他（陶渊明）和我们一般人一样，有许多矛盾和冲突；和一切伟大诗人一样，他终于达到调和静穆。屈原比他更沉郁，杜甫比他更阔大多变化，但是都没有他那么醇，那么炼。屈原低徊往复，想安顿而终没有得到安顿，他的情绪、想象与风格都带着浪漫艺术的崎岖突兀的气象；渊明则如秋潭月影，澈底澄莹，具有古典艺术的和谐静穆。"① 正是在几番仕与隐的冲突和彷徨后，陶渊明也许还有几分无奈和惆怅，但田园生活已然成了他生活的乐土和精神的家园。他诗意地栖息在这片与世无争的精神家园里，尽情地享受着大自然的安宁。静穆的诗风正源于他安贫乐道的情怀和悠然的心境，如《时运》："迈迈时运，穆穆良朝。袭我春服，薄言东郊。山涤余霭，宇暧微霄。有风自南，翼彼新苗。"营造出一种安谧宁静的意境和轻松的氛围，这也许和作者选择的清新意象有关，但更多来源于作者安顿的心境。唯有安顿，才会有"袭我春服，薄言东郊"的悠闲；唯有安顿，才能真切感受到"有风自南"的徐徐春风拂面而过；唯有安顿，才能做到"心远地自偏"的淡定与从容；唯有安顿，才会有"采菊东篱下，悠然见南山"的与自然融为一体的物我两忘境界。所以，陶诗的静穆诗境，多来源于他安贫乐道的情怀和摒弃世俗名利的选择。出于贵全保真的想法，在与自然的契合里，他坚守着自己精神的圣洁和淳朴。他最后贫穷到"乞食"的地步，却仍然坚守自己的选择和节操，所以陶渊明的静穆诗风因他清高自守的节操而显得高尚，让后人景仰。"'静穆'是一种豁然大悟，得到归依的。它好比低眉默想的观音大士，超一切忧喜，同时你也可以说它泯化一切忧喜。"② 世俗的喜乐和哀愁都在他安贫乐道的情怀中与自然的消融中调和，归于静谧，具有宗教般的神圣。这不同于屈原的上下求索而不得的苦苦哀告和不平的愤懑，也不同于苏轼对世事的不能忘怀。陶渊明的世界，因安贫乐道而解脱，灵魂得以安顿。这也许是那个时代不得已的选择，却也是最明智的选择。正是这样超然物外的选择，成就了陶渊明高洁的人格和生命的安全，成就了他静穆的诗风，达到后人难以企及的高度，成为

① 朱光潜：《陶渊明》，引自《朱光潜美学文集》，上海文艺出版社 1982 年版，第 214 页。

② 朱光潜：《朱光潜全集》卷八，安徽教育出版社 1987 年版，第 396 页。

一代又一代的精神楷模。如苏轼的和作表达了对陶渊明归隐田园的向往以及自由生活方式的崇尚。如《和陶移居二首》其一："昔我初来时，水东有幽宅。晨与鸦鹊朝，暮与牛羊夕。"[①] 对田园生活的描写，颇有几分"方宅十余亩，草屋八九间。榆柳荫后檐，桃李罗堂前"的宁静悠远。《和陶酬刘柴桑》的"红薯与紫芽，远插墙四周。且放幽兰春，莫争霜菊秋。穷冬出瓮盎，磊落胜农畴。淇上白玉延，能复过此不？一饱忘故山，不思马少游。"[②] 仿效陶诗的归隐田园的自得其乐。王维田园诗虽然未达到陶诗那般心境与物境水乳交融境界，但其宁静、悠远的诗境很难说没有受到陶诗的影响。罗宗强曾高度评价陶渊明说："在中国文化史上，他是第一位达到心境与物境合一的人。"[③] 所以，陶诗归隐田园后的平静与自适，是难以企及的精神高度。对于心怀修齐治平理想的儒家士人，灵魂安顿似乎有些遥不可及。所以，陶渊明安贫乐道情怀和静穆诗风便似乎有了宗教的意义，从心灵上召唤着一代又一代士人向往。

第三，儒道互补人格与诗中的理性哲思

归隐之后，陶渊明拿起了锄头，过起了躬耕生活，"种豆南山下，草盛豆苗稀"，俨然一副农民的模样。但陶渊明绝不只是农民，他血液里流淌着士人的血液，他对出处的选择、对生死的思考，归根到底说明他士人的身份。陶渊明不仅是诗人，还是哲人。"陶渊明的诗，不论是哲理性的，或者是抒情描写之作，常常透露着他特有的观察宇宙、人生的智慧，许多诗都可以看做一位哲人以诗的形式写成的哲学著作。"[④] 陶诗表现了他对宇宙、历史和人生的认识，富含理趣。如："人生归有道，衣食固其端"（《庚戌九月中于西田获早稻》），"人生似幻化，终当归空无"（《归园田居》其四），"吁嗟身后名，于我若浮烟"（《怨诗楚调示庞主簿邓治中》）。这些诗句言浅意深，富有启示性。陶诗之所以能达到"质而实绮，癯而实腴"的境界，关键就在于他对生命的哲学思考，看似信手拈来的诗句，却因哲学思考而具

① 王文诰辑注：《苏轼诗集》，第 2192 页。

② 同上书，第 2216 页。

③ 罗宗强：《玄学与魏晋士人心态》，天津教育出版社 2005 年版，第 310 页。

④ 袁行霈：《陶渊明的哲学思考》，第 29 页。

有深度。如《杂诗》第一首:"人生无根蒂,飘如陌上尘。分散逐风转,此已非常身。落地为兄弟,何必骨肉亲。得欢当作乐,斗酒聚比邻。盛年不重来,一日难再晨。及时当勉励,岁月不待人。"① "人生无根蒂,飘如陌上尘"道出了人生苦短的无奈和孤苦,但笔锋一转,变哀音为乐调,人一旦落地就是兄弟,何必有骨肉关系才相亲呢,既可以看出他博爱的胸怀,也可以看出他的达观。用比喻表达哲理,具有冷隽之美。"死去何所道,托体同山阿"则是对死亡深入思考后的淡定与从容。陶诗这种理性哲思主要来源于作者对生命的深入思考。陶诗中南山遂不仅是南山,归鸟遂不仅是归鸟,因为对生命的思考,南山、归鸟等意象被赋予了某种象征意义。而这些理性哲思,正源于作者儒道互补的人格。他因为有对修齐治平的渴望,所以会有"金刚怒目"之作和《悲士不遇赋》的苦闷,但又因为道家贵全保真的思想和对心灵自由的追求,他又能对死亡和贫穷泰然处之并安贫乐道。正是这种儒道互补的人格使得陶诗看似信手拈来,却深蕴哲理。

陶诗中的哲思,也是和陶诗模拟仿效的一部分,如李纲的《次韵和渊明形影神三首》:"形赠影:大块已载我,何如未生时?气变芒芴间,七窍谁凿之?……我生梦幻中,变灭不复疑。安得永相保?听我悲来辞。影答:纡余非我妍,濩落非我拙。与子两相依,生来无间绝。……愿子卫生经,无使精脑竭。千载永相从,彭殇孰优劣?神释:人生若大梦,积微以成著。少壮得老死,一念即非故。……周行万物表,独立初不惧。二子非吾徒,安用多忧虑!"② 诗歌体现出诗人对佛理的参透,表达自己的人生感悟,和陶诗同样具有理性之美。再如苏轼的《和陶形赠影》:"天地有常运,日月无闲时。孰居无事中,作止推行之。细察我与汝,相因以成兹。忽然乘物化,岂与生灭期。梦时我方寂,偃然无所思。胡为有哀乐,辄复随涟洏。我舞汝凌乱,相应不少疑。还将醉时语,答我梦中辞。"③ 诗仿效陶诗对人生生死的思考,再如他的《和陶影答形》和《和陶神释》等诗,都充满哲思。

正是陶诗的人格魅力,引得后来者和诗不断。其平淡的诗风、静穆的诗

① 逯钦立校注:《陶渊明集》,第115页。

② 王瑞明点校:《李纲全集》,岳麓书社2004年版,第177页。

③ 王文诰辑注:《苏轼诗集》,第2306页。

境和诗中的理性哲思很大程度上是陶渊明追求自由的魏晋风度、坚贞自守的节操和儒道互补人格的投射。也许这样把人格和诗风一一对应在某种程度上有些牵强，但文章尝试从人格对诗风影响的角度，略作细微的分析，以图说明陶渊明诗风的形成很大程度上得益于他的人格魅力。而这种在特定环境下形成的人格精神又因中国士人“穷”处境的普遍性在某种程度上获得了宗教般的意义，引得后人膜拜和景仰。

三 陶渊明人格诗体意义原因探析

“因为有了大量的和陶诗，陶渊明作为一种文化符号的意义更加鲜明了。陶渊明不断地被追和，说明这个符号在中国文化中不断地重复，不断地强化。因此，研究和陶诗可以为我们提供研究中国文化的一个切入口。”① 和陶诗既是中国士人“穷”处境的普遍性的体现，同时还和中国的乐感文化有关。

第一，中国士人“穷”境的普遍性

“中国知识阶层刚刚出现在历史舞台上的时候，孔子便努力给它灌注一种理想主义的精神，要求它的每一个分子——士，都能超越它自己个体和群体的利害得失，而发展为对整个社会的深厚关怀，这是一种近乎宗教信仰的精神。”② 但另一方面，中国的政治又不允许他们完全按照自己的信念来建设理想国。许多士大夫在仕途失意以后，或厌倦了官场的时候，往往回归到陶渊明，从他身上寻找新的人生价值，并借以安慰自己。陶渊明是中国士大夫精神上的一个归宿，他实际成了一种传统文化模式的价值符号。他特殊的人格为中国封建士大夫提供了一个令人神往的人生境界，为后世提出了一个在人性异化的社会中如何回归自我这一具有划时代意义的问题。陶诗不仅表示陶渊明诗歌这种单一内涵，而且还暗示着中国士人“穷”处境的普遍性，具有鲜明的典型性与示范性。

“古代文人对陶渊明的接受，本身就带有一种自我的身世之感在里

① 袁行霈：《论和陶诗及其文化意蕴》，《中国社会科学》2003年第6期。

② 余英时：《士与中国文化》，上海人民出版社2003年版，第35页。

面……他们推崇陶渊明追求自然、闲适、平淡田园生活的精神气质，以求在精神上与陶渊明相契合，使自己被压抑、被束缚的灵魂得到解脱……陶渊明作为一个精神符号的存在，其在减轻失意文士遇挫后的痛苦和文人自我生命的保存上都有现实而深远的意义。"① 屈原杀身明志，既凸显出一种悲壮的烈士情怀，同时也昭示了中国士人"穷"处境的开端。屈原一直在苦苦地上下求索，最终用自己的生命确证了自己对君王和美政的苦恋。后来的文人，很少采用屈原这种结束生命的极端方式，但却也大多处在不被重用的"穷"的处境中。贾谊的《吊屈原赋》、司马迁的《悲士不遇赋》、王褒的《洞箫赋》、赵壹的《刺世疾邪赋》等，或扼腕叹息，或愤怒不平，其主题都不离"士人不遇"。魏晋以来，儒家情结遭到了外在的客观环境的摧毁，但个体渴望"遇"的深层心理并没有弱化，曹植继承香草美人传统，隐隐含有"不遇"之痛。杜甫虽忧怀黎元却终身贫困潦倒、自身颠沛流离。柳永自嘲是"奉旨填词柳三变"，因为不遇只好纵情于烟花柳巷之间。所以，不遇的普遍性处境，使得文人把目光投向了陶渊明这块象征着归隐与自由的精神家园。许多士大夫在仕途上失意以后，或厌倦了官场的时候，往往回归到陶渊明，从他身上寻找新的人生价值，并借以安慰自己。白居易、苏轼、陆游、辛弃疾等莫不如此。于是，不为五斗米折腰也就成了中国士大夫精神世界的一座堡垒，用以保护自己出处选择的自由。而平淡自然也就成了他们心目中高尚的艺术境界。

第二，诗意栖居源于中国乐感文化

陶渊明的诗在他所处的时代固然是异类，他的"诗意的栖居"的生存和生活方式却是先唐文坛少见的现象，他的诗与人生态度对后世的影响也因此复杂而深广。从人生选择看，辞去彭泽县令时"岂为五斗米折腰向乡里小儿"的傲骨，以五柳先生自居，唱归去来兮辞，抚五弦琴，饮酒作诗，他用自身的行为阐释了"诗意地栖居"，创造了一个充满"诗意"的世界。"陶渊明所构建的以山水田园为依托的精神家园，成为千百年来中国士人安放情感的最后所在，成为中国文人进退维谷之后的心灵家园，他的'诗意的栖

① 向伟：《"崇陶"现象的发展流变——兼论儒道互补在"崇陶"现象中的体现》，《重庆三峡学院学报》2014 年第 4 期。

居’方式，成为后世文人效仿的典范。”[①] 尽管大济苍生的理想破灭，尽管一生贫困潦倒、子孙不才，但陶渊明用田园构筑起了自己的生活乐园。他的一生是艺术的一生。在艰难处境中犹能诗意栖居，这主要源于中国的乐感文化。

继西方文化被称为人的一生就是为上帝赎罪的一生的“罪感文化”和日本文化因日本人以耻辱感为动力而被称为“耻感文化”后，李泽厚将中国文化概括为“乐感文化”。他认为：“中国人很少真正彻底的悲观主义，他们总愿意乐观地眺望未来。”[②] 主张在现实的世俗生活中取得精神的安宁幸福。李泽厚指出中国人很注重世俗的幸福：“从古代到今天，从上层精英到下层百姓，从春宫图到老寿星，从敬酒礼仪到行拳猜令，从促膝谈心到‘摆龙门阵’，从衣食住行到性、健、寿、娱，都展示出中国文化在庆生、乐生、肯定生命和日常生存中去追寻幸福的情本体特征。尽管深知人死神灭，犹如烟火，人生短促，人世无常，中国人却仍然不畏空无而艰难生活。”[③] 中国人即使是幻想成仙、拜神求佛，都保持了一种极其功利的现世幸福和快乐的追求。陶渊明贵全保真的人生选择和安贫乐道的诗意栖居也是中国乐感文化的体现。在死亡面前，在没有宗教皈依的情境中，他能看破生死，以“纵浪大化中，不喜亦不惧”的淡然态度对之，何尝又不是中国乐感文化的体现？中国儒家文化所代表的那种“未知生，焉知死”的生死观，在于强调，生的意义在于以血缘为基础的人伦关系中，这个人伦关系本身就是本体，就是实在，就是真理。所以，中国士人很少到彼岸中寻求理想世界，而是在此岸现实中化解苦难。“陶渊明之志高且美，在于他真正生存在一个由他自己构建的世界里，充满了自己的诗意。同屈原、杜甫相比，这是由向外在世界的求索取证，转入内在世界的自得自证；由烈士的悲慨、贞士的凄惶转化为高士的冲淡。安身立命处似有天壤之别，但所开示的人生境界却同样华严。”[④] 正是中国的乐感文化孕育了陶渊明和“陶渊明体”，让中国

---

① 蓝冰：《人类诗意的栖居——从陶渊明的隐居生活看中国士文人心中的精神家园》，《阴山学刊》2009 年第 4 期。

② 李泽厚：《实用理性与乐感文化》，生活 · 读书 · 新知三联书店 2008 年版，第 35 页。

③ 同上书，第 101 页。

④ 吴廷玉：《诗学对哲学的了望——中国古代诗学对人生境界的反思》，《宁波大学学报》（人文科学版）2004 年第 1 期。

士人在“穷则独善其身”的艰难处境下仍然拥有自己的一片乐园。正是中国乐感文化对现世的执着，才使得后来的士人很少走向屈原杀身明志的悲壮，而是在政治的漩涡中，倾向于向陶诗中寻得一方乐土，来安顿自己失意的心灵，这恐怕也是“和陶诗”产生的一个主要原因吧。

第三，人格与诗风

因为艺术往往蕴涵着主体强烈的情感投射，所以，西方文论中有“风格就是本人”的命题。刘勰《文心雕龙·体性》中说：“吐纳英华，莫非情性”，指出了创作个性的不同导致了风格之差异。刘熙载在《艺概》中说“诗品出于人品”。的确，“在诗人写的诗里，不仅他写诗的技巧和他用诗的形式说明某种生活现象的才能必然会表现出来，同时诗人本人的性格，他的个性，他个人的品质也将表现在诗中”。[①] 在中国，孟子最先肯定“吾善养吾浩然之气”的人格美。在屈诗中，我们可以感受为贤君美政理想而苦苦追求的耿耿忠诚；杜诗中，可以触碰杜甫“致君尧舜上，再使风俗淳”的用世之心；李白诗中，可以感受李白“仰天大笑出门去，我辈岂是蓬蒿人”的洒脱，可以在词中和李煜一起悲叹“问君能有几多愁，恰似一江春水向东流”的愁苦，感受李清照“寻寻觅觅冷冷清清”的孤寂，辛弃疾“阑干拍遍，无人会，登临意”的英雄失意之悲。陶渊明平淡自然的诗风和静穆的诗境是他委运任化的人生态度和安贫乐道精神的投影，是他的人格精神和品行气质在文学上的反映。唐顺之说：“陶彭泽未尝较声律、雕句文，但信手写出，便是宇宙间第一等好诗。何则？其本色高也。”[②] 本色，是“清水出芙蓉，天然去雕饰”的自然；是“质而实绮，癯而实腴”的无技巧之技巧；是陶渊明顺应自然，“纵浪大化中，不喜亦不惧”的生死观在诗文上的美学投射。“陶渊明作为一位以真情写真诗的大诗人，其创作个性在诗中得到了全面而深刻的表现，其诗歌应该亦的确是呈现着共同的特色，这就是那朴素自然而清腴淡远的风格，这是诗人真率而淡雅之人格的表现，是那种任真而自然、贞刚而宁静与淡泊而充实之生活情趣的折光，同时亦是时代在其诗歌

① 陈长荣：《论陶渊明的诗格与品格》，《苏州大学学报》（哲学社会科学版）1991 年第 4 期。

② 唐顺之：《荆川先生文集》，《四部丛刊》本，上海商务印书馆。

中打上的印记。”[①] 陶渊明用他的归隐诠释了人格的高洁，“不为五斗米折腰”的历史影像，像一座丰碑，在人格的历史长河中熠熠生辉，同时成就了他平淡自然的诗风和静穆的诗境。

总而言之，正如王文诰评苏轼和陶诗曰：“公之和陶，但以陶自托耳，至于其诗，极有区别。有作意效之，与陶一色者；有本不求合，适与陶相似者；有借韵为诗，置陶不问者；有毫不经意，信口改一韵者。若《饮酒》《山海经》《拟古》《杂诗》，则篇幅太多，无此若干作意，势必杂取咏古纪游诸事以足之。此虽和陶，而有与陶绝不相干者，盖未尝规规于学陶也。”[②] 众多诗人追和陶渊明之诗，大多借之浇己心中之块垒。所以，从和陶诗我们得以窥见陶渊明高洁的人格魅力对后代人格和诗风的影响，从一个角度透视出陶渊明对文人性格的影响与塑造。

① 陈长荣：《论陶渊明的诗格与品格》，《苏州大学学报》（哲学社会科学版）1991 年第 4 期。

② 王文诰辑注：《苏轼诗集》卷三九，第 2107 页。

《易》学视野下的王船山诗学观

吴 鹏*

王船山，字而农，号姜斋、又号夕堂，湖广衡州府衡阳县（今湖南衡阳）人。他与顾炎武、黄宗羲并称明清之际三大思想家，生于大明万历四十七年（1619），卒于清康熙三十一年（1692），是我国明末清初著名的政治家、军事家与文学家。其出生于晚明政治乱局之中，年少有志力挽朝廷之危局，但却在当时阶级矛盾与民族矛盾尖锐的社会中无法立足，遂隐居著书立说。船山先生一生关心国家大事，为人谦和温雅，勤奋刚烈，即便是在铲除盗寇，抵抗满洲贵族入侵中原时也笔耕不辍，治学之事至其弥留之际仍不懈怠。其子王敔在《大行府君行述》中记载："自潜修以来，启瓮牖，秉孤镫，读十三经，廿一史及朱、张遗书，玩索研究，虽饥寒交迫，生死当前而不变。迄暮年，体羸多病，腕不胜观，指不胜笔，犹时置楷墨于卧榻之旁，力疾而纂注。"① 处于政治乱局中，心忧朝廷于连绵的灾患匪祸中难以支撑；在明清易代之际，也为汉族的"天下"，华夏的文化制度而忡忡不已，这也是其坚持反省晚明以来政治乱局，思考汉民族的未来与自身在异族统治下的生存状况。

作为晚明之际的治《易》学大师，船山先生立足于"《易》之本意""天人之理"与"孔子所赞"的理念，秉承晚明以来新兴崛起的"经世致用"的学风，对汉代以来的术数理论，宋儒彰显的"图书之学"与明儒，尤其是阳明后学所倡导的空谈心性虚理的治《易》的观念提出了尖锐的批

---

* 吴鹏，首都师范大学文艺学 2014 级博士生，指导教师：邹华。

① 王夫之著，船山全书编辑委员会编：《船山全书》第十六册，岳麓书社 2011 年版，第 83—84 页。

评，他指出："安得此大乱之言而称之哉！此盖卜筮之家，迎合小人贪名幸利畏祸徼福之邪心，诡遇之于锱铢之得丧，窥伺其情，乃辱圣人之言、违天地之经以矜其前知，而学者因袭其妄，以言微言大义之旨。"[①] 但是，批判不等于拒斥，船山先生在坚持原则的基础上适时改造了宋《易》观念，使得《易》从象数到义理、从起源到流变、从卜筮原书到后代的阐发形成了一个气势恢宏的庞大系统，为《易》学史的发展做出了重要的贡献。

同时，船山先生也对文学创作、美学发展有着重大的作用。他的文学创作也对清朝至近代以来的士人风尚与美学流变产生了重要的影响。清代的经学、文学大师俞樾在谈到船山先生的诗歌风格影响力曾说道："以胜国遗老之书，闻二百余年而大显于世，士林诧叹，以为奇观。……然沉玉沦珠，不至泯灭，则亦幸矣。"[②] 近些年来，对船山先生的诗文、美学研究方兴未艾。其中，崔海峰等分别从诗学思想、诗学范畴等方面对船山先生的诗学理论来源、流变做出详细的叙述，吴海庆、韩振华主要从美学角度切入，对船山先生美学思想的哲学来源与美学思想的构建提出了独特的看法，一些学者也从佛教的"现量"与"比量"、宋明理学的一些关键范畴等方面研究其对于船山先生诗歌创作的影响。[③] 但是出于种种原因，作为船山先生哲学体系中最为重要的《易》却被冷落在诗歌研究之外。从哲学体系来讲，《易》作为"群经之首"对中国古代思想体系构建的影响难以估量，甚至可以说，一切中国文化的内核构建，《易》都在其中有着重要的地位。但是，对船山先生乃至对很多人的诗学研究，都只限于从纯文学的观念出发，寻找其中能够与

① 王夫之著，船山全书编辑委员会编：《船山全书》第一册，第650页。

② 王夫之著，船山全书编辑委员会编：《船山全书》第十六册，第655页。

③ 可参见新加坡学者萧驰的《抒情传统与中国思想——王夫之诗学发微》（上海古籍出版社2003年版），其从佛教的因明概念与宋明理学对圣人境界的要求出发，探索这种人生境界在其诗学上的影响。另外，吴海庆的《船山美学思想研究》（河南人民出版社2004年版）也将"现量"与"比量"等因明概念作为阐释船山先生美学思想结构的重要概念。可以说，对船山先生的研究由传统的以纯文学的观念出发，对诗歌创作进行思想上的划分，或是对诗歌体式的研究，转向了由晚明大环境背景之下，强调人文历史元素或哲学观念对其诗歌创作的影响。这种方面的研究一方面尊重了历史，尊重了古代传统的"知人论世"的观念；另一方面能更好地阐释诗歌体裁与内容的流变关系，为我们还原了一位真实的船山先生，也为后来研究晚明审美新风尚与易代之际的士人心态奠定了坚实的基础。

其观念相通的《老子》与《庄子》等哲学理论，而对以杂文学观念占据主导地位的中国诗歌史构建知之甚少①，如此，一些关键性的文学意图与批评观念就被遗落在“纯文学”的角落之中，久久不能还原为真实的历史性事件。由此，笔者以为，将《易》学视野引入到船山先生的诗歌研究中有助于体现其思想发展的原貌，以一种综合的立场解读晚明时代的士人心态与审美风尚，更好地了解与构建以历史原貌为基础的“杂文学”观念，突出《易》本身在中国古代诗歌史与美学史中的重要地位。

因此，本文以《易》为构建船山先生诗歌观念、诗学本体（美学本体）与诗歌史观的核心理念，探讨在船山先生的诗歌创作与文学批评活动的《易》学特色，并对一些由此而产生的关键的诗歌艺术范畴进行分析，了解其与《易》的内在结构，试图还原一个真实的晚明诗歌史观的侧面。

一 “主”与“宾”的和谐：诗学本体论

任何一种诗歌的创作，都有其背后的文化理念与哲学因素，也不可能脱离所处的时代环境的影响。这也就是说，诗歌是要有即兴与所咏的确实之物的，否则就容易陷入无病呻吟之中。正如船山先生所指出的那样：“诗文俱有主宾。无主之宾，谓之乌合。俗论以比为宾，以赋为主；反以为宾，以正为主，皆是塾师赚童子之死法耳。立一主以待宾，宾无非主之宾者，乃具有情而相浃恰。”② 从此可以看出，船山先生对诗歌的本质有着“主”与“宾”相对对立的思维，并且认为二者的和谐统一才是好的诗歌观念。从船山诗论的整体而言，“主”与“宾”之间的关系之于《易》主要体现在“易”本体之中的和谐观念、“文”与“意”之间的矛盾与文道和谐的诗学观念之中，本文将从这两个方面分别加以诠释。

① 对于中国古代文学观念的介绍，可参见夏静《文学思想史的“加法”与“减法”》［载于《首都师范大学学报》（社会科学版）2015 年第 5 期］。文中详细地叙述了中国文学批评史学科构建之初的理念与流变，指出这门学科未来发展的方向在于走“杂文学”批评的观念，全面还原中国古代人的“文”观念，以一种文化“知人论世”的视角来看待文学作品。

② 王夫之著，船山全书编辑委员会编：《船山全书》第十五册，第 821 页。

（一）“阴”与“阳”的和谐：船山诗学的本体理论

“阴”与“阳”这一对哲学范畴自先秦出现以来就广泛受到学者的关注。尤其在《易》中，“阴”与“阳”的相互对立与统一并共同化生万物的过程受到历代学者的重视。无论作为后世显学的儒家道家，还是一直作为隐性因素存在的阴阳家等学派，都将其观念收入其中，作为重要的范畴与关系来使用。至于《周易·系辞上》中就强调：“一阴一阳谓之道，继之者善也，成之者性也。”同时也强调“成象之谓乾，效法之谓坤。极数之来之谓占。通变之谓事。阴阳不测谓之神。”[①] 可见所谓“易”之道重要的一个环节就在于对万事万物之中的阴阳变化进行模拟。古人认为，天象与人事无时无刻不处于阴阳的变化之中，无论是天上的星辰还是铺展开来的地形，都能够继承这种阴阳之道，能够做出相对配合的行动。这些行动理所应当的包括人的诗歌创作活动与文学批评活动。刘勰在《文心雕龙·原道》篇中就说道：“文之为德者大也，与天地并生者何哉？夫玄黄色杂，方圆体分，日月叠璧，以垂丽天之象；山川焕绮，以铺理地之型：此盖道之文也。”[②] 这从自然之文的角度为我们呈现了文学的自然属性——万事万物皆为文。其中的“文”的两端“日”与“月”就成为古代人意识中代表“阴”与“阳”这一对范畴最好的事例。在船山先生进行对《诗经》的批评活动中，也是时时带有“阴”与“阳”的相互对立的观念，并透露出对“易”之道的尊崇，他强调：

“静而专，坤之德也，阴礼也。阴礼成而天下作以成物。故曰芣苢，后妃之美也。是故成天下之物者莫如专；静以动处，不丧其动，则物莫之有遗矣。芣苢，微物也；采之，细事也。……目无旁营，心无遽获，专之至也。大苟浮情以往，几幸以求，盈日皆是而触手旋非，取物已勤而服躬不审，则违捋之绪……故君子观于芣苢而知德焉。专者，静之能也；静之能，物之干也。斯所以崇德而广业也。”[③] 事实上，《芣苢》本身并没有附加

① 引自《周易正义》，此处引用的是原文以说明《周易·系辞上》“文”之间的关系，并不涉及船山先生的观点，为严谨起见，故引用十三经本《周易注疏》以示区别，事实上据笔者比较，二者在文字上并无差别。

② 范文澜注：《文心雕龙注》，人民文学出版社1958年版。

③ 王夫之著，船山全书编辑委员会编：《船山全书》第三册，第206页。

任何深刻的哲学观念，《毛诗》云："芣苢，后妃之美也。和平，则妇人乐有子矣。"孔颖达《疏》为："若天下离乱，兵役不息，则我躬不阅，于此之时，岂思子也！今天下和平，于是妇人有子乐也。"① 可以看出，《毛诗》与孔《疏》都将此诗的意义集中于文王行教化后，当地人生活的其乐融融的景象，透露出当时的人对于文王之化的信任与对美好生活的无限期待。但是，船山先生在这里则运用了"阴"之德来叙述这首诗，他认为此诗主题与《关雎》相同，为"后妃之德"，但却认为妇女之所以快乐，乃在于对"阴"德的遵守，只有服从了《易》道中的"阴"的本德，天下才能"化"。船山先生指出，"阴"并不只是"后妃之德"，而是包括了"阴"德所有属性在内的德行，具体表现在对细节之事的处理之上。同时，他又进一步指出，代表"阴"德的"静而专"也是"天下作以成物"的基础，而《芣苢》本身不光有作为纯文学作品的一面，同时也有联通《周易》大道的作用。

根据《易》本经之含义，"阴"与"阳"最为重要的性质就在于"动"与"静"的和谐一致。根据前文的阐释，《周易·系辞上》已有"一阴一阳谓之道"等阐释，船山先生在解释这句话的时候曾说："'道'谓天道也。'阴阳'者太极所有之实也。凡两间之所有，为形为象，为精为气，为清为浊，……自成形而上以致未有成形，相与氤氲以待初之用，此皆二者之充塞无间，而判然各为一物，其性情才智功效，皆不可强之而同。动静者，阴阳交感之几也。动者阴阳之动，静者阴阳之静也。其谓动属阳、阴属静者，以其性之所利而用之所著者言之耳，非动之外无阳之实体，静之外无阴之实体，因动静而始有阴阳也。"② 这一段话明显带有宋儒遗风。《周易》本经之中并未论述到"太极"，《易传》中强调："是故易有太极，是生两仪，两仪生四象，四象生八卦。"孔颖达《疏》认为："太极谓天地未分之前，元气混而为一，即是太初、太一也。……即此元即分，即有天地，谓之'太极生两仪'。"③ 宋儒借题发挥，从"自无极而太极"悟出"太极"的状态乃

---

① 《毛诗注疏》，上海古籍出版社 2013 年版，第 66—67 页。

② 王夫之著，船山全书编辑委员会编：《船山全书》第一册，第 524—525 页。

③ 十三经整理委员会整理，李学勤主编：《周易正义》，北京大学出版社 1999 年版，第 289 页。

"无极"，就是天地万物混而为一的状态。船山先生也认同这种观点，他认为，"阳"乃是太极所"动"的动机，而"阴"乃是太极所"静"的静态因素，"阳"与"阴"甚至包括"乾"与"坤"都是太极相对运动的产物。同时，他也指出了，"阳"与"阴"也不是绝对对立的产物，阳中可以在相对静止的情况下显现出阴的性质，而阴本身在相对运动的条件下具有某种阳的性质，所谓阴与阳都不是绝对的。

但是，正如文章开头所指出的那样，船山先生说阴阳的相互对立与结合，并不意味着"主"与"宾"之间的相互关系改变。事实上，从古到今，所有注《易》的人都将崇阳抑阴作为原则，《周易》也清晰地表达了这一点，《系辞》云："天尊地卑，乾坤定矣。卑高以陈，贵贱位矣。"船山先生也强调："则于'天尊地卑'而得其定性之必然矣。唯其健，故混沦无际，函地于中而统之，虽至清至虚，而有形有质者皆其所役使，是以尊而无尚，唯其顺，故虽坚凝有实体之可凭，而静听无形之搏浣，不自擅而唯其所变化，是以卑而不违；则于尊卑之职分，而健硕之德著矣。"① 从上述材料中可以看出，从"天尊地卑"的角度来看，阴德的地位无论如何不能与阳刚的"乾"德做较量。但是，这并不意味着阴德没有其作用，阳刚之"乾"若想成事，也必须阴德之"坤"得以辅助。同时，阴德有自己的点，它能够使人坚定地向着目标前进，它也是"有形有质"的实体所必备的条件，万事万物的创造不可能少得了坤德的参与。由此可知，"乾"乃健硕之德，"坤"乃阴柔坚定之德的象征，二者虽然按地位来说并不平等，但是在真正的圣人眼中却是必须融合而一的。

将此类道理回溯到对《芣苢》的阐释之中，我们可以看到，作为"阴之德"的诗歌主题也成为具有"阳"性质的君子的必备品质。船山先生强调："以动处，不丧其动，则物莫之有遗矣。"作为"静"性质的"阴之德"完整地保存在了君子的品德里。《芣苢》本身并不强调绝对的"阴之德"，而是要求每一个立志成为君子的人要注意自己言行品德的细节方面，并在注重细节的同时要保持自己的刚健之德，只有这样才能成为一名具有"天德"的谦谦君子。从此诗所反映的道理而言，"坤"乃"静"，而与其

① 王夫之著，船山全书编辑委员会编：《船山全书》第一册，第 507 页。

相对的“乾”乃“动”，船山先生通过一系列的哲理阐述与文学解释，认为“乾”与“坤”之德必须相互融合。根据上文所强调的，“乾”只是人行为的动机方面，而“坤”乃是行为的成事方面，“乾”如果缺少了“坤”的“无不载”之德就不能成事。同样的，“坤”若是没有了“乾”的支持也就会陷于无事可做的境地，也许会由此失去向上的动力并最终走向衰落。由此，“静”乃是《芣苢》的表面主题，而透过《易》的视野，我们可以了解到此诗表现了一个崇尚“阴”与“阳”和谐的谦谦君子的形象。

但是，正如上文所提到的那样，《周易》比例的协调并不意味着二者具有相平等的地位。前文也已提到过，在《芣苢》中，船山先生认为：“静而专，坤之德也，阴礼也。阴礼成而天下作以成物。故曰芣苢，后妃之美也。”在船山先生另一段评论中强调：“故王者制民产，而天下之力不勤；不勤，则力以息而长；力长而不匮，乃相劝以动，而渐勤以心”。从上述两则材料中可以得知，用“后妃”的身份来诠释“坤”德所居住的状态，或用“民”与“君”之间的关系来诠释本诗的主旨，说明“坤”德本身并不能决定自己的身份，也不能有主观上的创造，它在自然化生万物的过程之中会起到极为重要的作用，但是其地位仍然不能和“乾”的刚健之德相比。

另外，从对《诗》的阐释中我们还可以得知，“阴”与“阳”的比例协调也可以体现为“诗”之“正”，对于《诗》的阐释自古有变风、变雅之说。船山先生以为，决定变风、变雅的因素在于《诗》中所体现的“情”是否为正。在阐释《邶风·匏有苦叶》中，他说道：“情者，阴阳之几也；物者，天地之产也。阴阳之几动于心，天地之产响于外。故外有其物，内可有其情矣；内有其情，外必有其物矣。……天地不匮其产，阴阳不失其情，斯不亦至足而无俟他求者乎？均是物也，均是情也，君子得甘焉，细人得苦焉；君子得涉焉，细人得濡焉。无他，择与不择而已矣。”[①] 从上述材料中可以看出，船山先生通过借用《易》学的相关概念对《诗》的产生做了解释：他认为《诗》乃是自然之情的产物。运用“阴”与“阳”的对立而言，一旦外物发生变化，其“阴”与“阳”之间的关系会自然发生一定的变化。

① 王夫之著，船山全书编辑委员会编：《船山全书》第三册，第323—324页。

同样的，作诗的人也会因此而改变心境，对外在之情做出了自己的看法。也正如船山先生在《周易内传》中所说的那样：“‘变’者阳之退，‘化’者阴之进。进所宜进，退所宜退，则得；进而或躁时则阻，退而或疑时或怯，则失。……昼动夜静，天之道，物之情也。然动不可静，则气浮而丧其心之所守；静不能动，则心放而气与俱馁。故易以刚柔相推之数，着其刚下生柔，柔上生刚之动机，示人以动静相函。”① 从上文可以得知，从“阴”与“阳”和谐的角度来讲，能够成就君子的一番事业，但是从“阴”与“阳”不和谐的角度来讲，就会“失德”，其后果也是极为严重的。回到《邶风·匏有苦叶》上，联系此诗的背景情况，可知此诗毛《传》解释为“刺卫宣公也。公与夫人共为淫乱。”从船山先生的解释也可以看出将其理解为一首刺诗。正是由于外在的变化使得政治环境不得人意，因此作者于心中将此变化阐释在了这首诗中，体现了其对于国君失国，偏失正道的叹惋，用以表达自己的情怀。

另外，“情”是否“正”则在于“阴”与“阳”比例的协调，于引文可知，“动不可静”或者“静不可动”都会导致阴阳和谐状态的失衡，从而导致情感上的躁进或者怯懦。若要想至心平气和之状，就要保证像自然之天一样，动静有常，使得自己的心境保持中和一致，宠辱不惊，喜怒有制，这样才能保持刚正的情怀，成就一名谦谦君子的身份。

(二)“文”与“道”、“言”与“意”的和谐

除了作为诗歌观念本体的“阴”与“阳”相互对立和谐之外，“文”与“道”、“言”与“意”之间的关系也是船山诗学的一个重要的问题。严格地来说，二者并不是一个体统之内的概念，但是在船山先生看来，二者有着内在的联系。从上文来说，“阴”与“阳”的和谐能够视为一个时期盛世的标志。同样地，“文”与“道”的和谐在某种程度上也能够预示了“言”与“意”的和谐，船山先生说道：“‘书不尽言，言不尽意’，是故有微言以明道。微言绝而大道隐。托之者将乱之，乱之者将叛之，而大道终将隐于天下。《易》曰：‘一阴一阳谓之道。’或曰，抟聚而合一之也；或曰，分析而

① 王夫之著，船山全书编辑委员会编：《船山全书》第一册，第516页。

各一之也。呜呼！此微言之所以绝也。”① 作为一名儒家学者，船山先生以传播儒家的“大道”为自己的目的。他认为无论是“书”还是“言”都不能完全言尽《易》之大道，《易》中所阐释的微言大义必须依靠圣人所做的努力。但是囿于时代的战乱或者仁德伦理的丧失，圣人所著的微言大义没有引起别人的重视，“大道”逐渐隐没在日益昏沉的道德沦丧之中。可见，圣人之“言”可以视为对于“大道”之微言大义最好的注脚，“言”与“意”的一致也预示着“文”与“道”之间的和谐。

从“文”与“道”之间的关系来讲，中国古代历来重视探讨文与道之间的关系。从大的方面来说，许多人相信一个时代的“文”能否反应“正道”，是这个时代是否为“盛世”的标准。作为哲学家与文学家的船山先生当然也对此进行了深入的探讨，针对这个问题的重要性，他强调：“夏尚忠，忠以用性；殷尚质，质以用才；周尚文，文以用情。质文者，忠之用，情才者，性之撰也。夫无忠而以起文，犹夫无文而以将忠，圣人之所不用也。是故文者，白也，圣人之以自白而天下白也。隐匿天下之情，则将劝天下以匿情矣。”② 作为一名儒学者，船山先生当然在夏商周三代之中推崇周代的礼乐文明制度。他认为在这三代的礼乐文化里，周代的以“文”为主的制度最能体现出人心的本质。这就在于推崇“文”能够更好地切中人心之“性”，在体用上也能让“性”得以彰显，让人尽忠，并且让“才”得到最大的发挥。因此，船山先生提出他理想的“文”：能够让圣人在毫无保留的情况之下治理国家。这不但表示了“文”是人心的反应，也突出了“文”的社会功能，它能使圣人的教化完整地保留在乐舞合一的诗歌之中，使得中国古代士人的终极理想——“大道”得以实现。

同时，根据船山先生的观点，“文”与“道”的关系也体现在“文”与“意”之间的关系上。作为表示自然现象的“文”在中国古代人的观念中一直没有消失。前文引用的《文心雕龙·原道》篇就是一个例子。早期的对于卦象与卦爻辞的解释也是紧紧围绕着“言”与“象”之间的关系展开讨论的。这个问题的核心若置于文学观念上的考察，也就转换成了“文”与

① 王夫之著，船山全书编辑委员会编：《船山全书》第一册，第1002页。

② 王夫之著，船山全书编辑委员会编：《船山全书》第三册，第299页。

“意”之间能否相互通达的讨论。关于这个问题，船山先生有着十分中肯的论述，他认为：“天下之物，天下之事，天下之变，一本于太极阴阳动静之机，贞邪、诚妄、兴衰、厉害，刚柔六位交错固然之理。……周公覆因卦中六位阴阳之动而为之象辞，则以明一时一事之相值，各有至精允协之义，为天所祸福于人，人所自蹈于吉凶之定理，于爻之动几显著焉。象与象皆系乎卦而以相引申，故曰‘系辞’。……而王弼曰‘得意忘象，得言忘象’不亦舛乎！”[①] 由此可以看出，船山先生是完全支持言能尽意的，他认为《易》所显示出来的符号不仅仅是一套符号，也是用以象征天地变化、现实显示人生、明人伦之理的重要手段。因此，世间万物的一切状态都能通过这种抽象的符号得以演绎。同时，船山先生也讨论了周易的象数与卦爻辞之间的关系，他认为现有的卦爻辞完全可能阐释对于象的解释，人之所以不了解并不在于制作卦爻辞的圣人，而在于《易》道之精微，并不是每人都能够在烦琐的卦爻辞中寻找到象数上的依据。他也批评了自魏晋南北朝以来的唐代官方易学体系，他认为王弼的解《易》的体例并没有很好地解决象与意之间的矛盾，而是采取了相对折中的办法。船山先生这一点是指出了王弼《易》学的要害之处，所谓“得意忘象”必须建立在“得意”的基础之上，不能够在对象数完全不了解的情况之下轻易下结论，这样满面留下隔靴搔痒之感，也不能完整地反映精微的易学大道。由此可见，若站在文道关系的立场之上看待“象数”与“义理”之间的矛盾，正如文学表达与文章内核思想一样，船山先生认为二者是和谐地存在于《易》道之中的，《易》之道无所不包，无所不含，正因为如此，二者才能和谐地统一。

在具体的诗学与文学批评活动之中，船山先生仍然坚持文能载道的观念。无论是对于《诗》的阐释还是对从楚辞开始的具体的诗歌作品之中，都留下了对于文道关系的论述。在《古诗评选》中，他对南朝齐梁以来的诗人提出批评的同时，也指出了一些诗人具有的寄兴之处，如对于谢庄的《北宅秘园》的评价就很有代表性：“物无遁情，字无虚设。两间之固有者，自然之华，因流动生变而成其绮丽。心目之所及，文情赴之，貌其本容，如所存而显之，即以华奕照耀，动人无际矣。古人以此被之吟咏，而神采即

① 王夫之著，船山全书编辑委员会编：《船山全书》第一册，第505页。

绝。后人惊其艳,而不知循质以求,乃于彼无得,则但以记识外来之华辞,悬想题署……相与浮浪于千年之间。而寒陋之夫,乃始以削除为傲岸,标风骨之目,以趋入于乔野。两者互争,人为摇荡,遂使艺苑迭承,如疟者之寒热,承时各盛,操觚之士,奔命楚晋,迄无止息。呜呼!亦安得起元嘉、孝建之诗人,而与观于文质之中耶!"[①] 从上述材料中可以看出,船山先生一方面表示文与道之间互不可分。他认为任何好的诗歌都应该有所寄托、有所寄兴,不可能空有其情而无其实。他也从齐梁以来的诗歌创作特点出发,将其作为无所寄托的反例,用以说明这时期的诗歌之所以读起来空有其华而无其实,乃在于作者没有真正地体会现实的生活,只是注重创造出精美的诗句,在诗歌的字里行间没有体现出作者真实的情感。他指出,要是真的想创作出好的诗歌,就是要模仿古人有所寄托的思维。古人所创造的诗歌之所以让那时的人看起来有所寄托,有真情实感,就是在于吟咏出了自然之情,"情"到了,具有"鬼斧神工"之感的句子自然也会显现出来。但是从船山先生的评价中我们也可以看出,他对于齐梁诗歌创作的整体评价并不高,这可能一方面受到了所处时代环境的限制,同时也是出自于"道"与"文"密切结合的要求。

那么,如何才能实现"文"与"意"之间的融合呢?船山先生十分欣赏《诗经》中的"乐而不淫、哀而不伤"的诗教观念,认为《诗经》中所创造出来的兴象意味与表达方式乃是其心目中理想的状态。他提出:"有求尽于意而辞不溢,有求尽于辞而意不溢,立言者必有其度,而各从其类。意必尽而俭于辞,用之与书;辞必尽而俭于意,用之于诗;其定体也。两者相贸,各失其度,匪但其辞之不令也。为之告诫而有余意,是怡人以疑也,特炫其诗,特炫其辞,而恩威之用抑渎。为之咏歌而多其意,是莹听也,穷于辞,而兴起之意微矣。"[②] 无论是辞溢于意还是意溢于辞,都不是良好的表达。真正地能体现出作者情感的好诗在于将两者完美地融合在一起。船山先生也从反方面说出了相互中和的必要性,他认为过于强调诗中所表达出来的意义只能减损诗歌的艺术性,从而招致人的反感;而过于强调诗歌中的辞藻

① 王夫之著,船山全书编辑委员会编:《船山全书》第十四册,第752—753页。

② 王夫之著,船山全书编辑委员会编:《船山全书》第三册,第506页。

则会有卖弄文字之嫌，而忽视了诗的“兴”的内涵。我们不能说这里的“意”单单是具有作者感情的表达，它是作者在创作活动中所赋予的带有“兴”的创造，即感发人群体观念、凝聚人心的社会意义。由此，在“言”与“意”的和谐之中，也暗含了对于文道的追求，而这些诗教观念是符合《易》所体现的大道的。

综上所述，从船山先生《易》视角而言，其诗学观念体现在两个方面：一是通过“阴”与“阳”的和谐观念体现其本体上的调和。船山先生认为，“阴”与“阳”都是君子所具备的基本素质，君子之“文”乃在于阴阳比例协调，“文”中的阳刚的象天之德能够与阴柔的细腻融合在一起，才能体现好的“文”的本体；二是“文”与“道”、“言”与“意”之间的和谐关系。船山先生同样认为与《易》所体现的大道一样，它们之间的关系应该处于一种和谐的状态之中。值得注意的是，正如《周易》所揭示的那样，诗歌之“美”不仅包括了文道之统一，同时也内在地包括了“言”与“意”的结合。

二　通感理论与具有“现量”观点的诗学观念

诗歌的本体在于“阴”与“阳”的和谐，在于“文”与“道”“言”与“意”之间的相互作用。如何达到这种和谐则成为“通感”理论所关注的核心问题。从《周易》本身来看，关于“通感”的理论集中于《咸》卦与卦之间、爻与爻之间的相互作用，而船山先生正是在此对其诗学做出重要的理论指导的。同时我们也可以看出，所谓的“通感”理论有时并不直接作用于船山先生的诗学活动中，他也通过一些别的概念，如“现量”等类似佛教思想的概念用以说明诗学上的心得。在笔者看来，无论是“感悟”还是“现量”，都是具有《周易》大道的影子，本节将论述“通感”理论的相关概念与船山先生具有“现量”概念的诗学观念的《周易》学源流问题。

（一）《咸》所示“通感”理论对于船山诗学的影响

《周易》论“通感”理论，首先在于《咸》卦。《咸》卦是《周易》本经的《下经》之首，其在《易》本经中有着极为重要的地位。其卦象为，

“《彖辞》曰：‘咸，感也。柔上而刚下，二气感应以相与。’”从《彖辞》来讲，已确定《咸》本身就是八经卦中的《艮》与《兑》之间的相互作用，二体相互感应作用，形成了《咸》卦。并且，从卦气上来说，作为阴体的《艮》与作为阳体的《兑》之间也存在相互感应的关系。《彖传》又云：“天地感而万物化生。”意思是将万物与阴阳相合的卦气联系在了一起，说明万事万物，当然也包括人的创作活动，本质上都是“感应”的产物。从文学创作论与鉴赏论的角度来讲，感应本身也存在于作者与文学作品之间，作为二者的中介而存在。船山先生对于《咸》卦给予了足够的重视，他认为：“圣人触物而应，仁义沛然，若决江河，深求之者固感之以深，浅求之者即感以浅，从其所欲，终不逾矩，天下乃以不疑圣人之难从，而和平旋效，则在天地圣人无心以感而自正。咸之为道，故神化之极致也。”① 从上述材料中可知，从圣人待人接物的角度而言，“感”是圣人体会天地万物的正道以明自身、化天下以“正”的重要途径。同时船山先生也指出了，“通感”即“咸”之道，人人得而有之，只是圣人能够看透这天地万物的尊卑地位，能够在人与自然的接触之中明了人要像天地万物一样具有厚德。同时，人要接受这一套伦理诉求，使之成为自己的行为准则也要靠“咸”之道，通过对于“咸”之道的体会，能使自己的伦理道德能力上升到与圣人相对应的高度上去，也就是达到了所谓内心“和平”的境界。

从具体的文学作品而言，“咸”之道体现在了两个方面：一是创作者的创作活动，同时也包括人对于诗歌作品的具体文学批评活动；二是诗歌作品本身感发人的社会作用。

其一，从《周易》对于“咸”道的阐发来讲，再对具体的文学作品进行分析，可以认为，“咸”本身就是作者对现实情况的感发，同时也包含了批评者对于文学作品的批评活动，“咸”道在此起到了至关重要的作用。船山先生在阐释《咸》卦时，曾说：“形之以成，形开神发而情生焉。感之所生，一因乎成形以后，物之所生也显然。独取象于人身者，易之有占，为人告而使人反求诸身，以验所惑也。”② 从上述材料中可以看出，除去自然之

① 王夫之著，船山全书编辑委员会编：《船山全书》第一册，第277页。

② 同上书，第279页。

感而化生的过程之外，人道之“感”是对万物之情与天地所化的情感再现。所谓“易之有占”，在文学角度看来，也就是人对于外在世界变化的情感位移。在中国古代人看来，“天圆地方”的观念是建立八卦，组成《周易》哲学系统的核心观念，而正是由于此，人才能占未来之事。其中，人类自身的感悟能力是了解和领悟这套知识体系的前提，“感”是人所特有的能力，是人一切活动包括文学活动的基础。

同时，让我们将视角转向“感”之道的文学应用上。正如船山先生在对楚辞进行评点时所说的：“经解曰：‘属辞比事。’未有不相属而成辞者，以子属天，则为元后；以下属天，则为六寓。引而申之，触类而长之，或积宗崇隆为华泰，或衍浩瀚为江海，卮出而不穷，必不背其属，无非是也。……唯意喟然，不度其旨，作者即杳亦孰与正之？舍本事以求情谓山为泥沼，谓海为冈阜，洞涯似沼，波涛似阜，亦何不可！”这实际上是用楚辞所创造出来的具有奇谲美妙的语言和精妙细微的感发力量来批评《楚辞》本身。其重要的观念在于，运用精美的语言将当时楚国所遭遇的种种乱局写到诗歌中去，同时又将自身的不公平的遭遇与尽管被放逐在外、却依旧对自己的国家与君王留恋有深深之情的念想。这种爱国主义的情怀加上华美的语言，共同创造出了中国诗歌史中具有极为重要意义的奇葩——楚辞。以“咸”道而言，“属辞比事”是其创作的原则。船山先生在此引用汉人王逸在《楚辞章句》中所引用的归纳楚辞特点的话，用以说明楚辞真正的艺术魅力在于能够很好地在屈原所处的时代环境与个人的痛苦和幻想的情感之中找到表达上的平衡点。在这里，船山先生指出了“咸”道所具备的“相互感应”思想在楚辞中的应用，也就是“引而申之”的概念。船山先生以为，无论是对于自然天象具有的神话般的“六寓”比喻，还是因对怀王所具有的单相思的情感造成的“元后”自我暗喻，都是对于现实情况的反映，也是想象力摇曳于天辰星象与人间俗世之中随心所欲变化的追求，落实在文学作品之上，也就造就了能引起千古共鸣、引无数人共起风骚的《楚辞》名篇——《离骚》。不得不说，这也是《周易》大道的一种体现，预示着文学的感染力与抒情潜质具有很强的穿透能力，无论是作者的创作还是后代人对于此种文学的看法，都会有着“咸”道德参与。

其二，就是诗歌所具有的感发人的社会理想，这与中国古代的诗教观，也就是“兴”的观念紧密结合在了一起。诗歌的社会作用自古有之。《诗经》的“兴”就带有感发人的作用，早期的“兴”也是战国时代游说诸侯的策士们交流情感、达到政治目的的工具，在感发人心，使得人在诗教观之中改造自己的身心，最终达到儒家“化天下”的目的的同时，《周易》中的“咸”道本身也就得到了最大的发挥。船山先生在评价《诗经·周南》的名篇《关雎》时说：“圣人有独至，不言而化成天下，圣人之独至也。圣人之于天下，视如其家，家未有可以言言者也。化成家者，家如其身，身未有待于言言者也。督目以明，视眩而得不明；督耳以听，听莹而得不听。善聪明者，养其耳目，魂充魄定，居然而受成于心，有养而无督矣。督子以孝，不如其安子；督弟以友，不如其裕弟；督妇以顺，不如其绥妇。魄定魂通，而神顺于性，则莫之或言而若或言之，君子所为以天道养人也。”[①] 从上述材料中可以看出，船山先生对于“二南”的态度同于宋明以来以“心性”理论解《诗》的传统，同时带有强烈的教化论的观点。他从儒家“修身、治国、齐家、平天下”的角度出发，在传统的政治教化论的观点上多了一层生命上的体悟。他认为“兴”的作用不仅在于“群”，更在于能以亲情的面貌，重新构造家庭社会伦理，用温暖而细腻的柔情代替冷酷而专制的家庭教化、并用相对绥靖的态度面对子女教育和家庭伦理关系。他认为与其用严厉的手段推行家庭伦理教化，不如采用《诗》教的方式，让自己的家庭成员在“和乐”之中体会到和睦之美，这样不仅达到了目的，而且也通过这“美的”教化，赋予了诗歌与文学作品以社会作用。

另外，这个“社会作用”还体现在圣人的“家天下”的观念上。船山先生认为“二南”是“文王之化”的产物，文王的政治社会理想通过“诗教”而产生，带有“性情之正”的特点。这种礼乐文化观念使得“化成家者，家如其身，身未有待于言言者也”。将国中子民都视为自己的家人进行教化。船山先生认为，通过礼乐文化对于人心灵上的伦理建构，会使得“性情之正”的儒家伦理教化观念深入人心，这也是“圣人”的政治理想与政

① 王夫之著，船山全书编辑委员会编：《船山全书》第三册，第300页。

治抱负。而单单从诗用，也就使得“咸”道得以尽最大可能地发挥，并在儒家学者眼中，创造了一个美好的、带有浓烈亲情的世界观。

（二）“现量”诗学观念的《易》学成分

“现量”是佛教用语，其理论内涵与实践都带有明显的宗教化意义。但是，进入到中国的印度传统佛教经过了多次与本土文化的冲突、对立，在明代已经趋于融合，并成为明代士大夫们争相学习的对象。而禅宗佛教作为中国化佛教的代表，其多数概念与理论都出自于中国本土认识观念。唐代“诗僧”的大量出现、晚唐时期司空图诗学的建立，乃至于中国“悟”与“意象”理论的构建，佛教所起到的作用都难以估量。但是，在众多佛学观念中，将“现量”作为禅宗佛教的核心概念①，并视为与儒家倡导的心性挂念与中国古代所具有的老庄心态和逍遥境地有暗合之处的思想，却在众多思想家与文学家中并不多见。自唐代以来，“现量”等概念一直受到考验，并一度退出中国佛教思想的舞台。自宋代起，“顿悟”之概念开始进入到诗学与文学批评视野中，并在明代受到重视，“顿悟”所带有的将动态的自然景物上升到永恒意义的体验与追求精神不朽的士人心态不谋而合，成为晚明士人们争先吟咏的对象。但是，在船山先生的诗学思想中，“顿悟”并不作为一种符合其内心追求的诗学观念，他对于佛教的挑剔眼光也可以看出他受到《周易》大道的影响，他认为：“惟不此知，故老氏谓上善若水，而释氏以瓶水青天之月为妙悟之宗。其下者则形名之察，权谋之机皆崇智以废德。然

① 关于禅宗佛教史可参考印顺法师《中国禅宗史》（中华书局 2006 年版）、潘桂明《中国佛教史稿》（江苏人民出版社 2009 年版）；对于禅宗对于中国佛教的影响则可以参考孙昌武《禅思与诗情》（中华书局 2006 年版），但是无论如何理解佛教对于中国诗学的影响，都不可以忽视佛教在中国士人心态中的地位。事实上，自宋儒学复兴以来，佛学对于士人一直没有占据主流地位，心学或许从禅意的角度对儒学加以改造，但却并没有达到“空”的波若境地，更不可能接受儒家伦理陷入“空”的虚无之中（详情参见左东岭《王学与中晚明士人心态》，商务印书馆 2012 年版）。

但是，将“现量”等概念视为禅宗诗学观念的，古往今来确实不多。事实上，“现量”等概念乃是佛教因明学观念，当年由玄奘大师带回，但却随着法相宗的衰落而无人继其衣钵。虽然有时因禅宗观念过于鄙陋，会借用一些观念，但却并没有完全、系统地学习因明学的理论。故王船山先生将其视为佛教思想中的精华，并把其作为重要的艺术理论要素，实见之涉略之广，体系之精微，并能在其中见到《周易》大道的影响。对于法相宗思想对于王船山先生的影响，可见萧驰《抒情传统与中国思想——王夫之诗学发微》等书，本文只是关注于“现量”观念背后所具有的《周易》大道思想，并探讨其对于船山先生诗学的作用。

乃知大易之教，为法天正人之极则也。子曰：‘摄者如斯夫，不舍昼夜。’夫逝者矣，可将据之以为德乎？”[①] 这一则材料非常明确地指出了，船山先生对于唐代以来兴起的禅宗所倡导的“顿悟”观念的不满。他引用孔子临川而叹的名言说明了若将瞬间体会的感情视为永恒，世间也就不存在所谓的儒家伦理了。同时他又指出：“释氏之言……曰‘一念缘起无生’盖欲齐成败得失于一致，立真空之宗。”[②] 这里，他又强烈批判了佛教之“空”的观念，而这正是以波若学为宗佛教禅宗的理论基础，“顿悟”的结果就在于此，故反对“顿悟”原因可在于此。同时，这也是儒家学者意念之中的功名成败与由“象天”与“法地”所创造出来的儒家《易》之道所不允许的，所以前文已经提到过，船山先生也特地说明了自己的观念来源——《易》之道。他认为“大易之道”乃是“正人之极”，是任何一个拥有儒家学术背景的学者必须坚持的基本观念，而禅宗的“顿悟”则否定了“大易”之道当中万事万物皆有“易”理的思想，从而将其视为佛教思想中需要扬弃的方面。

从“现量”这个概念来讲，其作为一种自身感应的观念，一方面对诗学创作与批评起到了极大的作用；另一方面，我们也应该看到其与《周易》所倡导的感应原理与接受观念具有内在的联系。“现量”的诗学观不仅是佛教理论在文学层面上的一场运用，也是具有深厚儒学素养的船山先生的发挥所在。在具体的诗歌境界之中，船山先生认为“现量”则是诗歌境界中所具有的最为重要的艺术因素，他说道：“清婉则唐人多能之；一结弘深，唐人之问津者寡矣。‘蝉噪林愈静，鸟鸣山更幽’，论者以为独绝，非也；自与‘海色晴看雨，江声夜听潮’同一反迭法，顺口转成，亦何关至极！‘逾’‘更’二字，斧凿尽露，未免拙工之巧，拟之似禅，非、比二量，所摄非现量也。”[③] 从上述材料中可以看出，船山先生以为，唐人的诗歌之所以可以营造出清婉而弘深的意象，乃在于“现量”的观念，也就是在诗歌之中保留了在瞬时间的情感。与所谓的“顿悟”不同的是，这种瞬间的情感乃是实然的，是人在面对实实在在存在的存在而发出的自我的感受。这种

---

① 王夫之著，船山全书编辑委员会编：《船山全书》第一册，第824页。

② 同上书，第826页。

③ 王夫之著，船山全书编辑委员会编：《船山全书》第十四册，第840页。

观念本身不能刨除人的主观能动性的作用，也不可能达到“顿悟”的绝对空的观念。人对于万事万物都会有普遍而共鸣的情感，而这种情感的产生过程就是“现量”，“现量”通过人与人相同的意识结构与情怀，为我们在诗歌所营造的意境之中呈现出审美的境界。

当然，正如前文所提到的一样，在反对“顿悟”的同时，这种“现量”的过程总会有“所感”参与，这正是因为《周易》所揭示的感应之道作用，“现量”才得以阐发人在瞬间体会到的情感。由此，船山先生认为：“德合于天地，道至于圣人，则感而遂通，悠久无疆，皆至德矣。然而非希天之圣，终未易言也。易不言二卦之失，而但言其所以得，盖物无可绝之情，而人不可以无恒，不容遽斥其所不足，以启拒物丧偶、循物失己之敝，故但示以释回增美之道而不可轻用之意。圣人之修词，所以尽诚而为化工之笔也夫！”[①]“易”所揭示的另一个侧面是圣人同万物天地之情。正是圣人才能精确地、完美地揭示出天地宇宙所运行的轨迹、揭示出天人之际与人间万物的种种规律。当然，其中正常人的感应之道也在于其内。船山先生指出，圣人感物在于其“诚”，也就是能够“恒”，无论在任何时候都能将其所揭示的道理应用于天象人事的分析中来。所谓“比量”合于《周易》所揭示出来的“大道”也就在于此。茫茫的空间、无限的宇宙与纷纷杂杂的人事混于一起，就需要一个“现量”的情感来统一人的存在，而圣人依据天地所法的《周易》为此提供了一个良好的途径。他不需要人对于现实事物进行反复推敲与思考，也不需要在面对无限的时空寻找没有尽头的存在。在古人看来，所有人生的意义与道德的原则全部存在于《周易》这部书中，人只要法象于《周易》就可以全面地看到人生的意义，也就是此时现量的“存在”。由此，《易》之道不仅表现为万事万物之道，也是深入到人的存在问题来了解此时此在人情感的来源与组成机制。前文已经提到了，所谓好的文学作品，应该具有“现量”的观念，也就是人在现实的存在中表现出自己的情感，同时在这种真实的存在的体验之中，表现人对于此时此在人的存在的感受，这也是对于“现量”的认识。我们可以认为，船山先生通过这种“现量”的存在表现自己内心的情感，也最终人为地构成了一个审

---

① 王夫之著，船山全书编辑委员会编：《船山全书》第一册，第283页。

美的世界。

综上所述，《周易》的“咸”之旨，也就是“通感”之道主要在两个方面对于船山诗学产生了影响。通感之道一方面作为天地说明万物流观合化的运作方式，同时也是一切人事，同时包括人创作活动关于文学批评活动的基础。在这里“咸”之道为文学作品得以创作和能够表达情感起到了重要的作用。另一方面，船山先生也用佛教的“现量”观念来说明诗歌作品的优良，他认为好的文学作品是应该具备让人能够体会到“实在”存在的状态，能够表达在此生存状态下的真实情感。如此创造的具有审美意义的文学作品才能真正为人所认同，它们背后的都是“咸”道所提供的相互感应之道，只有这种“先天”的《周易》大道能够成立，文学作品和批评活动才能够成立，也只有这样，才能真正成就一个具有“生生之美”的文学作品中的世界。

三 船山诗学观念中的“贞正”观与“中和”之道

“贞正”与“中”都是《周易》的象数和义理阐释中所使用的大道，古人用《易》作为占筮工具时，往往重视“贞正”的表现与处于“中”之位置的爻，也特别重视二、五中间的所处。但是经过发展，通过圣人对于卦爻辞体系的建立与《彖》传与《大小象》传体系的构建，使得“中和之道”成为“中”的阐释意义之一，“贞正”则不光有了爻位上的意义，同时也具有了象征人所具有面对危局而不畏凌暴的优秀品质和安贫乐道的圣人境界；同时，“中”也成为圣人成圣之道，它代表不偏不倚的为政之道，重视人心灵正义的伦理观和具有不走极端、强调调和观念的人格追求，这些都可以在船山先生的《周易》之道中找到，同时，在其诗学中，我们也可以找出在其内容选择与情感追求方面自觉地按照“中”与“贞正”的特点进行写作，争取达到诗歌情感的平衡，也可以说，正是因为对于《易》大道的追其，成就了船山诗学的这些重要的特点。

（一）“贞正”观与船山先生诗学追求

所谓“贞正”前文已经提到过，主要涉及爻与爻之间的关系，这些在象数理论之中得到了很好的发挥。同时，在义理上也继承了象数上的观念，认为“贞正”是君子在日常行为之中所必须恪守的道德守则。船山先生也将其视为《乾》卦所具备的卦德之一，他认为：“元、亨、利、贞，乾固有之德，而功即于此遂者也。……‘贞’，正也。天下唯不正则不能自守，正斯固矣，故又曰正而固矣。纯阳之德，变化万有而无所偏私，因物以成物，因事以成事，无诡随，亦无屈挠，正而固矣。”[①] 从上述材料中可以看出，“贞”本身包括有“正”之德，二者之意可以相互贯通。船山先生主要从儒家的天下观念以说明这一爻的重要性，他认为只有做到身正、心正，人的个体道德与能力才能恪守“正”之道，人也能够归附于其人。接着，他又从全卦的角度用以说明“贞”之重要性，他认为固守天下的重点在于能否“守正”。在古人的观念之中，总是注意到得天下易而守天下难，因此“正”与“贞”之道是他们极为重视的为人之道。

将这种“贞”与“正”的观念转化到诗学之中，我们可以看到船山先生对于诗歌内容是否表达出性情之正的重视，同时也在侧面抨击了对于表现出不正之情的“淫诗”的反感。他认为“贞”与“正”是评价一首诗歌所表达之情自不自然，是否发挥天然之性的重要评价标准之一，他认为：“易曰：‘小贞吉，大贞凶。’……女子而讼狱，贞者之所忌。忌讼狱之伤贞也，而诧际烦冤，以惮于屈……大贞者，保己而不保物者也。明王兴，方伯之教行，淫乱之隔俗，且弗能保物之不犯，况丁乱世，履危机，而遇凶人之健讼乎？”[②] 从上述材料中可以看出，此诗（《召南·行露》）中的主题在于“止讼”，“小贞吉，大贞凶”出自《周易》之《屯》卦九五爻爻辞，在此与“讼”的活动联系在一起说明“讼”这一活动的危险性，与其让相互诉讼的人耗尽全力去打官司，最终伤“正”，莫不如施行教化观念，使得“讼”这一活动在人心上得以消除。的确，如果人人心中都能严格地恪守伦理道德、接受王政之化，那么就能够“天下大化”，使得“讼”不再出现，这也是圣人止讼的重要的观念。

从反方面来讲，他认为“淫诗”的一大罪状在于让人激起不正确的情感，在人在靡靡之音中昏聩不已、最终丧失了性情之正。他强调：“韩苏诐

① 王夫之著，船山全书编辑委员会编：《船山全书》第一册，第44页。

② 王夫之著，船山全书编辑委员会编：《船山全书》第三册，第311—312页。

淫之辞，但以外面浮李浮情诱人动之心，而早报之以成功。惮于自守者，不为其蛊鲜矣。太史隽才深致，且为河间挑许，况未逮太史者乎？伊川言学者于佛氏当如淫声美色以远之，韩、苏亦然。无他，唯其佻达引人，夙多狐媚也。”[1] 其实，苏东坡的词与韩愈的诗歌并没有发“淫情”于声，它们都是对于所处的环境进行真实寄托创作的人，船山先生对他们的创作显然有误解。但是，我们也可以从中看出其诗教观意味也是相当的浓厚。船山先生认为韩苏的文学创作违背了儒家心目中的理想的创作观念，他们的诗词在很大程度上过于滥情，容易引起“饮食男女”的欲望，这是倡导“温柔敦厚”儒家诗教观念的学者所不能容忍的。船山先生甚至引用了小程子排佛尊儒的话来用以针锋相对，表达出自己对于“正”的恪守与对于“淫”的反对。无论如何，对于诗歌“正”的追求贯穿了船山先生创作与文学批评思想的始终，这也是和《周易》所倡导的“贞正”的思想脱不开钩的。

（二）“中和”之道之于诗学思想

“中和”是儒家思想中的重要范畴，也是《周易》之中从象数到义理上普遍应用的概念。“中和”在象数上原指下体卦的中爻与上体卦的中爻，因它们处于“地”位之尊与“天”位之尊而受到中国古代学者的重视。根据已经出土的文献记载，至少在商周时期的“数字卦”中，“中”的概念就已经出现在了卜筮活动之中。到了《周易》的时代，“大衍筮法”中强调“天地人”三才就已经完整地接受了“中”的思想。《周易》的卦爻辞中对于“中”位的强调也甚，有时处中位与否会影响到爻本身的性质。深入到文学之中，“中”也是对于文学内容、情感表达和批评活动的重要指标，“中”本身由一种抽象的、普遍的概念转化成为一种情感约束的概念，“中”由此成为“中和”，用以约束人的七情六欲。对此，船山先生对文学作品、作家情感与批评活动都有着十分严格的论述，本节将集中叙述此类观点，并指明其在《周易》视野下的意义。

“中和”在周易中主要指不偏不倚、能够正己心并正他人心的情感。《周易》原书中有很多观点强调此种心态对于“正”的重要作用。《蛊》

---

① 王夫之著，船山全书编辑委员会编：《船山全书》第十四册，第1277页。

卦六五爻爻辞为“干父之蛊，用誉”。《小象》传强调：“干父用誉，承以德也。”意思也就是若人心同德，何誉不致。六五爻本位阴爻，五位本位阳位，以阴居阳，本不正也，但是却因为其处于“中”位，恪守“中”道，也就获得了吉祥。对此船山先生评价道：“六五柔顺得中，尽道以事其亲者。‘用誉’，所谓‘人不间于其父母昆弟之言’也。夫子之事亲，岂以要誉哉！然率其情以行，而不问人情之然否，则自谓无过，而所抱咎于天人者多矣。故至于誉，而人子之心可以差安。”① “六五”为柔爻，处于中位，象征着人子面对周围的流言蜚语时，并不为所动，反而愈加尊敬自己的父母兄弟，尽自己作为人子的忠孝之义。这里的“人子”处于中位，得“中”之志，行“中”之情，不论别人对自己是否有误解，也不管自己的父母与兄弟对自己是否存在不满。他仍旧恪守着自己的“中和”之情，不对自己的名声灰心丧气，不偏不倚地看待周围的一切。船山先生指出，处于“中位”的人子之所以有“中和”之情，“贞正”之志，乃在于内心严格的操守与坚定不移的品质，这是他能在面对流言时坚如磐石而不改志向的基石。

转化到诗歌创作之中，船山先生也十分看重那些表达出“温柔敦厚”与“中和”的诗教观的创作，他认为这样的作品发挥了“人之性”与“正之情”，只有“中和”自己的情怀与别人之志的诗歌才真正具有感发人力量而不陷于“淫”情之中。船山先生说道：“故君子嗣圣人以文，而不忧情之漓。使君子嗣圣人以情，则且忧情之黜矣。情以亲天下者也，文以尊天下者也。尊之而人自贵，亲之而不必人之不自贱也。何也？天下之忧其不足者文也，非情也。情，非圣人弗能调以中和者也。唯勉于文而情得所正，奚患乎貌丰中之不足以联天下乎？”② 这一段是从作者的角度来谈诗歌的创作过程的，同时也表现出了文学接受的层面。船山先生指出了，作品之中的“情”极难以把握，一般人没有圣人的境界，所以要把握“文”而非学习圣人用“情”。在船山先生的眼中，作品的核心在于其教化作用，而圣人由于能够参透天地之道，所以发性情之正，能够通透古今，为万世之师

---

① 王夫之著，船山全书编辑委员会编：《船山全书》第一册，第192页。

② 王夫之著，船山全书编辑委员会编：《船山全书》第三册，第308页。

表。但是一般人并没有这种能力，所以只能去观圣人之文，以培养自己的人生境界。

同时他又站在作者的角度之上，高度地评价了圣人对于作品“正情”的作用。他认为圣人通过表达自己对外物的感受，教化了百姓，自己也使得无言的天地“能言”。这里圣人成为人法天地的中介，通过这个中介，“中和”也就是对于天地万物流观合化之状的真实描绘，圣人发正之情，不偏不倚地面对世间万物，“情之正”就不仅仅在于人情之正，而带有了一丝天地神圣之道的感觉。

综上所述，“正贞”之道与中和之情都是《周易》中的重要概念，自古作为人的道德观念而长存于人的意识之中，受到了极大重视。在船山先生眼中，“贞正”是诗教论中的重要要求，对内容的中正与诗歌情感的厚重是船山先生眼中重要的评价标准；而“中和”一方面成为圣人法天地之情，以化天地万物的良药，同时也作为圣人体会万物的不偏不倚的特点，成为理想诗歌一种自觉的追求而存在。

四　结语

自明清以来，“格物致知”的实学观念就对中国文化的走向起到了重要影响。王船山先生的一切理论均诞生于这一时期，对他个人而言是痛苦的，但是对一个国家、一个民族而言则是幸运的。他在自身的不幸之中思考着未来，念想着华夏礼乐文化如何在满洲贵族的统治之下得以保存。从文中可以看出，他的诗学观念中均带有强烈的教化论的思想。他认为从《易》出发，不仅诗学观念，甚至包括一切哲学、历史与艺术，都要遵循《周易》大道。

因此，无论是本体上的“阴”与“阳”的和谐对立，还是“文”与“道”、“言”与“意”的共存，均体现了《周易》的影响。同时，在诗学中重视儒家伦理道德的阐发，并在文学批评标准上严守正统的儒家教化观念，在倡导人创作文学艺术要尊重客观规律，如“现量”与“感应”的同时，也要恪守正统的“贞正”观念与“中和”的教导。这也是对于《周易》所提倡的天人合一的核心观念的尊重，亦可视为汉族士人在面对清代统治者时做出的一种反应。

中国现代美学起点问题刍议
——从学科体系角度看中国现代美学的开端

杨　宁*

研究中国现代美学，首先要确定中国现代美学的起点，此问题关系到中国现代美学的研究范围与对象，乃至整个中国美学史的分期和中国美学的演变。目前学界对于中国现代美学起点的界定歧义颇多而且缺乏学理性标准，这样就使中国现代美学的研究面临许多困难，很有必要厘清。

确定中国现代美学开端的依据和标准

（一）关于中国现代美学开端的几种观点

在中国现代美学开端问题上存在的颇多歧义，主要来自立论依据和标准的不统一。举其要者，简介如下：

1. 戊戌变法说。此说最早见于李泽厚、刘纲纪主编的《中国美学史》。该书将中国美学史划分为五个阶段，其中第四阶段是“明中叶至戊戌变法运动前，这是我国封建社会末期的美学”；第五阶段是“从戊戌变法到所谓‘文化大革命’前后，这是我国近现代形态的美学”。① 这种美学史分期的方法实际上指明中国现代美学起始于戊戌变法。

2. “五四”时期李大钊说。叶朗提出，李大钊是“中国近代美学与现代美学的分界线”。他认为李大钊写于1919—1923年的三篇短文，“是我国

---

* 杨宁，首都师范大学文艺学2013级博士生，指导教师：邹华。

① 李泽厚、刘纲纪主编：《中国美学史》（第一卷），中国社会科学出版社1984年版，第34页。

历史上第一次用历史唯物主义的观点写成的美学文章，因此它们在现代美学和近代美学（如王国维、梁启超等人的美学）之间划出了一条鲜明的分界线。它们是对中国近代美学的否定，是我国现代美学的真正起点”。[①] 据此观点，李大钊因其“五四”时期的美学文章体现出历史唯物主义特征而成为中国现代美学的开端。

3. 1911 年辛亥革命说。邓牛顿认为：“中国现代美学，其历史范畴是从辛亥革命到中华人民共和国成立”，“中国现代美学思想的发展，大致经历了三个阶段，即革命民主主义美学思想的传播期（1911—1927），马克思主义美学思想的开拓期（1928—1937）与确立期（1938—1949）”。邓文依据辛亥革命后审美风俗的变化，进一步证明中国现代美学始于 1911 年版的辛亥革命，认为“剪辫与放足，成了社会美学观点大转变的重要标志”。[②]

4. 王国维说。聂振斌提出王国维是中国近代美学第一人。“事实上，中国之有‘美学’，实以王国维为最早”，因而他把王国维的美学称作“中国近代美学理论体系的第一块基石”。[③] 沿着这一观点，杜卫进而认为，王国维“从思维品格、价值论基础以及方法论等方面入手，创建了具有现代性意义的中国美学，并对中国整个 20 世纪美学产生了深刻而持久的影响”。[④]

5. 蔡元培说。陈望道说：“中国之有美学，实以蔡元培先生提倡为早。”[⑤] 蔡尚思也认为，只要讲中国的美学，则不论是理论还是教育方面，都首先要提到蔡元培。[⑥] 陈伟提出：“蔡元培是第一个为中国现代美学大张旗鼓的人。”[⑦] 这一看法从启蒙的意义上肯定了蔡元培美育思想的开启性价值。蔡元培 1901 年版已开始译介“美学”“美育”这些术语，较王国维编译《哲学小辞典》介绍美学早了一年半。

6. 梁启超说。邹华认为：“在我国古代美学向现代美学过渡时期形成的

① 叶朗：《中国美学史大纲》，上海人民出版社 2009 年版，第 656 页。

② 邓牛顿：《中国现代美学思想发展脉络》，《上海文学》1987 年第 7 期。

③ 聂振斌：《中国近代美学思想史》，中国社会科学出版社 1991 年版，第 15 页。

④ 杜卫：《王国维与中国美学的现代转型》，《中国社会科学》2004 年第 1 期。

⑤ 陈望道：《美学纲要》，《陈望道文集》（第一卷），上海人民出版社 1979 年版，第 455 页。

⑥ 蔡尚思：《蔡元培学术思想传记》，棠棣出版社 1950 年版，第 319 页。

⑦ 陈伟：《中国现代美学思想史纲》，上海人民出版社 1999 年版，第 72 页。

梁启超的美学思想，为当时的历史地位所决定，在‘简单的形式中潜伏着将对后来的美学思想产生重大影响的可能性’。”[①] 覃兆刿则明确提出：“政治巨擘梁启超（1873—1929）是中国近代美学的最早奠基者。”[②] 之后，越来越多的学者开始关注梁启超美学。金雅在《梁启超美学思想研究》一书中详细讨论了梁启超前后期的美学思想，通过对梁启超重要文论范畴的美学阐释，将其置于中国现代美学开启者的地位。李欣复认为：“梁启超是中国现代美学第一人，这有他许多著述可证。在他一系列论述美与美感、美与真与善的关系、自然美与人工美、美和艺术的创作与鉴赏、审美趣味、审美情感，以及艺术美之功能作用等重大美学问题的著述中，都可感受到有一股强烈的现代观念意识与心灵话语气息在喷发和流动。”[③] 对梁启超是不是中国现代美学的创始人问题，学界一直有争议。单就梁启超最早发起改良运动，从事文学活动，提出“诗界革命”和“小说界革命”来说，他确实有着先于王国维、蔡元培并为其无法比拟的地方。但就现代美学的创建而言，美学毕竟与文艺理论不同，因而这一问题还有另当别论的必要。

7. 多家说。很多学者在讨论中国现代美学的开端和奠基问题时，并不聚焦于某一个历史时期或某一位美学家，而是提出了几位美学家共同开创中国现代美学的意见。在已有的文献资料中，此类观点主要集中在王国维、梁启超、蔡元培、鲁迅等人身上。另外还有人提到康有为、严复、朱光潜、宗白华等人的。学界有关现代美学起源的几种模式的观点共有 10 种，现将其观点和数量列表如下：

中国现代美学起源的模式	论文数量
王国维、蔡元培	4 篇
王国维、梁启超、鲁迅、蔡元培	4 篇
工国维、梁启超	2 篇
梁启超、蔡元培、朱光潜、宗白华	2 篇（均为张法所作）

① 邹华：《美学史研究：梁启超的美学思想》，《西北师大学报》（社会科学版）1990 年第 2 期。

② 覃兆刿：《论梁启超在中国近代美学史上的地位》，《湖北大学学报》（哲学社会科学版）1990 年第 5 期。

③ 李欣复：《中国现代美学第一人——梁启超》，《美与时代》2006 年第 12 期。

续表

中国现代美学起源的模式	论文数量
王国维、梁启超、蔡元培	2 篇
王国维、鲁迅	1 篇
王国维、梁启超、鲁迅	1 篇
康有为、严复、王国维	1 篇
王国维、朱光潜、宗白华	1 篇
王国维、蔡元培、鲁迅	1 篇

如金大陆、黄志平认为“王国维、蔡元培共同开创了中国现代美学”①，强调蔡元培在中国美学史上具有与王国维同样重要的作用。吴中杰将王国维、蔡元培、鲁迅作为中国现代美学的奠基者：“王国维、蔡元培、鲁迅都是跨越时代的人物，他们在晚清就开始了具有特色的学术文艺活动，五四以后，其成就和影响愈来愈大。他们沟通了中西文化，完成了古今嬗变；由于他们各自的贡献，共同为中国现代美学的建立奠定了坚实的基础。”② 张法则将王国维、梁启超、蔡元培并列为中国现代美学起始阶段的“三大家”。③多家说较之一家说注意到了同一历史时期多位美学家共存的现实，因而有较多的合理性。但是，确立多家的标准和逻辑起点却有各自的不同，因而也需要进行更加细致的考辨。

对于中国现代美学从何开始，以上各种观点有的以历史事件为依据，如戊戌变法、辛亥革命、五四运动；有的则以历史人物为依据，如王国维、梁启超、蔡元培、李大钊；有的以思想的革命性和政治性为标准，如对李大钊、梁启超美学思想的评论；有时几个标准又交织在一起，使这一问题更纷繁复杂。首先应该肯定以上诸说，或多或少都有一定的合理性，但由于依据和标准不统一，因而众说纷纭。我们有必要对以上诸说进行辨析和整合，从而寻找对中国现代美学开端问题更为合理的解答。

① 金大陆、黄志平：《王国维、蔡元培与中国现代美学的缘起》，《中州学刊》1990 年第 2 期。

② 吴中杰：《开拓期的中国现代美学》，《学术月刊》1993 年第 6 期。

③ 张法：《回望中国现代美学起源三大家》，《文艺争鸣》2008 年第 1 期。

（二）目前学界有关中国现代美学开端说的现实不足及其原因

以上的几种观点，代表了今天学界目前对于中国现代美学的认识。尽管有着重要的贡献，但现有观点在现代中国美学开端问题上还存在一些不足，以下几点需要指出。

1. 就时代不清的问题而言

上述诸多说法中，李泽厚、刘纲纪将戊戌变法到“文革”前后的中国美学称为“近现代形态的美学”，但较为笼统，使读者难以把握中国现代美学确切的起点。叶朗以1919年为中国现代美学的开端，聂振斌则以1949年为中国现代美学的起点，中间隔了30年，而这30年恰恰是中国历史上风起云涌，文艺和美学最为繁荣的一个时代。若按以上三种不同划分，则从20世纪初到新中国成立之初的50年内所出现的诸多美学家和大量的美学思想、美学成果难以定位。因此，简单套用中国通史的写作模式来确定中国现代美学开端的做法，往往显得有些大而不当。关于梁启超、蔡元培、王国维究竟属于现代还是近代的分歧，也使得中国美学的研究一开始就面对时代不清的困难，很难深入下去、整体推进。

2. 就标准不一的问题而言

对中国现代美学从何开始，以上诸说各有其根据与合理性，值得肯定。但这些观点有的以历史事件为依据，如戊戌变法、辛亥革命、五四运动、文化大革命；有的以历史人物为依据，如王国维、梁启超、蔡元培、李大钊；有的以思想的革命性和政治性为标准，如对李大钊美学思想的评论；有的以审美风俗变化为依据；有时几个标准交织在一起。依据和标准的不统一使这一问题显得纷繁复杂。

人类历史上的任何事件、人物、思想、学科，都离不开特定的历史时期。正是这个历史时期的存在，构成了学科史的存在基点。即使是以人物为标志的历史事件，或以事件为标志的历史人物，也须以这个人物或事件所在的特定历史时期为其存在的首要条件。由于这种历史时期的规定性，从学科发生的时间而非简单地以人物或事件来确定学科史的开端是合理的，也是必要的，一定程度上可以避免人物决定历史的片面历史观，尤其是避免因历史人物跨历史事件的存在而造成历史起点不清的尴尬，也可避免用历史事件来套学科史的局促。前述人物说中的王国维说就遇到此类问题。王国维生于

1877年，1927年沉湖自尽，一生跨越半个世纪。而这一历史跨度涵盖戊戌变法、义和团运动、辛亥革命、五四运动等众多历史事件。如果将王国维作为中国现代美学的开端，那么究竟是以哪个时段为标志呢？梁启超说、蔡元培说也遇到相同问题。梁启超的美学思想比其文艺思想形成晚，是在20世纪20年代。如果将他20年代才形成的美学思想作为中国现代美学的开端，那将最早在1904年就已形成的王国维的美学思想置于何处？蔡元培译介美学比王国维早，但其对美学的独立研究是在辛亥革命以后，比王国维晚。如果单以人物为标准，很容易导致历史人物凸显，而真正意义上的学科史阶段模糊的状况。同理，上述有关中国现代美学开端问题中的事件说也有其不可靠之处。如辛亥革命说。由于广义的辛亥革命不仅指一次武装起义，而且还是一个历史时段的指称，涵盖19世纪末至辛亥年。① 从19世纪末开始，中国社会的现代化趋势已不可逆转。从1904年王国维用西方的美学原理评论《红楼梦》开始，到蔡元培的美育观点和鲁迅的启蒙性美学思想浮出水面，社会审美意识已逐步体现出现代性的特征，中国现代美学已悄然登场，而这一时间远较1911年的武昌起义为早。所以，说中国现代美学起始于辛亥革命就比较笼统，而局限于1911年的辛亥革命事件则更经不起推敲，早在武昌起义事件之前几年，中国现代美学的代表人物和代表性著作就已出现。因此，单以历史人物和历史事件来界定中国现代美学的开端，具有明显的缺陷。

此外，风俗史变化也不能成为衡量美学学科建立的标准。中国现代美学的开端主要是指学科的发生，而不是审美风俗的变化。审美风俗的变化，如汉骨、唐风、宋韵、胡风等，仅仅表明审美发展演变的轨迹，而无学科史的价值。

3. 就看问题的方法论而言

关于中国现代美学开端的诸种观点在方法论上也都表现出一些不足。第一，偏重点和线的关注，较为缺乏全面系统的考察。如把中国现代美学的开端定位在某个人物或某一事件上，而对其他人物和事件有所忽视，尤其是不顾及历史时期的做法，可能导致只见树木不见森林的流弊。第二，

---

① 一般而言，辛亥革命包含三个意思：一是专指武昌首义这一特定的历史事件；二是指以推翻帝制、建立民主共和国为核心的革命运动；三是指一个特定的历史时段，一般称“辛亥时期”。

往往只做静态的观察，缺乏动态的考量。只注意到美学人物、美学成果、美学事件的出现，而未看到其出现前的酝酿期及其出现后的影响和延展。如王国维、蔡元培、鲁迅的美学思想产生在辛亥革命前，但其影响一直延伸到五四时期之后，被认为是五四新文化运动的先声，而美学史家以近代和现代的不同对此做了截然的划分，使得其间的事实联系有被割断的危险。再如，蔡元培的第一篇美学文章发表于 1912 年，但其美学译介和美学活动早在 1901 年就开始了。如果只注意到蔡元培美学成果的发表日期，而未看到其成果和思想的酝酿过程，就容易把复杂的问题简单化。同样，如果只看到蔡元培的美学译文最早出版，而看不到他的美学论文发表很晚的事实，那么，就会将他置于王国维之前。第三，偏重思想标志而相对忽略学科特点。戊戌变法说、五四说都仅仅强调了思想性的方面，而对美学学科的内在规定性未曾着意。

4. 就思维方式和写作范式而言

在确定中国现代美学开端问题上所存在的标准不一和方法局限的背后，却有着相同的思维方式和史学范式。

相同的思维方式表现在，侧重以革命性质和革命领导权的转变或社会发展的历史阶段划分中国美学史，如李泽厚、刘纲纪、聂振斌诸家的说法；或以意识形态性质、世界观性质划分中国美学阶段，如叶朗的观点。

相同的史学范式表现在，均遵循中国通史的阶段范式。尽管在古代、近代、现代的分期上，诸家李泽厚、刘纲纪、叶朗和聂振斌各不相同，但都依照中国通史的古、近、现范式来写作，而未考虑一个新型学科的诞生，是否需要套用现成的中国通史模式。聂振斌虽反对用中国通史的阶段划分来套中国美学史，主张学科性原则，但他还是提出并使用了自己独创的另一种近代史划分。

以上诸家相同的思维方式和史学范式，虽然在特定历史时期都有其合理性，其合理性毋庸置疑，但一定程度上有可能对美学学科的特殊性有所忽略、遮蔽。而美学学科特殊性的被削弱，就可能是 2002 年以来，国内外中国美学的怀疑论者对“美学在中国还是中国美学”的诘难产生的原因之一。就与中国美学学科的特点不凸显，以及基于不统一的标准对中国现代美学起点问题的判断不无关系。

各种关于中国现代美学开端说所存在的现实不足问题，其原因来自主观和客观两个方面。

1. 主观原因。美学史家对决定美学史写作的关键问题的认识不到位。

第一，对现代和现代性的理解存在分歧，尤其是对现代性的复杂性、包容性认识不足，从而影响到对近代和现代的划分。现代美学是在现代发生的具有现代性的美学。这种现代性是针对以往时代的传统性而言的，包含着不同民族、不同阶级、不同阶层的进步性。中国自辛亥革命以来被绝大多数民众和知识分子所接受的反帝反封建思想，就是中国的现代性思想。这种思想不唯五四时期的陈独秀、李大钊有，而且早在辛亥革命时期的蔡元培、王国维、鲁迅等人也有。他们的美学思想之所以都能成为五四新文化运动的先声，就在于其充分的现代性。因此，单纯以唯物主义世界观和意识形态差异为中国现代美学和近代美学的分野，这种观点在对中国现代美学的现代性的理解上存在不足。

第二，美学史家偏重思想性的方面，忽视了美学学科的内在规定性。叶朗以李大钊文章的唯物史观来划分近代美学和现代美学，聂振斌以资产阶级民主革命和无产阶级民主革命的不同来划分近代和现代。李泽厚、刘纲纪的划分标准虽看上去不那么明确，但实际上都表现出对政治事件、社会发展性质、意识形态归属的片面倚重，从而导致他们主要在政治思想范围内做美学史文章。就连强调学科性的聂振斌也曾说："称之为'现代'的理由，主要是马克思主义的传播和革命领导权的转移。"①

第三，与上述第二点相关，美学史家的学科意识不强。如以审美风俗的变化确定学科的发生，把政治思想与美学思想混同，把文艺理论与美学理论合一等。

2. 客观原因。第一，中国现代美学本身的体系性特征不明显，引进移植，原创不够；美学与文论之间的学科边界不清，学科尚不成熟。被称为"第一个为中国现代美学大张旗鼓的人"的蔡元培，于 1923 年写了《五十年来中国之哲学》的文章，认为"'五十年来的中国之哲学'一语，实在不

---

① 聂振斌：《中国近代美学思想史》，第 10 页。

能成立”。[1] 早在1901年，蔡元培在《哲学总论》[2] 一文中已译介了“审美学”“美育”，因此，蔡元培是在美学的哲学归属下否定现代中国的哲学和美学的，尽管偏颇，但中国现代美学的不成熟和不具系统识别等特点于此可见一斑。这种不成熟、不具系统识别性，必然会影响到美学史研究者的判断。第二，中国现代美学背负着沉重的社会历史包袱，因而民族前途、革命、救亡、教育等问题，成了每个进步的美学家思想的核心关怀。蔡元培以教育振兴国家的美育思想，鲁迅以文学和美学改造国民性的思想，王国维以“美术”疗救国民精神的思想等，均是这一忧国忧民思想的表现。处在风起云涌的革命时代，中国现代美学的开端无法与现实绝缘，相反，具有时代、意识形态，甚至是政治思想的着色，从而增加了中国现代美学开端问题研究上的辨析和识别难度。

（三）关于中国现代美学开端的几个关键问题

1. 从何处寻找中国现代美学的开端？

确定中国现代美学的开端，现有的途径，一是从历史事件、历史人物或审美风俗变化寻找，而非从学科的发生寻找，其弊端已如前述。一是目前流行的从词源上尤其是从“日源新语”上考证中国美学开端。但中国美学不是西方美学，而是摆脱不了中国制约性的美学。中国是个有着5000年文明史的国家，思想的传承连绵不断，而作为学科的美学来自地理距离和文化背景都相去甚远的西方文明，因此，当古老中国的美学思想和现代西方美学学科直接结合，或通过日本美学间接结合时，中国美学的基座应建在何处？我们思考问题的出发点在哪儿？是中国美学问题、中国美学范畴、中国传统、中国现状，还是西方美学问题、西方美学范畴、西方传统、西方现状？答案应是清楚的。

2. 中国现代美学的开端有没有一条相对独立的路线？

从中国通史的范式来看中国美学的发生，从意识形态的区别来划分中国

① 蔡元培：《五十年来中国之哲学》，高平叔编：《蔡元培全集》（第四卷），中华书局1984年版，第351页。

② 蔡元培：《哲学总论》，中国蔡元培研究会编：《蔡元培全集》（第一卷），浙江教育出版社1997年版，第355页。

美学的阶段，或从审美风俗的变化来确认现代美学的开端，都曾是流行的美学史写作范式，但如果过度依赖这些范式，那么，中国美学史的独特性难以彰显。而如果摆脱了中国通史和中国思想史的写作范式，又该遵循一条什么样的路线？

3. 中国现代美学的开端有无确定的时间？依据什么原则和标准去确立中国现代美学的开端？

（四）界定中国现代美学开端的依据和标准

人类历史上的任何事件、人物、思想、学科，都离不开特定历史时期的归属。正是这个历史时期的存在，构成了学科史的存在基点。即使是以人物为标志的历史事件，或以事件为标志的历史人物，也须以这个人物或事件所在的特定历史时期为其存在的首要条件。由于这种历史时期的规定性，我们认为，从历史时期而非简单地以人物或事件来确定学科史的开端是合理的，也是必要的，一定程度上可以避免人物决定历史的片面历史观，尤其是避免因历史人物跨历史事件的存在而造成历史起点不清的尴尬，也可避免用历史事件来套学科史的局促。前述王国维说就遇到这样的问题：王国维生于1877年，1927年沉湖自尽，一生跨越半个世纪。而这一历史跨度涵盖戊戌变法、义和团运动、辛亥革命、五四运动等众多历史事件。如果将王国维作为中国现代美学的开端，那么到底是以哪个时段为标志呢？因此，说王国维是中国现代美学的开端，仅仅指认了王国维活着的年代，而难以清晰地确定中国现代美学的时间界限。

因此，我们对上述有关中国现代美学开端问题中的事件说和人物说都持不同看法。特别需要说明的是，广义的辛亥革命不仅仅是一次武装起义，而且还是一个历史时段的指称，包括酝酿期（1894—1911）和发生期（1911—1912）。从酝酿期开始，中国社会的近代化趋势已然不可逆转。从1904年王国维用西方的美学原理评论《红楼梦》开始，到蔡元培的美育观点和鲁迅的启蒙性美学思想浮出水面，社会审美意识已逐步体现出现代性的特征，中国现代美学已悄然登场，而这一时间远较1911年的武昌起义为早。所以，说中国现代美学起始于辛亥革命时期是正确的，但局限于1911年的辛亥革命事件却经不起推敲。

那么，如何界定中国现代美学的开端呢？我们认为，在肯定历史时期的基础性制约作用外，还应遵循学科性与思想性相结合，尤其重视学科特点的原则。理由在于，人文学科的学科标准与思想标准密切相关，但学科的标准又不同于思想的标准。学科的标准具有当下确定的特点，即以研究对象和研究成果来确定该学科的成立，在学科标准下，相关思想才能得到有效、系统的整合。因此，应坚持学科性与思想性统一的原则。

依照学科性与思想性统一的原则来看，上述戊戌变法说、李大钊说等观点在中国现代美学开端问题上更重思想、重政治事件。从学科性上说，戊戌变法作为中国资产阶级领导的改良运动，是以维护封建君主专制统治为目的的政治运动，并未关注美学问题。在这次运动中，既没有美学理论专著的出版和流布，也没有美学学科范畴的提出，因而不具有学科的特征，作为中国现代美学的开端也就无从谈起。现代意义上的美学当然离不开其政治性、思想性和文化性，但同时还应该是美学的学科意义上的，这就如同西方学科意义上的美学始于鲍姆嘉通一样。以革命运动来划分学科起点固然有其价值，却与从美学学科角度划分有不同的特点和性质。

学科的标准包括：学科名称的提出、学科创建人的出现、学科范畴群的形成、学科理论和方法的确立、学术研究的开展、学术成果的发表。其中，最重要的是与研究对象密切相关的学科范畴群的形成和学术成果的出现。中国美学作为研究对象需要其自身的范畴和相关成果。其理由有二。第一，学科名称可通过翻译引进，而与研究对象密切相关、具有学术内涵的范畴群则是一系列具体研究的结果。事实上，“美学”这一名称早在明末清初就有传教士使用[①]，但仅用于赞美天主的神恩，未与中国美学的范畴相联系，不能成为中国美学学科建立的标志。更重要的是，中西方审美形态有诸多不同，如西方有“悲剧”“喜剧”“崇高”等，而中国有“意境”“气韵”“神妙”等，因此，中国美学不能无视中华民族的审美形态，而直接翻译和引进西方的范畴，甚至以之代替中国的审美范畴。王国维的“境界说”“古雅说”“生气说”“内美说”“宏壮说”“出入说”“隔与不隔说”等，之所以被尊为中国现代美学的开创性学说，就因为它们均源自中国传统的美学范畴。第二，学科理论、方法及相关学

① 黄兴涛：《明末清初传教士对西方美学观念的早期传播》，《文史知识》2008 年第 2 期。

术研究，最终都要体现在学术成果中。如果没有学术成果出现，仅停留于名词的翻译和传播，或仅有建立美学和美育的口号，美学学科的建立就还是一句空话。

因此，确立中国现代美学的开端，首先主要看有无新的中国美学范畴群出现，其次还要看有无关于中国美学的学术研究成果。基于这一学科标准，我们对中国现代美学开端问题上的梁启超说、蔡元培说持不同看法。不可否认，梁启超的早期文艺思想，尤其是其诗界革命、小说界革命等思想，正好出现在辛亥革命的酝酿期，是当时最有影响的文艺思想，比王国维、蔡元培、鲁迅的文艺思想都早。但梁启超的这些思想，相对比较重视文艺的功利主义思想（如“群治”），而很少谈美学学科，也缺乏美学学科意识。在1920年之前，梁启超没有像王国维、蔡元培那样提出过美学意义上的命题和范畴，也没有对“美学”进行过译介。梁启超文学革命的观点所具有的主要是在革命意识或政治改良意识支配下的文论特征，是一种政治功利的文学观，而非具有学科意义的美学理论。同样，尽管蔡元培早在1901年的《哲学总论》中就已解释了“审美学”“美育”等概念，并被认为是第一个为美学和美育呐喊的人，但其解释主要来自翻译，立足于介绍，其呼吁尚未付诸研究，也未能据此形成新的范畴群以及美学方面的专论，或如王国维《〈红楼梦〉评论》那样的美学评著。因此，不能将梁启超、蔡元培视为中国现代美学的开端。

思想的标准则可以说是创新性的标准，表现为显隐、逆顺的不同形式，与当下的思潮、思想有或隐或显的联系，或区别乃至抵牾。但从学科意义上说，新兴学科更注重学术上的新。如被尊称为“美学之父”的德国美学家鲍姆嘉通提出“Asthetik”，就主要标志着“美学”作为学科的诞生，而非新思想的诞生，因为有关审美的思想早已形成，并非自鲍姆嘉通始。可以说，鲍姆嘉通的主要贡献是在美学学科上的创新，而非在美学思想上的创新。人们在研究德国美学思想史时发现，康德、谢林、席勒、黑格尔等人的美学思想使鲍姆嘉通显得黯然无光，但“美学之父”的桂冠除了鲍姆嘉通，无人能摘取，其原因即在于思想与学科在有联系的同时还有区别。在中国，美学作为一门年轻的、舶来的学科，在其被引进并生根发芽之后，丰厚的中国美学思想才有了学科归属，否则仍是散见于文史经哲中的思想碎片。因此，学科的标志既应是学科的建立或引进，又应是思想的存在或创新。因此，中国现代美学的开端不应忽略学科的开端。这是我们考量中国现代美学开端问题的基本出发点。

但就目前情况而言，对中国现代美学开端的界定在思想性与学科性的有机结合方面尚有不足。或简单地套用中国通史的写法，以通史的历史起讫点为中国现代美学的起讫点，以通史的规则替代专门史的规则。虽然这些标准并非没有道理，但因不符合现代学术注重学科建设的基本规范，给这一问题造成了混乱。而按照学科性与思想性相统一、注重学科特点和规律的标准，有必要对关于中国现代美学开端的一系列难题进行思考。

中国现代美学建立的标志

确定中国现代美学的开端，首先需要揭示中国现代美学的特征及中国现代美学建立的标志。

（一）中国现代美学建立的标志

1. 成果标志

确立中国现代美学的一个重要标志，是具有现代意义的美学著作的出版、论文的发表。从 1904 年到 1912 年，中国大陆出版和发表了包括王国维、张之洞、严复、李叔同、蔡元培、鲁迅等在内的学者有关美学的著作和论文 60 余种，其中较有影响的如下：

时间	著者	著作	备注
1904 年	王国维	《红楼梦评论》	借评价小说阐发叔本华的哲学和美学思想，揭示“《红楼梦》之美学上之价值”，称其为“悲剧中的悲剧”。
1905 年	王国维	《论哲学家及美术家之天职》	提出哲学和美学不能作为道德和政治的手段，强调哲学和美学的独立价值。

续表

时间	著者	著作	备注
1906 年	王国维	《屈子文学之精神》	运用西方批评观念对《离骚》进行批评试验，开拓了屈原研究的新视野。
		《奏定经学科大学文学科大学章程书后》	论述了哲学学科的正当性，为中国现代美学学科的确立奠定了思想基础，是中国学者对于美学学科最早、最完善的论述。
1907 年	王国维	《古雅之在美学上的位置》	提出了“古雅”的美学范畴，论述其价值，为中国美学史上之首创。
1907 年	鲁迅	《摩罗诗力说》	把审美和艺术问题同中国社会的改造不可分地结合在一起，表现了一种激昂的革命民主主义精神。
1908 年	王国维	《人间词话》	首部运用西方美学理论探讨我国古代诗歌创作的专著。
1912 年	王国维	《宋元戏曲考》	是中国古典戏曲研究方面的开山之作，并为建立中国戏剧史学做出了开创性的贡献。
	蔡元培	《对于教育方针的意见》	提出了美育的教育理念，并将其落实到具体的教育实践中。

由此可见，中国现代美学史上最早的、由中国人自己撰写的具有重大影响的著作和文章都集中在辛亥革命时期后半段。这些具有现代意义的美学成果为后来中国现代美学的发展奠定了理论基础和发展方向。

2. 学科术语标志

在西方，美学学科的诞生是以 1735 年鲍姆嘉通的博士论文《关于诗的哲学默想录》为标志的。“Aesthetics”一词的出现标志着美学正式作为一门学科建立起来。此前和此后的美学思想都被规范性地纳入这一学科。同样地，中国现代美学的诞生也应以其学科术语的诞生为标志。

关于美学学科术语在中国的最早译介与传播情况，国内多位学者已进行过详细考证。① 从明末清初传教士使用“美学”一词，到 1902 年王国维

① 参见黄兴涛《“美学”一词及西方美学在中国的最早传播》；刘悦笛《美学的传入与本土创建的历史》，《文艺研究》2006 年第 2 期；刘筵莉《“美学”概念在中国近代的缘起与演变》，硕士学位论文，东北师范大学，2006 年；陈望衡、周茂凤《“美学”：从西方经日本到中国》，《艺术百家》（转下页）

翻译《哲学小辞典》，将美学解释为“美学者，论事物之美之原理也”，可以说是“美学”概念日渐清晰、规范的过程。由于王国维对美学的权威性界定及其与美学相关的系列研究成果，以及张之洞、王国维等人关于在大学经学科设立美学课程的奏章，使得中国的学者和官员对美学有了初步的了解。

3. 学科范畴标志

美学范畴是美学史研究中的重要节点，关系到对美学学科整体结构、特征和规律的宏观认识。任何民族的审美活动，在呈现为相对稳定的形态或结构后，还需经过概念化和范畴化才能提升为美学思想。因此，审美范畴的出现意味着美学学科的体系建构开始具有了可能性。

要成为美学范畴，相关概念就不能只是被偶然地借用到美学中，而应相当稳定地存在于美学表述中，其内涵应有意识地、明确地反映人类审美活动某一方面的具体内容，并能成为独立的研究对象。此外，各审美范畴不是孤立的，而是彼此间存在系统关联。王国维著作中所出现的诸多审美范畴，如“悲剧”“主观之诗人”“客观之诗人”“有我之境”“无我之境”“大境”“小境”“造境”“写境”“隔与不隔”“生气”“高致”“内美”“古雅”“眩惑”等，在理念上、方法上、形式上均有某种内在联系，具有“群”的系统性，涉及创造与欣赏论、审美价值论、审美形态论、审美胸怀论等多方面的内容，不再是翻译、借用的所谓“日源新语”中的“美学词汇”。①这一学科范畴群既体现出美学概念之间联系的静态结构，又展示出审美意识的动态过程。在这个意义上可以说，王国维的美学范畴群的出现，是美学作为一门学科在中国开始成形的标志。

（接上页）2009 年第 5 期；鄂霞《晚清至五四时期“美学”汉语名称的译名流变》，《东北师大学报》（哲学社会科学版）2009 年第 5 期；王宏超《学科与思想：中国现代美学的起源》，博士学位论文，复旦大学，2009 年；鄂霞《中国近代美学关键词的生成流变》，博士学位论文，东北师范大学，2010 年；王宏超《中国现代辞书中的“美学”——“美学”术语的译介与传播》，《学术月刊》2010 年第 7 期；王确《不求远因，不能明近果——中国学科美学发生的考察与反思》，《当代文坛》2011 年第 1 期等。

① 彭修银、李娟：《日源新语对王国维美学话语转换的影响》，《中国文化研究》2007 年第 3 期。

4. 思想标志

众所周知，中国现代学术的建立，是在西方思潮的影响下形成和发展的，尤其是西方现代科学精神、科学方法以及现代知识观念的输入、吸收与转化，使得中国现代学术得以发生和发展。王国维在《论新学语之输入》中指出，“我国学术尚未达自觉之地位也”，“故我国学术而欲进步乎，则虽在闭关独立之时代犹不得不造新名”。次年，王国维在《书辜氏汤生英译〈中庸〉后》中展开了他对孔子学说的质疑和批判。鲁迅也在《摩罗诗力说》(1907)中提出“别求新声于异邦”。这里所谓的“新名”“新声”，即新的范畴和新的思想。在西方思潮的影响下，中国已形成了现代性思潮。中国美学的创新性就体现在这种思想的现代性上。王国维美学思想中因西方现代学术观念与传统中国诗文评论相结合而产生的诸多美学范畴，率先在学术思想上体现出了明显的现代性特征，随后，蔡元培、鲁迅等人的美学思想也呈现出强烈的现代性甚至革命性特征，从而为中国现代美学进行了思想的着装。

5. 人物标志

中国现代美学的诞生，必定伴随着一大批有现代性思想的美学思想家的诞生，只有出现一批关注和研究美学的学者，美学学科才能建立并发展。在中国现代美学的开创期，许多美学思想家提出了自己的理论主张，如王国维、蔡元培、鲁迅等，他们的探索和创新，为中国现代美学的建立作出贡献，同时也决定了中国现代美学的基本模式和走向。

以上五大标志均出现在辛亥革命时期的后半段，所以，这一时期可以被视为中国现代美学的开端。

需要说明的是，辛亥革命毕竟不是一个美学概念，而是一个政治概念，且长达18年，横跨19世纪和20世纪，而对中国现代美学有开创意义的多位美学家还存在于晚清时期、20世纪前半期，历经戊戌变法、义和团运动等，那么，为什么不以这些时段，而专以辛亥革命后半段来界定中国现代美学的开端？其原因即在于，中国现代美学的学科发生期恰好就在辛亥革命时期的后半段，而其他划分不是太笼统而不合铆（如晚清、20世纪前半期），就是与美学无关（如戊戌变法、义和团运动）。专以辛亥革命时期后半段来界定中国现代美学的开端，就在于这个时段对中国现代美学而言具有其他历史事件无法代替的根本性作用。

此外，有学者认为“鲁迅的美学与王国维的美学是根本对立的”。① 为什么政治上如此对立的两个人，都在“辛亥”的旗号下，成为现代美学起始阶段的代表性人物？在辛亥革命时期后半段所形成的王国维美学思想，虽没有鲁迅的美学思想那么激进，但也因其反封建色彩和关注民生而具有时代的进步性，因此，两位美学家的政治立场并非根本对立，也不存在两种根本对立的美学。辛亥革命后，王国维不再从事美学研究，其保皇思想也就与美学思想无涉。从学科性与思想性统一而强调学科特点的原则来看，虽不能回避政治态度、思想界限等因素，但主要的还是看美学家对于美学学科的建树。

中国现代美学建立的特点

（一）引进生成，无近现代之分

如前文所述，中国现代美学无须套用一般通史的分期模式，也没有近代与现代之分。美学是西方学术术语，被引进移植，因而我们所面对的是一个学科发育、生长的问题，而不是独立开创的问题。美学学科有其独立的发展线索和规律，自西方美学被引进移植并生根发芽始，中国现代美学的时代就开始了。

（二）现代性色彩浓厚

中国现代美学的现代性体现在三个方面：一是用西方的美学理论阐释中国的文艺作品和审美意识，表现出知识体系的更新换代和话语体系的革故鼎新，如王国维美学的诸多范畴；二是具有强烈的变革现实、改造国民性的意识，如鲁迅的美学；三是把审美教育纳入改造社会和人性、人生的治国方略中，如蔡元培的美学。这种现代性倾向使得美学这一舶来品自进入中国伊始就彻底改变了中国传统美学的面貌，从而开启了中国美学新的历史。

（三）人生与革命两大主题内联并存

辛亥革命时期，不同的美学家提出了不同的美学观点，有保守的、有激

① 叶朗：《中国美学史大纲》，第647页。

进的；有消极的，也有积极的。但受民主革命思潮的影响，共同表现出了反对封建思想的进步倾向。蔡元培、鲁迅如此，王国维亦如此。这既与中国现代美学一开始就处在辛亥革命酝酿期清王朝统治犹存而革命思想正在发展、革命势力正在积蓄有关，又与美学学科与意识形态的若即若离或蔡元培所说的美育“为超轶政治之教育”有关。这一时期的美学又被后人概括为人生美学和启蒙美学。但因“人生”的巨大外延而具有了各种意识形态多元并存的特点，可以容纳不革命、非革命、革命等多种意识形态。因此，直到“五四”文学革命沸沸扬扬时，美学的意识形态之争仍未浮出水面。可以说，中国现代美学的意识形态对立被其人生美学所具有的多元性稀释了。

这种多元性有一个突出的特点，即在美学思想中，往往是人生意味突出，革命意味淡化。事实上，中国现代美学并未表现出像中国现代文学那样强烈的革命性。相反，在王国维那里，革命性消弭在所谓人生境界审美、命运关怀审美的诗文评论中。即使是民主革命家蔡元培主张国民教育的美学思想，也没有突出的革命斗争倾向。出现这种多元性特点的原因有二：一方面，与文学强烈的意识形态性不同，美学作为一门人文学科从国外引进，其学科性优先于意识形态性。因此，中国现代美学的诞生并未像中国现代文学那样与激烈的革命斗争相伴，而是独立、平静、自然地展开。另一方面，人生问题与革命又并未绝缘，相反，有时还有着内在的联系。革命可以成为人生的目标，人生问题也可以成为革命的起因，人生的困苦有时要靠革命来解决。辛亥革命时期和辛亥革命之后很多中国知识分子，就是带着人生的疑虑和困苦走上革命道路的。作为思想家、文学家和革命家的鲁迅，其关心的焦点问题仍是国民性、人生出路等问题。五四新文化运动中的许多社团也以关注人生为其口号和章程。因此，从辛亥革命开始，中国美学思想史上的进步性与革命性、人生与革命往往紧密相连，它们之间有时仅表现为形式的不同和程度上的差异而已。如此一来，就如19世纪末20世纪初所展示的，革命者一定是进步者，但进步者不一定是革命者，有时对革命还有误解。进步性与革命性之间的复杂关系为美学思想的自由发挥提供了广阔的空间。美学思想家既可低调地专注于人生审美问题研究（如王国维），又可高调地通过“摩罗诗力”这样的反叛来试图改造社会、变革现实（如鲁迅），甚至还可以直接地融入革命的洪流中（如张竞生等人）。但不革命的、非革命的美学不等于不进步的美学，更不能被斥为反动的美学，从而形成了中国现代美学开创期人生与革命内联并存的显著特点。这种人生与革命的内联并存一直影响到20世纪上半叶整个中国的意识形态领域。

（四）学科性与思想性并不完全统一

辛亥革命期间的美学家在提出美学、美育概念时一般都持有明确的美学思想。如王国维研究《红楼梦》，是为了揭示“《红楼梦》之美学上之价值”，并提出文艺的任务是“示生活之欲的苦痛”，“又示其解脱之道”，体现了以审美解脱人生苦痛为主旨的人生美学的思想。蔡元培提出美育概念时，将其界定为“情感之运用”，体现了运用美学以改造社会的思想。二者都体现了学科性与思想性并存的特点。而同时期的梁启超、鲁迅等人在表达强烈的具有启蒙性质的文艺思想时，并未涉及美学、美育等学科范畴、学科术语，从而表现出学科性与思想性的背离或不统一，这种情况就导致谁是现代美学“第一人”的难题。

（五）缺乏原创，学科边界不清

首先，引进移植，缺乏原创。由于中国现代美学的主要思想和方法来源于西方美学，通过引进、移植西方美学，开始建立中国美学的话语系统，因此，许多重要的美学家和美学论著都可以从西方美学的某些流派和思想家的思想中找到其根源或“血统”。虽然许多中国美学家并非生硬地照搬西方美学，而是以西释中，借用西方思想理论对中国传统文化进行新的阐释，但在理论、方法、学科体系上，中国现代美学仍缺少原创性。

其次，文艺评论与美学理论之间的界限不清。由于中国现代美学是移植西方美学的产物，因此在理论上缺乏独立完整的体系，少有专门的美学理论著作，许多美学家的思想往往渗透在书信、发言稿、杂文中（如蔡元培、鲁迅），或以作品评点、赏析的方式分散在各种著作中（如王国维《人间词话》《〈红楼梦〉评论》），这使得文艺评论与美学理论的边界不清。许多文艺评论渗透着美学思想，但不能算是美学理论，例如梁启超的小说理论就很难说是美学学科意义上的美学理论。

最后，学科尚不成熟。中国现代美学以西方美学为理论依托，缺乏系统的独创性理论支持，还停留在赏析评论的层面上，理论的抽象和概括不够，美学学科建设不够完善，理论框架不够严密。在这个意义上说，中国现代美学作为一个学科，还不够成熟。但就像马克思主义的中国化需要一个历史过程一样，从西方引进移植的美学学科的完全中国化也需要一个历史的过程。①

（六）与社会革命之间呈现出隐显顺逆的复杂关系

一般说来，美学家与革命的关系并不直接、明显。除了当时尚未以美学研究著称，而是作为南方议和团秘书的张竞生外，少有美学家投身革命。但不能因此就说这一时期的美学家与社会革命毫无关系。事实上，鲁迅的《摩罗诗力说》借专事破坏的魔鬼形象所表达的变革社会的启蒙美学思想，与辛亥革命推翻清王朝的革命行为有其“神似”之处。蔡元培的《对于教育方针的意见》通过美育来提升国民境界的思想，也与辛亥革命关于复兴中华的口号具有约略相通的顺遂关系，可被视为辛亥革命思想的进一步发展。而王国维的美学关注人生苦痛的解脱，他在谈及消除国民吸食鸦片的劣行时，强调通过宗教和美学疗救“国民之精神上之疾病”②，这与“三民主义”关怀民生的诉求一致。而王国维1927年的“殉清”，逆历史潮流而动，却无疑是对辛亥革命的反动。

总之，在辛亥革命期间，中国现代美学建立的标志已经凸显，中国现代美学的特点也已彰明较著，为我们将辛亥革命时期确立为中国现代美学的开端奠定了基础。

中国现代美学起始阶段的思想潮流、学科贡献及其影响

广义的辛亥革命时期涵盖从1894年兴中会的建立到1912年袁世凯就任临时大总统为止的这18年。但按照以学科建立和学术成果为标志，以思想性与学科性相统一的原则，而不以近现代通史和现代文学史来套现代美学史的原则，中国现代美学史就不是简单的辛亥革命事件史或人物史，而是一部

① 参见王建疆、徐大威《马克思主义美学的本质特征及其中国化——接着董学文、朱立元先生讲》，《西北师大学报》（社会科学版）2010年第1期。

② 王国维：《去毒篇》，姚淦铭、王燕主编：《王国维文集》（下），中国文史出版社2007年版，第13页。

独立的专门史。在广义的辛亥革命期间，从蔡元培1901年节译《哲学总论》并介绍美学原理到王国维第一部美学论著《〈红楼梦〉评论》（1904）的出版，堪称中国现代美学开端的酝酿期；从《〈红楼梦〉评论》的出版到1912年蔡元培《对于新教育之意见》的发表，是中国现代美学开端的确立期，居间是鲁迅的第一篇美学论文；《对于新教育之意见》发表之后的美学研究，可被视为中国现代美学开端的延展期。这个时期正处于民主革命与封建统治之间生死存亡的决斗中，因而作为中国现代美学开端的美学思想和美学学科就具有了鲜明的时代特征。能否在思想与学科之间把握平衡，是对革命时期的美学家们的一种考验。

（一）作为中国现代美学开端的思想潮流

处在辛亥革命大背景下的中国现代美学，表现出与封建时代截然不同的民主共和思想、自由反叛思想、质疑与批判孔孟的思想，从而使得中国现代美学诞生伊始就充满了现代性与革命性。

在中国现代美学开创期的诸多美学家中，蔡元培以革命家著称。蔡元培1904年组织光复会，1905年参加同盟会，同年为同盟会浙江分会会长，参加并领导了推翻清王朝统治、建立共和国的革命斗争。蔡元培既是民主革命家，也是中国现代美学史上第一个提到“美育”并主张和论述美育的美学家。辛亥革命后，他曾提出著名的“以美育代宗教”的主张，将美育作为改造中国旧有文化的有效手段，达到了美学学科性与思想性的结合。对蔡元培的活动历程进行梳理，我们会发现，蔡元培美学思想的形成与辛亥革命有着密切的关系。蔡元培在学术思想上有意识地关注西方也是在辛亥革命期间。蔡元培曾说：“我到三十余岁，始留意欧洲文化，始习德语，到四十岁，始专治美学”，而且钻研之深远甚于其他学科。蔡元培生于1868年，他40岁时是1908年，处于辛亥革命的酝酿期，此时他正在德国留学。1908年秋至1911年，蔡元培“在德国莱比锡大学听哲学课，进行研究工作。由于在课堂上常听美学、美术史、文学史课程，环境上又常受音乐、美术的熏习，对美学尤感兴趣”。[①] 1911年11月，武昌起义后不久，蔡元培回国，从政的同时继续其美学事业。

① 闻笛、水如编：《蔡元培美学文选》，北京大学出版社1983年版，第225页。

1912 年元月 3 日，蔡元培就任临时政府教育总长，即日发布了《对于新教育之意见》，该文作为蔡元培的第一篇美学论文又发表在同年 4 月的《东方杂志》上。《对于新教育之意见》区分了封建专制教育与共和制新教育的不同，并对各种教育科目进行分类，在德育、实利主义教育、军国民教育外，提出了世界观教育和美育，强调美育的重要性，说“惟世界观及美育，则为彼所不道，而鄙人尤所注重，故特疏通而证明之，以质于当代教育家，幸教育家平心而讨论焉”①，把美育提高到国家教育方针的地位。此后，蔡元培发表了一系列美育论文和演说，提出了以美育代宗教的著名学说。可见，蔡元培是一个真正的民主革命的美学家，他的美学思想具有强烈而充分的革命性和现代性，并具有革命的实践性和积极的民族审美教育的特点。

在中国现代美学开创期，鲁迅的美学思想具有激进的、反叛封建统治的性质。鲁迅是中国近现代史上伟大的思想家、文学家、革命家。1904 年，鲁迅前往仙台医学院学医，后“弃医从文”，走上了文艺救国的道路。虽然鲁迅一生主要精力都在文学创作和文化批判上，但其美学思想也闪耀着光辉。尤其是鲁迅早期的美学思想，接受了进化论和尼采“超人”哲学的影响，考察艺术的发展史，具有强烈的自由和反叛思想，启蒙色彩浓厚。

鲁迅于辛亥革命期间发表的著名的美学论文《摩罗诗力说》，用自由、反叛的美学观，评述西方 19 世纪浪漫主义文艺思潮，“别求新声于异邦”，借摩罗的形象象征 19 世纪欧洲的浪漫主义诗人，高度赞美他们“大都不为顺世和乐之音，动亢一呼，闻者兴起，争天拒俗”的精神。鲁迅对“摩罗诗派”的反抗和自由精神的歌颂以及对儒家传统美学“顺世和乐之音”的批判，传达出一种强烈的希冀“国民精神之发扬”的时代心声，流露出面对当时中国，“哀悲所以哀其不幸，疾视所以怒其不争”的激荡情怀。鲁迅拷问当今中国是否“有作至诚之声，致吾人于善美刚健者乎”，与辛亥革命的时代脉搏紧密相扣，表现出积极进取、勇于担当的进步的启蒙美学思想。

鲁迅注重美学“掊物质而张灵明”的精神作用。除《摩罗诗力说》外，1907—1908 年间，鲁迅撰写了几篇渗透着美学思想的文章，如《人之历史》

① 蔡元培：《对于新教育之意见》，高平叔编：《蔡元培全集》（第二卷），第 137 页。

《科学史教篇》《文化偏至论》，提出“诚若为今立计，所当稽求既往，相度方来，掊物质而张灵明，任个人而排众议。人既发扬踔厉矣，则邦国亦以兴起”，把革新、改造文艺作为社会改革的重要内容。鲁迅在辛亥革命后撰写的《拟播布美术意见书》中也提出了自己的美学观点：“美术可以表见文化：凡有美术，皆足以征表一时及一族之思维，故亦即国魂之现象；若精神递变，美术辄从之以转移。”始终把文艺同人的精神和国民性问题紧密地联系在一起，其启蒙美学思想具有明显的改造社会和国民性的倾向。

关于鲁迅的美学地位，叶朗认为：“早期鲁迅的美学是中国近代史上最进步、最健康的美学。《摩罗诗力说》是‘五四’运动的先声。”① 张法认为，中国现代美学有梁启超的社会学模式，蔡元培的教育学模式，朱光潜的现象学模式，宗白华的文化学模式②，并未提及王国维、鲁迅的模式。而我们根据中国现代美学起始于辛亥革命时期这一观点，认为鲁迅美学与王国维美学、蔡元培美学都属于中国现代美学开创期已形成模式的美学，三者之间并无对立，相反有某种精神上的相通和契合，与辛亥革命的思想潮流一致。

相较于蔡元培和鲁迅革命的、启蒙的、反叛的美学思想，王国维的美学思想曾被认为是保守的、消极的，甚至被认为是与民主革命格格不入的，即“鲁迅的美学与王国维的美学是根本对立的”。③ 但现有史料表明，不仅王国维美学与辛亥革命时期后半段在时间上同步，而且在思想上也有相通之处。辛亥革命期间，王国维思想有其积极的、现代性的一面。在《书辜氏汤生英译〈中庸〉后》（1906）中，王国维从哲学的角度审视乃至质疑和批判以孔子为代表的儒家：“孔子教人，言道德，言政治，而无一语及于哲学。”“今试问孔子以人何以当仁当义，孔子固将由人事上解释之。若求其解释与人事以外，岂独由孔子之立脚地所不能哉，抑亦其所不欲也”④，认为以孔子为代表的儒家伦理只是建立在“人事”上，而缺乏真正的哲学依据。早在1904年的《论性》中，王国维就对孟子直至程朱的“性善”“性恶”说逐

① 叶朗：《中国美学史大纲》，第647页。

② 张法：《中国现代美学：历程与模式》，《人文杂志》2004年第4期。

③ 叶朗：《中国美学史大纲》，第647页。

④ 王国维：《书辜氏汤生英译〈中庸〉后》，姚淦铭、王燕主编：《王国维文集》（下），第24、25页。

一进行分析和审视，提出了“盖人性苟善，则堕落之说为妄，既恶矣，又安知堕落之为恶乎”的质疑，又在《论今年之学术界》中大胆评论儒家道统，被佛雏认为是“回顾了两千年来的学术史，明白揭露了那个‘一尊’‘道统’对学术思想发展所造成的深刻危害性”。[①] 在《释理》(1904) 中，王国维从梳理“理”的东西方源头入手，认为：“以理为形而上学之意义者，与《周易》及毕达哥拉斯派以数为有形而上学之意义同，自今日视之，不过一幻影而已矣。”[②]

与王国维的思想在辛亥革命时期表现出的这种积极的方面相一致，王国维美学虽未与辛亥革命运动发生直接的联系，但其关怀人生苦难的人生美学特质，与辛亥革命关注民生的目标有相通之处。王国维的美学研究虽有一定的抽象性和形而上色彩，但在民生凋敝、社会动荡的大背景下，能将对人生问题的探索与社会现实问题联系起来，因而在更深的层面上与政治、社会发生了联系。王国维在《去毒篇》(1906) 中谈到吸食鸦片的问题时认为：“自国民方面言之，必其苦痛及空虚之感深于他国民，而除鸦片外别无所慰藉之之术也”“故禁鸦片之根本之道，除修明政治，大兴教育，以养成国民之知识及道德外，尤不可不于国民之感情加之意焉。其道安在？则宗教与美术二者是”。[③] 他认为中国人吸食鸦片的根本原因在于“国民之精神上之疾病”，所以在政治、教育、道德外，还要用宗教和美术慰藉国民情感、复兴国民希望，以此让国民精神不再空虚，进而达到戒除鸦片的目的。王国维将美育的功能运用到当下社会现实问题，并提出了解决之方，这说明王国维的美学与辛亥革命时期的社会、人生问题紧紧相连。其人生美学以关注人生为目的，求“生活之欲的苦痛”的“解脱之道”，着意于国民精神疾病的解救，与辛亥革命的大目标有一致之处。就此而言，王国维的人生美学也与蔡元培以美育强国、鲁迅改造国民性的主张相契合。因此，可以说，王国维《〈红楼梦〉评论》和《人间词话》中的“悲剧之悲剧”说和人生境界说在激进的革命年代有其积极意义和恒久价值。王国维美学是在辛亥革命时期后

---

① 佛雏：《王国维诗学研究》，北京大学出版社 1999 年版，第 20、21 页。

② 王国维：《释理》，姚淦铭、王燕主编：《王国维文集》(下)，第 155 页。

③ 王国维：《去毒篇》，姚淦铭、王燕主编：《王国维文集》(下)，第 13 页。

半段形成的、在学科上有开拓、思想上呈现进步倾向的人生美学。

值得注意的是，王国维之于辛亥革命运动又表现为消极和反动的一面。武昌起义后，王国维携家避地日本，直到1916年回国。1923年，王国维当上末代皇帝溥仪的“南书房行走”，表现出他对封建复辟的拥护态度。1927年，王国维自沉于昆明湖，后被溥仪和遗老们谥为“忠悫公”，以表彰他对清王朝的忠诚。佛雏认为：“王氏的‘自沉’，除当时政治环境与传统伦理因素外，还跟他的相当深固的美学体系，特别是其中的‘天才论’‘壮美’观与‘解脱’说，颇有关联。”① 但从王国维的美学研究历程来看，其美学思想在辛亥革命后并无新的发展，也没有证据表明其美学思想延伸到其政治思想和行为中。从王国维1912年后不再从事美学研究来看，也许以实际行动推翻清王朝的辛亥革命成了王国维美学乐章的“休止符”，其后的保皇思想已与其美学思想无关。或许可以说，这是王国维思想的内在矛盾，即审美的自由解放与复辟帝制的保守僵化之间不可调和的矛盾所导致的必然结果。王国维进步的人生美学与他对辛亥革命运动的回避，一定程度上体现了美学的学科性特点和规律。

由上可见，中国现代美学的开端是以民主革命、反对封建、关心民生为基调的，这一基调就构成了中国现代美学不同于封建时代美学思想的实质，也是中国现代美学得以确立的基础。

（二）中国现代美学开端的学科贡献

作为中国现代美学起始的学术成果，也就是中国人第一次撰写的有关美学的论著始于王国维。1904年，王国维首次借用西方美学思想来阐释、评论中国文学作品。王国维的《〈红楼梦〉评论》用西方美学的观点研究中国古典小说，揭示“《红楼梦》之美学上之价值”，称其为“悲剧中的悲剧”，提出文艺的任务是“示生活之欲的苦痛”，“又示其解脱之道”。因而王国维的美学研究已经突破了中国古代诗文评论的窠臼，而具有现代学术注重理论，注重方法，注重学科特点的属性，对于中国现代美学的建立具有开创性的意义，被称为“中国美学第一人”也是当之无愧的。写于1908年的王国维《人间词话》是一部借助西方美学的观念和方法，将人生境界与诗歌意

① 佛雏：《王国维诗学研究》，第404页。

境融合起来进行研究的中国式美学著作，将中国诗学的丰厚底蕴与西方美学的学术思想统一起来。这两部著作在具有现代学科性特点的同时，还都将审美、艺术与现实人生紧密结合，显示了王国维美学研究对人生问题的关注，初步构造了现代人生论美学框架。

不仅如此，王国维还创建了一系列中国美学范畴："主观之诗人""客观之诗人""有我之境""无我之境""大境""小境""造境""写境""隔与不隔""直观""出""入""轻视""重视""生气""高致""胸襟""内美""理想""写实""真性情""优美""宏壮""古雅""眩惑""天才"等，具有"美学"范畴下的戏剧、诗歌的创造与欣赏论，审美价值论，审美形态论，审美胸怀论和真实观的归属。它们之间都有着理念上的、方法上的、形式上的某种内在联系，具有"群"的系统性。在这个学科范畴群中，一方面体现出了美学概念之间联系的静态结构，另一方面也展示出了审美意识的动态过程，如"出"和"入"的审美范畴就可被认为是在移情与距离之间保持一种张力。正是在这个意义上我们完全可以说，王国维美学范畴群的出现，是美学作为一门学科在中国开始成形的标志，其美学论述也具有开创性意义，对整个中国现代美学的发展具有规定方向的作用。

令人遗憾的是，王国维的美学研究只有 8 年时间。罗继祖曾这样概括王国维学术历程的发展线索："大抵先生之学屡变，光绪辛丑（1901）、壬寅（1902）之间，始研究西洋哲学，醉心于尼采、叔本华之学说，一变也；先生初好为诗，至乙巳（1905）至丁未（1907）之间，弃哲学而转入文学，喜填词，二变也；是年入都，鉴于中国文学不振者莫如戏曲，于是专攻戏曲，三变也；辛亥（1911）革命，避地日本京都，于是悉摒弃以前所学改而治古史、古文字及训诂音韵，四变也；乙丑（1925）就职清华，课余兼治西北地理及辽金元史，五变也。"① 其治学呈现出"研究西学—研究文学—专攻戏曲—改治古史—兼治地理及辽金元史"的变轨。王国维的译著基本上是在 1901 年到 1910 年之间完成的，且多与哲学和美学有关；而其最重要的美学著述基本上是在 1904 年到 1912 年之间完成的。可见，王国维对于西方美学的译介和个人原创性的美学著作的生产期与辛亥革命时期

① 周锡山编校：《王国维文学美学论著集》，北岳文艺出版社 1987 年版，序言，第 1 页。

有很大的重合。辛亥革命后，王国维有关历史学、考古学的研究成果已与美学无关。

从美学学科的建设上说，蔡元培是在辛亥革命期间开始关注西方美学学科的，并开始有意识地介绍美学学科。1900 年，蔡元培的日记中抄录了一份“日本学校课程表”，其中的“教育学”栏目下列有“美学”。这是蔡元培的文字中最早出现“美学”一词，但只是日记中的随手记录，并无系统的论述文章。1901 年，蔡元培在从日本井上圆了君《佛教活论》节译的《哲学总论》中，将哲学划分为有形之学和无形之学，无形中又分有象、无象两种，其中前者包括“论理学、伦理学、审美学、社会学、教育学、政治学等”。[①] 他论述道：“审美学论情感之应用”，“美育者教情感之应用是也”。这是蔡元培第一次提及并描述西方近代学术意义上的美学学科和美育，比 1903 年王国维《论宗教之宗旨》一文提及“美育”早了两年。不过，人们一般还是推崇王国维为中国现代美学的第一人，原因在于，王国维早在 1902 年翻译《哲学小辞典》时已给美学下了定义，其《〈红楼梦〉评论》是第一部结合文学评论来阐发美学原理的专著，而蔡元培的《哲学总论》提及美学和美育，还只是一种介绍性的学科知识汇编，不能算是严格意义上的美学研究成果。蔡元培本人也说自己“到四十岁，始专治美学”。[②] 1903 年，蔡元培根据日文译出《哲学要领》。此书为德国学者科培尔在日本文科大学讲课的讲义，由日本下田次郎译述为日文。《哲学要领》，书中简要论述了美学的起源、本义以及基本原理：“美学者，英语为欧绥德斯 Aesthetics，源于希腊语之奥斯妥奥，其义为觉为见。故欧绥德斯之本义，属于知识哲学之感觉界。康德氏常据此本义而用之，而博通哲学家，则恒以此语为一种特别之哲学。要之美学者，固取资于感觉界。而其范围，在研究吾人美丑之感觉原因。”[③] 这说明蔡元培一直是从现代意义上理解美学的概念并有意识地介绍和引进美学学科的。

① 蔡元培：《哲学总论》，中国蔡元培研究会编：《蔡元培全集》（第一卷），第 355 页。

② 蔡元培：《假如我的年版纪回到二十岁》，中国蔡元培研究会编：《蔡元培全集》（第七卷），第 48 页。

③ 蔡元培译：《哲学要领》，中国蔡元培研究会编：《蔡元培全集》（第九卷），第 9 页。

这里值得注意的是，同是积极译介、引进西方美学、倡导美育的蔡元培和王国维，作为中国现代美学学科的创建人，他们在辛亥革命时期的学术成果产出方式不同。王国维边译介和引进西方美学，边研究中国美学问题，边发表和出版美学论著，而蔡元培却更多地从事译介和引进、倡导工作，在国外从事美学的进修和研习，直到1912年初才发表首篇美学论文。但是，武昌起义后不到三个月的时间内，蔡元培就以临时政府教育总长的身份提出了美育的主张，并将自己对西方美学理论的学习应用到中国的实际需要中，从学科性和美学实践的角度将中国美学的开端提升到一个新的高度，这不能不说是蔡元培在辛亥革命时期潜心美学、厚积薄发的结果。

蔡元培对中国现代美学的主要贡献在其最早且比较系统和持久的美育论述[①]，并通过他在教育界的地位将美育作为国民教育的一部分付诸实践。而这些论述和实践主要是在辛亥革命前后。在一定程度上可以说，辛亥革命使得蔡元培的美学有了抛开忠君、遵经、礼仪等旧有观念，代之以西方的国民教育及美育的可能。辛亥革命后，他曾提出著名的“以美育代宗教”的主张，将美育作为改造中国旧有文化的有效手段，达到了美学学科性与思想性的有机结合。对蔡元培的活动历程进行梳理，我们会发现，蔡元培美学思想的形成与辛亥革命有着密切的关系。

鲁迅除了《摩罗诗力说》中表达了具有革命性的反叛思想外，还表达了他对审美特性的深刻理解。在谈到艺术本质问题时，他认为“由纯文学上言之，则一切美术之本质，皆在使观听之人，为之兴感怡悦。文章为美术之一，质当亦然”。他又认为，文学艺术“以能涵养吾人之神思耳。涵养人之神思，即文章之职与用也”，从而提出了文学艺术具有“不用之用”的审美特性的美学观。这一美学观又在1913年发表的《拟播布美术意见书》中得到了发展。鲁迅认为，“言美术之目的者，为说至繁，而要以与人享乐为臬极，惟于利用有无，有所抵牾”；同时又说“顾实则美术诚谛，固在发扬真美，以娱人性，比其见利致用，乃不期之成果”。鲁迅关于文艺和审美的

---

① 聂振斌认为：“在近代中国，王国维虽早于蔡元培正式提出了‘美育’，但美育的真正倡导者和实施者是蔡元培。”（聂振斌：《中国近代美学思想史》，第145页）

“不用之用”说，并非“一种自相矛盾的特殊的命题”[①]，而是包含着对审美功利性问题的深刻理解。这在鲁迅1930年5月译完普列汉诺夫《艺术论》后所作《序》中得到了更为明确的表达：审美是直觉的、无功利的，但其背后潜藏着对人类的大功用。鲁迅用这种“不用之用”和“不期之果”的美学观点解释文艺的本质和功用，与王国维人生美学的超然性、梁启超小说论的纯粹功利性、蔡元培美育美学的教育功利性相比，显示出一种深得康德美学悖论“无目的的合目的”之真谛的辩证思想。

尽管依照学科性与思想性统一的原则来看，鲁迅与梁启超一样，不具有王国维和蔡元培那样的美学学科开启价值，没有提出明确的美学范畴，也没有运用美学理论解决具体的美学问题，但在鲁迅的美学思想中有着对审美特性之功利悖论、目的悖论的深刻理解。此外，鲁迅针对几千年封建统治的“顺世和乐之音”的批判，表现出自由、破坏和创造的精神，与辛亥革命的精神相通。因此，处于中国现代美学开端的鲁迅美学思想不容忽视。

以上三位美学家在中国现代美学的起始期，不仅表现出思想的现代性和革命性，而且也表现出对中国现代美学学科建立的开创性贡献。相比较而言，王国维对美学学科的贡献表现在著述最早、最多、最集中、成果产出时间最短；创建的美学范畴最多；学科性与思想性的结合最紧密；创建了人生美学。蔡元培的贡献在于虽然著述最晚，但却最专；美育研究方面的成就最高；学科性与思想的结合较紧；创建了美育美学。鲁迅的贡献在于虽然学科性与思想性的结合不紧，但其启蒙美学思想对审美功利悖论的揭示最为深刻。

王国维、蔡元培作为中国现代美学开创期的代表人物，体现了中国现代美学的学科性和思想性的结合，而在鲁迅那里，学科性与思想性尚欠结合。但就思想性而言，王国维用宗教和美术来疗救“国民之精神上之疾病”、蔡元培提倡全民审美教育、鲁迅主张“国民精神之发扬”，在精神旨趣上是相通的，即振奋国民精神，复兴中华。这无疑与辛亥革命救亡图存的主旨相一致，构成了中国现代美学的现代性和进步性以及学科创建的特殊性。正是辛

① 刘再复：《鲁迅美学思想论稿》，中国社会科学出版社1981年版，第253页。

亥革命时期这三位各具特性的美学家的共同奉献，既构建了中国现代美学学科模式，又形成了中国现代美学丰厚而深刻的思想内涵，并为今日之美学提供了精神源泉。

（三）中国现代美学开端的影响

辛亥革命不只是一个历史事件，而且是一个历史时期，是一个影响力不断生成并增强的过程。同时，辛亥革命时期也是中国现代美学的开端。这不仅是因为1906年王国维在《奏定经学科大学文学科大学章程书后》中论述了设立美学学科的正当性，而且是因为王国维从1904年起就通过一系列美学评论建立了中国美学范畴群，从而为中国现代美学的诞生奠定了坚实的基础。学科意义上的中国现代美学是在辛亥革命时期后半段，在对西方美学的译介、引进、移植的基础上，通过对中国传统的审美范畴群的提炼、改造、阐释而建立起来的。除了美学学科的建立外，处于开创期的中国现代美学在思想上的疗救和重塑国民精神、在文化上的振兴中华的诉求也与辛亥革命的思想和目标密切相关。不仅蔡元培、鲁迅关注国民教育和国民性的进步的美学与辛亥革命的纲领相契合，而且如王国维那样与辛亥革命若即若离、看似消极规避的美学，在思想、学科、话语、理论视角上也抛弃了封建时代的传统，代之以中西结合的美学话语系统，与蔡元培、鲁迅一起开启了一个全新的中国美学时代。

尽管中国现代美学发生期处在封建皇权与革命力量并存的新旧交替阶段，而美学学科的内在规定性使中国现代美学与辛亥革命运动未能发生象五四运动期间革命与文学那么直接的、明显的现实联系，但中国现代美学在时间上发生于辛亥革命后半段，无论在美学学科的设置还是美学思想的现代性上，都与辛亥革命后半段密切相关。而中国现代美学在辛亥革命时期后半段诞生，却不与辛亥革命运动发生实在的直接联系，这一现象在一定程度上说明现代学科建立和发展的独立性特征。王国维、蔡元培、鲁迅三人，分别从人生美学、美育美学、启蒙美学三个方面形成了中国现代美学的基本模式和主要内容，并影响甚至规定着中国现代美学和当代美学发展的方向。人生美学的研究如今成为美学研究的热点；[①] 美育则得到来自政府和民间两方面的

① 参见王元骧、王建疆、金雅《人生论美学初探》（专题讨论），《学术月刊》2010年第4期。

大力提倡，蔡元培所提倡的“以美育代宗教”的主张，在一个缺乏宗教传统的国度所进行的当代精神文明建设中，其影响正与日俱增；自觉抵制拜金主义、感官享乐主义的美学批判也延续了鲁迅“掊物质而张灵明”启蒙美学的思想。因此，中国现代美学与辛亥革命之间在思想上、精神上或直接或间接的联系，证明中国现代美学与辛亥革命之间存在无法解开的历史纽结。而且，这一时期的民主革命弃旧图新、解放思想、关爱民生的特点，使得中国现代美学具有了广阔的历史空间和思想空间。

论中国现代美学的两种道德重建思路
——基于对“以道德代宗教”说与“以美育代宗教”说的比较性考察

潘黎勇*

一

学界一般认为，中国现代美学存在着两种思想传统，即根据审美意识和审美价值的超越与独立与否，分为审美自律传统与审美他律传统，或称非功利传统与功利主义传统。自律论“强调人类审美活动的独特品格、价值、独立地位的理论，是审美的目的论……”他律论“强调人类审美活动对其他活动的辅助功能和依附关系的理论，是审美的工具论”。① 而审美自律论的提出，也就是对作为其核心思想的审美无利害性原则的明确阐释，被认为是中国现代性审美意识的起始和中国现代美学诞生的标志。然而，中国现代美学与审美实践的事实却异常清晰地昭示出，纯粹的非功利的自治论美学从来没有占据美学史的主流地位，反而是具有明确政治功利指向和道德目的论内涵的他律论美学成为思想言说的最强音，成为中国现代美学“最为现实的必由之路”。这里所谓的他律论美学已不仅仅是上面区分的两种美学传统中与自律截然对立的“他律”一方，它还包括自律论美学界域内所表现出的功利主义倾向，两者包含相同的价值追求，即道德文化的改造和社会政

* 潘黎勇，首都师范大学文艺学2007级博士生，指导教师：王德胜。

① 薛富兴：《自治与他治：中国现代美学的现实道路》，《文艺研究》1999年第2期。

治的重建。[1] 而按照现代知识分子对中国现代性的推进线路，国家政治实质有效的进步在很大程度上取决于国民道德精神状况的改善，后者由此成为中国现代美学——无论是审美他律论还是自律论——最为核心的目的论意旨。那么，显而易见的问题是，道德重建的资源从哪里来？在美学的叙事框架中，这种道德资源又是如何被转换和利用的。

众所周知，现代中国价值重建的一个核心问题是如何处置传统思想文化与西学（科学理性文化）的关系，质而言之，就是如何对待世代相传、绵延长久的中国传统。不管是顽固的守旧派、开明的新传统主义者还是激进的反传统主义者，如何处理传统成为他们在建构自己话语系统过程中面临的首要课题。要么是偏执地维护，要么是批判地继承，抑或是全盘地反对，无论如何都与传统相关联，都要“在过去的掌心中”打转。甚至是全盘的反传统主义，按照林毓生的看法，他们那种“借思想文化以解决问题”的思维方式也是传统的一部分。现代知识分子与其生长其间的传统割舍不断的情感纽带，使前者在规划价值重建方案时必须妥善安顿传统的位置，或者作为新的价值系统的一种参照系，或者成为新的价值系统必不可少的结构性要素，但就是无法对它置若罔闻。这两种取向很大程度上是由西学在价值重建过程中的主导地位造成的，这使得传统不再是不证自明的信仰，而成为被思考和选择的对象。但事实上，知识分子们对传统的所有思考和选择都是以一种或隐或显，或正或反的辩护姿态来证明后者的某种合法性。

这里存在着两种论证思路，即传统价值的普世化和普世价值的本土化。所谓传统价值的普世化就是将中国的价值观念和思维方式当作世界文化——当然首先是西方——的共享属性或必然的发展趋向，这种论证思路最早隐晦地存在于洋务派对于“中体西用”模式的阐释中。力图改革的当权士大夫一方面建议统治集团大胆地引入、学习西方的科学技术之“用”，另一方面却相信，中国在关乎生命信仰和道德实践的人文价值方面仍然保有不可动摇

① 一个显著的例子是王国维，可参看杜卫的《审美功利主义》第二章，人民出版社 2004 年版，及拙文《“美术者”何以是“上流社会之宗教”——论王国维审美信仰建构的世俗性》，《社会科学辑刊》2011 年第 2 期。

的优越性，就连西方也不得不正视和学习，其中隐含了中国人文精神成为普世价值的可能性。第一次世界大战后迅速蔓延的“西方末世论”更使梁启超、梁漱溟、杜亚泉这些保守主义知识分子对传统文化的前景产生了前所未有的信心，他们与西方的悲观主义者共同催生的“东方文化救世论”赋予传统普泛的世界性意义。普世价值的本土化逻辑则首先承认西方价值的普遍效用，但坚信这些价值观念在中国传统文化中一直存在，或者含有与之相应和相似的概念与命题，这样就将深受质疑的传统推向与西方价值对等的地位，从而可以依据后者的普世性来消解前者的合法性危机。为了顺利推进自己的改革，洋务派坚持认为科学——包括技术与观念——是中国所固有的，维新派则从孟子的“民为贵，社稷次之，君为轻”的思想中找到“民主”的中国知音，主张中西调和的新传统主义者通常也持这种观点，因为中西拥有的价值共性是他们对话、调和的基础，而一些西化派甚至也从传统思想中寻找全盘西化的条件。

由于传统的先在性地位和在西学冲击下的危急境遇，传统价值的普世化与普世价值的本土化成为现代知识分子在价值重建过程中对待传统资源的两种基本策略，而中国现代美学的道德价值追求同样贯穿了这两种思维策略。问题的关键是，在现代中国语境中，传统与现代、中国与西方的价值张力是如何结构在美学话语当中的，在道德重建的维度上，所谓传统价值的普世化与普世价值的本土化又是如何借由美学叙事来完成的。我们认为，蔡元培的“以美育代宗教”说和梁漱溟的“以道德代宗教”说这两个家族相似命题代表了现代美学道德重建方案的上述两种思维向度。两个命题的精神实质都是“以审美代宗教”，且都表达了明确的道德重建意图，这使我们有理由将“以美育代宗教”和“以道德代宗教”作为中国现代美学之道德价值建构的两种思维模式来比较它们的同异之处。通过这两个命题，蔡元培和梁漱溟对以儒家思想为主体的传统道德资源表现出相同的期望和热情，他们相信，无论现代中国试图构建怎样全新的道德建筑，都必然需要一些仍未失去典范意义的传统道德观念作为其主要的思想部件和表述机制。

二

梁漱溟的“以道德代宗教”命题蕴含了两种判断形式。第一种是显性的事实判断。“以道德代宗教”是中国历史中业已存在的社会文化事实，不管是道德还是宗教，都是中国文化系统内部的事物，也是中国文化自身演变的两种形式要素。这里的重点在于说明道德何以代宗教，即落实到对道德意蕴的本质分析。在梁漱溟看来，道德的本质内涵就在礼乐陶养之情感，因此“以道德代宗教”实际成为“以礼乐代宗教”，问题由此聚焦到对礼乐的情感内质和审美本性的分析上来。第二种是隐性的价值判断，只有将“以道德代宗教”命题置入现代中国道德价值重建的语境中，才能深入体会梁漱溟立足民族价值立场，意图复兴儒家道德精神的良苦用心。梁漱溟认为，“中西文化不同，实从宗教问题上分途；而中国缺乏宗教”①，那么宗教显然是西方文化的本质特征了。于是，在“以道德代宗教”命题中，儒教中国的道德精神（审美精神）与西方的启示宗教被对立起来，其结果是前者取代后者，在此主要是探明宗教为何要被取代。事实上，作为第二种判断形式的“以道德代宗教”并非一种文化演化逻辑，宗教更多地成为凸显儒家道德价值的参照系，后者在梁漱溟那里显然是现代中国道德重建的首要资源。而更为重要的是，上述两种判断都内含着某种深刻的美学视角和审美化的阐释逻辑，这使得“以道德代宗教”命题成为中国现代思想文化场域中一种独特的美学话语。

如果以美学的眼光来看，梁漱溟“以道德代宗教”说的实质乃是一种为民族文化辩护的“道德论审美主义”，因为在他看来，儒家道德意识的培养全在于以礼乐教化为核心的审美陶养机制。道德的审美化本质与审美的道德主义抱负使梁漱溟在审美精神与道德精神二元合一的层面上彰显了儒家道德文化的现代性价值，而审美精神与道德精神由此成为其文化保守主义思想的一体之两面，它们同属儒家文化范畴。不过，必须申明的是，梁漱溟的审美精神意向始终包裹在他对儒家道德体制的美学化阐释之中，并没有成为一种独立的思想形式。因此，即使我们从美学视角来探讨梁漱溟有关儒家道德体系的重构路径，

---

① 梁漱溟：《中国文化要义》，《梁漱溟全集》（第三卷），山东人民出版社 1990 年版，第 122 页。

也必须完全按照其思想所在的儒家道德价值场域及其阐释话语为言说范导和理论内核展开论述。我们试图说明，梁漱溟以道德价值为中心的文化民族主义思想是在怎样的逻辑框架中进行叙述的，而这种逻辑从某种程度上亦可表征出现代美学在道德思维方面的一种选择策略，对此尤其可以在“以道德代宗教”命题及其相关理论背景中找到答案。

“以道德代宗教”命题以共时的横向比较和历时的纵向判断两种视野论证了儒家礼乐道德的特殊性和普世性。从横向比较来看，道德与宗教被认为是中国与西方两种不同文化生活的特异所在。如梁漱溟所说：“西方之路，基督教实开之；中国之路则打从周孔教化来的；宗教问题实为中西文化的分水岭。”①不过，他亦承认任何“文化都是以宗教开端，中国亦无例外”②，然在中国社会所言之宗教只限于早期低级的图腾崇拜和自然崇拜以及从未断绝的祭天祀祖，当周孔教化兴起之时，中国文化的重心便集中到非宗教的礼乐制度——周孔教化的核心部分中去了，就连最具宗教意味的祭天祀祖也只成其一种条件而已。周孔教化终于使中国成就一种以伦理为本位的社会组织形式，它以家庭生活为中心，消融了个人与团体这两种实体形式。与此相反，宗教自古希腊罗马开始就一直支配西方人的日常生活和整个社会文化体制。西方社会所由组成，全“恃乎宗教”。“他们亦有法律，亦有政治，亦有战争，亦有社交娱乐；但一切原本宗教，而为宗教之事。”③ 但古罗马的多神教并不符合大一统帝国的政治文化要求，旧教的荒虚终于造成政治格局的混乱与文化生活的衰靡，直到基督教的出现才挽救西方文明于危局，并从中孕育出近代文明。

总之，从古至今，西方社会的物质生活和精神世界莫不与宗教相关联，莫不由宗教所支配。梁漱溟通过这种中西对比意在揭示，若“以人生之慰安勖勉为事”这一宗教定义来看，中国之家庭伦理使人在广泛而深层的道德实践中去寻求人生的意义，从而成为宗教的替代品。既然如此，儒家道德之根本又为何呢？显然是“亲亲”的孝悌之情，它是“情感发端的地方”，是“一切用情的源泉”，是一种直觉和本能，由此也是对个体生存关系的一种

① 梁漱溟：《中国文化要义》，《梁漱溟全集》（第三卷），第97页。

② 同上书，第101页。

③ 同上书，第53页。

审美化体验。这种审美化的道德本能由“专门作用于情感”的礼乐涵养所得，因“他从‘直觉’作用于我们的真生命”。①

在以上的对比叙述中，儒家的道德精神（审美精神）与西方的启示宗教被对立起来，正是这种对立昭示了一种渴求平等的价值意图。梁漱溟认为，两种文化精神“无所谓谁家的好坏，都是对人类伟大胜利的贡献。却自其态度论，则有个合宜不合宜”。② 由于西方文化处于强势地位，这种论述明显是在拔高传统文化的地位。梁漱溟竭力强调儒家道德主义的特殊性和民族性，与西方在宗教规导下的灵智生活相比，儒家那种充满情感张力的伦理生活反而显出其独特价值。他力图反拨在“五四”时期已成潮流的反传统主义，希冀在轰轰烈烈的“打倒孔家店”运动中开出“孔子学说的重光”，其中首要一点便是确证，由儒家道德理性构筑的中华文化并未在现代性精神框架中失去规划个体生存意义的功能。然而，仅仅表达儒家道德体验模式的民族特殊性还不能完全使其走出被质疑的境地，因为那至多说明它作为一种民族文化形态有置列于多元性的世界文化格局中的基本权利，却仍然没有消除在文化殖民主义笼罩下被强大的异族文化所吞噬的危险。唯一的途径便是证明这种文化形态具有超越民族限制的世界性意义，具有人类文化在当下存在与未来发展中所共享的价值属性和精神特征。梁漱溟试图让人们相信，“那些能被现代人重新肯定的中国的传统价值，将依然是符合现代人各自的标准的价值”。③ 这里的现代人当然不只是现代中国人，而是全人类。他在思考中国文化的前景时如此期望道：

> 东方化（主要是指中国文化——引者注）还是要连根的拔去，还是可以翻身呢？此处所谓翻身，不仅说中国人仍旧使用东方化而已，大约假使东方化可以翻身亦是同西方化一样，成一种世界的文化……此刻问题直截了当的，就是东方化可否翻身成为一种世界文化？如果不能成

---

① 梁漱溟：《东西文化及其哲学》，《梁漱溟全集》（第一卷），山东人民出版社1989年版，第468页。

② 同上书，第526页。

③ ［美］列文森：《儒教中国及其现代命运》，郑大华、任菁译，中国社会科学出版社2000年版，第94页。

> 为世界文化则根本不能存在；若仍可以存在，当然不能仅只使用于中国而须成为世界文化。[①]

很明显，只有当传统文化发展成为普世性的世界文化时才能保其永恒的地位，这种意图在“文化三路向”说和“世界文化三期重现”说中最终得到实现，即我们所谓在纵向判断中裁定儒家道德体系的合法性。

梁漱溟认为，文化“不过是那一民族生活的样法”，而“生活就是那没尽的意欲（will）……和那不断的满足与不满足罢了”。[②] 根据“意欲”的可能满足与不满足，存在着性质不同的人生三大问题：人对物的问题；人对人的问题；人对自身生命的问题。第一大问题只有依赖意欲向前追求，通过征服自然以实现个体生存和种族繁衍才能解决；而在处理人我关系的问题时就必须摒弃向外征服的态度，通过向内用力、反求诸己来求得生存关系的和谐；第三大问题包含灵与肉、生与死的终极思考，无论向外追求还是向内调和都无法解决，只有通过禁欲的修炼使个体从自我意识与外在世界的虚幻中解脱出来，从根本上取消生存意志方能达成。在梁漱溟看来，这三大问题及其解决方式正好对应西方、中国、印度的三种文化路向。西方文化“是以意欲向前要求为其根本精神的”[③]，所以产生科学与民主；中国文化“是以意欲自为调和持中为其根本精神的”，所以造就以伦理为本位的社会，开出儒家道德精神；印度文化则“以意欲反身向后要求为其根本精神”[④]，从而开创了宗教的兴盛繁荣。本来这三大问题作为人类文化发展的三个阶段应该顺次展开，但事实上却成为平行存在的三大文化系统。梁漱溟认为，由于历史的偶合与天才的奇想才使中国文化与印度文化跳过第一阶段而径直面对第二和第三个问题，这也是中国文化陷入生存危局的因由所在，因为它“不合时宜”。而当西方文化在第一路向上——也是当下世界文化的总体特征——走向高度成熟时，其弊端也逐渐显露，于是，世界文化在走完第一

① 梁漱溟：《东西文化及其哲学》，《梁漱溟全集》（第一卷），第338页。
② 同上书，第352页。
③ 同上书，第353页。
④ 同上书，第383页。

路向之后自然转到第二路向上去，儒家的态度便显出其真正之必要。梁漱溟乐观地陈述道：

> 我们已经看清现在将以直觉的情趣解救理智的严酷，乃至处处可以见出理智与直觉的消长，都是不得不然的。这样，就从理智的记虑移入直觉的真情，未来人心理上实在比现在人逼紧了一步，……从孔家的路子更是引人到真实的心理，那么，就是紧辏。①

他坚定地认为，世界未来文化就是中国文化的复兴。人类生活无非上述三种根本态度（意欲向前、调和持中、向后），这三种态度都因人类生活中的三大问题而各显其必要与不适用，态度会随着问题的改变而改变，无论是问题或解决这种问题的态度，都是人类所共同面对和持有的，因此具有普遍性的意义。由此看来，儒家那种意欲调和持中的伦理态度势必成为世界文化的发展方向，而这种未来道德景象的重要表征便是“艺术的盛兴”和“礼乐的复兴”。只有通过审美化的礼乐机制才能调适被理智所桎梏的情感，走向解脱本能的道路，最终成就一种和谐、圆融的道德自由状态。儒家礼乐所包含的审美化道德旨趣便在这种人类文化路向的转换要求中获得了一种普世性价值。

紧随中国文化之后将是对应第三大问题的印度文化的复兴，也就是出世的宗教精神将使生存主体从由人与物、人与人的关系构筑而成的日常生活中完全解脱出来，迈向完全超绝的境界。但在梁漱溟看来，宗教之超绝与神秘是和情感解放的根本宗旨相违背的，知识发展的水平亦未达到这样的要求，因此，可以预见，“一切所有的宗教不论高低都要失势，有甚于今”，宗教这条路在可见的将来似乎走不通。况且，对于还未走完第一路向（现代化）的中国来说，这种出世的态度更应完全排斥，丝毫不许容留。然而，态度的取舍却不能否定问题的存在，解决的办法就是“辟出一条特殊的路来：同宗教一般的具奠定人生勖慰情志的大力，却无藉乎超绝观念，而成功一种不含出世倾向的宗教”②，这是什么路？当然是儒家的礼

① 梁漱溟：《东西文化及其哲学》，《梁漱溟全集》（第一卷），第527页。

② 同上书，第523页。

乐之路。如果说，从横向比较来看，“以道德代宗教”是在中西文化精神的对比论述中描绘出的中国文化的本质特征，“道德”与“宗教”表现出了中西文化的价值内核。那么，在上文“文化三路向”说的理论框架中表达的“以道德（礼乐）代宗教”思想，其中“宗教”所代指的西方文化似乎变成了印度文化，然而，这里的“宗教”实质已超越了民族文化的界限而代表了人类在未来的一种可能的生存态度，但梁漱溟明确意识到，这种生存态度落实的前景太过邈远，而儒家审美化的道德生活能成为最好的替代品。

梁漱溟作为现代新儒家的开创者，积极致力于儒家“仁德”伦理的复兴。他运用西方的生命哲学将儒家的“仁德”作了一种直觉化、情感化和审美化的阐释，“仁德”之涵养有赖于“礼乐”艺术，所以“道德”“礼乐”“审美”既是中国传统文化的核心符码，也是梁漱溟之道德现代性的价值诉求。梁漱溟尽管肯定宗教的社会文化价值，但其超脱弃世、屈己让人的精神特性不仅与儒家的入世伦理相对立，也与中国现代化所要求的智性主义相背离，所以他主张“以道德代宗教”，把儒家伦理推置为道德建构的主要资源。而“以道德代宗教”命题代表了儒家道德话语试图立足现代中国语境的一种努力，也是中国现代美学的道德现代性规划的一种古典主义追求。

三

与梁漱溟以传统的普世化逻辑推进儒家道德的本位化建构不同，蔡元培更多通过普世价值——当时知识分子视野中的西方观念——的本土化阐释而意图将西方的道德观念建立在传统道德精神的根底之上，从而在建构现代道德体系的同时达到培护传统文化根性的目的。

中国现代知识分子由于深受社会进化论思维的影响，普遍将西学当作一种高度普世化的先进思想文化加以接受。蔡元培是西学在现代中国的积极倡导者和引介者，他的学术思想的现代性很大程度上有赖于对西学的吸收与承受。从哲学思想来看，蔡元培曾在《五十年来中国之哲学》一文中敏锐地指出，中国现代哲学的主要部分是西方哲学的引入，而在冯友兰看来，蔡元培本人就是“引入欧洲大陆理性学派的一个主要哲学家”。[①] 他的《哲学大纲》“多采取德国哲学家之言”[②]，《简易哲学纲要》则是文德尔班《哲学入门》的意译本。通读其哲学著作，我们可以发现，蔡元培对欧洲近现代哲学的理论内容和思想脉络是相当熟悉的，并将之作为自己哲学言说的主要知识依据。而从美学思想来看，蔡元培将康德提出的审美无利害性观念视作现代美学的根本原则，普遍性与超脱性成为他从中提炼出的塑造中国美学现代性特质的两种思想要素。更加重要的是，蔡元培把这两种审美特性作为建构自由、平等、理性的现代道德心性的精神原则。在他看来，在纯粹的审美机制中，美的普遍和超脱是与自由、平等、博爱、理性的资产阶级道德意识相契合的，因此，纯粹审美活动中的情感陶养能够成为培育理想的道德观念的有效手段。然而，就情感作用的有效性而言，我们无法对宗教视而不见，中国知识分子对宗教之情感本质的普遍认定似乎也昭示出由情致德的另一种可能性。但在蔡元培的现代性视野中，宗教属于前现代的价值范畴，其本身包含的狭隘的、强制的、非理性的教化机制对于情感只有激刺之弊，而根本无法导向上述的道德理想。现代道德观念只能经由同样现代的情感的审美化陶养——其所说“纯粹之美育”——来完成，宗教与独立的道德主体及其承负的进步道德价值是格格不入的。蔡元培虽承认宗教之情感作用的有效性，却否定了这种作用机制在现代社会的合法性，他相信，道德建设的情感主义路径只有“以美育代宗教”才是切实而合理的选择。显然，按照蔡元培的看法，“以美育代宗教”是现代科学理性发展的必然结果，是人类文化的一种普世性的进阶程式。

然而，对现代理性价值观的信仰并不能说明蔡元培是单纯的西化论者，他对西学的倡导完全立足于“择东西之精华而取之”这样一种“兼容并包”的价值立场之上。也就是说，文化之“精华”与民族性无关而在能够成为普遍接受的价值信仰，东西方因此都有可能为全人类提供超越国家民族界限的可被共同持守的精神信条。这种开放性思维一方面固然能够为西学辩护，但列文森指出，作为一名出身传统的知识分子，蔡元培对于文化“和谐”

① 冯友兰：《中国现代哲学史》，广东人民出版社 1999 年版，第 55 页。

② 蔡元培：《传略》，《蔡元培全集》（第三卷），浙江教育出版社 1997 年版，第 670 页。

的企盼乃是“一个认识到自己的传统正处在危险之中的中国人的求助”。[①]传统的失落唯有通过消解中西文化各自的特殊性而成就真理的普遍性来获得安慰与补偿，它最终将落实到对中国与西方在价值天平上的平等地位的追寻上来，构筑这种平等地位的最为便捷的方法就是“促使特殊的中国价值与普遍的世界价值的配合来加强中国的地位”。[②]

蔡元培由此指出，“既然认旧的亦是文明，要在他里面寻出与现代科学精神不相冲突的，非不可能”。[③] 他把孔学当作“中国旧文明的代表”，把杜威的实用主义哲学当作“西洋新文明的代表”，“觉得孔子的理想与杜威博士的学说，很有相同的点。这是东西文明要媒合的证据了”。值得注意的是媒合的方法，即“必先要领得西洋科学的精神，然后用它来整理中国的旧学说，才能发生一种新义”。[④] 蔡元培承认西方科学理性作为一种方法论和价值标准的普适性，用它整理旧学、重估传统文化的价值，就能使传统生出“新义”，这种“新义”必定是现代的，从而亦是符合西学之精神准则的。无论如何，这都证明了传统文化中存有“现代的”内容，它们能够参与到现代中国的价值重建中去。

于是可以发现，超脱性与普遍性虽是现代美学创构出的审美法则，但儒家早已将音乐看作“纯粹美术”，孔子闻《韶》而“三月不知肉味”，其“对于音乐的美感，是后人所不及的”。[⑤] 若言宗教的衰落是文明进步的必然后果（近代西方文明是最显著的例子），那么“毫无宗教的迷信”的中国文化就正好契合了这一文化现代性特质，而以“美术的陶养”为中心特征的儒家精神生活便早已勾画了“以美育代宗教”这一普世逻辑的思想轮廓。从现代道德观念来看，如果法国大革命提出的自由、平等、博爱是现代社会普遍信奉的伦理精神，那我们在儒家道德世界中同样可以找到与之相对应的观念。如“自由”就是孔子的“匹夫不可夺志”，孟子的“富贵不能淫，贫贱不能移，威武不能屈”的气概，古代称为“义”；“平等”类同于孔子的

① ［美］列文森：《儒教中国及其现代命运》，郑大华、任菁译，第 95 页。

② 同上书，第 98 页。

③ 蔡元培：《杜威六十岁生日晚餐会演说词》，《蔡元培全集》（第三卷），第 715 页。

④ 同上书，第 716 页。

⑤ 蔡元培：《孔子之精神生活》，《蔡元培全集》（第八卷），第 363 页。

“己所不欲，勿施于人”和子贡“我不欲人之加诸我也，吾亦欲毋加诸人”的主张，古代称为“恕”；“博爱”则与孔子“己欲立而立人，己欲达而达人”的思想相近，古代谓之“仁”。由于宗教的缺失，中国传统道德并非由宗教支配，而是从由“诗”“书”“礼”“乐”构成的艺术世界中发展出来的，像“诗教”“乐教”这些审美教化形式就是陶养道德人格的主要手段。蔡元培曾希望以美的普遍性和超脱性弥合人我界限、透悟利害关系，借此养成上面所说的那些道德品性，这些由现代审美方式陶养而得的道德品格本身就属于传统伦理的范畴，它们在古代价值世界中也已然成就于“诗”“乐”教化之中了。那么似乎可以肯定，“以美育代宗教说”所蕴含的由宗教道德向审美道德进化的道德现代性图景在古代中国早已是既成的事实。

必须指出的是，蔡元培将西学比附传统的目的并非要“通过与古典的联系而使其借来的文化正统化”①，恰恰相反，他是要在传统道德谱系中寻找现代（西方）伦理的思想因子以强调传统道德进入现代性场域的合法性，这与梁漱溟推进儒家道德的普世化理想是一致的。吊诡之处就在于，在蔡元培那里，这种传统道德的普世化（现代化）却是由将西方道德观念作传统化阐释反证而得的，也就是通过西方观念的传统化来构筑东西文化的同等地位，进而再揭示传统价值的普世效应，这种普世性仍然以西方文化为衡量标准。与此不同，梁漱溟站在现代新儒家的立场，径直将传统道德精神的特殊性阐释为人类文化发展的共同前景，普世标准就寄寓在传统之中，从而使它获得了独立的现代性价值品格。不过，可以确定的是，这两种思路都出自一种坚定的本位文化观，并依托美学的知识学框架和“以审美代宗教”的文化逻辑获得有效的阐说。

中国现代知识分子在道德价值体系的重建过程中，一直面对着两种差异颇巨的思想资源：一种是饱受抨击、摇摇欲坠的儒家道德观；另一种是强势而普世的西方近代道德价值观。知识分子的选择亦中亦西，或使两种资源折中调和，融汇创新，抑或将西方资源进行本土化的融构与改造。梁漱溟和蔡元培在现代美学框架中开创的审美化的道德建构模式同样面临着传统与现代、中国与西方的价值纠结与价值选择。他们的共同点是高度重视儒家伦理

① ［美］列文森：《儒教中国及其现代命运》，郑大华、任菁译，第95页。

传统之于现代道德观念的建设性意义。梁漱溟自不必说，他通过将儒家伦理置于世界文化发展的整体格局中来证明其普遍效用，“以道德代宗教”实质是某种传统主义的宣言。而蔡元培虽然竭力强调资产阶级伦理观念的普世性及其之于现代中国道德重建的迫切性，但他仍然试图在传统道德世界中为前者找到一个相对应的位置，在这里，“以美育代宗教”从最初的普世性内涵转变成替民族思想辩护的思维逻辑。可以说，传统的普世化与普世的本土化是梁漱溟和蔡元培推进道德体系审美化重建时所遵循的两种思路，其中，不可规避的儒家伦理传统总是作为道德现代性规划的文化背景和价值基座不断显耀自身的存在，而对于这种传统的合理处置和有效安顿则成为成功实现道德重建目标的关键。

革命文学体制与民歌入诗
——《王贵与李香香》的阶级想象及经典化

陈培浩*

《王贵与李香香》无疑是解放区最早获得经典化地位的民歌体叙事诗。值得注意的是，革命民歌诗首先包含了革命对民歌的改造，在这部作品中，合革命目的性的阶级想象如何完成对民间意识的更替？另外，革命民歌诗的经典化绝非审美自为的过程，它跟现实政治需求指引下革命文学体制的介入、引导、建构密切相关。从发表、出版到经典化，《王贵与李香香》只用了三年时间，这一切又是如何发生的呢？

一　过滤与重构：阶级想象与民间意识的更替

文学体制的生成通常是由文学批评实践建构的，解放区的文艺边界正是由 1942 年前后批判王实味、批判丁玲“杂文时代”论、延安文艺讲话、整风等批评实践完成的。文学批评不仅对已有作品进行臧否，而且通过对文学标准的建构行使文学再生产的功能。其结果是作家们在渐趋定型的文学体制中习得了批评的规范，并以写作过程中的自我过滤、自我规范的方式为特定文艺体制提供合目的性的产品。

从写作的角度，李季的《王贵与李香香》其实提供了一个“过滤”的范本。《王贵与李香香》是契合革命文学期待视野的作品，它事实上也是文学批评标准通过作者的自我过滤机制反复遴选的结果。在《王贵与李香香》

* 陈培浩，首都师范大学文艺学 2011 级博士生，指导教师：王光明。

大获成功之后，李季的写作几乎从未在“政治正确”问题上稍有差池。然而，“优秀革命作家”李季也并非自来如是，在成熟定型之前他也经历过一番挣扎和彷徨。透过对革命作家尚未定型的“心灵前史”的分析，我们得以窥见革命法则如何在作家的心灵现场发生作用。

（一）“知难而退”：革命规则的内化

李季坦陈，“虽然学习了《文艺座谈会讲话》”，“但是，对人民的文艺，对民歌，在感情上却总是瞧不起的，顽固地认为‘只不过就是那么回事’”。“这之后，不是由于在文艺思想的学习上，而是在政府工作中，所遇到的一件事例，初步地纠正了我对民歌的看法。”①

李季对“事例”的回忆，提供了他作为一个解放区写作者创作心理的切片和样本：

> 一九四六年下半年，我在《三边报》工作时，还曾想过以盐池县的一首民歌《寡妇断根》为题材写一个东西。这是在我到三边工作以前，发生在盐池县的一个真实故事，主要情节是：一个贫农（原先是破落地主，他自己又是一个抽大烟的二流子），只有一个寡妇老母和妻子，其妻嫌贫爱富，同一个地主通奸，终而同他离婚，并同地主结了婚。贫农告到区上，县上。由于主管干部丧失立场，犯了严重的阶级路线错误，贫农被判输了。这个贫农气愤之余，就跑到白区。一次，当他又返回边区境内准备偷骑地主的马，逃往白区途中，被地主赶上，打死在河滩里。事后，有个名叫王有的民歌手（他是个有名的民歌作者，盐池乡下到处传唱他的民歌，王有本人又是极其贫苦的放羊老汉），就这件事，编了《寡妇断根》，这首民歌批评县上、区上的干部。县上知道了，就把王有捉起来，关在监狱里，说他辱侮了政府。放出去以后，王有继续唱这首民歌，后来又被关押。这个案件和这首民歌，当时在三边是很出名的。凡在三边工作的人，一般都知道一些。我当时想从王有编民歌坚持真理、同坏干部进行斗争这个角度来写，并想过一个题目《三代》，和一些零星的片断设想。但考虑到这个题材

① 李季：《我是怎样学习民歌的》，《李季文集》（第四卷），上海文艺出版社 1986 年版，第 405—406 页。该文写于 1949 年。

> 很难处理得好，因之后来也就放下了。当时主管处理这个案件的干部名叫孙璞，的确犯了错误。解放后，听说在银川工作时，又犯了同样丧失立场的严重错误，受到纪律处分，并在全党通报过。王有这个民歌作者，解放后仍在盐池乡下劳动，他的儿子据说是生产队的支部书记。就现在记得的情况，我当时感到难以处理的，一个是这个贫农原先是个破落地主，他自己又抽大烟，又是个不爱劳动生产的二流子，事情发生后，他又逃往白区。再一点是，怕为真人真事所局限。因为当时盐池群众中和许多干部都有许多不满此事的议论，但党内还没有传达过组织上对此事的最后结论。要写这个故事，即令把名字换了，也会使人一下就知道这是写的“寡妇断根”。第三，我当时感到这是一个很复杂的案件，牵连很多党的具体政策，按照我那时的政治思想水平，是很难处理得好的。所以，最后也就知难而退，把这个题材的写作打算，放了下来。①

这段自述提示了一个革命写作者如何自觉在革命文艺视域中运思，使之成为一个合革命目的性作品的过程。李季的写作动机被民歌手王有所唤起，王有的歌唱立场是批判性的——对政府错误处理手法的辛辣批评；同时也是现实主义的——“真切地描述了案件的起因、过程和本质的矛盾所在。当时，我正担负着调查这个案件的任务，这首歌，大大地帮助了我的工作”。民歌手王有以朴素的民歌形式承载鲜明的批判现实主义立场，给了李季巨大的震撼——“我还从没有见过如此单纯易解，而又深刻感人的东西。从此，我对民歌产生了强烈的兴趣”。②

然而，“民歌”并不能透明地在李季的写作中发挥作用——以什么立场和方式使用民歌是一个更重要的问题。很快李季就意识到，他不能习用王有的民歌立场，因为这种角度呈现出来的东西具有超出革命期待的“杂质”。表现在：一、受迫害者贫农身份的复杂性（曾是地主，不爱劳动），缺乏那种热爱劳动、三代赤贫的典型贫农所有的政治和道德纯洁性；二、矛盾性质

① 李季：《我的写作经历》，《李季文集》（第四卷），上海文艺出版社 1986 年版，第 508—509 页。文章写于 1968 年，是作者被剥夺政治自由后的思想交代材料。

② 李季：《我是怎样学习民歌的》，《李季文集》（第四卷），第 406 页。文章写于 1949 年。

的复杂性。李季原定写王有对抗坏干部,这种矛盾无法在阶级矛盾、民族矛盾等重大的政治话语空间获得价值,反而有“反政府”的嫌疑。1942年前后解放区关于文艺应该“歌颂”还是“批判”的争论以后者的失败告终,这种批评实践的现实效应在李季的写作选择中显示出来。党内没有传达过组织上对此事的具体意见,没有组织定论,又牵涉太多具体人事,这是李季感到困难之处。这种困难的实质是:写作者仅仅作为一个写作工具存在,而在如何判断现实、采取何种观照立场这些价值论问题上不能自作主张,必须严格与“组织上”一致。在此过程中,我们发现写作素材在写作者内化革命视域之后有了如下的改写:

歌颂性对批判性的改写。王有的民歌是批判政府工作人员的,为此甚至还坐了牢;李季被王有感动,希望保留王有的批判性,表达“坚持真理,和坏干部作斗争”的主题,最后自觉放弃,一定是意识到这种“批判方向”存在问题。换言之,当现实素材所具有的批判指向无法跟革命要求合拍时,现实是必须被舍弃的。

纯洁性对暧昧性的改写。人物的身份必须没有任何政治上可以质疑的地方,为了更强烈、更集中,“贫农”的政治身份一定会被强化,并且使政治身份跟道德进行联结。李季的自述暗示了他已经逐渐认同了这样的写作标准。

李季被王有民歌那种现实批判性所感染,但他所继承的民歌激情,却在革命文艺视域中自觉调整到了赞歌的方向。王有及其《寡妇断根》这个素材无法过滤并升华出具有革命意义的作品,但在合目的性的“过滤”法助力下,李季很快就在《王贵与李香香》中获得了成功。

(二)自在“民间”:“猥亵”和“私情”

1946年9月22—24日,《王贵与李香香》在《解放日报》发表之后就迅速经典化,其诗歌文本分析众多。人们多知李季创造性地用信天游体入诗,却甚少知道李季本人所搜集的两千多首顺天游在1950年结集出版,这便是《顺天游二千首》一书。[①] 李季事实上延续了始自五四歌谣运动的歌谣

① 该书辑录了李季四十年代收集的顺天游民歌,共分二辑:第一辑主要是民间流传的革命顺天游;第二辑则是以歌唱私情为主的民间顺天游。该书还附录了李季的《关于陕北民歌“顺天游”》《我是怎样学习民歌的》《“顺天游”曲谱》三篇文章,1950年9月由上海杂志公司出版。

搜集工作，这种工作自1939年文艺“民族形式”提出后在解放区同样获得了制度授权。[①] 事实上，这些顺天游歌谣，构成了《王贵与李香香》重要的形式经验；有很多句子甚至被直接用于诗中。因此，将李季著《王贵与李香香》跟李季搜集的顺天游民歌进行对读，便显得极有必要。流传于民众之口的歌谣如何被革命诗人特定的意识所转化和改造，在此过程中显露了何种话语形态的转换，都是值得考察的问题。

这个转化过程中，一种极其重要的现象便是“猥亵歌谣”的过滤及其背后民间意识的阶级化。《顺天游二千首》中收录了这样一首民歌：

> 大盒子洋烟你不抽，
> 你只在妹子的红鞋上扣。
>
> 你要扣来尽你扣，
> 你不嫌“日脏”妹不害羞！[②]

这是非常大胆的调情歌谣。“扣红鞋”在这里有性的隐喻，这个隐喻的内涵被

---

① 搜集民歌是自文艺“民族形式”讨论开始以后延安鲁艺的重要工作，以下几段材料可以佐证延安鲁艺在这方面的成果：“鲁艺在民族音乐创作方面取得的成功，是与其对民歌和民间音乐的广泛搜集、认真整理和研究分不开的。”“鲁艺对民歌和民间音乐的搜集、整理和研究，大约是五四以后规模最大、持续的时间最长、最有成就的一次。”“1939年3月5日，音乐系音乐高级班发起成立了民族研究会，19名会员均为音乐系学生。成立后的民歌研究会，把民歌的采集、出版和研究工作，作为自己的主要任务。他们先是主要在延安地区进行民歌采集活动，出版过吕骥记录、整理的《绥远民歌集》。研究会的成员郄天风还写了《论绥远民歌的旋律和调式》《绥远民歌的节奏和曲体》等研究论文。”“民歌研究会的工作在1940年以后，出现了一个新的局面。这一年初，参加鲁艺赴前方实验剧团的安波和张鲁，随团回到延安，带回了他们在前方根据地收集到的近200首民歌。6月，吕骥从华北联合大学返回鲁艺，带来了华北联大学生采集的50多首河北和山西民歌。7月，马可和庄映到边区民众剧团担任音乐教员，研究会委托他们在随团赴陇东、三边一带演出时，采集当地的民歌。研究会于10月召开第三次会员会议，决定改名为中国民歌研究会。之后，研究会采用吕骥设计的民歌记录纸格式，对会员以前搜集到的民歌加以重新整理，计约400余首。”（1943）赴绥德、米脂地区开展工作，“这次活动收获很大。慰问团从2月初出发，5月下旬才返回延安，历时近四个月，共采集民歌400多首”（王培元：《抗战时期的延安鲁艺》，广西师范大学出版社1999年版，第142—143页）。延安鲁艺的民歌搜集运动，对音乐、文学都产生了影响，显然也对文化人的文学观产生影响。

② 李季辑录：《顺天游二千首》，上海杂志公司1950年版，第42页。

下面直接赤裸的“你不嫌‘日脏’妹不害羞”所揭开。这样直接的“情色”是民间作品的一大特色，在《顺天游二千首》第二辑中可谓比比皆是：

叫一声哥哥摸一摸我，
浑身上下一炉火。

谷槎糜槎黑豆槎，
想起哥哥浑身麻。

你麻你麻尽你麻，
还敢在人前水喳喳。①

这一段同样非常直接地描写了某种饥渴的性心理，“对话”的运用把这种性话语引入某个戏剧情境中。其大胆与直露，正属周作人所谓“猥亵的歌谣”。还有描写两人亲热场景的：

一把拉住妹子的手，
拉拉扯扯口对口。②

“亲嘴”的表达并不忌讳，更热烈直接的表达也比比皆是：

一进大门没拉上话，
心上揣了个大疙瘩。

一心捉住妹妹奶，
心上疙瘩才能解。③

① 李季辑录：《顺天游二千首》，第123页。
② 同上书，第124页。
③ 同上书，第112页。

以下描写的则是偷情撞到女性生理周期：

迟不来你早不来，
刚才你来妹子身上来。①

“月经”在男权文化中被视为不洁之物，然而这里的“月经”烦恼却源于它对一场突如其来幽会的破坏。表达的不是性的压抑，而是性的自在，流露的是相当质朴的民间意识。相似的民歌有：

迟不来你早不来，
单等妹妹红花开。②

红花开开不要怕，
拿上烧酒鲜红花。③

民间性在意识内容上往往体现为某种自在和混杂，在本能层面上的自在自足，在意识立场上的混杂。上引顺天游民歌中涉及了民间大量存在的“偷情”“交友”现象。丈夫出门日久，或者出门人长期在外，此种背景下缔结了极多并不在婚姻爱情框架之内的“交友”现象。它并非通往婚姻的“恋爱”，却是极为常见的传统民间社会的情爱现场。李季辑录的顺天游便记录了大量“偷情”文学，其中不乏有趣的场面：

半夜里来了窗子上叫，
满口白牙对我笑。

叫一声妹妹快开门，

① 李季辑录：《顺天游二千首》，第 59 页。
② 同上书，第 111 页。
③ 同上书，第 112 页。

西北风吹的冻死人。[①]

黑咕隆咚、寒风冻骨的夜里，男人爬到女人的窗口发出暗号，里应外合的女人看到的是满口白牙的笑脸；站在门外的男人急喊（一定又是低声的）“快开门”，猴急样子决不仅因为北风“冻死人”。以下唱的却是幽会天未明的离去：

满天星星没月亮，
叫一声哥哥穿衣裳。

鸡叫三次天大亮，
叫一声哥哥穿衣裳。[②]

如果说半夜来，天未亮即去的幽会，同样适用于未婚男女，下面的描写就是典型的婚外偷情了：

我有心留你吃上一顿饭，
你看我男人毬眉眼。[③]

下面则是光棍汉与有夫之妇的交往：

你赚的银钱都给我，
一辈子不要娶老婆。[④]

这是女人对光棍汉子说话的口吻，暗示某种婚外交易。既是交易式交友，便

---

① 李季辑录：《顺天游二千首》，第75页。
② 同上书，第63页。
③ 同上书，第64页。
④ 同上书，第77页。

有搞掰的时候：

半夜里叫门门不开，
你把我的大洋拿过来。

你的大洋有你的在，
我把我的名誉收回来。

我的大洋不要了，
你的名誉我不收了。[1]

在李季辑录的《顺天游二千首》中，关于偷情及“交友”的歌唱俯拾皆是，甚至有这样的说法：

山地麻子叶叶稀，
好人都有些干妹妹。

胡麻开花五颗颗，
好人都有些干哥哥。[2]

很多顺天游对带有交易性质的“交友”便抱着一种直白、赤裸的正面态度，显示了民间话语对私情行为的非道德姿态。以“交友”这类极为中性的词语来描述婚外的情爱交往，本身便是此种非道德化的证明。道德越界的性交易在这些民歌中往往得到正面的表达：

榆林城来四面洲，

---

① 李季辑录：《顺天游二千首》，第77页。

② 同上书，第124页。

不卖屄溜子吃什么。[①]

大路畔上种麻子，
一心想我小姨子。[②]

马茹长在深沟崖，
有些好婆姨好摸牌。

摸牌输下没钱开，
解开裤带做买卖。[③]

家鸡叫明野鸡听，
家汉子没有野汉子亲。[④]

《顺天游二千首》中民间话语的非道德化还常常表现为对及时行乐的强调，显示了对门户、婚姻道德规训的无视，对瞬间、越界的性的追求：

白葫芦开花头对头，
因要爱玩交朋友。[⑤]

为人不把朋友交，
阳间三世枉活了。[⑥]

管他班辈不班辈，

① 李季辑录：《顺天游二千首》，第123页。
② 同上书，第68页。
③ 同上书，第96页。
④ 同上书，第101页。
⑤ 同上书，第74页。
⑥ 同上书，第126页。

只要你对我有情意。

管他久长不久长，
交上三天两后晌。

管他久长不久长，
偷的东西味口香。

几时我到了你的身，
旱蛤蟆浮水蹬几蹬。

你要好来咱就好，
你要不好拉毯倒。①

民间性与其说表现为绝对的“非道德化”，毋宁说表现为一种“混杂性”，譬如既有“好人都有些干哥哥”的“交友”观，也有相反的：

半夜里想起我的妻，
交朋友顶他个妈的屄！②

有趣的是，歌唱者虽然不甚支持“交朋友”，却不是从道德立场出发的“反对”，很可能是在“交友”中吃了一点亏，受了一点骗，才猛然想起家里“我的妻”的好来。第二句爆出的粗口再次证实了这句顺天游在思想意识上的民间性。

考察李季辑录的《顺天游二千首》，敞开的显然是自在自为的民间话语空间。然而，这种“非道德化”“混杂性”的情爱话语必然要在革命文艺中被“过滤”掉。李季将这些充满民间野趣的歌谣收录进《顺天游二千首》

① 李季辑录：《顺天游二千首》，第125页。
② 同上书，第76页。

中，但在《王贵与李香香》中始终不敢保留这份“猥亵”。1923 年，周作人特别在《歌谣》周刊上著文，呼吁采集歌谣者重视“猥亵的歌谣”。在周作人那里，猥亵正是民歌民间意识“自然”的一部分，它需要被还原而不是被改造；值得注意的是，同样强调民歌的民间性，但革命阵营重视的民间性更侧重于为群众喜闻乐见的民间形式。而那份“猥亵”，通常会被视为落后的思想内容在新制作品中过滤掉。民间话语的崛起，民间的神圣化是五四以来不断持续着的文化思潮。然而，五四和左翼对于民间却有着不同的期待视野。周作人与李季对猥亵的不同态度，佐证了这一点。

(三) 重构“民间”：阶级想象的胜利

五四以来，“现代”重构“民间”的进程中，歌谣获得了崭新的文化身份。歌谣的猥亵在知识分子眼中也有份别样的学术和审美价值。然而，淳朴的民间性并不能被革命完整接纳，民间性的改造成了李季“民歌入诗”所需完成的工作。一个突出的表现便是，《顺天游二千首》中直接的“情欲”歌唱被完全放逐，仅保留“顺天游”中同样丰富的“爱情”歌唱——主要表现思念。

“大路畔上的灵芝草，
谁也没有妹妹好！”

“马里头挑马不一般高，
人里头挑人就数哥哥好！”

“樱桃小口糯米牙，
巧口口说些哄人话。”

“交上个有钱的化钱常不断，
为啥跟我这揽工的受可怜！”

“烟锅锅点灯半炕炕明，
酒盅盅量米不嫌哥哥穷。”

“妹妹生来就爱庄稼汉，
实心实意赛过银钱。”

“红瓤子西瓜绿皮包，
妹妹的话儿我忘不了。”

“肚里的话儿乱如麻，
定下个时候，说说知心话。”

“天黑夜静人睡下，
妹妹房里把话拉。”

“——满天的星星没月亮，
小心踏在狗身上！”①

这是《王贵与李香香》中《掏苦菜》一节中王李二人的爱情对话，大部分句子直接来自于民间顺天游的“集句”。李季对于自己收录的顺天游谙熟于胸，信手拈来。但在句子的选择中，“天黑夜静人睡下，/妹妹房里把话拉”跟上引“满天星星没月亮，/叫一声哥哥穿衣裳”相比，显然更加含蓄，更突出二人爱情的“纯洁性”，或者说“纯洁无性”。

《王贵与李香香》第三部第二节《羊肚子手巾》有大段李香香思夫的描写：

羊肚子手巾一尺五，
拧干了眼泪再来哭。

房子后面土坡坡，

① 由于《王贵与李香香》具有多个不同版本，本文所引《王贵与李香香》文本以1946年9月22—24日发表于《解放日报》的初版为参照。

瞭见寨子外边黄沙窝。

沙梁梁高来，沙窝窝低，
照不见亲人在哪里？

房子前边种榆树，
长得不高根子粗。

手扒着榆树摇几摇，
我给你搭个顺心桥。

隔窗子瞭见雁飞南，
香香的苦痛数不完。

“人家都说雁儿会带信，
捎几句话儿给我的心上的人。”

“你走时树木才发芽，
树叶落尽你还不回家。”

“马儿不走鞭子打，
人不能回来捎上两句话。”

“一疙瘩石头两疙瘩碑，
你不知道妹妹怎么难。”

“满天云彩风吹乱，
咱们的婚姻叫人搅散。”

相思情歌是顺天游非常突出的题材，《顺天游二千首》中不乏细腻的思夫描写："端起饭碗想起了你，/眼泪滴在饭碗里！""柴湿烟多点不着火，/知心的朋友你想死我。""前沟里糜子后沟里谷，/那哒想你那哒里哭。""白天想你对人说，/到夜晚想你睡不着。""前半夜想你点着灯，/后半夜想你天不明。""擦着洋火点着灯，/长下个枕头短下一个人。""对对枕头三五毡，/好比孤雁落沙滩。""倒坐门沿丢了一个盹，/忽然记起了心上人。"① 但是，《王贵与李香香·羊肚子手巾》与顺天游民歌的思夫描写一个巨大的差别在于：前者把思念置于崔二爷"抢亲"的情节结构中，因此，香香的思念便显出了阶级话语上的意义：香香所盼不仅是丈夫情感上、生理上的慰藉，更是丈夫作为一个阶级代表对另一个阶级代表崔二爷的打倒，并对自己实施的解救。就此而言，顺天游民歌的民间情欲描写已经被纯化为爱情描写，而爱情思念描写的意义又在诗歌的叙事语境中获得了阶级化的意蕴。因此，《王贵与李香香》在民歌的转化过程中，就内置了民间意识的阶级化程序。这在《王贵与李香香》中突出体现为婚恋观的阶级化。非常有趣的是，在李季《顺天游二千首》中，婚恋择偶的标准是多种多样的。最符合本能的是一种容貌标准：

> 不交你的银子不交你的钱，
> 单交哥哥好容颜。②

这种以外貌为核心的交友标准符合人的生物性本能，审美作为一个可能被社会价值标准渗透的指标，并非自足，鲁迅说"焦大就决不爱林妹妹"标示着审美趣味的阶级分化。然而，在无产阶级想象并不获得文化领导权时，民间更艳羡着一种劳心者的审美，如：

> 黑老鸦落在床跟底，
> 胡子八岔谁要你。③

① 李季辑录：《顺天游二千首》，第 49—50 页。
② 同上书，第 117 页。
③ 同上书，第 71 页。

这里嘲笑男人皮肤黑、胡子拉碴，看似是一种基于容貌的审美标准，其实对“黑”和“胡子八岔”这种带有劳动者特征的鄙视，出示了一种很普遍的以劳心者为贵的审美，这种民间的审美趣味截然不同于后来兴起的无产阶级审美。

又如以财富为核心的交友标准：

大绵羊皮袄丝绸缎，
哥哥倒像有钱汉。①

以勇力为核心的交友标准：

吃蒜要吃紫皮蒜，
寻汉要寻杀人汉。②

以名望为核心的交友标准：

沟里石头山里水，
人有名望也可以。③

顺天游中这些混杂的民间“交友”标准在《王贵与李香香》中被统一于一种阶级标准之下。事实上，《顺天游二千首》中并非没有相似的标准：

二道麻子混三餐，
我自小就爱庄稼汉。④

---

① 李季辑录：《顺天游二千首》，第 119 页。
② 同上书，第 118 页。
③ 同上。
④ 同上书，第 74 页。

然而，交友择偶的阶级标准在《王贵与李香香》中被绝对化。诗中，阶级仇恨嫁接于“杀父夺妻”的现实伦理仇恨中，由是获得了更强烈的直接性和冲击力；而人物的情感模式也得以进行阶级化编排——情感逻辑必须与阶级逻辑保持同构关系。农民家女儿香香获得阶级叙事的全面价值支撑——长得美，并获得一份自发的阶级立场和阶级审美观：

香香的性子本来躁，
自幼就把有钱人恨透了

二道糜子碾三次，
香香自小就爱庄稼汉。

这里显示出革命文学合阶级目的性的叙事：“十六岁的香香顶上牛一条，黑死挣活吃不饱”，然而贫困和高强度的劳动并没有减损香香的美丽，“山丹丹开花红姣姣，香香人材长得好”，“一对大眼水汪汪，就像那灵水珠在草上淌”。

贫寒美少女（虽贫犹美）是阶级叙事合目的性的第一步，美少女只爱庄稼汉是阶级叙事合目的性的第二步。这种叙事策略执行的正是上述女性婚恋观的阶级化指令。在这样的阶级爱情叙事中，爱情的意义在于为阶级话语添砖加瓦，所以，诗中虽然写王李二人的如胶似漆：

沟湾里胶泥黄又多，
挖块胶泥捏咱两个。

捏一个你来捏一个我，
捏的就像活人托。

摔碎了泥人再重活，
再捏一个你来再捏一个我。

但终成眷属在叙事上承载的依然是论证阶级革命合法性的任务：

“不是闹革命穷人翻不了身，
不是闹革命咱俩也结不了婚！”

“革命救了你和我，
革命救了咱庄户人。”

“一杆红旗要大家扛，
红旗倒了大家都糟糕！”

顺天游民歌为李季的写作提供语言、形式，乃至于直接的语句。更重要的是，它使《王贵与李香香》在20世纪40年代解放区文艺“民族形式”“人民性”的阐释空间中获得文学批评提供的增值效应。显然，从顺天游民歌到顺天游体《王贵与李香香》，是一个写作的过滤过程。革命文学体制完成了李季的主体塑造，使得“过滤”作为一个自觉的过程贯彻于他的构思之中。通过放逐顺天游中“猥亵的歌谣”、将情歌的思念话语内置于阶级叙事框架中，对人物的情感结构进行阶级化处理等手段，《王贵与李香香》成功地把顺天游这种民间形式改造为承载革命内容的形式中介；把青年婚恋这样的通俗主题改造为承载“革命历史”大叙事（三边解放）的叙事中介，建构了一个合目的性的革命歌谣文本。

二 革命期待下的经典化接力

1946—1949年短短三年间，《王贵与李香香》就推出了十六个版本并迅速地完成了自身的经典化。这显然和某种期待视野相关，通过对《王贵与李香香》经典化步骤的分析，我们尝试把握这种文学期待对文学经典的生产。

（一）被忽略的“原创性”

1946年，李季给《解放日报》副刊编辑黎辛回信答复投稿修改意见，随信“作者寄来《三边报》时他搜集的数千首‘顺天游’”。[①] 这个举动被黎辛视为“热爱学习”和“诚恳坦率”的表现：“作者的学习与写作态度诚恳感人，他向我们介绍‘顺天游’并坦率地说，作品里的诗句有不少就是民间传诵与歌唱的。”[②] “热爱学习”与“诚恳坦率”固然无疑，不过如果考虑到当年的印刷条件，李季此举无疑还包含另外二个信息：其一是对在《解放日报》发表作品的极端重视；其二是对自己投稿作品《红旗插上死羊湾》（即后来的《王贵与李香香》）的某种缺乏把握的心态。寄去亲自辑录的“信天游”既是自我坦白，也是自我证明。那么，李季没有把握的是什么呢？

李季自称“诗句有不少就是民间传诵与歌唱的”，说到底，他担心着作品的“原创性”问题。虽然文艺“民族形式”的倡导早在1939年就已开始，“民族形式”也常常被直接理解为“民间形式”；1942年“讲话”之后，“大众化”和“工农兵方向”更成为主流。在这种背景下，他用顺天游写作当然是“进步”的；可是，他却没有报纸非用不可的自信。否则，又何必冒着辑录民歌丢失的危险寄去歌谣呢？对照李季辑录“顺天游”和《王贵与李香香》，也许稍微可以理解他的没有把握的心情：

《王贵与李香香》	《顺天游二千首》
小曲好唱口难开，樱桃好吃树难栽。	樱桃好吃树难栽，朋友好交口难开。[③]（p. 46）
樱桃小口糯米牙，巧口口说些哄人话。	樱桃小口糯米牙，爱得哥哥没办法。（p. 122）
红瓤子西瓜绿皮包，妹妹的话儿我忘不了。	红瓤子西瓜包绿皮，想死想活不能提。（p. 65）
烟锅锅点灯半炕炕明，酒盅盅量米不嫌哥哥穷。	灯锅锅点灯半炕炕明，酒盅盅量米不嫌哥哥穷。（p. 52）
庄稼里数不过糜子光，人里头数不过咱凄惶！	庄稼里数不过糜子光，人里头数不过咱凄惶！（p. 85）
山丹丹花来背洼里开，有那些心思慢慢来。	山丹丹花背凹凹开，有那些心思慢慢来。（p. 52）
——满天的星星没月亮，小心踏在狗身上！	满天星星没月亮，小心踏在狗身上。（p. 57）
马里头挑马不一般高，人里头挑人就数哥哥好！	马里头挑马一般高，人里头挑人数你好。（p. 60）
大米干饭羊腥汤，主意打在你身上。	大米干饭羊腥汤，主意打在你身上。（p. 70）

① 黎辛：《〈王贵与李香香〉发表的前前后后》，《纵横》1997年第9期。

② 同上。

③ 这是常见歌谣，刘半农《瓦釜集》附录江阴船歌第十九歌便是“山歌好唱口难开，樱桃好吃树难栽。白米饭好吃田难种，鲜鱼好吃网难抬”。《瓦釜集》，北新书局1926年版，第83页。

上面仅举九处，事实上《王贵与李香香》中还有大量直接使用民歌词句入诗的例子。换在现代诗学的视野中，这是一种不可思议的原创性缺失。在作品没有经典化以前，李季对此也许依然不无担心。他把几千首信天游民歌（自己辑录抄写，一定费了大量功夫）寄给编辑，与其说是坦率，不如说是希望用在四十年代解放区的文艺体制中已经具有相当文化权力的“民歌”来为自己撑腰——这是一种真正来自乡野民间的写作。在此之前，还没有人这样写过，李季对于能否获得认可还没有信心。

但是，在后来的接受过程中，我们发现，“原创性”质疑几乎从来没有被提起过，甚至谈不上迅速地被忽略。对于李季大量使用民歌原句的做法，编辑黎辛认为“当然这并不妨碍作品是创作，中外许多来自民间的名著的先例是不少的”。[①] 这里，写作和阅读双方共同认可了一种更宽泛的“原创”标准。

《王贵与李香香》从《解放日报》出发，其经典化路线图并不难给出：1. 发表和来自报刊的价值认定；2. 收入“北方文艺丛书”过程中的意义建构和“增值”；3. 收入“中国人民文艺丛书”并完成经典化。其间，“阶级话语”与“人民文学”相互借力，意义不断被期待视野所发明、掩盖、扭转和重写，共同完成一个阶级定义经典的接力故事。

（二）“改名”和“发表”：党报编辑的文学期待

经典化的第一步是进入话语场域，在主流文学体制划定的权威舞台上粉墨登场。四十年代的解放区，文学舞台多不胜数，但党报《解放日报》才是权威舞台。[②] 在此之前，李季以不同笔名在《解放日报》上亮相过，发表了三篇作品，分别是报告文学、民间故事和短篇小说。[③]

这一次，李季投的依旧是一个“民间故事”，特别是他尝试把内容镶嵌

---

① 黎辛：《〈王贵与李香香〉发表的前前后后》，《纵横》1997年第9期。

② 作为共产党最高领袖毛泽东不但时时关注，亲自修改这份报纸的社论，也曾亲自委托多位重要人物为这份报纸副刊组稿。《解放日报》在革命政治结构中的重要地位可见一斑。见《解放日报〉第四版征稿办法》1942年9月20日，《毛泽东论文艺》，人民文学出版社1992年版，第68页。

③ “李季1943年4月12日在副刊头题位置发表过题为《在破晓前的黑暗里》的报告文学。1945年7月20日在副刊发表过题为《救命墙》的民间故事，署名里计。1945年9月12日又在副刊头题位置发表题为《老阴阳怒打虫郎爷》的短篇小说，署名李寄。”黎辛：《〈王贵与李香香〉发表的前前后后》，《纵横》1997年第9期。

于“民间形式”的表达法中。编辑黎辛如是描述：“《红旗插在死羊湾》是以故事发生的地点取名、采用说唱形式、分行写的长诗。可以唱，道白可以说与讲，像北方的评书与南方的弹词。”李季自己拟定的题目是《红旗插在死羊湾》，副标题“三边民间革命历史故事”。民间形式的价值很快就被编辑黎辛辨认出来了：“这是一种创造性的、前所未有的新形式，不仅精彩，简直是神奇。显然，这是作者的一次新的尝试，也是一次大的飞跃。”但也有不满意的地方：“可是作品太长，说唱部分情节重复，说的部分篇幅更长，故事行进速度缓慢。”①

这里的实质问题是：民间说唱形式与报纸的传播空间之间形成了某种借力和冲突。一开始，李季作品完全是按照口头说唱艺术来设计的，在“可以唱”“可以说与讲”与通过眼睛读之间，前者显然更具“民间性”和“大众性”。其传播形式是“口头传播”，口传具有更强的信息承载力。不难发现，李季具有革命意识、大众化意识和民间化意识，可是却没有媒体意识——包含了大量说唱内容的作品跟“报纸”这种媒体并不兼容。于是，黎辛从编辑的视角重新规划了李季作品，这种规划甚至堪称二度创作：

写信给李季，说我感到作品太长、标题缺乏力度。李季复信，说他把作品改为叙事长诗，题目改为《太阳会从西边出来吗?》，不久寄来。这样，作品精彩和利索多了，但诗题这句口语被使用得过多，有陈旧感，我一直被作品中王贵与李香香这两个人物的精神力量所感动，就索性把它改为《王贵与李香香》，副标题“三边民间革命历史故事”仍保留着。为了尊重作者，我又写信征求李季的意见，并请他对作品作最后的修改。李季同意改后的标题（新中国成立之后出书，李季把副标题也去掉了），这个标题一直沿用下来。②

黎辛的修改意见实际上是在民间化与媒体化之间进行某种协商和平衡：一方面，民间化是此诗的创造，必须保留并突出；另一方面，没有经过“提炼”的民间形式难以进入媒体空间并分享现代革命媒体提供的意义增值服务。在1942年以后的解放区语境中，“民族形式”已经成为一种强势的时代共名，而“民间形式”又在某种程度获得了相对于“民族形式”的代表权。

① 黎辛：《〈王贵与李香香〉发表的前前后后》，《纵横》1997年第9期。

② 同上。

但是，我们不能不看到，在从《红旗插在死羊湾》到《王贵与李香香》的转化中，强化民间性和改造民间性是二个同时存在的过程。这意味着，革命文艺推崇的民间，并非民间意义上的民间，而是革命文艺体制期待的民间，民间形式由此被革命期待所渲染和具体化。

从《红旗插在死羊湾》到《王贵与李香香》的题名变化，同样颇堪回味。在《红旗插在死羊湾》《太阳会从西边出来吗?》《王贵与李香香》三个题目中，第一个直接采用“红旗”这个革命符号。“红旗插在死羊湾”是革命胜利的直接表述，但更像是一个通讯报道的标题，（这或是李季以往报告文学写作思维使然）作为文学题名便显示出某种不足，也许这便是黎辛所谓的“缺乏力度”。论革命意义的直接性，“红旗插上死羊湾”完胜。黎辛之所以觉得“乏力”，应该是从文学角度的考量。过于政治口号式的作品，因为缺乏艺术性，也便影响了政治性的表达。对口号式文学的反思，事实上左翼文学内部并非没有。这个标题的修改也可以说明40年代解放区文学跟十七年以至于“文化大革命”时期的文学政治性既有延续性，也有区别。

《太阳会从西边出来吗?》依然延续着从革命意义进行命名的方式。原作两条线索：红军打败白军，农民斗倒地主，解放死羊湾的历史叙事；王贵报了杀父抢妻的仇恨，并和李香香终成眷属的个人叙事。就作品的展开而言，寓历史叙事于个人叙事之中，将“个人的仇恨同阶级的仇恨交织在一起”。[①] 个人仇恨和阶级仇恨的对接是革命文学的通用表达式，其实质是政治性对文学性的使用。黎辛和李季的区别在于，李季急于“点题”，而黎辛却愿意使作品显得更像“文学”。用人物进行命名，作品便摆脱了某种“通讯”性质而多了份文学性质。王贵与李香香这两个名字都非常具有乡土气息、非常大众化，一个男名和一个女名的并置激发了通俗阅读心理的爱情想象。在解放区的文学氛围中，以人物名字命名作品的极为常见，如艾青的《吴满有》、贺敬之执笔的《白毛女》、李冰的《赵巧儿》等。另外，我们应该注意的是，“王贵与李香香”这个名字，跟新文学体制中的“诗题”是有距离的，1941年，丁玲不会把《我在霞村的时候》命名为《贞贞》；“王贵

---

① ［苏］尼·特·费多连柯：《中国文学》第七章《诗与歌》第八节，转引自赵明、王文金、李小为编《李季研究资料》，知识产权出版社2009年版，第415页。

与李香香”这个非常没有“诗性”的命名，昭示着解放区文艺体制中“诗性”想象的变更。“故事性”“通俗性”成为这个时代诗歌文体可以兼容的文体特征。这意味着，所谓的“文学期待”，并非对一般“文学品质”的期待，更是对“合目的性文学品质”的期待。

可是，这难道不是跟“讲话”的“政治标准第一，文学标准第二”冲突了吗？何以更政治口号化的题名被党报编辑视为“乏力”？这是否意味着“文学性”相对于“政治性”获得了某种释放和胜利呢？不难发现，李季对作品的设定是“民间故事”，而黎辛却把它作为“优秀文学”来期待。必须指出的是，黎辛和李季在政治观、文艺观上是共享的，他们的差异不是文学立场与政治立场的差异，而是在政治性文学期待中“民间故事”和“伟大新诗”的不同设定。李季既将副标题定为“三边民间革命历史故事”，并未自觉在写诗，不过是写个“革命民间故事”罢了；黎辛却惊叹“发现一部非常好的诗”①，因此必须竭力去除作品中那种“通讯”气息、“故事”气息，而赋予更强的文学气息。

于是，我们便在革命文艺编辑黎辛的期待中感到了20世纪40年代中期，抗战胜利之后革命文学体制内部对文学经典的饥渴。相对于抗战初期对街头剧、活报剧、秧歌剧、街头诗、报告通讯等利于革命宣传的速成品饥渴而言，抗战胜利之后的革命文艺饥渴点发生了转移。转入国共对峙以后，左翼文艺的政治迫切性不再表现在为抗战的革命宣传服务，而转化到为左翼政党及其政治纲领的优越性服务。前者的话语是民族主义的，后者的话语是阶级主义的。前者对文艺的要求是急切而速成的，后者的要求却是创造经典。前者的功用性表现为论证抗战的重要性，后者的功用性则表现为论证左翼政党的优越性。前者主要是中/日较量，后者则是国/共较量，从前一种较量转入后一种较量的过程中，对政治文化产品提出了不同的要求。前者要求输出宣传品，后者则要求输出文艺经典，唯有文艺经典足以完成建构进步政党形象的意识形态功能。1939年在关于文艺“民族形式”问题的讨论中，何其芳率先提出“既通俗又艺术”的命题，如果说解放区文艺在1942年前后通过“讲话”“整风”等文化程序完成了主体的改造，并主要突出了“通俗”

① 黎辛：《〈王贵与李香香〉发表的前前后后》，《纵横》1997年第9期。

“大众化”“工农兵方向”的话；那么，在进入1945年之后，解放区文艺的迫切任务便是在通俗、大众化和工农兵方向这一路径中辨认、发现和建构文艺经典。某种意义上，在抗战尚未真正胜利的1945年初，身在鲁艺的周扬便敏感地意识到这一即将发生的转化。因此，倾全鲁艺之力打造中共七大的献礼之作《白毛女》。须知在1941年延安鲁艺还曾因为倾心“大戏”而受到批评，周扬后来还作了严肃郑重的自我检讨。[①] 然而，《白毛女》却是另一种意义上的“大戏”。它是解决了立场问题和普及问题之后合目的性的“提高”。

转入国共对峙后，解放区亟须用具体的文学成果来证明讲话确立的文艺路线的正确性。这甚至已经成为某种革命文艺的文学性焦虑——通讯作品或各种粗糙的急就章并不少，大众化方向的“文艺精品”成了稀缺品。因此，编辑在《红旗插在死羊湾》身上发现了某种大众化视域中文学精品的潜质，便努力改变其身上存在的“通讯性”。“政治第一，文学第二”固然深入人心。然而，在具体的历史情境中，阶级政治却迫切地需要文学经典的背书。因此，1945年以后，在政治正确的同时，某种精品化的文学期待隐含在解放区文艺规划之中。《王贵与李香香》无疑呼应了这种规划，才得以迅速经典化，从1946年至1949年的短短三年间，便出了十六个版本。并被列入了“北方文丛”“中国人民文艺丛书”两个极为重要的丛书系列。

正是在革命文艺的经典饥渴中，黎辛以党报文艺编辑的敏感促成了从《红旗插在死羊湾》到《王贵与李香香》的转化，这个过程的实质便是带通讯性质的“民间故事”向更便于建构成文学经典的新诗体的转化。值得再提一笔的是，在此转化过程中，“民间故事”“通讯报道”跟“新诗”之间的价值等级及文化资本上的微妙关系。20世纪40年代中期的解放区文艺体制中，假“民族形式”之名的“民间文艺”价值日渐自明化。然而，在《王贵与李香香》的文化阐释过程中，值得注意的并非论述者对其“民间性”“民族性”的强调，而是他们都选择把民歌体作为“新诗”来阐释。因此，不但民间形式具有了对民族形式的代表权，革命歌谣也获得了相对于新诗的代表权。其间深长的意味在于：革命文艺的“民族形式”话语不但在

① 参见拙文《大戏风波背后的解放区文艺走向》，《粤海风》2012年第4期。

阶级框架下征用着民间资源，同时也在对新文学的批判和改造中索取新诗从五四以来在现代文化空间中沉淀的文化资本。[①]

事实上，写作《红旗插在死羊湾》时，李季几乎没有意识到他是在创作甚至创造“新诗”。在此之前，他几乎没有写过新诗，至少是没有新诗发表或保留下来。四卷本的《李季文集》中，除《王贵与李香香》外，写作时间最早的是写于1949年冬的《三边人》。这意味着，在文学阐释者把《王贵与李香香》阐释成“新诗”之后，李季的新诗认同才被真正建构出来。

李季在对作品进行“改名”等修改后获得了“发表”。这里，“发表”代表的不仅是作品从手写变成铅字跟更多读者见面。更意味着，它将在一个具有巨大象征资本的话语空间中获得了持续的增值效应。《王贵与李香香》连载的第一天，编辑黎辛以“解清”的笔名发表了一篇推荐文章《从〈王贵与李香香〉谈起》，文中黎辛强调了作品的民间性，四十年代的“民族形式”话语是这种强调的背景；同时也在革命文艺体制的诉求中强调着作品内容上的政治正确性（“对土地革命时期边区农民斗争的真实描绘”，“革命的曲折性和胜利的必然性”）但是，《王贵与李香香》虽是“值得我们学习的作品”，但“希望李季同志今后创作出更多更好的作品，也希望产生出更多的像李季同志这样的作者”这种表述却意味着，在当时的编辑眼中，《王贵与李香香》并非不可超越，李季也并非不可复制。黎辛事实上还指出了《王贵与李香香》的一点缺点“某些应该展开描绘的地方，却不经意的忽略过去了，这不能不说是遗憾”。[②] 此时黎辛虽然把它当成优秀新诗，却并未意识到它在未来会成为不可替代的解放区经典。日后他在回忆文章中说“诗的优美堪与我读过的中外名诗相比”，“这是一种创造性的、前所未有的新形式，不仅精彩，简直是神奇”[③]，显然是在《王贵与李香香》经典化之后

---

① 在中国古代，“诗”这种文体一直享有比其他文体更为尊崇的地位；唐代“以诗取士”更是彰显了这种文体高于其他的文化资本。进入现代以来，诗的这种价值优先地位并没有被取消，胡适亲自尝试新诗变革，就是为了拿下文学革命最后一个堡垒。显然，在他那里，没有诗歌革命的成功，是谈不上文学革命的成功的。从20世纪30年代的中国诗歌会起，左翼阵营一直致力于建构歌谣对于新诗的代表性，以及歌谣和新诗的同一性。这里，既征用歌谣的通俗性，又征用新诗继承和创造的文化位置的双重征用意图非常突出。

② 解清：《从〈王贵与李香香〉谈起》，《解放日报》1946年9月22日。

③ 黎辛：《〈王贵与李香香〉发表的前前后后》，《纵横》1997年第9期。

的修补性回忆。

时任中共中宣部长的陆定一对此诗的迅速回应，成为此诗经典化过程中的重要一步。“当时的中央宣传部部长陆定一 26 日送来文章《读了一首诗》，称赞《王贵与李香香》是‘用丰富的民间词汇来做诗’，是‘内容形式都好的’一首诗，说它是‘披荆斩棘、开出了道路’的‘新文艺的开路先锋的各位同志’中的一项成果。无疑这使《王贵与李香香》更加为人重视。新华社请美国专家李敦白先生译成英文，连同《读了一首诗》一文在 1946 年冬向外广播。据我所知，这是延安时期第一次用英语对外广播文艺作品。”①

值得关注的是，陆定一开篇就道出了他特殊的观察角度：“我以极大的喜悦读了《王贵与李香香》。因为这是一首诗。”显然，陆定一是第一个特别强调《王贵与李香香》“诗体”胜利意义的。在他看来，“文艺座谈会”以来，戏剧等文体已经取得了成就，“比较来得最迟的，就是诗了”。民族形式新诗，“在外面有袁水拍先生，现在我们这里也有了”。②

陆定一虽然强调“诗”，但却并非本体意义上的诗，而是被革命目标对象化了的“诗”。此时的诗是作为一座“讲话”指导下革命文艺必须攻克的城堡而获得意义的。当年胡适作白话诗，说“白话文学的作战，十仗之中，已胜了七八仗。现在只剩下一座诗的壁垒，还须用全力去抢夺”。③ 以文学为社会政治文化革命的中介，此种思维在五四之初便已如此。20 世纪 20 年代现代诗开始了从“主体的诗向本体的诗的位移”④，但在 20 世纪 30 年代以后深重的民族矛盾中，“诗”再次被政治目标工具化。只是此时的诗被用以论证的是“新民主主义文艺运动对于封建的、买办的、反动的文艺运动的胜利。新的文化在一个一个地夺取旧文化的堡垒”。⑤

---

① 黎辛：《〈王贵与李香香〉发表的前前后后》，《纵横》1997 年第 9 期。

② 陆定一：《读了一首诗》，《解放日报》1946 年 9 月 28 日。

③ 胡适：《逼上梁山——文学革命的开始》，《胡适文集》（1），欧阳哲生编，北京大学出版社 1998 年版，第 155 页。

④ 参见王光明《现代汉诗的百年演变》第六章《现代“诗质”的探寻》，河北人民出版社 2003 年版。

⑤ 陆定一：《读了一首诗》，《解放日报》1946 年 9 月 28 日。

陆定一文章中有一句话特别值得注意："反动的文艺，因为它有'民族形式'，虽然内容反动极了，但在人民之中据有地盘，毒害人民。""民族形式"与"反动的文艺"被联系起来，这在1939—1941年文艺"民族形式"大讨论中并不常见，虽然"民族形式"被加了引号。"民族形式"并非解放区文艺体制希望丢弃的武器，却显出了某种微调的必要性。"民族形式"的提法有其特殊的政治文化背景，不可忽略的便是抗战中缔结的民族统一战线。"民族形式"在"民族主义"的话语空间中释放的不仅是大众化的诉求，更是民族尊严和民族凝聚力的诉求。因此，左翼文艺的"民族形式"出现了阶段性的阶级性隐匿。当陆定一这样的中共宣传部长不但强调"民族形式"，更强调革命进步内容的"民族形式"时，意味着其说话的语境中，民族性的内部必须提供一种兼容的阶级性内涵。这正是当年的革命文艺体制的期待视野，《王贵与李香香》提供了在这种期待视野中进行意义建构的要素，于是被选择并派定在革命歌谣体新诗的新位置上。

另需要注意的是，《王贵与李香香》连同《读了一首诗》一文在1946年冬被用英文向外广播。在此英文广播清晰地表述了延安当局在国际社会中建构延安形象的诉求。事实上，从20世纪30年代起，一种面向全国乃至全世界，可以称为"延安形象学"的左翼政治宣传策略便在不断实践中。埃尔加·斯诺、史沫特莱等西方左翼文化人士来到中国，向西方输出中共左翼政权的正面形象。延安的选举、文化、妇女解放、土地改革等现实社会材料是这种形象的重要部分①，文艺作品中的解放区也是这种延安形象学的重要组成部分。从英文广播起，《王贵与李香香》已经被选择作为建构延安形象学的材料，在解放区文艺经典化之路上进一步滑进。

（三）两套"文艺丛书"的意义建构

1947年，《王贵与李香香》又被"北方文艺丛书"所选择。"时任中共华南分局文化工作委员会副书记的周而复等，从1946年初开始在上海、香港主编并于同年4月起，先后由上海的作家书屋及香港海洋书屋、谷雨社陆续出版发行的'北方文丛''万人丛书'及'文艺理论丛书'等系列延安文

① 参见爱泼斯坦、高梁主编《解放区文学书系·外国人士作品》，重庆出版社1992年版。

艺作品书籍。”[①]“北方文丛”的宗旨在于“把《延安文艺座谈会上的讲话》前后的发表和出版的文艺作品介绍给国民党地区以及香港和南洋一带广大读者”。[②]据张学新描述，“《北方文丛》包括西北、华北、东北各个解放区的各类文艺作品，由周而复主编，用海洋书屋名义出版，实际由党领导的新中国出版社负责印刷、出版与发行。1947 年内，共出版三辑。每辑十册书”。[③]显然，“北方文丛”正是共产党所主导下的文化输出和形象建构工程。

“北方文丛”图书预告

《王贵与李香香》被选入“北方文丛”第二辑，作品体裁包括“小说（长篇、中篇、短篇）、戏剧（话剧、平剧、秧歌剧）、诗歌（长诗）、散文、报告、说书、论文”。第一辑选入艾青 1943 年发表的作品《吴满有》，第二

① 王荣：《宣示与规定：1949 年前后延安文艺丛书的编纂刊行》，《陕西师范大学学报》（社会科学版）2012 年第 3 期。

② 周而复：《〈北方文丛〉在香港》，吉少甫主编：《郭沫若与群益出版社》，百家出版社 2005 年版，第 245 页。

③ 张学新：《周而复与“北方文丛”》，《新文学史料》2008 年第 4 期。

辑选入《王贵与李香香》，第三辑没有诗歌入选。这里折射的恰恰不是诗的歧视，而是陆定一指出的革命期待下诗的饥渴。

“北方文丛”还专门邀请了郭沫若为《王贵与李香香》作序，周而复则为该书写作后记。正是在“北方文丛”版中此诗被提升为“一颗光辉夺目的星星，从西北高原上出现，它照耀着今天和明天的文坛”。[①] 如果我们明了该文丛的目的在于建构解放区文艺对于中国文艺道路的代表性和指导性，我们便能明白，关于《王贵与李香香》的论述也必须服务于这个出发点。具体而言，则是把此诗作为中国新诗的最新、最具指导性道路来论述。这个原则，被郭沫若和周而复牢牢地遵守着。周而复明确把《王贵与李香香》称为“中国诗坛上一个划时代的大事件”，他强调“李季不是文艺工作者”，“他是在群众当中做实际工作的”，认为此诗“从第一行，到最后一行，洋溢着丰富的群众的感情，生动而富有地方色彩”。在解放区文艺体制中，“在群众当中做实际工作”“群众的感情”“地方色彩”都是一种鲜明的正面价值。作者把“工农兵方向”发展为“人民性”话语，把诗歌划分为“诗人的诗”和“人民的诗”，并以此论证上述的“划时代”论断：

如果说过去中国反映人民生活的诗篇，绝大多数的成果，是诗人的诗；这意思是说，是诗人站在旁观的同情的立场，通过诗人自己的感情，对人民生活的歌唱。那么，这儿是产生自人民当中的诗篇。它的思想，它的感情，它的生活，它的语言，完全是人民的，是发自人民内心的真实声音。[②]

民间性也许可以某种程度代表“人民真实的声音”。然而，如上所述，《王贵与李香香》的修改过程呈现为一个“民间性的强调和民间性的改造”的双重过程。此处自明地把《王贵与李香香》指认为“人民内心”的绝对代表，其诉求，乃是在解放区以外建构起人民性写作方向的合法性。

“诗人的诗”和“人民的诗”的二元对立建构事实上被放置于落后/进步的线性历史逻辑中，这种论述方式在五四时代的“贵族/平民”“文言/白话”的划分中已被广泛采用。为《王贵与李香香》作序的郭沫若同样熟练地运用着此种话语策略，他把“贵族/平民”的五四命题直接改装为“贵族/

① 周而复：《王贵与李香香·后记》，香港海洋书屋，北方文丛版 1947 年版。

② 同上。

人民”的左翼命题，并发展出“金莲/天足”这样的比喻性批评概念：“今天在解放区以外的‘金莲’文艺依然占着支配势力”，“而解放区的文艺确实是到了天足的阶段了。”“今天我又看见这首长诗《王贵与李香香》。我一律看出了天足的美，看出了文学的大翻身。”①

如果说 1942 年的“讲话”要在解放区范围内完成的是无产阶级主体的构造和塑形的话，“北方文丛”则力图向国共内战期间的国统区、香港、南洋等地区的华人宣告以人民性为价值感召的“无产阶级主体”和“无产阶级写作”的历史进步性。因此，周而复后记的一段话确实深刻地把握住了解放区以外那些既为新的、独立民族国家所感召，又希望保持自由的“小资产阶级知识分子”的心理纠葛，从而巧妙地唤起了他们在“进步历史”压力下的忏悔意识：

> 小资产阶级出身的知识分子作家，经过思想改造以后，曾经是，现在也还是为一个问题所苦恼着：旧的人民大众的思想感情否定了，新的人民大众的思想感情还没有完全确立起来。在这个新陈代谢之间，青黄不接之时，旧的那一套思想感情自己是很熟习了，现在是弃之唯恐不尽；对新的，虽然相当陌生，却要努力学习去掌握。这就是为什么作家经过思想改造，都纷纷到群众当中去，到人民大众当中去，有些作家甚至暂时沉默了的道理。只有实际在人民斗争生活当中，自己不再有高高在上的优越感，而成为人民大众当中的一员，和他们共呼吸，共患难，共荣辱，这样才能够写出人民伟大的诗篇，而人民的诗篇也只有在人民大众当中方能产生出来，亭子间和窑洞里的艺术之宫和他是无缘的。②

这段话鲜明地标识了周而复乃至整个“北方文丛”的目标受众，在新与旧，人民与小资，国族与个人的多重二元划分中，周氏的论述法（也是左翼通行的论述法）以历史进步的名义向“小资知识分子”发出了主体改造的要求。同时又敏锐地把握到了他们那种“欲旧不愿、欲新不能”的微妙心理——这种“小资知识分子”在延安事实上也是比比皆是，何其芳正是其中突出

① 郭沫若：《序〈王贵与李香香〉》，香港《华商报》1947 年 3 月 12 日。

② 周而复：《王贵与李香香·后记》。

的一位。

必须指出，正是因为被选择成为左翼政党形象工作的造型材料，并在新/旧、进步/落后的线性历史逻辑中，事实上依然粗糙的《王贵与李香香》才得以被充分经典化并建构为划时代的事件，人民诗歌道路的新方向。

可资比较的是：国统区的袁水拍的马凡陀山歌就没有获得如此被历史建构的机缘。袁水拍于1944—1946年完成了他抒情诗学向山歌诗学的转变，我们还记得陆定一在评《王贵与李香香》的《读了一首诗》中说到民歌诗“外面有袁水拍先生，现在我们这里也有了”时那种欣喜与释然。可是，陆定一的话难道不也暗示了国统区/解放区之间有着他们/我们的分野，即使所谓的“袁水拍先生”早就是“我们”的人。这里深刻地暗示着革命文艺体制内部的区域政治：同为民歌诗，产生于国统区的马凡陀山歌、产生于延安解放区的《王贵与李香香》以及产生于太行山解放区的《漳河水》日后都被经典化了，但唯有《王贵与李香香》得以被表述为“划时代的大事件”，人民诗歌道路的新方向。这里不是创作先后问题，也不是艺术精良与粗糙问题，而是由现实政治牵扯着的文化政治问题。

必须补叙一笔的是，无论是郭沫若的序，还是周而复的后记，都服务于一种整体性的左翼文化动机。“丛书取名‘北方文丛’，是因为当时党中央军事委员会以及解放军主力部队都在西北、华北和东北，‘三北’，实际上是代表解放区的称谓。不言而喻，《北方文丛》即是《解放区文丛》。”[①] “北方文丛”由香港海洋书屋出版，海洋书屋即是香港群益书店分店，郭沫若本人跟左倾的群益书店有着极深渊源。[②] 因此，郭序对《王贵与李香香》的评论立场，不是一种个人判断标准，而是作为一个代言人宣告的集体标准。

在回忆“北方文丛”的往事时，周而复提到1948年随着国民党的节节败退，内战形势日渐明朗。“不久，周扬同志为首主编的‘中国人民文艺’丛书出版，《北方文丛》完成了历史使命，便不再出版。”[③] “北方文丛”和“中国人民文艺丛书”各自承担着左翼革命不同的历史使命，前者完成的是

① 周而复：《〈北方文丛〉在香港》，吉少甫主编：《郭沫若与群益出版社》，第247页。

② 参见吉少甫主编《郭沫若与群益出版社》，百家出版社2005年版。

③ 周而复：《〈北方文丛〉在香港》，吉少甫主编：《郭沫若与群益出版社》，第249页。

内战胶着状态下对港澳、南洋进行的解放区形象建构和输出；后者的意识形态功能体现为在国家政权建立以后对左翼革命起源及合法性的确认，以及面向国内人民宣示革命文艺体制唯一正确性。周扬描述为“选编解放区历年来，特别是一九四二年延安文艺座谈会以来各种优秀的与较好的文艺作品，给广大读者与一切关心新中国文艺前途的人们以阅读和研究的方便”。[①]

作为此套丛书最初编辑的陈涌回忆道：“早在解放战争初期，毛泽东就曾对周扬讲要把解放区的文艺作品挑选一下，编成一套丛书，准备全国解放后拿到大城市出版。”[②] 1948年初，时任华北局宣传部长的周扬着手组织这项工作并担任丛书主编。“人民文艺丛书”日后成为新中国成立后最重要的文学丛书，既跟它所承担的历史使命的长期性有关，也跟丛书主编周扬新中国成立后长期执掌文艺界帅印有关。于是，在“北方文丛”中已经被建构为人民诗歌新方向的《王贵与李香香》，理所当然获得资格，在“人民文艺丛书”中占据一席之地，完成其经典化过程中最重要的造型。新中国成立初的当代文学史对此诗的评定，意味着其经典地位在左翼文学史高度上的成型。

① 周扬：《中国人民文艺丛书》编辑例言，李季：《王贵与李香香》，新华书店1949年版。

② 箫玉：《中国人民文艺丛书：开启文学新纪元》，《石家庄日报》2009年9月19日。

20 世纪 80 年代中后期“女性诗歌”的身体转向

孙丽君*

长久以来，身体因其与动物的共性而被置于认知世界、人性界定的边缘位置，与之相应，“意识和身体的伦理关系转变成了意识与存在的工具关系。这其中一个最明显的事实是：身体被置换掉了”。[①] 对于 20 世纪 80 年代的中国大陆而言，社会转型与文化重组所带来的一个结果便是身体在诸多领域的重返，发廊、美容院以及舞厅等场所的兴起均与身体的复出密切相关。值得注意的是，复出的身体与具有强烈排他性的意识不同，它并没有将自己置身于与意识的二元对立关系中，而是以一种相对温和的姿态对接着现代社会复杂多元的异质状态。

身体的复出为“第三代”诗歌的创作带来了变奏的契机。作为具有“迟到感”一代的“第三代”诗人，身体为他们解构“朦胧诗”中以意识为中心所确立的大写的“人”及其本质提供了一定的依据，借助身体的可能性身份，“第三代”诗人完成了对“自我”以及“主体性”的相关转换。在“第三代”诗歌中，“女性诗歌”的身体诗学具有更为复杂的内部机制与外部表征，这场发生于 20 世纪 80 年代中后期的以抵抗菲勒斯主义为目的的诗歌潮流，是一场身体与语言相互媾和的诗学实验。由于身处“第二性”的尴尬位置，女性与身体之间形成了一种更为紧密也更为疏离的悖论关系。对

---

* 孙丽君，首都师范大学文艺学 2013 级博士生，指导教师：王光明。

① 汪民安：《身体、空间与后现代性》，江苏人民出版社 2006 年版，第 10 页。

于男性而言，身体的重返是在以意识为中心所建构的同质、连续的逻辑框架对接碎片、无序的异质世界失效后的选择，是获取体验与认知事物通道的可能性方式之一；而对于女性，身体从来都不是她们的私有财产，其能指与所指早已在“矫正”中错位。相较于男性诗人重返身体的行为，“女性诗歌”中的身体之旅更趋近于一场积极主动的收复过程。20 世纪 80 年代中后期的“女性诗歌”便是一场以身体之名所进行的智性书写，它将遁形的两性秩序投影至身体这一具象的实体之上，实现了诗意与效应的最大化，其中，以翟永明为代表的施魅艺术和以伊蕾为代表的去蔽冲动构成了身体写作的两大方向。

一 起点：以身体之名

随着卑微小人物和日常生活的登场，具有私人性的身体成为各个领域中的一道新的风景，正如特里·伊格尔顿所言：“如果关于国家、阶级、生产方式、经济正义等抽象的问题已被证明是此时此刻难以解决的，那么人们总是会将自己的注意力转向某些更私人、更接近、更感性、更个别的事物。”[①] 转向身体为女诗人的革命性书写带来了契机，男权文化对于女性身份的改写与重塑正是以身体作为物理基础的，也正是身体的生理区别为压迫性文化提供了依据。相较于男性，女性身体处于多重权力关系的压抑之下，它是现代社会规训与男权社会驱逐的对象，对此，埃莱娜·西克苏曾言：“这身体曾经被从她身上收缴去，而且更糟的是这身体曾经被变成供陈列的神秘怪异的病态或死亡的陌生形象，这身体常常成了她的讨厌的同伴，成了她被压抑的原因和场所。”[②] 悖论的是，女性因受孕、妊娠、生产、月经等生理特征难以切断自我与身体之间的自然脐带，对于女性而言，身体是撕裂的主体与客体、是延异的符号、是形而上与形而下的吊诡。

20 世纪 80 年代中后期的“女性诗歌”充分利用了女性身体被改写的

① ［英］特里·伊格尔顿：《后现代主义的幻象》，华明译，商务印书馆 2014 年版，第 22 页。

② ［法］埃莱娜·西克苏：《美杜莎的笑声》，黄晓红译，张京媛主编：《当代女性主义文学批评》，北京大学出版社 1992 年版，第 193 页。

压迫性事实，并试图以身体为基点，赋以抽象、遁形的性别压迫体制以象征性的轮廓。唐亚平的诗歌《黑色洞穴》便体现了这种努力，诗中，有关性别的压迫机制被具象为一只“瘦骨嶙峋”的“手”，这只具有塑造权力的“手”使女性难以逃脱“人工”的身体与穷途末路的命运，如诗中所言：“那只手瘦骨嶙峋/要把女性的浑圆捏成棱角/覆手为云翻手为雨/把女人拉出来/让她有眼睛有嘴唇/让她有洞穴/是谁伸出手来/扩展没有路的天空/那只手瘦骨嶙峋/要把阳光聚于五指/在女人乳房上烙下烧焦的指纹/在女人的洞穴里浇铸钟乳石/转手为乾扭手为坤”。在唐亚平的笔下，必然性的自然身体被转换为可能性的人工身体——女性身体不再是浑然天成的自足之物，而是可塑与再造的产物，是男权文化生产流水线上的作品，而这只具体而又符号化的“瘦骨嶙峋”的“手”既是权力也是罪恶的象征。诗中，性别压迫的运行被从隐蔽、错综的权力关系中提炼出来，使遁形的压迫机制具象为一种可视的再造关系，在“捏造”与被“捏造”之间，身体成为映射性别权力关系的一面镜子。性别压迫机制向自然身体领域的扩张映射出诗人对本质主义性别观念的批判，并最终指向了女性主义思想中最为重要的观念之一：“女人”是在政治与法律中养成的，而并非天生的。

在诗人海男那里，身体的映射能力同样得到了肯定，她指出：“只有用我的躯体才能抵御来自幻想中那种记忆和时间的夭折”①，在她的诗歌文本中，身体成为自己与爱人之间的隐性语言：“我能辨别出嘴唇上的跳跃/凝固了又一个灰色的影子”（《归来》），“从躯体，头发里走来，收容万物/给我。比水晶还大的空间/仅仅浸湿双唇还不够。还有漆黑的眼睛/还有晃荡的双臂。还有精神/在同一根骨头上宣谕：我要青春的落下”（《给我》），一系列的身体意象印证了诗人海男对于身体的迷恋与信任。在身体这一轮廓清晰的实体上，两性之间的关系可以具体化呈现，对于抵抗菲勒斯主义的女性诗人而言，为遁形的压迫机制提供形象的演出场域可以为抨击性别秩序、叙述女性诉求带来便利，唐亚平的《黑色洞穴》便有力地证明了这一点。然而，“说我有一个身体，就是一种说我能被看作一个客体，我力求被人看作主体，

① 海男：《躯体》，《紫色笔记》，陕西师范大学出版社 1988 年版，第 27 页。

他人能成为我的主人或奴隶的方式"[①]，身体的双重身份与辩证属性决定了它在"女性诗歌"中所具有的双向功能，一是作为受动者成为控诉男权压迫机制的客体工具，如唐亚平笔下被捏造的女性身体；二是成为反抗压迫机制的积极能动性主体，如伊蕾诗中的"叛逆的手"。作为意识的直接执行者，"手"保持着与灵魂思想的通畅对话，据此，伊蕾写道："叛逆从手开始"，无独有偶，一向宽容的陆忆敏也以"已洗手不干"（《美国妇女杂志》）表述自我叛变的立场。相较于部分女性诗人极力使男性在文本中失声的行为，伊蕾似乎更愿意直面两性之间友善与龃龉的矛盾关系，在诗歌《叛逆的手》中，"手"与"手"的关系成为两性之间权力关系的等值表象，它承载着压迫的事实亦紧握着自由的可能，正如诗歌末尾所言："你猜我手里握的是什么？/它比罪恶更接近罪恶/它比毁灭更接近毁灭/它比幸福更接近幸福/它比自由更接近自由/它也在你的手/它就是你的手"，在此，两性之间错综复杂、爱恨纠缠的关系在"手"与"手"的互动关系中盘根错节。与《黑色洞穴》中被动的身体与失衡的性别秩序相区别，伊蕾诗中的"手"映射出了一种相对平等但又隐藏着危机的两性关系，然而，不论两性秩序处于怎样复杂的境况，身体都是将这种遁形权力关系得以形象再现的可能性途径。

对于身体而言，头发的特殊性是显而易见的，它"不是纯粹意义上的身体。如果说身体具有某种完满的总体性的话，头发则溢出了这种总体之外，它不是身体的必要的有机成分"。[②] 头发是个体的资产，它可以在主体的打理下处于一种变量关系中，但这并不意味着主体对于头发拥有绝对的权力，因为对头发的打理总是需要遵循同时代的社会契约与审美方式，在特殊的历史时期还需遵循相关的政治策略。对于诗人伊蕾而言，黑色的长发是"女性最后的骄傲"（《黑头发》），事实上，黑色长发既是女性对于自我资产拥有部分控制权力的表现，也是女性在公共文化机制中被"改造"的结果，因此，不论是在自然关联还是在相似处境层面，具有半身体性的黑色长发都可以视为女性的提喻，据此，伊蕾写道："黑头发张大惊恐的

① ［法］莫里斯·梅洛－庞蒂：《知觉现象学》，姜志辉译，商务印书馆2001年版，第220页。
② 汪民安：《身体、空间与后现代性》，江苏人民出版社2006年版，第68—69页。

眼睛/乞望的眼睛/等待着在你男性的手中/结为岩石”（《黑头发》），作为“女性诗歌”中一个十分普遍的意象，“化石”行为暗合着主体对于身体及其欲望的主动放弃，而“岩石”意象则在既存文化中与女性的忠贞达成了有效契约，“望夫石”“神女峰”均以岩石之名诉说着女性的伦理精神与价值所归。诗中，象征女性“青春的痕迹”与“最后的骄傲”柔顺黑发在“惊恐”与“乞望”中“结为岩石”指涉出了以男性为中心的伦理与价值体系对于女性主体的戕害，然而，“乞望”一词又使得这种批判转向女性自身，正是女性自身对于压迫文化的未知或认可使女性沦为压迫的对象与压迫机制的维护者。在此，伊蕾并没有将批判的矛头直接指向男权社会所建构的伦理体制，而是以主体性与伦理价值的悖论关系表述了女性尴尬而又艰难的处境。

在诗歌创作中，身体从来不是简单的物质性概念，对于20世纪80年代中后期的“女性诗歌”而言，以身体之名所进行的创作是一场激进的政治学，是“第三代”女性诗人与埃莱娜·西克苏“妇女必须通过她们的身体来写作，她们必须创造无法攻破的语言”[①] 的一次对话。然而，身体并不像意识那样易于操控，它是局部、短暂、易变、冲动的非理性主客体，通过身体进行诗歌创作便同时意味着一场充满变数的身体探险之旅，与之相应，将是身体在“女性诗歌”创作中的延宕甚至是对立面孔的展示。

二　施魅：身体的巫术

身体的特殊性在于它既是主体的载体，亦是自然世界的提喻，它在可知与不可知、可控与不可控之间游移。相较于已被教化所麻痹的意识，身体在对接复杂多元的世界方面表现出了更多的可能性，在现代诗歌文本中，这种可能性表现为理性主体退场下物体在异质、短暂、偶然、易变等方面的呈现，它是诗歌现代性追求的一部分。身体与诗歌的有效关系还体现在其内在气质的一致性，身体所具有的“与推理相对，和语法相对，和普遍的知识相

① ［法］埃莱娜·西克苏：《美杜莎的笑声》，黄晓红译，张京媛主编：《当代女性主义文学批评》，第201页。

对，和形而上学的真理相对”[①] 的特质正是现代诗歌的运行策略与创作手法，正如艾略特所言“诗歌便是扭断语法的脖子”，身体与现代诗歌创作一样，游离于理性与逻辑世界之外。身体的非理性特征以及其对于诗歌创作的重要性在部分“第三代”女性诗人那里得到了印证，翟永明曾言：“作为女性，身体的现在进行时也是她们感悟和体验事物的方式之一。对美的心领神会，对形式感本身的过敏，使得女艺术家的参与和制作方式，既是身体的，也是语言的。”[②] 作为主体与自然世界连接的桥梁，身体是感悟与体验事物的重要支点与依据，对此，诗人唐亚平也有过相关的表述：“我的身体成为世界的依据，有什么比身体更可靠呢，有什么比身体更亲近自己和神明呢。”[③] 在20世纪80年代中后期的“女性诗歌”中，翟永明与唐亚平的诗歌文本在一种晦暗、奇异的氛围中敞开了一个不断扩张的女性世界，事实上，这种极具异调的书写在很大程度上来源于诗人对于自我身体超自然之力的预设，而奇异、流变的女性世界是具有超自然之力的身体实施巫术的结果。人类学家詹姆斯·乔治·弗雷泽在其著作《金枝》中对人类巫术进行了如下定义：“巫术是一种被歪曲了的自然规律的体系，也是一套谬误的指导行动的准则；它是一种伪科学，也是一种没有成效的技艺。”[④] 然而，在诗歌艺术中，谬误、伪科学均具有合法性，它们自身便构成艺术的一部分。根据巫术作用的原理，詹姆斯·乔治·弗雷泽将顺势巫术的规律总结为“相似律”而将接触巫术的规律总结为“接触律”[⑤]，“相似律”遵循着物体运行的隐喻法则，而接触律则是一种换喻法则，在身体的巫术中，接触律与相似律的运行规则并行不悖，一旦身体的能动性被转移至物体层面，便意味着身体与物体因某种相似性而进入隐喻之场，它们的存在正如语言系统的纵横两轴，横轴的断裂需要从纵轴寻找接线实现弥合，纵轴意义的实现也需要从横轴上寻找参照。

① 汪民安：《身体、空间与后现代性》，第56—57页。

② 翟永明：《天使在针尖上舞蹈》，《芙蓉》1999年总第119期。

③ 唐亚平：《我因为爱你而成为女人》，《诗探索》1995年第1期。

④ ［英］詹姆斯·乔治·弗雷泽：《金枝》，徐育新、汪培基、张泽石译，大众文艺出版社1998年版，第19—20页。

⑤ 同上书，第19页。

身体取代意识成为进入物体的始点是身体与自然世界在接触律或换喻规则下的行为，在翟永明早期的诗歌作品如《女人》《静安庄》等组诗中，这种以身体为体验事物支点的现象十分普遍，例如，“我来到这里，听见双鱼星的嗥叫/又听见敏感的夜抖动不已”（《静安庄·第一月》），“听”是身体感知外部世界的重要渠道之一，可见，诗人与“静安庄”的关系的发生始于身体层面，当夜里的“静安庄”与身体相接触的一刻，哑默的“双鱼星”与静止的“夜”复活为具有生命力的物体，有关身体的生理特征“嗥叫”与“抖动”被移位至“双鱼星”与“夜”的物体层面，实现了身体能动性向物体能动性的转移。在诗歌创作中，以身体为支点伸入物体并对其产生影响的行为可以视为身体对于物体所实施的一种巫术，与之相应的是身体特征在物体身上的投影与呈现，这是一种能动性的位移与复制。对于诗人翟永明而言，竭力刻绘一个有异于男性视域的女性世界便意味着打开封闭的躯体并调动视觉、听觉、嗅觉、味觉器官去努力感知与体验眼前的世界，正如诗人带着“身体化”的视角对“静安庄”所作出的叙述：“静安庄坐南朝北，缺乏光洁度/它降临如同普通的故事/与你同病相怜，蛋形面孔充满张力/它的眼在夜里升上头顶，令人眩目”（《静安庄·第四月》），女性身体的独特力量使“静安庄”再现为一个充盈着诡异流变的非理性空间，它是只属于女性的空间，是女性身体的作品，它既像深渊一样不断地扩张又将自己封闭于鬼魅的幻术之中，容不得外力的置喙。

女性独有的生育机制为女性诗人的身体诗学提供了参照，唐亚平的“怀腹”诗学或许极好地阐释了生育功能在身体与世界实现对接过程中的重要作用：“我的身体所触及的每一件事物都启发我的性灵赋予它血肉，使之成为我身体的延伸，像我赋予儿子以生命和模样，一切都显得那么自然。”① 在这种理念之下，唐亚平笔下的物体成为身体触感之下的能动性存在，例如：“被子在深夜发酵/不同的懒散同时膨胀/绣花睡衣一身浮肿/我血肉蓬松，睡意绵绵”（唐亚平《死亡表演》），“被子发酵”这一荒诞的超现实主义情景是诗人身体赋予“被子”灵性的表现，是“浮肿”的身体与蓬松“血肉”的延伸，事实上，它仍然遵循着身体能动性移位的规则，而当这种移位一旦

① 唐亚平：《我因为爱你而成为女人》，《诗探索》1995 年第 1 期。

成功，身体与物体便在同一隐喻场中走向平等与通畅的对话。对身体施魅必然离不开对身体生育功能的叙述，自不待言，女性处于创造世界的隐喻系统之中，正如土地孕育了花草树木一般，女性孕育了人类。作为主要生育功能的承载者，女性的身体是生命与死亡的开启者，正如翟永明所言："凡在母亲手上站过的人，终会因诞生而死去"（《母亲》）。翟永明对于生育与母职的态度充满着撕裂性，一方面，她清醒地认识到生物学领域的差异是女性受到压迫的原因之一，因此，她曾写道："听到这世界的声音，你让我生下来，你让我与不幸构成/这世界的可怕的双胞胎。"（《母亲》）；另一方面，她又对这种孕育与创造的能力表示了肯定："它们/靠我的血液生长/我目睹了世界/因此，我创造黑夜使人类幸免于难"（《世界》）。翟永明对生育与母职的矛盾态度正是女性主义思想中的分歧所在，然而，既然自然差异性终究不可避免，不如充分利用并使其置身于建构女性世界的序列之中，在《静安庄·第十月》中，翟永明写道："在它们生长之前，听见土地嘶嘶的/挣扎声，像可怕的胎动/那裂痕与我的伤口相似"。对于女性而言，"身体既是领地、也是机器，是需要开垦的荒芜处女地，还是制造生命的生产线"①，土地与女性身体的亲缘关系便始于同样的孕育经历，诗中，诗人在女性生育经验的基础上去聆听土地，亲历了土地的胎动与妊娠伤口的疼痛，这种感触与疼痛溢出了男性意识所鞭及的范畴，是女性与土地的共同秘密。不难发现，土地与女性在诗中形成一种去等级化的对话关系，它们自足存在又彼此佐证。由于身体的辩证性身份使其游离于主体与客体之间，而身体的巫术则使传统认知学中的客体因能动性的获得而走向了相对主体，一种泛主体化或反主体化的写作姿势出现在诗歌文本之中，这种姿态既随应了"第三代"诗歌走向消极主体性的写作方向，又将这种写作推向了新的维度，它是主客体的双向逆转，相较于单向的主体客体化行为有着更为复杂的内部机制。

翟永明、唐亚平的身体巫术建构了一个不断敞开却又难以介入的诡异空间，使女性世界成功地偏离了男性经验的主导并阻断了男性参与界说的路径。以身体作为伸入与感知世界的支点是部分女性诗人对"人为性"极强的意识化书写的一次有意逃避，由于对于女性身体的独特性把握，由于"男

① ［英］简·弗里德曼：《女权主义》，雷艳红译，吉林人民出版社 2007 年版，第 93 页。

性对待与摧毁女性的方法与男性对待与摧毁自然的方法二者之间存在着明显的联系”①，在翟永明、唐亚平的笔下，身体与自然物体因某些共性而实现了新的合作与对话关系，身体所代表的消极主体与具有诡异之力的自然物体实现了力量的较为均衡的分配，这种新兴的写作姿态可视为女性诗人对于传统范式中以意识为指导的主客分明、利己书写的反抗行动。

三　去蔽：身体的敞开

拥有超自然之力的身体为女性身份的塑造增添了一丝神秘的色彩，却也使身体叙述陷入一种所指滑动的困境里。然而，对于女性而言，身体本身就是一种意义的延宕，作为承载生育功能的身体器官一旦偏离它的功能轨道并与情欲等“野蛮”行为发生勾连便会失去其存在的合法性，在此过程中，道德与伦理体制共同参与了身体的修剪工作，身体成为权力建设进程中的改造对象，正如福柯所指出的：“权力关系直接控制它，干预它，给它打上标记，训练它，折磨它，强迫它完成某些任务、表现某些仪式和发出某些信号。”② 由于“自我对于身体没有绝对的主宰权”③，身体作为“矫正”的对象在权力的漩涡中失真了。身体被篡改的后果之一便是遮蔽了其中最为本真的部分，使欲望尤其是情欲沦为非法的野蛮行为。在 20 世纪 80 年代中后期的“女性诗歌”文本中，去蔽与敞开构成了身体表述的另一种方式，对于追求身份认证的“第三代”女性诗人而言，由于身体构成自我的一部分，而“自我是各种身份的出发点，也是各种身份的集合之处”④，对身体的叙述必然伴随着一场革命性的改写——撕开遮蔽身体的文化面具，还原一个全面的、立体、原生态的女性身体。

对于诗人唐亚平而言，在通向身份认证的路途上，身体的巫术性与身体

① ［美］威廉·鲁克特：《文学与生态学：一项生态批评的实验》，［美］格洛特·费尔蒂主编：《生态批评读本》，美国佐治亚大学出版社 1996 年版，第 117 页。

② ［法］福柯：《规训与惩罚》，刘北成、杨远婴译，生活·读书·新知三联书店 1999 年版，第 27 页。

③ 汪民安：《身体、空间与后现代性》，第 71 页。

④ 赵毅衡：《身份与文本身份，自我与符号自我》，《外国文学评论》2010 年第 2 期。

的返源同样有效，为了建立一个完整自足的身体系统，唐亚平试图将处于禁区的性感与情欲归还给身体，于是，她写道："我的欲望是无边无际的漆黑/我长久抚摸那黑色的地方/看那里成为黑色的漩涡/并以漩涡的力量诱惑太阳和月亮/要么放弃要么占有一切"（唐亚平《黑色沼泽》）。情欲，作为身体最不可控制的部分，却隐含着生命最为原始与本真的力量，它"溢出了理性与意识的地盘之外"，是"人的秘密所在"。① 由于这种处于控制边缘的原始冲动与以企图建构一个与意识相应的统一而连贯的可控世界相冲突，由于男权文化将女性身体归入物体范畴而进行观摩与控制的现实逻辑，女性的情欲行为一旦越出"受动"的范畴便会被道德与礼制所钳制，成为社会谴责与孤立的对象，因此，对于女性而言，将处于"非法"位置的情欲纳入到合法的范畴将是一场艰难的跋涉，它不仅是对既存文化体系、道德与伦理体制的挑战，也是对既存自身的一次挑战与改写。

男权文化篡改女性身体的主要的立足点是以情欲的合法禁忌之名，然而，对身体的快感的获得正是女性取得自治性的一个充分条件。在"第三代"女性诗人中，年纪稍长的伊蕾"在时代的旋涡中陷得深一些，因而她比谁都更知道如何向那个千方百计削弱女性力量的怪物发动进攻，撕毁其虚伪的面具"。② 在诗歌《被围困者》中，伊蕾反复强调："我无边无沿"，意在冲破既存体制的束缚，重塑一个偏离规范向外扩张的意义不确定的主体。由于"语言是思想的实践行为，空间则是通过差异实现的意义显示的场所"③，为此，伊蕾以身体作为行动的开始，将置身于晦暗之处的身体禁区赤裸裸地呈现出来，与生殖功能有关的身体意象在脱离其工具性后走向了情欲的狂欢："四肢很长，身材窈窕/臀部紧凑，肩膀斜削/碗状的乳房轻轻颤动/每一块肌肉都充满激情"（伊蕾《土耳其浴室》），在此，"臀部""乳房"等身体意象因其与生育功能的剥离而返回本身，它们不再参与所谓的女性价值的建构，而仅仅是自然性情欲的一部分。在这场重返身体的诗歌浪潮

---

① 汪民安：《身体、空间与后现代性》，第 16 页。

② 崔卫平：《苹果上的豹·编选者序》，北京师范大学出版社 1993 年版，第 7 页。

③ ［法］朱莉亚·克里斯蒂娃：《互文性理论对结构主义的继承与突破》，《当代修辞学》2013 年第 5 期。

中，伊蕾的直率与真诚着实将这场“身体诗学”推向了风口浪尖的位置，她对女性身体的塑造建立在一种“去蔽”的姿态之上，将处于禁区的身体意象赤裸裸地暴露于文本之中，显示了诗人强烈要求收复与控制自身身体的强烈欲望。为将这种诉求推向掀起大风大浪的痛点，伊蕾做出了一个与传统、伦理、时代和社会为敌的决定，以“你不来与我同居”作为《独身女人的卧室》每首诗的结尾。同样，在诗歌《裸体》中，诗人对情欲的迷恋之情使其超越了对于礼教的畏惧，情欲的快感成为获得自我的一种方式：“我的情欲在高涨/薄薄的墙壁一寸一寸后退/长发在乳房上挂起秀帘/你的嘴唇像阵阵微风来袭//我们始终没有丢掉/那颗神秘的果子/彼此不知羞耻//肉体吸吮肉体死而又生/宇宙柔软的金表啊/一分钟就是一百年”，诗人反复强调这种与当时道德观念甚至法律相悖的论调将女性对情欲主动权的渴望推向了极致，或许于诗人伊蕾而言，只有将身体与生俱来的情欲与欲望从黑暗中解放出来并占为己有，才能实现对身体较为彻底的收复。既然对身体的暴露等同于“从文明的狂妄野心中拯救一个受到损害的自然”[①]，既然“文化”生物并不比“自然”生物优越[②]，揭露身体的相关秘密诉说技术性社会对于自然身体的戕害也成为部分女性诗人的政治策略之一，诗人张真便向读者分享了女性流产的相关经历：“在已臆想好的关系里/母与子/我与你/我已磨好了刀/血在天花板上喷出斑斓花纹/一双细足倒提着”（《流产》）。由于流产行为往往被视为乱伦行为的惩罚，是对自然生命的践踏，对于女性而言，隐藏与掩埋这种野蛮与罪恶的行为是一种合乎“道法”的选择，而诗人张真却以血淋淋的现场再现了流产的经历，意在敞开与还原一个真实的女性身体、一个被男性蹂躏而走向“罪恶”的女性身体。而人工流产的合法性则意味着技术性社会对于女性母职权力的剥夺，因为“生育技术非但没有解除女性的生育负担，反而干扰了妇女的怀孕、生育和做母亲的经历”[③]，张真对流产愧疚情绪与罪恶心理的表述意味着诗人对这种技术性侵犯的谴责，对收回身体与母职所有权的渴望。

---

① ［英］特里·伊格尔顿：《后现代主义的幻象》，华明译，第82页。

② 同上书，第85页。

③ ［英］简·弗里德曼：《女权主义》，雷艳红译，第92页。

从身体出发便意味着必须翻越道德与礼制的栅栏，只有这样，女性才能真正走向多面立体的“人”。然而，对于女性诗人而言，身体是一块布满荆棘的土壤，对身体的垦殖必然会给自己带来伤痕累累的结果，尤其是某些身体意象与色情、性欲发生关联时，“性而上”“自我抚摸”“沉沦冲动”等标签便随之而来，不难发现，这些标签的生成均是建立在一种男性主导的性别视角之上，同样书写与生殖器官意象与性行为的同时代男性诗歌作品，如万夏的“二嫂子迅速粗大/奶头彻底塞进/二柱子嘴里小鸡小猪”（《清油灯》），韩东的“当乙系好鞋带起立/流下了本属于甲的精液”（《甲乙》）并没有取得像“女性诗歌”那样轰动的社会效应，由于敞开的女性身体正符合男性观摩的行为与需求，这不得不使人反思这场激进的身体诗学是否是一场皮洛士式的胜利，但无论如何，部分“第三代”女性诗人以身体的去蔽走向了诗歌变奏以及身份认证的路途却是一个不争的事实。

由于长久失守，加之身体自身的不可控性，女性对于身体的把握必然缺乏统一性与节制性，在20世纪80年代中后期的“女性诗歌”中，这种缺乏衍变为一场走向偏锋的身体叙述，翟永明笔下的超自然性身体以及伊蕾对自然性身体的大胆追求都是身体领域的一次扩张行为，它们冲出了既存文化体制对于女性身体的规范与规训，毋庸讳言，正是这种激进的身体诗学使“第三代”女性诗人的身份确认走向可能。